The Hope

希望·1

1948—1957：以色列的诞生与独立

[美] 赫尔曼·沃克（Herman Wouk）◎著
辛涛◎译

图书在版编目（CIP）数据

希望. 1/（美）沃克（Wouk，H.）著；辛涛译. — 长沙：
湖南文艺出版社，2014.8
书名原文：The hope
ISBN 978-7-5404-6813-2

Ⅰ. ①希… Ⅱ. ①沃… ②辛… Ⅲ. ①纪实小说—美国—现代
Ⅳ. ① I712.45

中国版本图书馆 CIP 数据核字（2014）第 145388 号

著作权合同登记号：图字 18–2013–418

上架建议：文学 • 经典

希望. 1

作　　者：［美］赫尔曼 • 沃克
译　　者：辛　涛
出 版 人：刘清华
责任编辑：薛　健　刘诗哲
监　　制：陈　江　毛闽峰
策划编辑：李　娜
特约编辑：杨　旸　陈春红
版权支持：辛　艳
特约设计：仙　境
出版发行：湖南文艺出版社
（长沙市雨花区东二环一段 508 号　邮编：410014）
网　　址：www.hnwy.net
印　　刷：三河市华东印刷有限公司
经　　销：新华书店
开　　本：700mm × 1000mm　1/16
字　　数：325 千字
印　　张：23
版　　次：2014 年 8 月第 1 版
印　　次：2020 年 7 月第 2 次印刷
书　　号：ISBN 978-7-5404-6813-2
定　　价：38.00 元
（若有质量问题，请致电质量监督电话：010-84409925）

目录

引子/001

第一部分　独立/007

第一章　堂吉诃德/008

待命-008

授命-010

战地-013

转机-019

约西·尼灿-022

第二章　斯通上校/028

部署-028

生活仍要继续-038

第三章　阿拉莫/047

秘密铺路-047

暗度陈仓-057

第四章　耶路撒冷的面粉/069

初相见-069

进攻计划-077

第五章　路是我们的/085

军事胜利-085

激流勇进-089

丧命狙击手-099

第六章　双剑合璧/104

短暂的停火-104

滑稽透顶-109

荒谬之战-117

第七章　美国/123

为米奇·马库斯送葬-123

奇迹-129

第八章 萨姆·帕斯特纳克/138
热恋回忆-138
偶遇利奥波德-148

第九章 恐怖老虎/153
闪电狼与萤火虫-153
手帕保佑“恐怖老虎”-163

第十章 “星座”运输机/170
筹备-170
离开-177

第十一章 异教徒职业/182
冲锋-182
和平-188

第二部分 苏伊士/197

第十二章 李·布鲁姆/198
脱胎换骨-198
会晤-204
初恋-206
筹措-213

第十三章 前往巴黎/218
命运的骰子-218
出乎意料-222
巴黎之行-228

第十四章 牧女游乐园/233
孤男寡女-233
交涉-239
重逢-245

第十五章 | 法国妓女 / 248
意乱情迷 - 248
不期而遇 - 255
梦想成真 - 258
好聚好散 - 262

第十六章 | 米特拉隘口 / 265
联合英法（卡代什行动）- 265
闪烁其词 - 270
重压之下 - 274
临时任务 - 280

第十七章 | 火枪手和煎蛋卷 / 284
出征 - 284
米特拉之战 - 288
死里逃生 - 295

第十八章 | 赛跑/301
捣乱的奶牛 - 301
急取沙姆沙伊赫 - 304
胜仗 - 308

第十九章 | 外交部部长 / 314
卓越嘉奖令 - 314
忙里偷闲 - 322

第二十章 | 隔离 / 327
美国盾牌 - 327
一吻定情 - 330
翘首以待 - 337

第二十一章 | 脏女人 / 345
仓促的约定 - 345
西奈撤军决议 - 347
摊牌 - 351
出使归来 - 356

引　子

前哨

"纳克森"行动，1948年

"Ha'm'faked！"（长官！）

没有反应。

"Ha'm'faked！Ha'm'faked！"

一名担任警戒的中士边喊边用力摇他们连长的肩膀，他们的连长——哈格纳[①]上尉兹夫·巴拉克，听到喊声翻了个身，半睁开惺忪的睡眼，问道："怎么了？"

"长官，敌人又来了！"

兹夫·巴拉克坐起来，看了眼手表。L'Azazel（天哪），仅仅睡了十分钟，自己竟然做了那么多乱七八糟的梦，他梦见自己重回到童年时代的维也纳，在那里，他和妻子在湖上划船、坐摩天轮，一起在环城大道的咖啡馆里吃点心……

但此时，在他四周的地上，士兵们正横七竖八地躺着睡觉；沙袋和防御工事都在外面；月光照耀下的山顶上，背着枪的哨兵来回走动，不时扫视山下一条狭窄的公路。那条公路是从特拉维夫通向耶路撒冷的必经之路，到了这里，路呈蛇形，一直通向山口。

① 哈格纳（Haganah），希伯来全国自卫组织，在巴勒斯坦进行活动的犹太地下军事组织，后编入以色列国防军。——译者注

夜晚的凉风中，巴拉克疲惫地站起来，他胡子拉碴，穿着一套没有军衔徽章的褴褛军服，这位二十四岁的上尉看上去和他的那些部下没有多大区别。他跟着那位叫醒自己的中士走到一块大岩石边，岩石周围净是灌木丛，旁边站着一个瘦得皮包骨的年轻哨兵，头上戴顶帕尔马赫[①]毛线帽。皮包骨哨兵向巴拉克指了指山下，从望远镜里，可以看见有一群黑影正在向这边移动。他回过头，烦躁地对那名中士说："去把大家都叫起来。"

几分钟后，三十个士兵围拢着他站成一个半圆，这些小伙子顶着乱蓬蓬的头发，大部分都是强打精神，边打哈欠边揉眼睛。尽管巴拉克感到这次战斗敌众我寡、难度极大，在经历了几个月的残酷战斗后，他很有可能会死，而且最近他不止一次有过这种不安的念头，但他又安慰自己，他现在仍然活着，只是非常疲倦，稍有些惊慌而已。因此，他尽量用平静的语气和士兵们讲话，务必要让这群在高度压力下的疲惫的年轻人保持士气。他说："这次的敌人很多，大概有一百多个，但是我们有充足的弹药，我们之前也狠狠地打退过他们。这座山是通往卡斯特尔的要塞，无论如何，我们一定要保住阵地！明白吗？准备战斗！"

不一会儿，巴拉克的小队全部武装起来，士兵们抱着枪，头戴钢盔，再一次围拢在他旁边。现在没有人再打哈欠了，年轻的脸庞表情冷峻，钢盔却各式各样，有第一次世界大战时样式的，有英式的，也有德式的，还有人戴着破烂的毛线帽。

"士兵们，你们都是好样的，你们是一支拉得出的队伍。你们已经证明了自己。之前你们奋勇杀敌，现在你们将再一次把他们打回去。记住，俄国人有句话：'如果你必须要死，那么就拉十个德国人一起去死。'如果我们必须要死，我们就每人拉二十个敌人跟我们一起去死！我们已经占领了这块高地，我们要为了我们的生存而战斗，为了我们的家园而战斗，为了犹太人的未来而战斗！"

① 帕尔马赫（Palmakh），这是哈格纳建立的第一支全职军事组织，属哈格纳的精锐突击队。——译者注

月光下，上尉长满胡须的惨白脸上燃起愤怒的火焰。

“下面，我必须要说件事。昨天，在我们失去这块阵地、不得不退下山的时候，有那么几个胆小怕死的人，把仅仅是流了点血的擦伤说成是重伤，还让体格强壮的小伙子们将他们背下山。”巴拉克上尉说话的音量提高，变得冷酷起来，“现在我警告各位，如果今天有谁倒下了，叫喊自己受了伤，我会马上检查他的伤口，如果我发现他是假装的，我就毙了他。你们都听清楚了吗？”士兵们都没说话。“我说我会毙了他！”

士兵们散开，跑回各自的战位上。透过小伙子们惶恐的眼神，兹夫·巴拉克知道，他们相信了他会动真格的。巴拉克曾在北非沙漠中一个英属犹太人的自愿兵旅里服役，当时，有一位从格拉斯哥来的性格强硬的中尉，就曾经发出这样的警告，一下子就刹住了装伤的风气，当然，那位中尉也没必要再枪毙任何人。不过，如果真有胆小鬼，巴拉克觉得自己很有可能会枪毙他。他此时的心情很差劲，心情差劲则是因为他的预感不好。这几个月来，尽管是零星战斗，但他不停地把受伤或阵亡的人背出去，也觉得自己很可能会马上死去或者受伤，然后被人背出去。惨淡的月光下，大岩石上面的哨兵发出一个信号：“敌人还没有上来。”这种状况是最难熬的，守在这里等着开打，心烦意乱中，有太多时间让人想起那些乱七八糟的事情。

自从联合国投票表决建议把巴勒斯坦分割开来，伊休夫[①]中就产生了一阵欢欣，但这欢欣很短暂，随后就几乎没有什么值得高兴的事情。将巴勒斯坦一分为二，在犹太人的国家以外，还允许阿拉伯人的国家并存，这对于犹太人的复国梦想来说，是让人难以接受的退让。但是好吧，兹夫·巴拉克想，就这样吧，最起码能让流血停止！犹太人接受了这个决议，但阿拉伯人却轻蔑地拒绝了它。五个月来，犹太人秘密武装起来的哈格纳与阿拉伯人之间的敌意迅速蔓延开来。

---

① 伊休夫（Yishuv），意为“巴勒斯坦地区犹太社团”，后来的以色列就是在它的基础上建立起来的。——译者注

更坏的状况随即而至。三个星期后的1948年5月15日，当英国在巴勒斯坦的托管权将要结束、英国政府机构及军队将全部从巴勒斯坦撤出时，最后摊牌的时刻到了。五个相邻的阿拉伯国家发誓要在这一天把军队开进巴勒斯坦，用一到两个星期的时间彻底消灭犹太复国主义的存在。英国《贝尔福宣言》是支持犹太复国主义的，而阿拉伯国家一直认为这个宣言完全不合法，现在正是他们推翻这个宣言的机会。在他们完全机械化的武装部队前面，这个本身就不牢固的伊休夫真的能长期支撑下去吗？巴拉克很疑惑。

不过，这位哈格纳上尉早已习惯活一天就要战斗一天。阿拉伯军队已经封锁了山下的公路，圣城耶路撒冷里的犹太人遭到围困。为了重新打开公路，哈格纳占领了这个山头哨所，失守后又拼命抢回来。从罗马帝国时代起，这个山口就是从海滩到耶路撒冷的重要通道。从这条峡谷的起点拉特伦要塞开始，到卡斯特尔和耶路撒冷，他向来都是走这条十英里长的坡路，但是现在，己方的救援车队一攻进拉特伦的峡谷口，就要付出伤亡惨重甚至全军覆没的代价。

为了救援圣城里被围困的犹太人，哈格纳制定并开始执行这次代号为“纳克森”（Nachshon）[①]的行动。对于这个代号的名称，巴拉克觉得再贴切不过了，纳克森是摩西分开海水后，继犹大国王子之后第一个跳进红海里的人的名字。现在，犹太人就需要一次那样的奇迹，来带给他们希望，然而……

哨兵突然发出信号：“敌人上来了！”巴拉克的心脏剧烈跳动，他喊出最后的命令，让部队准备开火。阿拉伯军队蜂拥而上，机枪子弹打在沙袋上发出噗噗的声音，扔上来的手榴弹炸出一团团火光，掀起来的泥土如雨点般落下来。一些敌人被打倒，顺着斜坡滚下去，没打倒的仍然顽强地攻上来。巴拉克站在防护墙稍靠后的一块高地上指挥战斗，他把自己最优秀的一部分士兵编成预备队放在后面。战斗一旦打响，他就变得非常冷静，当第一拨阿拉伯士兵攻到防护墙界线时，他下令让预备队向前冲，大喊道：“去支援……快！敌人过

① 根据《圣经》记载，摩西曾率领被法老赶尽杀绝的以色列人逃往红海，当他向红海伸出手杖，红海便分开一条道路，纳克森就是摩西辟路后的第一位追随者。——编者注

来了，给我狠狠打……去补上中间那个缺口，快！”战斗很快就演变成为近距离的肉搏战，双方交互错杂地射击，希伯来语和阿拉伯语的咒骂声与伤者的叫喊声混杂在一起。巴拉克看到自己的战友们一个个倒下，痛苦叫喊，他变得怒火万丈。这一刻，没有人假装受伤，他相信他们！混乱的枪声震耳欲聋，月光下的刺刀闪着寒光，短暂的一阵肉搏后，敌人突然一起向山下奔逃。“跟我冲！”巴拉克大吼一声跳出来，所有士兵跟着他顺着山坡向下追击敌人，他一边跑一边开枪，冷不防感到左臂传来一阵钻心的疼痛。

第一部分
独立

第一章　堂吉诃德

待命

兹夫·巴拉克从特拉维夫滨海区一座昏暗的淡红色房子中钻出来，走进正午刺眼的阳光和酷热的风中。被打穿的胳膊肘做完手术已经一个月了，现在仍然打着石膏。那次与五个阿拉伯国家的战斗连续激烈地打了十天，战场上的一切都糟透了，而最让人受不了的是不时刮起的哈姆辛风——一种来自沙漠的热风！新七旅是临时拼凑而成的，混编了移民和一些哈格纳连队，战斗进行到第十天时，这支杂牌部队奉命在拂晓前向拉特伦要塞进发，他们的悲剧也由此到来。为生存而战斗，不到两个星期的时间里，各种坏消息从其他前线纷纷传来，唯独拉特伦那边一片安静，这是一种真正的恶兆，但迄今为止最草率的一次攻击还是开始了，“不惜一切代价拿下拉特伦！”这完全是新任总理戴维·本-古里安的失误。

在这令人窒息的酷热中该干些什么呢？再给妻子打电话？通信系统、邮政、电力等变得一团混乱，毫无疑问，这是英国人搞的鬼。有多少付出才有多少回报，犹太人要想建立自己的国家，那就得流汗。

巴拉克顺着一条小巷大步走到本耶胡达大道，到处倾倒的垃圾发出阵阵恶臭，他不禁皱起鼻子。埃及军队现在已经推进到距离特拉维夫南边仅二十英里的地方，外约旦[①]的几支阿拉伯军团也已到达东郊的吕大和拉姆拉，叙利亚军队则沿着北部的定居点一路南下。尽管市民们看上去神情焦虑，但仍在忙着他们各自关心的事，不管怎样，生活还得继续！那所红房子作战室中悬挂着战斗态势图，其上显示的信息要比市民们知道的更加严重，从特拉维夫沿着海岸线往上到海法的中间地段，在内坦亚附近，伊拉克海军已经开到了距离海岸线不到十英里的洋面，整个伊休夫有被一分为二的危险，而此时，在耶路撒冷犹太人控制区外，还有约旦阿拉伯军团大炮的猛烈轰击，该城十万多犹太人的饮水已经开始定量供应，粮食则基本上被吃光了。什么时候才能解开这个围啊？有限的几家希伯来文报纸上有大量渲染英雄与胜利的新闻，这些故事倒确实是真实的，但很多负面新闻都没有报道，比如贪生怕死、逃亡、乘机渔利等。当然，在特殊的困难时期这些事情也不能报道。巴拉克尽量按照客观情况去理解事物，这是他在战场上养成的思维习惯。尽管局面如此，但既然戴维·本-古里安已升起国旗创造历史，那么现在除了坚持和战斗没什么可做。En brera（别无选择）！

巴拉克觉得胳膊上的石膏实在是讨厌，自从打上后就一直痒得令他发疯，可也没办法，只有手肘痊愈后他才能拿枪。为打通到耶路撒冷的公路的战役已在拉特伦打响，不管它是好是坏，那里才是他和他的部队应该待的地方，可是戴维·本-古里安总理却指派他做联络官，在红房子作战室和尚在组建中的拉马特甘陆军司令部之间来回跑动联络。说白了他现在就是一个文职军官，开着吉普为总理传递秘密指令和消息，干的是一份远离前线的很安全的工作。作为总理儿子童年时期的伙伴，也不知这究竟是好事还是坏事。

① 约旦河东岸地区1949年以前的名称，现为约旦王国的主要组成部分。——译者注

授命

以色列开国总理：戴维·本-古里安

指挥机关：拉马特甘陆军司令部

指令：攻下拉特伦

人员部署

作战部长：伊加尔·雅丁上校

军事顾问：斯通上校［美］，也称米奇·马库斯

陆军上尉：兹夫·巴拉克，生于奥地利维也纳，这是他的希伯来文名字，原名沃尔夫冈·伯科威茨，曾任与美国联系的军事特使，后为驻华盛顿武官。

5月15日，是与阿拉伯军队战斗的非常日子，本-古里安把兹夫·巴拉克从医院里召去，只说让他到位于拉马特甘的办公室去，也没说去干什么，无须多说，他费力地从床上爬起来，穿上制服往那边赶。到了后，本-古里安简单打了个手势让他坐到椅子上，没有看他胳膊上的沉重石膏，而是继续和作战部长伊加尔·雅丁上校谈话。

"我告诉你，这是命令，伊加尔！你要组建一支新旅，然后用这支部队来彻底打开通往耶路撒冷的公路！并且你要首先攻下拉特伦。"

英国除了一小队殿后的部队外，其余的都已经从海法撤离。在前一天，本-古里安正式宣布，这个拼凑起来的小伊休夫就是以色列国了。昨天他还只是一位托管地好战的犹太复国主义老政治家，今天他就成为"犹太丘吉尔"，向他的军事首领响亮地下达命令了。但问题是，现在的部队是以前的民兵组织，只有九个旅，且严重减员、疲惫不堪，他们被分别部署在五条战线上，或者是在这五条战线上来回奔波，抗击装备精良的阿拉伯部队，因此，他们很

难像戴维·本-古里安那样，在一夜之间就发生脱胎换骨的变化，事实上，就是本-古里安本人看上去也没有多大改变，他依然穿着那件褪色的黄卡其布衬衫，领口敞开着没系领带。

“组建一支新旅？攻下拉特伦？”作战部长盯住本-古里安，又斜过眼看了下巴拉克，用手摸摸他光秃秃的额头。上校原本是名考古学家，经过受训，现在才二十九岁就已经是名干练的地下领导和战士了。“那个要塞？用什么攻？让谁攻？”

“一定要攻下！B'khal m'khir（不惜一切代价），我说！要不我们让耶路撒冷挨饿或者投降？”

“本-古里安，现在新兵营已经没人了，再说我们到哪儿去找那么多装甲车，还有野战炮……”

“没人了？怎么没人了？”大肚子老人本-古里安转过身去看兹夫·巴拉克，他昂起下巴的神态意味着麻烦来了。本-古里安浓重的眉毛皱起来，秃顶的头上只剩下两侧的白发，在晒成棕褐色的头皮上飘动。“沃尔夫冈，你不是在塞浦路斯的收容所里负责过训练难民吗？”

“长官，我的确在一些收容所里指挥过训练，但是……”

“很好，我想也是。犹太难民不是正一船一船地送到海法来吗？啊，伊加尔？他们在战争中能干什么，摘橘子吗？用他们来组建一支部队。”

“用那些移民？他们在塞浦路斯的军训一点用都没有，本-古里安，他们操练是拿着扫帚把儿……”

“什么扫帚把儿？胡扯。”本-古里安转向巴拉克说，“唉，沃尔夫冈，你从塞浦路斯回来的时候，跟我报告说他们训练得非常好。他们是用扫帚把儿训练的吗？是那样吗？”

巴拉克说：“是的，用的是木头枪，长官。英国人只允许那样。我们秘密用轻武器进行过操练，但是……”

伊加尔·雅丁上校打断他说：“本-古里安，那些难民从来没有打过步枪！他们没有进行过作战训练，甚至没有打过靶子，还有……”

“那就训练他们一星期左右的时间，伊加尔。发给他们步枪，教会他们怎么用！他们会为你立下汗马功劳的。他们现在知道为什么而战斗，为了他们自己的国家。”

“这我知道，但把一支难民组成的新兵队伍开到拉特伦要塞那样的战场上，我做不到。”伊加尔·雅丁坚持自己的意见。

“谁告诉你那样做了？我疯了吗？当然不是那样了。这里找一个营，那里找一个连，再找几个预备排，把有经验的老兵和那些难民混编起来，你看，他们肯定能攻下拉特伦。”

伊加尔·雅丁上校犹豫了下，扯扯胡子，瞥了眼没什么表情的巴拉克，起身走了出去。

总理脸上的怒容慢慢地消减，他指着一张椅子，对巴拉克说：“坐下，沃尔夫冈。哦，不对，现在应该叫兹夫，是吧？兹夫·巴拉克。这个名字好。”政治家的记忆力总是那么令人惊讶，巴拉克想。“知道吗？我昨天晚上跟你父亲通话了。长岛那家汽车旅馆的通信情况真差，不过我跟他说了你在这儿挺好的。兹夫，你父亲说，联合国现在正焦急地等待杜鲁门总统对以色列国的立即承认，他们估计俄国人明天也会跟着承认。这是一个新的时代，一个新的世界！那，你的胳膊怎么了？”

巴拉克直截了当告诉他怎么回事，总理听完叹口气说：“是啊，我们现在已经把卡斯特尔和一连串战略要塞都丢了。没办法，前线的孩子们都很艰难。但是不用担心，我们攻下拉特伦后就一定能重新夺回那些哨所，我们会彻底打开那条公路的。那你目前打算干什么？”

“回我的连队。”

“就这样胳膊伤着回去？”

“长官，我现在能举枪，我练习过了。我回营部报到的日期到了。”兹夫·巴拉克边说边摆动了下他灵活的手指。

本-古里安不以为然地摇摇头，他把自己桌子上的一大堆油印文件朝巴拉克推过去，说：“看看这些吧。你有在英国军队里服役的经验，我需要你的建议。你听我说，兹夫，从现在起，一旦医生说你能走了，你就到那所红房子去报到，去那所作战室里帮忙，他们现在都快要被逼疯了。”

“总理！”——这个称呼从自己嘴里蹦出来巴拉克感觉怪怪的——“营部命令我返回，我的体检合格证随时都可以送来。”

电话铃响了。本-古里安狡黠地瞥了巴拉克一眼，点点头示意他可以走了，边拿起话筒边对他说：“就这样吧。我还有重要的事要交给你办呢。”

巴拉克出来，边走边迅速翻看那些油印文件。这是一个叫斯通上校的人草拟的军队手册，他可能是本-古里安的美国军事顾问，兹夫·巴拉克猜。据军中传言，这是一个从西点军校毕业，来自纽约布鲁克林区的犹太人，但他不会说希伯来语，而且在如何与阿拉伯军队作战方面也仅有bopkess（精神支持）。

巴拉克就是这样来到这个地方的，十天以后，他仍然没有受命时说的半点所谓的“重要的事情”。

战地

兹夫·巴拉克（沃尔夫冈·伯科威茨）——

家属——

妻子：娜哈玛

儿子：诺亚

同事——

信号兵：耶尔·卢里亚，一度作为萨姆·帕斯特纳克的情人，

后来成为约西·尼灿（堂吉诃德）的妻子

上尉：萨姆·帕斯特纳克（上校施洛摩·沙米尔的副手），
巴拉克的中学同学
上校：施洛摩·沙米尔，七旅旅长，与巴拉克一起在英军中服过役

本耶胡达大道外，一个很小的小吃店里坐满了吃早餐的人，大多是休短假的士兵，巴拉克的岳父正汗流浃背地给他们端饭菜。他的岳父是一名摩洛哥犹太人，体形肥胖，脸上一副大鹰钩鼻子，下巴上长满了浓密粗硬的胡楂，腰上系着一条围裙。看见巴拉克，他拿着一把餐叉朝他摇摇，大喊："沃尔夫冈！"然后朝娜哈玛的妈妈喊："米里亚姆，给沃尔夫冈倒杯咖啡！"娜哈玛的妈妈米里亚姆头上围着块头巾，她从烟熏火燎的烤架上拎起水壶，带着疲倦的笑容过来给巴拉克倒咖啡。这个常年辛劳的妇女身材瘦小，体形很不匀称，但她的嘴和笑容像娜哈玛一样，给人愉快、温暖的感觉。巴拉克坐在一张小桌子前，桌子上方挂着他的结婚照，这张照片挂在这里四年了，上面沾满了煤烟，以至都快辨认不出来了。照片中，他穿着帅帅的英国军装，带着一脸做新郎的得意而咧嘴笑着，因为当时他们的婚礼进行得很仓促，旁边的娜哈玛只穿着一身素色的连衣裙，但看上去漂亮极了。

那时，巴拉克二十岁，娜哈玛十七岁。他们交往才一个星期，他就要乘船开赴意大利北部，当时他们的感情正炽热，于是沃尔夫冈·伯科威茨，在激情冲动下毅然娶了她，一个是著名犹太复国主义社会党人的儿子，另一个是在本耶胡达大道开小吃店的摩洛哥移民夫妻的女儿。四年过后，一个婴孩降生在这个仓促形成的家庭里。尽管巴拉克的父母一直对这桩婚姻不太满意，但他自己丝毫没有后悔，他只是希望他的岳父岳母不要再叫他那个欧洲化的名字"沃尔夫冈"，但他们显然认为他那个名字颇具贵族味而一直在叫。他改名为兹夫·巴拉克有一段时间了，这是为了顺应本-古里安的号召而改成的希伯来语名字。

"有娜哈玛的消息吗？"他提高声音问。街道上一片嘈杂，顾客们也在叽

喳闲谈。最后一批护卫车队出城时，他的妻子和儿子也坐着一辆履带式装甲车离开了耶路撒冷。巴拉克的父母在海尔兹利亚高档社区里有房子，妻子和孩子都让他安置到那儿了。

岳母朝巴拉克点点头，又谨慎地看了他一眼，问："你没有和她通过话吗？"

"你知道现在电话线路是个什么样子，我一直在拨，但是……"

"你就不能抽时间开车去一趟海尔兹利亚？二十分钟路程吧？"

"怎么了，出什么事了吗？"

"没有，她很好。"

"那诺亚呢？他怎么样？"

"因为跟人打架，已经把他从幼儿园接回家里去了。"岳母又用那种奇怪的眼神瞥了他一眼，"你最好是去看看娜哈玛，沃尔夫冈。"

这时，一辆吉普开过来停在路边，一名金发女子从车中跳了出来，隔着柜台边的士兵们在那边朝他挥手，喊道："兹夫，兹夫。"这是红房子里的信号兵耶尔·卢里亚。看来有麻烦事了。

"见鬼，又出什么事了？你看看这儿，"他对岳母说，"你要是跟娜哈玛通电话的话，就告诉她我在这里，我一直在给她拨电话。告诉她我的手肘好多了，我日夜都在忙，只要一有时间我就马上去海尔兹利亚看他们。"

他边说边往外走。岳母在煎鸡蛋和肉，耸了耸肩，咕哝道："B'seder（好的），沃尔夫冈。"

"伊加尔要你去拉特伦。"耶尔·卢里亚对他说。她指的是那位伊加尔·雅丁上校。这种对高级长官只叫名而不叫姓的私底下习惯还没有改过来。

"那儿发生什么事了？"

"本-古里安就是想知道那里发生什么事了，才让伊加尔派你去的。马上。"

"我没带枪，而且我让我的司机去休息了。"

"你的枪我带来了，我开车送你去。"

"那走吧。"

巴拉克跟这位美女信号兵上了吉普。她优美的身材和飘逸的长发让那些士兵看呆了，他们咧嘴笑着，互相用手肘轻推以提醒对方看她。这个姑娘不仅漂亮，而且是名门之后，父母肯定很愿意自己的孩子娶这样的女子吧，巴拉克暗想。耶尔·卢里亚来自名为拿哈拉的莫夏夫[①]，和摩西·达扬[②]有亲戚关系，真的算是很完美了！不过巴拉克与这位在战场上冲锋陷阵的十八岁姑娘一直保持着距离，她坚定的下巴就告诉了人们她的性格。他觉得，在这些日子里，这个姑娘即使不给他带来麻烦，也会给其他某个已婚男人带来麻烦，但毫无疑问，这姑娘是个很干练且有能力处理麻烦问题的人。至少，她的驾驶技术非常娴熟，她的毛瑟枪就别在腰上，随时可以握在手里。巴拉克自己的捷克手枪本来是没装子弹的，她给他装上而且锁上了保险栓。

吉普沿着去往耶路撒冷的公路往外疾行，穿过挂满橘子的果园以及门窗早已紧闭、空无一人的阿拉伯街区，以色列土地的缺陷一览无余地展现在巴拉克面前：以色列国土在战略上就是一个噩梦，沿海地带一段凹凸不平的长条块，一根手指样的陆地孤独无援地从东部伸入群山抵达耶路撒冷，从海边到耶路撒冷仅仅只有四十英里。绿色农田另一边的远处，浓烟滚滚而上飘散进灰蒙蒙的天空，远方传来沉重的轰鸣声，那只可能是阿拉伯军团使用的英国重炮发出的，哈格纳没有那样的大炮。

那些移民新兵对加农炮这样的轰鸣是什么反应？他们对这酷热的天气又是什么反应？吉普车开着窗户，涌进来的风就像是从一座熔炉里吹出来的。在毒辣的日头下跋涉，穿过成群的蚊蝇，就算是老兵也感觉跟在北非战场最恶劣的天气里没区别，更何况那些生命中头一次上战场而晕头转向的难民呢？他们举

① 莫夏夫（moshav），希伯来语。以色列的一种土地私有、本人劳动、共同销售的农业合作居民点。——编者注

② 摩西·达扬：生于1915年5月20日，以色列军事领导人，军事学家。1959~1964年任农业部长；1967~1974年任国防部长；1977~1979年任外交部长，参加了戴维营谈判。达扬在第二次世界大战期间参加英军并失去左眼，人称"独眼将军"。——编者注

着拼凑而来的各色沉重步枪是何等感受呢？就在昨天，水壶的问题刚引发了一场猝然的骚动，原因仅仅是水壶不够分配。新兵们把玻璃水瓶系在腰带上赶赴战场，迎着敌人建在陡峭山坡上的坚固工事往上冲！

由于两代犹太复国主义者都把高地和山脊留给了阿拉伯人，这种缺乏远见的行为导致现在的士兵们要付出惨重的代价，巴拉克痛苦地想。战争必然涉及对交通、公路以及路边高地的控制！阿拉伯人由于低洼地带有瘴气而住到了高山上，犹太复国运动的拓荒者们把低洼地带的瘴气驱散出去，又改造成干净、卫生、果实累累的地区，这固然很好，但是开国的父辈们却没有进一步考虑问题。不管这次攻击有多么草率，本-古里安有一件事做得是对的：如果把耶路撒冷作为犹太人领土的一部分，那就必须要占领拉特伦。

顺着公路开出去二十英里，可以看见警察堡垒紧挨拉特伦修道院建成，褐色的墙上，炮火轰击过后的浓烟滚滚而上。赫尔达基布兹的树林外，一排排残破的特拉维夫市公交车停放在那里，空无一人，因为汽车需要运送第七旅的士兵，这是犹太人的战争！耶尔把车开出公路，进入未成熟的麦田区，一路颠簸着朝战地指挥部的帐篷开去。在那里，他们碰见了萨姆·帕斯特纳克，一名身材矮壮的上尉，身上的背心已让汗水浸透，他正对着电话喊叫。周围站着一群士兵，也在激烈争吵着什么，同样是汗水淋漓。黑压压的苍蝇一大团一大团，到处乱飞，发出响亮的嗡嗡声。

“兹夫，感谢上帝！”萨姆·帕斯特纳克看见巴拉克后大声招呼，把话筒递给旁边一个胖女兵，那名女兵的头发热得垂下来，成了一缕缕浸满汗水的细绳，萨姆·帕斯特纳克对她说：“继续联络，蒂娜。”然后走过来用汗津津的身子拥抱了下巴拉克。帕斯特纳克和巴拉克以前在特拉维夫是中学同学，又一起参加过加德纳准军事青年团。“特拉维夫没有回应，兹夫，耶路撒冷也没有回应，拉特伦倾泻下来的炮弹像他妈雨点一样！这完全是情报工作的失误！整个阿拉伯军团一定都在那里！他们是怎么潜进去的？为什么没人告诉我们？”

巴拉克心里一惊，是他亲自把阿拉伯军团大规模返回拉特伦的情报（以万分紧急的形式）发送给七旅的，怎么会突然出现这样的情况？他假装以平静的口吻问道：“发生什么事了？”

“彻底完全的balagan（一团糟）！除此之外没别的！施洛摩在全力猛攻，可我们的处境实在太差了。”

帕斯特纳克向巴拉克指着一百码外的高土堆，那上面有一位穿黄卡其布军装的瘦高个男人，那就是七旅旅长施洛摩·沙米尔上校，他正端着望远镜仔细观察战斗情况，同时用步话机发布命令。巴拉克和施洛摩·沙米尔上校曾在英军中一起服过役，那是一名很有才干的军人，在本-古里安的极力推荐下受领了这支部队。当时施洛摩·沙米尔上校也认为进攻拉特伦的计划不成熟，但最后还是勉强同意了，让帕斯特纳克做他的副手。

“装甲车在哪儿，萨姆？”巴拉克所指的装甲车就是一些用“三明治”（即两边是薄钢板，中间是木板）防护起来的卡车或货车。

“被压在交叉口那儿了，他们前进不了。半数的卡车被打烂，很多都需要修理，有的彻底报废了。”

一名士兵跑上来，胡子拉碴，身上的破背心血迹斑斑，嘴里含糊不清地狂喊着要水，一名军官过来领着他走了。

“那支步兵营什么情况？那些塞浦路斯移民？”巴拉克不甘心地问。

“不清楚！他们用意第绪语唱着歌出发了，不过我们一直在尽力和他们联系，到现在已经半个小时了。战场通信实在太操蛋了，太操蛋了！”

这里的苍蝇才真是太可怕呢，它们落到巴拉克的眼睛上，在说话时能飞到舌头上甚至直接飞到喉咙里。“萨姆，伊加尔·雅丁派我来直接了解战役情况。”

帕斯特纳克指着那边的沙米尔上校，说：“你要找的人在那儿，去问他吧。”

离上校站着的土堆不远，地上默然放着一门火炮，这种火炮名叫“拿破仑小鸡”，是一种老式的法国小山炮，炮兵们在周围或坐或卧，拍打着苍蝇。巴拉克停下脚步问他们队长，为什么不开炮？

“没有炮弹。他们命令我拂晓时开炮，我照做了。我把阿拉伯军队叫醒了，也就完事了。简直是愚蠢透顶了。”

巴拉克借来那位队长的望远镜看前方阵地，只见红色的曳光弹不断从拉特伦要塞上面射下来，而打上去的子弹却显得零散而乏力。透过烟尘，他能模糊地看到前方正在燃烧的卡车，看到士兵们跌跌撞撞穿过麦田朝坡上冲。他快步走到沙米尔上校那里，上校正用望远镜观察前方，他的步话机发出刺啦刺啦的静电噪音。看见巴拉克后他急忙招呼：“兹夫！是不是有好消息？有援军吗？我一直不停拨电话向伊加尔要援军！他不知道我这儿的状况吗？”

巴拉克无奈地告诉他通信线路现在已经中断，自己来这里就是了解战斗情况的。沙米尔上校熟练而简短地向他介绍了整个战场的状况。现在战斗进行得很不顺利，他总结道，其中最不清楚的是那支移民新兵的状况，他们就在前方硝烟弥漫的地方，但没有任何回音。“请务必把刚才我跟你说的话告诉伊加尔·雅丁，兹夫，我等待着指示，只要能打下去，我就一定会坚持，但是现在的情况看起来非常不好。”

转机

堂吉诃德——

希伯来名字：约西·尼灿

真实名字：约瑟夫·布卢门撒尔

哥哥：利奥波德，从以色列移民到美国后改名为李·布鲁姆

战友：本尼·卢里亚（耶尔·卢里亚的哥哥），曾是巴拉克在青年团里带领过的一个下属

当巴拉克返回战地指挥部的时候，发现帕斯特纳克等人正在围观一个小伙子，这小伙子大约十六岁左右，身形极瘦，戴眼镜，头上戴顶锈迹斑斑的英式钢盔，浑身泥泞，没有用马鞍，而是直接骑在一头白骡子身上，那头骡子也是浑身泥泞，此刻在苍蝇的嗡嗡声中挥着尾巴、抖着耳朵、跺着蹄子，那小伙子同时用把扫帚帮它驱赶苍蝇。

“这傻瓜是什么人？”巴拉克问帕斯特纳克。

“我猜是堂吉诃德（充满幻想不切实际的理想主义者）吧，刚刚溜达到这儿来。我们的援军来了！”帕斯特纳克说。

尽管一切都很丧气，但巴拉克还是不由得想笑，从某种程度上说，这小伙子还真有点像那个荒唐的古代骑士。“你在这儿干什么，堂吉诃德？”他大声问。

小伙子说希伯来语，而且有明显的波兰口音：“我父亲派我从海法来问我哥哥的情况，训练营的人告诉我说他去了赫尔达。我不知道这儿有一场战役。”

帕斯特纳克问：“哦，你自愿来当兵？”

“为什么不行？我已经十八岁了。发我支枪吧。”

尽管天气酷热，喇叭的静电噪音以及成群飞舞的苍蝇也让人烦躁，但这名滑稽的“援军”还是惹得士兵们一阵大笑。“你就骑着一头骡子从海法过来？”巴拉克问，他努力克制不让自己发笑。

“我在路上搞到它的。”小伙子大拇指朝肩膀后做着手势，“后面那儿。”

听筒里响起沙米尔上校响亮清晰的声音：“萨姆！萨姆！我是施洛摩。”

帕斯特纳克抓起话筒喊：“我是萨姆。”

“萨姆，我终于联系到那支步兵营的营长了。他说那些刚从外国回来的新兵只会说意第绪语，他的翻译因为中暑而晕倒了，新兵们又听不懂希伯来语命令。炮弹刚刚打到他们那儿了，那些新兵只会一圈圈地瞎转，大声喊叫，要不就是随便找条路往上冲，胡乱放枪。彻底乱套了！”

一个头上缠着血淋淋绷带的士兵大声说："萨姆，在我们发动攻击的时候，他们就是这样的。他们只是在一遍遍互相大声叫嚷：'Voss，voss，voss？Voss shreit err vi a meshugener？Voss tute men yetzt？"（什么，什么，什么？为什么那营长像个疯子似的叫？我们现在干什么？）

"我会说意第绪语。"那个骑骡子的小伙子突然说。

"萨姆，来，到这边来。"巴拉克拉着帕斯特纳克的胳膊，把他拽到远离人群的地方，压低声音对他说："施洛摩应该停止这次攻击。"

"停止攻击？"帕斯特纳克形容憔悴，身上的汗水不断涌出，他肥胖的手摩挲着下巴，问，"那他怎么跟本-古里安解释？"

"你听好，这支旅的表现算挺好了，施洛摩也尽力了，但是情况已经越来越危急，而且……"

"的确是这样！我简直无法跟你说。将近一半的武器弹药都没有运来，还有……"

"萨姆，现在你们不顺利，停止吧，保住这支部队，以后再打。"

犹豫了一会儿，帕斯特纳克对巴拉克说："你跟我一起去。"

"行，可以。"

沙米尔表情严峻地听完这两个年轻军官的话，惋惜地点点头，说："我再试着联系一下雅丁，或者本-古里安？"

巴拉克看看帕斯特纳克，帕斯特纳克赶紧说："长官，你是战场总指挥，只管干吧。"

"那好，要事先办，萨姆，让那些移民新兵先撤出战场。"沙米尔的语气迅速果断。

"是。我们走，兹夫。"

他们俩快步跑回帐篷，帕斯特纳克立刻接通战场电话，命令步兵营营长停止进攻，带领士兵向南撤退到战场以外的一座山那里，重新集结，然后再撤往赫尔达。他发布命令时，旁边的巴拉克在望远镜中发现那些移民新兵还在往上冲，他把情况告诉帕斯特纳克，帕斯特纳克只得一遍一遍重复命令，声音也在怒火中一次比一次高。

“他妈的还是那个问题，”帕斯特纳克朝巴拉克大嚷，“那营长不懂意第绪语，士兵们又不懂其他语言，他没法让士兵们理解，无论如何……”

巴拉克突然大喊：“嘿！堂吉诃德！回来！你他妈要去哪儿？”

但那名“骑士”早已跑出去老远，他用扫帚把儿不断鞭策胯下的骡子向前，快步奔向前面硝烟弥漫的战场。“这孩子彻底疯了。”帕斯特纳克说。

巴拉克也想，他肯定是疯了。就算他能把那头牲口赶入火力射击范围，一头骡子在战场上的生存率也是零。这个异想天开的堂吉诃德到底怎么了？

约西·尼灿

堂吉诃德，他的真实名字叫约瑟夫·布卢门撒尔，对他来说，没有什么事情可以算作事情。硝烟、枪炮声、战地风景都让他着迷，他想用他懂的意第绪语帮助那些士兵逃出战场，说不定还能见到他的哥哥。有的士兵浑身血污，躺在压倒的麦秸上呻吟；有的在大口喘气，哭叫着要水……他镇定地擦过他们继续往前跑。炮火的硝烟和成熟的麦子混杂出来的奇怪味道让他兴奋，那些躺在地上正在流血极度疼痛的人，在他看来就像是战争片里的人物一样。关于真正的战争，他知道得很少，他在欧洲时看见过头顶的战机，在难民营中也遭受过困苦和野蛮的对待，但是真实的轰炸，他还从来没有经历过。为了躲避到处入侵的德军，他的父亲把家从波兰搬到罗马尼亚，后来又搬到匈牙利，再后来又到意大利。而此时此刻，他却主动跑到了一场真正的战役中，哇，太刺激了！

战场上什么古怪的事情都有可能发生，四面八方的疯狂噪音，混乱、奇怪的运气轮转，以及血腥的伤亡。这位骑骡子（更确切地说是刚刚偷来的骡子）的小伙子竟安然穿过麦田，径直到了那群喊着意第绪语挥舞步枪的混乱队伍面前，并见到了这个营的营长。营长正站在一个斜坡上抱着个手提喇叭咆哮，边喊边朝他身后的一座山做手势。子弹高速射过来，在空气中发出“嗖嗖”的响声，炮弹随着震耳欲聋的爆炸声掀起地上大片的泥土，一些新兵在堡垒上胡乱开枪，不起任何作用，一切都混乱到极点。在成群苍蝇围攻下的断麦秸上到处躺着人，有的在流血，有的努力想爬起来，大多数人都在哭喊一句话：“Vasser！Vasser！In Gott’s nommen，vasser！（水！水！求求上帝了，给口水喝吧！）”

“什么，你说意第绪语？”那名营长早就受不了了，面对这个骑骡子的幽灵，他也顾不上表示惊奇了，“好！好，告诉这些蠢蛋，停止进攻，爬上那座山！跑步！把命令传下去！”

小伙子那奇异的好运气用光了，在他骑着骡子用意第绪语四处呼喝那句简单命令的时候，一颗炮弹落下，在震耳欲聋的声响中炸起大片的泥土和麦秸碎片，雨点般打在他身上。那头骡子顿时受惊，一尥蹶子甩下他，自个儿跑了。他跌到一名浑身鲜血正躺在地上呻吟的士兵身上，眨眼间，像油印一般，他浑身也沾满一道道鲜血。

“扶我起来，我要离开这儿。你扶着我，我就能走。”那名士兵用干脆利落的希伯来语说道，正如堂吉诃德在塞浦路斯哈格纳教官那里听到的一样，很让他过瘾。

那名士兵个子比堂吉诃德矮，但比他壮。在嘶喊着推推搡搡前进的新兵当中，他靠在堂吉诃德身上，一瘸一拐往前走，走了大约一百码左右时说：“等等，我最好是先止血。”他倒在地上，设法缠紧绕在腿上的一块手帕，对堂吉诃德呻吟着，“你能不能帮忙？”

“应该可以吧。”堂吉诃德帮他扎了一个简单的止血带，问他：“怎么样？”

“好多了，我们继续走。你是怎么回事，也算这些塞浦路斯的家伙？”

“对，我是从塞浦路斯过来。”

“你来打仗太年轻了，你叫什么名字？”

“约瑟夫。”

“那在这里你就叫约西。”

“我中暑了，估计。”士兵的声音很虚弱，“我感觉很难受，约西。”他的腿不住地往下耷拉，快要支撑不住了。

“那这样吧。”堂吉诃德说着弯下腰去把士兵背起来，“你能抓紧吗？”

“唉，你背着我太沉了。”士兵低声嘟哝道，粗壮的手臂和腿紧抱住他。田野里被践踏得一片狼藉，随处可见阵亡的士兵或是惨叫央求的士兵，堂吉诃德背着他朝担架兵走去。背这个士兵是很累，但酷热和苍蝇造成的麻烦更大，他一路上要不停地摇头甩开苍蝇，有几次苍蝇和汗水把他的眼睛彻底糊住，以致他看不见路而差点摔倒。背上的士兵嘶哑着嗓子喊道：“担架，这里！”一个担架兵跑过来，堂吉诃德——也就是约西，抓住担架一头，担架兵抓住另一头，俩人合力将士兵一起抬到了野战医院。医院就在沙米尔指挥部旁边一块开阔的空地上，地上躺满了伤兵，一片悲哀呼号声。

巴拉克坐着吉普正要离开。“看，耶尔，是那个骑骡子的傻孩子，停车，让他上来。”

耶尔在堂吉诃德身旁刹住车喊他上来，但她突然盯住堂吉诃德正放下的担架，喊道：“L’Azazel（天哪），那是我哥哥！”她跳下车，趴到那名士兵身上大喊：“本尼！本尼，你怎么了？”

士兵的声音恼怒却又无力：“耶尔？见鬼，你跑到这里来干什么？”

巴拉克走到担架旁，说：“哟，本尼，你受伤了？伤得重不重？”耶尔的哥哥曾是他在青年团里带领过的一个下属。

“一块弹片炸进我的腿里了，兹夫，不过我主要是中暑了，我把水都给了那帮新兵，他们在我身边哭喊着要昏厥了。上帝啊，乱成一锅粥了。”

“堂吉诃德，来，帮忙把他抬上车。耶尔，你跟本尼坐一起，扶着他。”巴拉克说。

“我？那谁开车？”

“我开。堂吉诃德，来。”俩人一起把本尼·卢里亚抬到车上，耶尔坐在他旁边。巴拉克一只手费劲地端着方向盘，开车穿过田野。“你会用手枪吗？”他边开车边问堂吉诃德。

“在塞浦路斯我训练过。”

“把你的给他。”巴拉克扭头对后座的耶尔说。他又问堂吉诃德：“你的钢盔哪儿去了？它跟你很相配啊。”

“带子断了，丢了。”

“你在哪里搞到的？”

“是赫尔达一个很热心的老奶奶硬要我收下的。我到她那儿找水喝，她说那是她丈夫的，是很久以前的了，还说我肯定是疯了才要去战场，但是如果我一定要去，那就戴上它。”

“是这孩子把我背出战场的，他的名字叫约西，好样的。”本尼虚弱地说。巴拉克驾车穿过青色的麦田，车子剧烈颠簸。“慢点，兹夫。”本尼呻吟着。

“再过一分钟我们就上公路了。”巴拉克看了一眼堂吉诃德，问道，“你背他？”

“是的，一直背到我们有了担架。那头骡子把我给甩下来了，我掉到他身上，搞得我全身都是他的血。”

“不要抱怨了，又不是你的血。”本尼说，他的声音越来越弱。

“不要说话。”耶尔说。

他们飞速往特拉维夫开，路上巴拉克询问堂吉诃德的家庭和他们迁移的情况。堂吉诃德说他有一个哥哥，不知在拉特伦战场哪个据点上，他母亲在意大利难民营中得肺炎死了，他父亲在波兰时是一名牙医，在这里还希望能继续做牙医，可他一句希伯来语也不会说，现在不得不从头开始学。

“你在哪儿学的希伯来语，约西？”耶尔在后面大声问。

“我妈妈是一名笃信宗教的犹太复国主义者，我爸爸更多时候是一位社会主义者。妈妈送我们到说希伯来语的宗教学校里读书。”

“你真的信教吗？”

“比我的哥哥利奥波德信得多，利奥波德说上帝死在了波兰。”

过了一会儿，耶尔说：“我觉得本尼昏过去了。”

吉普在路上摇晃震动，本尼嘶哑着嗓子叫道：“我没昏过去，耶尔，你这个傻瓜，我只是闭上了眼睛。腿疼。”

“我们帮不上什么忙，无论如何，要先送他到医院。”巴拉克边说边加大油门。他看看后面的兄妹俩，本尼朝他做了个手势：往前开，快点！

把耶尔·卢里亚和本尼·卢里亚俩人放在一起看，他们几乎就是对双胞胎，巴拉克想。一样倔强的下巴，一样近乎方形的脸庞，只不过耶尔的脸更柔和一些，是那种迷人的女孩子形象。其实他们俩只相差一岁，而且性格大体相同，只是耶尔非常诡诈且喜欢突发奇想，而本尼则很直率，不会耍诡计，很诚挚。有一次，在青年团的篝火晚会上，当话题转到男孩们以后想成为什么人物这个问题上时，本尼回答：“犹太人部队的陆军或空军司令。”当时全场的男孩们哄然大笑，唯独本尼自己没有笑。

他们把本尼送到军医院，然后耶尔要送巴拉克到拉马特甘司令部。巴拉克出来后，问堂吉诃德：“怎么，堂吉诃德，你现在要回海法吗？”

“我父亲并不希望我回去，我告诉他我要努力加入利奥波德的队伍。”

巴拉克朝耶尔眨眨眼，对他说：“你要到十八岁才行。”

“快到十八岁了。”

“带他到征兵办公室，”巴拉克对耶尔说，“再给他弄套军服。我的意思是说，看有没有他合身的。”巴拉克补充完最后一句，上下打量堂吉诃德又瘦又高的体形。

“然后呢？”耶尔问。

“然后带他到红房子去，我们可以再用一个信号兵。”

他们开车走在路上时，耶尔挖苦地说：“十八岁！你多大了，约西？”

“你多大了？”堂吉诃德反问她，食指把架在鼻梁上的眼镜往上推推，厚脸皮地朝她挤眉弄眼。耶尔耸耸肩，算了，不管了。一个波兰牙医的儿子，也许才十六岁，吵架都懒得跟他吵。如果巴拉克想用这小子当信号兵，也行！毕竟他在炮火下救过她哥哥的命。

第二章　斯通上校

部署

烟斗散出的烟雾让雅丁上校狭窄的办公室里呈现出一种灰蓝色。巴拉克刚刚开始报告，上校就打断了他："兹夫，你在说什么呢？阿拉伯军团增援拉特伦我们是知道的，施洛摩为什么要停止进攻？

"我必须要搞清是怎么回事！他说他根本没接到我们的情报。伊加尔，战场混乱得令人难以置信。前线的攻击在大白天的哈姆辛风中……"

"大白天？Mah pitom（怎么回事）？他们应该在夜晚进入阵地，拂晓时发动进攻，全盘计划是这样的啊！"

"一切都不顺，我不知道是从哪里开始的。那些没经过训练的新兵拼命往坡上冲锋，一直冲到天大亮也没冲上去，千真万确！穿过开阔空地，前面就是敌人的重炮……"

"那些新兵怎么了？逃跑了吗？"

"他们冒着炮火直接往上冲。"

“是吗？”这位作战部长淡淡一笑，瞬间表现出二十九岁的真实年纪，而不是平时四十多岁饱经沧桑的表情。

“我亲眼看到的，他们找不到更好的办法，如果施洛摩不下令取消进攻，他们还会继续冲锋。这方面是令人满意的，是整个战场上唯一令人满意的地方。”

“我同意！”雅丁用力点点头，吸了几口烟。随着摇曳的火焰，烟斗又重新亮起来。“这么说，本-古里安对那些移民的安排最终是正确的了。”

“他们很优秀，是我们辜负了他们，伊加尔。干渴和中暑造成的伤亡比战斗还要多，这是一个耻辱，我们到现在还不能算一支正规军队。通信方面也差极了……”

巴拉克陈述战场报告时，雅丁上校躺在椅子上，闷头抽烟。“我就这次行动争论过，这你是知道的，”他最后说，“不现实，是自杀行为，我也这样说过，可是本-古里安命令要攻下拉特伦，还要‘不惜一切代价’。好啦，惨重的代价我们付出了，拉特伦却没能攻下。”他看了一眼手表，“你一定要把这些在全体参谋会议上原原本本再说一遍，直截了当地说，简短些。你见过米奇·马库斯了吗？”

“是不是那个‘斯通上校’？”

“对，就是他。”

“还没有。”

“你马上就会见到了。走吧。”

“为什么他要用假名？”

“如果英国人知道一个西点军校的人在给我们的总理做顾问，他们可能会给美国找麻烦。”

这是一间低矮但很长的作战室，比红房子的那间要大得多，蓬头垢面的参谋们在一张会议桌周围或站或坐，风扇飞速旋转，搅动起潮湿的空气。前面墙上巨大的军事地图前，一个体格健硕的秃头男子穿一身黄卡其布短裤和短袖衬衫，手拿教鞭用英语讲解，讲完一段停一会儿，等身边一个年轻军官把他的话翻译给军官们听，然后接着再讲。本-古里安有气无力地坐在桌子的上首，边咳嗽边听，看样子像在发烧。当他看见巴拉克进来时，喊道："停一停，米奇。"讲解人停下。

"那，兹夫，我们听听拉特伦那边是什么情况。跟斯通上校说英语。"

巴拉克汇报了战役的惨败，总理和往常一样，嘴紧绷，脸上现出固执的不悦之色。米奇·马库斯抱着粗壮的褐色胳膊斜倚在军事地图前，神情平静而专注。那些懂英语的参谋听明白了，脸上现出郁闷的表情，那些不懂的则心不在焉地在纸上乱涂，打着哈欠。

"很好，我们要再进攻，马上！"本-古里安重重地一拳砸到桌子上。"这次我们一定要拿下拉特伦。"谁都没有说话。香烟灰蓝色的烟雾袅袅升到上面，被风扇打散。"米奇，继续分析。"

米奇·马库斯拿起教鞭。他对面这帮以色列的坚强老兵大约只有他一半年龄，巴拉克从这些人疲倦的面容上看到一种怀疑：关于我们的状况你究竟知道些什么，你这个美国肥佬？马库斯参加过对埃及作战的内盖夫突袭战役，他的皮肤在沙漠里晒成了很重的棕褐色，在军中有一些声誉，但他编的那本教条手册，人们并不以为然。他从美国跑来与伊休夫共进退，这是值得赞赏的，但是所有人都知道他从西点军校毕业后又去上了法学院，那以后只是在二战时期作为预备役军官短期服役过。

"是，先生。从战术来说，以色列就像是诺曼底那样的一块滩头，"马库斯恢复讲解，"跟德国人与艾森豪威尔作战一样，阿拉伯军队犯下了大错。英国人一撤出，敌人就把你们逼到了很不利的境地——在托管期间对你们武器禁运，现在又四面八方进攻，你们的补给线现在只有海上运输一条路可走，这些是这场战争最关键的地方。按理说，到达内坦亚的伊拉克军队此时应该已经把你们一分为二了，他们本应该攻取你们的两个港口——海法和雅法，然后掐死你们，可他们只剩下不到十英里的海程时，却突然停下了，天知道是为什么。”

桌子四周，人们不耐烦的情绪在增加。他们的手指不停地敲击桌面，椅子上的身体不断挪动，军官们互相对视，眼神透露出疑虑。

“像大多数外国军事专家预测的那样，这场战争在一个星期后就会结束，但跟他们的预测不同的是，你们向他们证明：他们错了。你们通过在内陆防线设置一个经典的环形防御带而生存了下来，虽然进展困难，但是你们保住了港口，供应补给正在进来，因此也保住了这个滩头。”

如此磅礴的军事演说显然迷住了本-古里安，他凝神细听，眼睛明亮而兴奋。但巴拉克明白，对那些军官，特别是对帕尔马赫这种常年与阿拉伯人在礁石与沙丘之间进行夜战的军队来说，这些都是空话。还有，他把以色列称作一个滩头，好像犹太复国主义是在入侵阿拉伯土地，而不是回归到《圣经》里说的“上帝应许之地”。这家伙，不管他有多少善意，他已经是完全美国化的犹太人了。

哪怕是今天拉特伦的溃败也不完全是坏事，美国人继续讲，进攻拉特伦大量牵制了阿卜杜勒国王的兵力，使他不得不从包围耶路撒冷的阿拉伯军团中抽调部队，也许还抽走了帮助伊拉克从海上进攻的军团，这次战斗看上去是溃败，但很可能会因此带来最终的胜利。“在下一次攻取拉特伦的战斗中，”他提高声音，颇为乐观，“你们必将拿下它，然后解除耶路撒冷的包围！”说完，他把教鞭放在一边坐下来。

本-古里安剧烈咳嗽起来，擤鼻子，抹眼睛。“没错，谢谢你，米奇。”然后，他转成飞快的希伯来语，“各位，联合国现在有一项强制性停火令尚未决定，在这项停火令下达之前，耶路撒冷绝对不能让敌人切掉，去往耶路撒冷的公路一定要打通，我们的护送车队要绝对能自由进出。否则，联合国就会根据实际占有而把耶路撒冷判给外约旦的阿卜杜勒国王，然后那项荒谬可笑的‘国际共管’耶路撒冷决议就会被放弃，最后被人遗忘。”他停下来，瞪眼环视屋子里的人，“这种情况绝对会发生，这是阿卜杜勒国王全部的战争目的。他知道，我也知道，失去了耶路撒冷的犹太人国家就等于失去了心脏，不会生存下去。”

桌子周围的军官们表情严峻，没有人发表意见。巴拉克鼓起勇气举手说道：“总理，舒姆里克向你汇报过关于旁道的事没有？”

“你说的是那三个偷偷穿过拉特伦旁边森林的士兵吧？是的，他跟我说起过。他们怎么样了？”

“长官，他们通过一条山间小径从耶路撒冷一直到赫尔达，那条小径到了拉特伦时在很高的山脊上，敌人很难发现。”

“嗯，嗯，但那是什么样的小径？”本-古里安哼哼鼻子，“一条羊肠小道？一条人行道？”

“他们开着吉普车上去的，总理。”

“那又怎么样？因此阿拉伯人就会站在一旁让我们把坡削缓，铺筑一条绕过拉特伦到耶路撒冷的新路吗？是不是还要借给我们推土机和压路机？啊？不要再傻乎乎地说了，沃尔夫冈，不要胡说八道了。”

马库斯问这段生硬粗鲁的对话是什么意思，在巴拉克翻译给他听的时候，本-古里安跌坐在椅子上，他显得病很重的样子，把椅子转向雅丁上校那边。巴拉克翻译完，本-古里安转身对巴拉克说：“等会儿开完会，你来见我，沃尔夫冈，我要回家了。”他的怒容稍微减轻了些。

“是，总理。”

“但是首先，我要宣布一项事情，斯通上校将会特别感兴趣。”本-古里安坐直了，严肃地环视了一圈在场的军人们，“各位，耶路撒冷前线现在急迫需要将各个部队联合起来，不再商讨、不再辩论，成立一个新的联合指挥部，任命一个新的指挥官，临时政府决定，斯通上校为这一任命的唯一人选，他将晋升为Aluf 军衔。”说到这儿，他转向马库斯，略带微笑，“这是希伯来语，意思是公爵或将军，米奇，你将是继巴尔·科赫巴[①]之后的犹太人部队中的第

① 巴尔·科赫巴（Bar Kochba），犹太人，知名政治人物。他于131年率先起身反抗当时统治巴勒斯坦地区的罗马政权，并于132~135年持续此族群革命，不过最后以失败告终。——编者注

一位将军！当然你还会接到一份书面任命的。”

马库斯语气急促但庄重地回答道：“总理，我同意担任这一职位。我将竭尽全力工作。”很明显自始至终他都是这一职位的第一人选。“各位，晚上八点钟我们还在这里开会，讨论新一轮拉特伦的作战计划。”本-古里安说。

他站起来，众人也跟着站起来，随后，本-古里安和马库斯一起走了出去，剩下他们这些军人在惊愕不已中相互对视。

参谋会议结束后，巴拉克走出来对他的司机说：“去特拉维夫，本-古里安的公寓。”

“是，长官。”

特拉维夫今天下午又闷又热。不管有没有战争，人们都会在炎热的天气里坐到咖啡馆的凉棚下，喝茶、吃冰激凌、聊聊天。汗水淋漓的购物者们闹哄哄地进出商店，小贩们把香烟和报纸售卖给在耀眼阳光下排队的顾客们。罗马时代以来，犹太人部队的第一位将军竟然是一位美国律师，巴拉克不知道这则新闻出来后，特拉维夫的人们会是什么反应。

他直到现在还有点反应不过来。猛地一斧子劈到一堆纠缠不清的政治事务上，这是典型的本-古里安风格。目前，在耶路撒冷城里的犹太复国主义武装组织有好几支，尽管在阿拉伯人暴雨般的炮火下，他们仍因为成见各自为战，浪费着生命和子弹。这其中有两支最主要的武装，一支是现在这支部队，前身是哈格纳，由本-古里安的工党人员组成；另一支是它的老对手，由修正主义者组成的“伊尔贡”组织。除这两支最大的外，还有由激进基布兹居民组成的精锐突击队“帕尔马赫”，以及由民族主义者组成的小派别“莱西”（Lehi）。如果马库斯这个纯粹的外人能把几支吵闹的武装组织合并成一支作战部队，那将是不可思议的力量！巴拉克有他的怀疑，但也同时理解本-古里安为什么要这样做。这几支派别每一家都不愿意接受来自其他家的总指挥，而任命“斯通上校”这个外人，至少可以巧妙地弥合各派别之间的分歧。

本–古里安躺在床上，靠在大枕头上翻查急件，他的妻子穿着一件旧便服，正在摸本–古里安发红的额头，马库斯上校坐在床旁边的一张摇椅上，边浏览文件边在一个袖珍笔记本上写着什么。床罩上乱七八糟放着一堆地图、文件夹以及油印报告等东西。

“你必须吃点东西。”宝拉·本–古里安坚持道。她的黑发梳到后边，整理成一个很朴素的发髻，和她的丈夫一样，她也是又矮又胖，长着一张和她丈夫一样坚定的粗线条脸。

“好吧，那就吃点鸡蛋吧。兹夫，达甘尼亚那边有什么消息？那些法国重炮怎么样了？已经卸下来了吗？”本–古里安的嗓子听起来很沙哑。

“鸡蛋你想怎么吃？”宝拉问道。

“无所谓，煎吧。那些重炮必须要直接拉到七旅。”

“煎蛋对你的健康没好处，我给你煮几个吧。”宝拉说着出去了。

巴拉克递给总理一札最新的急件，他一边看一边签署，并附上扼要的指示。巴拉克把其中一些翻译给旁边的美国人听，马库斯听后摇摇头说：“马上，后勤必须要重新安排，总理，还有前线也必须要稳固下来。事情发展正在……”

“前线？什么前线？整个国家就是前线。”本–古里安没好气地说。

宝拉·本–古里安走进屋子里左看右看，说：“我们的鸡蛋吃完了。”

“没关系，我只要茶加果酱就行了。兹夫，给我看看‘梅塞施米特式’战斗机的运货单……”

“你必须要吃点东西。兹夫，乖孩子，你到格林博伊姆的铺子里给我买四个鸡蛋好吗？”

“宝拉，我们正在开一个最高级参谋会议。”本–古里安发火了。

“这能占用他多长时间？两分钟也不行？”

巴拉克站起来。“没问题，我去买鸡蛋。”他说。宝拉一般待他都比较随便，的确，作为一个孩子，他有时叫她大妈。

“待在这里！”本-古里安扬起下巴对巴拉克喊，然后转头对他妻子说，“随便来点什么都成，一碗汤，没问题吧？”

“没关系，兹夫。我自己去买吧。”宝拉出去了。

“把你的计划说给他听。”本-古里安对马库斯说。

美国人马库斯递给巴拉克一张拉特伦地区的战场态势图，上面用鲜艳的红色和绿色箭头标出了第二次攻击的路线，还主要在第一次的攻击计划上做了部分修改，于东南方向加了帕尔马赫突击队来分散敌人注意力。马库斯叙述了他的计划，并说他将把所有新到的武器装备都调集到拉特伦沙米尔旅。

“怎么样，兹夫？”本-古里安戳了下一直沉默的巴拉克。

“有任何建议尽管说。”马库斯说。

巴拉克用铅笔圈住两个小山包上的村庄，说：“首先，阿拉伯军队在这个地方一定屯有重兵，今天上午，拉斯科夫的装甲部队在这个侧翼受到了猛烈的攻击。我想，在下次进攻之前，必须要先把这两个点拔除。”

马库斯慢慢点了下头，说：“听起来很有见地。”

宝拉又进来了，说：“格林博伊姆的鸡蛋也卖光了。”

“我们正在谈重要公务，拜托，不要再说愚蠢的鸡蛋了。”本-古里安气恼地说。

“他可能马上会进一些。你觉得汤怎么样？我们有美味的罐装美式汤，伊扎克带回来的。”

“很好，就要那个。”

“不过它有很多胡椒，那对你喉咙不好，我还是亲自给你做点汤吧。”宝拉把手放到本-古里安明亮的粉红脸颊上，“你的烧退下去多了。”

马库斯在作战地图上涂了一个记号，然后打量着巴拉克，说：“喏，兹夫，你刚才提到的旁道，你有具体的想法没有？”

“既然你要攻取拉特伦，米奇，为什么还要管旁道呢？我不想让部队听到还有一条旁道，他们必须要攻打拉特伦。”本-古里安插进来说道。

“那条路的地形非常崎岖，长官。”巴拉克说，他总结了他所听到的各种议论，有的人说那条旁道的想法太荒谬可笑，而有的则倾向于试一试。

“汤来了。”宝拉·本-古里安端着盘子走进来。

“谢谢，宝拉。”

“尝尝，热不热？”

“烫舌头。”本-古里安喝了一汤匙绿色的汤，说道。

“那好，我匆匆忙忙做的，我还以为凉了呢。”宝拉出去了。

“凉了。”本-古里安说。

马库斯坚持道：“说吧，兹夫，你的想法呢？这是空想还是确实有价值。”

“是个bobbeh-myseh，米奇，知道这什么意思吗？”本-古里安恼怒地对马库斯说。

马库斯对这句意第绪俗话笑笑，说：“当然知道，指‘外婆的故事’。但是为什么这样说？”

“不用管它！你只管集中精力制订拉特伦作战计划。”他从床罩上拾起一份急件，“这些法国装甲运兵车，米奇，明天它们就该到了，船一靠岸马上就分发给沙米尔旅。”

“你能处理这件事吗？”马库斯问巴拉克。

“给我命令就行。”他回答。据他了解，海法港现在乱作一堆，船都很少，更不用说准时卸货拿去打仗了。但他知道说这些没有用，反而惹得本-古里安又会动怒。

“法国货，很好。不要太过于依靠捷克斯洛伐克，斯大林很有可能会突然关闭这个水龙头的。”

“对，斯大林不是犹太复国主义者。他让捷克斯洛伐克卖武器给我们，是为了把英国踢出中东地区。我们知道这一点，这就是他的阵营在联合国也同样投票支持我们的原因。捷克斯洛伐克在收取我们的美元卖给我们武器的同时，也在卖给阿拉伯人，他们才不管贸易禁令呢。”本-古里安说。

马库斯指着床上一份黄色的电报纸问："哎，英国新提出的停火建议在联合国进展怎样了？是真的吗？"

总理双手朝外摆了摆："虚张声势，虚张声势，现在看来还是老把戏。"他打着手势，用背诵《塔木德经》般僵硬的声音说道，"联合国发出停火令，我们遵守了，阿拉伯没有理睬却获得了土地。战争再次开始，我们又重新夺回了失去的土地。"他对马库斯摇摇头，"不会再这样了，以后什么时候他们停火了，我们才停，不会再在他们前面先停火，况且他们也不准备停火。"

总理躺在枕头上听马库斯接下来的评论，虽然尽量表现出礼貌，但他的脸和秃头一阵比一阵涨红。马库斯建议，如果近期没有停火令，那么拉特伦攻击计划就应该推迟进行，新七旅仍需要强化训练，同时重炮和装甲运兵车就可以放到其他前线去作战来夺取土地，这样当真正的停火令生效时，那些新土地的界线就可能成为以色列永久的国界。

"米奇，帮我一个忙，记住一件事情。"本-古里安提高声音，竖起他短而粗的食指，"你的职责是耶路撒冷，耶路撒冷！那意味着一件事，拉特伦！拉特伦！决不能推迟，耶路撒冷正在挨饿！停火线不是你关心的事情，起码现在不是！"

宝拉·本-古里安大步走进来："哎，怎么了？干吗大呼小叫的？你非要爆裂血管才行吗？格林博伊姆终究还是送了些鸡蛋上来，就在刚刚。你是想要煮蛋还是煎蛋？"

"煮蛋。"总理说，声调已经完全恢复平静。

"你的脸通红，注意点。"她用手摸着他的额头，点点头，转过身对马库斯和巴拉克说，"你们可否让他休息一会儿？他一晚上都没睡着，不停地出汗，翻来覆去的。"

宝拉说完走出去。马库斯站起来，说："她对你照顾得真好，总理，和我的妻子一样。"

本-古里安指着巴拉克对马库斯说："兹夫的事情呢？"

"哦，对了，兹夫，既然我要开始担任整个耶路撒冷前线的总指挥，那么我势必需要一个讲英文的助手，怎么样，有兴趣吗？"

兹夫·巴拉克窘住了，没有说话。

"你不愿做吗？兹夫？这就是我在心里为你安排的事情，非常重要。"总理说。

宝拉出现在门口，说道："我们用洋葱炒鸡蛋吧？我们有很好的绿洋葱。"

"这话你可说到点子上喽。"本-古里安说，显然有了一点胃口。

生活仍要继续

两个人走出来，马库斯手遮在眼睛上方以挡住西沉的太阳光，问巴拉克："这附近有酒吧吗？"

"酒吧？"巴拉克环顾一眼周围，全是冷清的混凝土公寓，阳台上还挂着洗过的衣服。"我不太清楚。"

"我想喝点酒。"

"我们可以从格林博伊姆的店里买瓶科涅克白兰地。"

"行。"

格林博伊姆的商店很小，很普通，里面堆满了锅碗瓢盆、新鲜蔬菜、罐头、杂志、面包、洗衣皂、化妆用品、帽子、内衣、筛子、搓衣板、《圣经》，以及折叠椅等琳琅满目的商品，从亮堂堂的前面一直排到幽暗的后面，可就是看不见酒。格林博伊姆坐在开放式栏柜前，柜台上一块粗棉布盖着死鱼和鸡肉，上面爬满了苍蝇。

"科涅克？最好的酒了。"格林博伊姆说，这个大腹便便、一脸络腮胡的男人系着一条鲜红的围裙，他打开一个大筐，里面装满了生芽的土豆，他从土豆里面掏出一瓶巴勒斯坦白兰地，瓶身上积满了厚厚的灰尘。

巴拉克付了钱，马库斯说：“太好了！那，我们到哪儿去喝？”

“隔壁费福曼太太的面包店有桌椅。”

“行。”

在糕饼陈列台旁一张摇摇晃晃的桌子前，头发灰白的费福曼太太给他们拿来两个玻璃杯和几片酥粒蛋糕。马库斯给自己倒了半杯酒，然后一口干了下去。巴拉克以前在英军部队里见过这种一口干的喝法，但此时看见还是有点吃惊，他小心地啜饮辣口的白兰地，吃着蛋糕。马库斯给自己的杯子里续上酒，扫了一眼打哈欠的店主，低声问巴拉克：“我们能讲话吗？”

“费福曼太太不懂英语。”

“那好。我的拉特伦进攻计划会起到预期效果吗？”巴拉克眯起眼睛看了看这个美国人。“如果你有什么疑问，尽管讲出来。我不想发布错误的作战指令，这可是我第一次挂帅出征。”

“嗯，这次是夜袭，长官，这很好，先让那个旅加强训练也完全正确，这是必须的。”巴拉克犹豫了一下，“至于你让帕尔马赫营从东南方向进攻……”

“怎么了？”

“上校，自从开战以来他们就一直和埃及方面作战，他们的减员非常严重。”

“雅丁告诉我他们是多么厉害。攻打拉特伦帕尔马赫是决定性力量，为什么不行？”

“帕尔马赫内部有很多意见和看法。”白兰地在他的喉咙和胃里火烧火燎的，他很少喝酒，白天更是从来都不喝。

马库斯盯着他：“兹夫，你跟本-古里安能直率交流，跟我也直说吧，这里只有我们两个人。”

巴拉克飞快说出了事情原委——关于此前一直纠缠在这场战争中的战略分歧。首先，本-古里安有耶路撒冷情结，并且非常执着，近乎入迷，还有就是他仓促读过些像李德·哈特和富勒那样的军事理论家的著作，所以总是追求教科书式规范的军事行动，而帕尔马赫的观念正好相反。帕尔马赫常年跟阿拉伯人作战，有一套经过多年验证而行之有效的战略战术，适合巴勒斯坦的实际情况，也适合敌人善变的特性。马库斯一边听一边喝酒。

“可是，兹夫，这里只有一位最高指挥者，那就是本-古里安。我们评判一下乔治·华盛顿，你知道我们美国的革命战争，对吧？华盛顿犯过极大的错误，也打过很大的败仗，但他是最高指挥官，是一名领袖，而且他最终胜利了。”马库斯说。

“长官，华盛顿是一名士兵，而本-古里安是伟人，是一位只懂得政治的伟人。”

“你们必须要跟你们选定的领袖步调一致起来，他是你们的乔治·华盛顿。”

“而你是我们的拉斐特[①]。”巴拉克把酒杯举到嘴边才惊讶地发现里面早已空了，马库斯哈哈大笑，尽管他一再摆手不要了，但马库斯还是给他续上酒。

“拉斐特带去的是一支经过训练的部队，并且有法国舰队支持，实际上老乔治就是因为有了这些才最终打败英国军队的。而我给你们带来的只有bop-kess，你懂得这个军事用语吧。”马库斯说。

“我想是拿破仑时期的说法吧，可以理解为‘精神支持’的意思。”巴拉克说。

“完全正确。”马库斯咧嘴笑笑，“你们必须要依靠你们自己来打赢这场战争，你们最终也会打赢的，知道为什么吗？两个原因：第一，你们的士兵愿意打仗。”

“对，他们必须要打仗，长官，没得选择。”

“很好，不管是什么动力，他们实际上是我见过的最优秀的士兵。第二个原因，就是你们的秘密武器。”马库斯喝了一大口白兰地，“阿拉伯军队的‘高级指挥’。兹夫，你说他们究竟有什么毛病？两个星期前他们为什么要停止进攻？”

① 拉斐特（Lafayette），法国军人、政治家，在美国独立战争中与殖民地人民并肩战斗。——译者注

巴拉克顿了一下，说：“长官，他们不是真正有经验的部队，你知道。”

“那有什么关系？他们受过大量的英式训练，对吧？他们已经包围了你们，火力上优于你们，人数上也胜过你们。”

“长官，我在北非战场英军里面服役时，他们给我们的军事手册中就有印刷成大黑体字的‘定义任务’字样……”

“所有军事手册里都有这样的说法，我为你们军队编的教义里也有。”马库斯打断他的话说道。

“我看过了，长官。那么，在这次战争中，阿拉伯军队的任务是要彻底消灭伊休夫，是吧？这块小小的称自己为以色列的肿瘤要消除！四个简单的字：定义任务。可阿拉伯军队不去消灭以色列，反而是在撕扯联合国判给巴勒斯坦阿拉伯人的土地——埃及抢占了加沙地带和希伯伦地区，叙利亚抢占了北边的土地，阿卜杜勒则吞并了约旦河西岸，还想进一步吞并耶路撒冷。他们之间互不信任，互相欺骗。他们不承认战败，一直在宣称着从没有发生过的胜利。一句话，他们没搞清楚他们的任务是什么，长官。”

“你真的想帮我？没人强迫你。”马库斯问他。

“斯通上校，我感到非常荣幸。”

“很好，那么，我任用你了。”

“好。我想请几个小时假，从现在开始。”

“一定要请吗？去干什么？那儿有士兵可以帮忙。”

“去看我的妻子。距离不远，就在海尔兹利亚。她在那儿有段时间了。”

“你结婚多长时间了？”

“四年。”

“有孩子吗？”

“有一个儿子。”

马库斯叹了口气道：“艾玛和我还没有孩子。以色列姑娘？”

“是的。”

"军队里的？"

"不是。"

"你们怎么认识的？"

"在一次聚会上。那时我正从北非战场回来休假。一个战友告诉我说他会带一个全特拉维夫最漂亮的姑娘去聚会，他不是在吹牛。一个星期后我就娶了这位姑娘。"

"挺不错的。准予你三个小时的假，然后到拉马特甘来见我，这瓶酒就留给我吧。今晚我们要定出拉特伦作战计划的后勤工作。关于后勤，你们还需要学习。"

"一切都得学习，我们仍然是游击队，很外行。"

马库斯捶了一下巴拉克的肩膀："你这样说。可我不这么认为，年轻人。在内盖夫，孩子们没有钢盔，在寒冷的夜晚里连鞋都没有，只穿着单薄的军衣和敌人作战。"他们走出费福曼太太的店，马库斯继续说，"你的妻子肯定一直在责备你，就像我老婆一样。艾玛对这件事一直很排斥。"他重重地叹了口气，几乎就是在呻吟。"唉，我已经被授予了一颗将星，做着我在美国军队里从没有做过的事，兴许这能让她感到高兴些吧。"马库斯沉默了一会儿，慢慢说，"我的第一次作战任务就是保护耶路撒冷，圣城！很棒吧？你知道吗，兹夫？就在我动身来这里的前一天晚上，艾玛说：'为什么是你，那不是你的战争。'我就问她：'在欧洲发生了那些事情后，你不认为一个犹太国家应该存在吗？'"

"她说什么，上校？"

马库斯顿了一下，说："她说：'如果我的丈夫必须去那儿帮它打仗，那它也许就不应该存在。'"

"她是犹太人吗？"

"是的。"马库斯短促地笑了一声，"不是正统犹太教徒，你知道，我也不是。"

他们走到一辆灰色的沃克斯豪尔轿车旁，这是部队配给马库斯用的。司机正趴在方向盘上睡觉，马库斯重重拍了几下汽车的发动机罩，司机惊醒过来。

“去看你的妻子吧，兹夫。”

“谢谢你，上校。”

“叫我米奇吧。喏，关于那个旁道的主意，就是本-古里安称之为‘外婆的故事’的那个想法，你还有什么具体的东西吗？真的。”

“长官，明天我可以去侦察一下那块地区，然后告诉你。”

“你是说你自己去？那有点危险吧，万一有狙击手什么的？”

“没问题，我带一支武装巡逻队过去。”

“那好，我们回头见。今晚我们在作战室讨论那条旁道。”

在去往海尔兹利亚的路上，巴拉克感觉自己突然兴奋了起来。什么原因呢？战争态势仍然和以前一样凶险；是因为马上要见到自己的妻子和孩子吗？这个理由倒是足够了，但或许还有比这更令他振奋的，那就是米奇·马库斯。巴拉克了解耶路撒冷所有的指挥官，他曾经亲眼见过他们争吵，而马库斯为人很亲切、很和蔼，又很有说服力，但是作为一名耶路撒冷前线指挥官，不懂得希伯来语，再没有一个得力的翻译，那他就只能是一个说不出话来的外国人。巴拉克确信自己能够在保卫和解放耶路撒冷的战斗中帮助这个美国人，这是一份重要的工作，那个戴维·本-古里安说得对。如此接近本-古里安，要说有什么利弊的话，眼下这份突然到来的临时工作就是一件好事，而另外一件好事，就是他能用那只健全的胳膊搂住娜哈玛柔软纤细的腰肢。

房子里非常安静，巴拉克的父亲麦耶·伯科威茨率领以色列代表团常驻联合国，已经几个月没回来过了，但房间里仍然留有他希梅芬尼雪茄的味道。巴拉克喊道：“有人在家吗？”

楼梯上脚步声响起，娜哈玛兴奋的声音传来：“啊！你终于回来了！”

她穿着一件旧的女便服，手舞足蹈地跑进书架环绕的客厅里，像个孩子似的忽左忽右地甩动着胳膊和腿："妈妈打电话跟我说她已经见过你了，但她说你今天不会来！你的手肘怎么了？"

巴拉克用那只没有受伤的胳膊搂住娜哈玛，又用打着厚重石膏的胳膊把她拉近，说："看，我没事！"

两个人大笑，轻轻地互吻了两下，然后是激情的拥吻。"哦，哦，亲爱的，"她边叫边用力弓起身子把他撑开，"怎么回事？你一股酒臭味！你要在白天值班？"

"这是我新工作的一部分。"

"新工作？什么新工作？像一个异教徒那样大吃大喝是新工作的一部分？我给你做些吃的吧？"

"孩子还好吧？"

"很好，正在睡觉。但是，你听……"

"我不饿。你听我说！"

巴拉克拉她坐到红色的豪华长沙发上，这沙发是他父母以前在维也纳置办的。他父母好像有先见之明似的，在希特勒侵入维也纳之前就带着他们所有的财物离开了那儿。现在，这栋房子里陈设的就是那些家具，搬过来的书一直有股霉味，那是在又长又慢的海运途中产生的。巴拉克告诉妻子，自己的新工作是做米奇·马库斯的助手。娜哈玛曾听过一个美国人给本-古里安做顾问的传言，但是她最想知道，这是不是就意味着以后她可以经常看见他了。

"嗯，我想应该会吧，他不会像本-古里安那样让我没日没夜地东奔西跑。"

"但是，耶路撒冷的指挥怎么办？无论如何，你最终都得去耶路撒冷吧？如果你去了，不会被困在那里吧？"

"你看上去真漂亮，你知道吗？"

"等等，"她扳过他那条没受伤的胳膊，"跟我说！"

巴拉克只好向她叙述了"派珀幼兽"[①]如何仍旧在首府飞进飞出，保持军

---

① 派珀幼兽（Piper Cub），由美国派珀飞机制造公司制造的一种小型、简单的轻型飞机。——译者注

事通信的事情。

“哦，那你能看见咱家的公寓了。如果房子没被炸掉的话，也许你还能住进去。”

“我也打算。”

“兹夫，我一直觉得跑出来真是讨厌，如果不是因为诺亚，我真不想离开那儿。”

“我也是因为他才让你们出来的嘛。”

“但是说实话，亲爱的，我们离开那里真的就更好吗？那些埃及人、伊拉克人怎么样了？两个星期前我们还在大街上欢呼庆祝，可现在竟然是一个噩梦。”

“我没有庆祝，娜哈玛，我知道这一切总会来的，本–古里安也知道，他在读宣言的时候我就看懂了他的表情。我们上楼去看看诺亚吧。”

这个瘦瘦的三岁小男孩，除了短裤什么也没穿，正浑身冒汗地躺在床上睡觉。娜哈玛一只胳膊搂住她丈夫，悄悄对他说：“他想念他的伙伴们，不过他一直很乖。”

“我听说他在幼儿园惹麻烦了。”

“不是那样的。他是新来的，因此他们就戏弄他，他受不了，就打架了，跟他父亲一样。哎，怎么了？你要带我去哪儿？”巴拉克拉她穿过走廊，往他们的卧室走去，以前，那是他的房间。“这是干什么，兹夫？不，不，绝对不行！在大白天？”她牢牢地站在原地不动。

“怎么了？”

“你妈妈……”

“嘿，她在哪儿？”

“她在拉马特甘，晚饭之前她不会回来，但照样……”在不情愿中，娜哈玛被拖进卧室。卧室的床上，赫然放着一只摊开的手提箱，里面是她的衣物。巴拉克瞪着她看，她也回瞪着他，半是心虚，半是挑衅。“好吧，我告诉你。我要搬到我父母亲那边。”

“你太任性了！为什么？他们那边没有房间给你们住啊。”

“我妈总是有房间给我住。”

“娜哈玛，你弟弟都睡在沙发上了，哪儿还有空余的地方？”

“那我就和诺亚睡在地板上，妈妈有床垫，最起码我能有家的感觉，你妈容忍不了我在她的屋檐底下。”

哦，天哪，巴拉克想，又来了。“怎么了？你们吵架了？”

“你妈妈从来不吵架，你知道的，跟我吵有失她的身份。我只是一个有你名字有你儿子的女佣而已。”

这种状况自从他们结婚那天起就一直在持续。“沃尔夫冈，她根本不适合你！我知道她很漂亮，我知道你们相爱，但是她没文化，没家庭背景，你会后悔莫及的！”事实上，这满屋子的书和古典音乐唱片除了让他妻子感觉不自然外，的确毫无意义，但是在这件事上争吵没什么用，娜哈玛又有战争焦虑，这些东西对她就更没有意义了。巴拉克把手提箱合上，扔到床下。娜哈玛说：“等等，等等，打什么鬼主意呢？”

“你看啊，motek（宝贝），上校并不像本-古里安那样苛刻。我今天晚上尽量回来在这儿住，怎么样？”

她睁大褐色的眼睛：“真的？你回来？”

“我回来，我尽量。”

“那么，既然你今晚真的回来，为什么还把窗帘拉下来？”

“你不是介意大白天嘛？”

“啊！这样呀，z’beng v’gamarnu（匆匆性事），啊？就在此刻，啊？军人老婆的爱情生活，啊？”娜哈玛关上卧室的门。“兹夫，兹夫，小心你那只胳膊哎！慢点，慢点，亲爱的！”

第三章　阿拉莫[1]

秘密铺路

赫尔曼·罗卜：德裔犹太人，萨姆·帕斯特纳克的岳父，他的女儿鲁思嫁给了米什马尔·哈马卡基布兹开拓者的儿子帕斯特纳克。

夏娜：老裁缝“塞缪尔先生”的孙女。

从拉特伦方向出来，在树木丛生的山脊上有条很隐蔽的小土路。两天后，几辆吉普车出现在这里，其中一辆上面还装了车载机枪。车队顺着小径，穿过灌木丛与卵石颠簸着往前开。前面，一轮白日升起，晃得人睁不开眼。汽车在一个又宽又深的大峡谷边沿停下，萨姆·帕斯特纳克和兹夫·巴拉克从车上下来。从峡谷上面望下去，可以看见幽深的谷底满是岩石，坡道几近垂直，且净

① 阿拉莫（Alamo），美国得克萨斯州圣安东尼奥市一教区，在1836年得克萨斯反抗墨西哥统治的革命中，182位抵抗者全部阵亡。后得克萨斯军队以“记住阿拉莫”为战斗口号取得了决定性的胜利，此战至今仍被视作美国陆军历史上的神话，被认为是自由意志下勇气和牺牲精神的象征。——译者注

是碎石和茂密的灌木丛，一条羊肠小道在其中呈Z字形蜿蜒向下。帕斯特纳克说："阿拉伯人最初在大路上埋设地雷时，他们的村民曾经有一段时间走过这条小路，骑毛驴或步行，但最近几个月没再走了，赫尔达基布兹的居民告诉我的。"

从吉普车上下来的几个士兵在比赛往峡谷对面扔石头。有堂吉诃德，还有耶尔，两个人的对比很鲜明，堂吉诃德的黄卡其布军装极不合身，耶尔的军装却非常合体。堂吉诃德长长的瘦胳膊一挥，扔得最远，耶尔也不甘示弱，扔得很远。

"你怎么看，萨姆？"

"我看我们最好还是打拉特伦吧，七旅已经开始为下次进攻进行强化训练了。"帕斯特纳克干巴巴地说。

"我建议向斯通上校汇报，旁道是否可行。"巴拉克说。

"兹夫，这条路呢，工程量巨大不是问题，能修，可这行得通吗？阿拉伯军团马上就会过来袭击，杀光所有的工程人员，他们不会吗？"

巴拉克仔细观察峡谷下面，说："他们会吗？假使我们只在夜间施工呢，萨姆？尽可能小的照明，尽可能小的噪音，不进行爆破作业？这里离拉特伦还有几英里，在野外深处呢。"

"你是指秘密地铺筑一条路？嗯。"帕斯特纳克眼睛眯起，现出一种巴拉克再熟悉不过的诡诈表情，秘密行动是帕斯特纳克的特长。"不过那样的话，你要在这里放四百个施工人员才行啊，兹夫，工程量是巨大的！至少要动三四英里的丘陵地带，几乎不现实。"他摩挲着下巴，狡猾地微微一笑，"不过你听我说！考虑一下骡子，也许这种动物会有些用处，而且，如果不是马上停战……"

帕斯特纳克说话的时候，巴拉克手搭凉棚望向谷底，只见谷底沟壑纵横交错，到处散布着卵石。他径直打断帕斯特纳克的话说："看，萨姆，在非洲沙漠的时候我的营曾经越过比这个还要陡的坡，而且是坐着卡车和吉普，要不是这个手肘，我现在就想试试下去。”

“我送你下去，兹夫。”耶尔已退出扔石头比赛，慢慢靠到边上来听他们讲话。

“这姑娘送你下去肯定行，至于你是否还能活着上来——那就是另外一回事了。”帕斯特纳克说。

“来吧。”巴拉克上了吉普。在耶尔准备开车的时候，堂吉诃德突然蹿上了后座。“下去，约西！”巴拉克拇指甩动，“下去！”

“万一你要滚下坡了呢？我可以救你啊。”堂吉诃德说。

“想得还挺周全。”巴拉克说。

“可就算你真的活着到了谷底，兹夫，怎么上来呢？你想过这个吗？”帕斯特纳克问。

“走一步看一步了。我们走，耶尔。”巴拉克说。

耶尔将吉普挂上低挡，沿着峭壁边缘慢慢前行，然后打转方向，顺着那条Z字形小道开下去，车速马上就提高了，猛冲下去，一头撞到一块隐藏在灌木丛里的岩石上，几乎就要翻跟头滚落下去，但耶尔奋力操纵吉普摆正了车身。她飞快地旋转方向盘避开坡上的石头，一节一节地向下开。吉普最终还是偏离了小道，径直朝谷底狂颠下去。堂吉诃德紧紧靠在车身一边，嘴里胡乱喊叫，似乎正在度过他人生中最美好的时光。巴拉克紧抱手肘，只希望能平安到达谷底。一阵剧烈狂野的震动过后，他们落到了峡谷底部。巴拉克手拢在嘴边朝上大喊：“还可以，萨姆！”

“下一步怎么办？”帕斯特纳克在上面大喊，他的喊声在群山间回响：“怎么办……怎么办……”

“派那个小伙子下来，我会从耶路撒冷给斯通上校打电话，我要继续往前走。”“那个小伙子”是以前坐吉普绕过拉特伦的士兵中的一个。“你，”巴拉克转向耶尔，手指着上边，“回指挥部。”

“什么？不！为什么？谁来开车？”

“走吧。”

“哦，看在上帝的分儿上，让我跟你们一起走吧。”耶尔看着巴拉克，湖水般湛蓝的大眼睛扑闪着温柔明亮的光芒。“我在耶路撒冷有亲人，你知道，我姑姑病了，我母亲非常挂念她……”

“耶尔，听见我说的话了吧。Zuz（快走）！”

耶尔扬起下巴，皱起眉，噘着嘴，显出一丝女孩子气。“兹夫，你真可笑。”

“卢里亚中士，上你后面的那道坡。”

耶尔瞪着眼看巴拉克，又看看堂吉诃德，后者透过眼镜片朝她善意地眨眨眼睛。她转身跑上坡，匀称的褐色长腿同手一起并用往上爬。

巴拉克一手操纵方向盘，沿河床慢慢往前开。那名刚下来的士兵坐在他旁边打哈欠，将步枪横放在膝盖上。这名士兵皮肤黝黑，浓密的络腮胡垂下来，一顶小小的无边便帽紧贴在浓密的黑发上，他自我介绍说他来自突尼斯。堂吉诃德以前还从未见过长得如此像阿拉伯人的犹太人，不过，对他来说，这次出来，路上所有的一切都是新奇的——膝盖上的步枪、在净是石头没有路的峡谷里颠簸的乘坐感受、一块巨石或一丛灌木后面也许有敌人正拿枪瞄着他——而最重要的是，他正在去往耶路撒冷！这件不巧撞到的事令他情绪高昂得不得了。这条峡谷里石头太多，也没有水，不适合阿拉伯人放牧，又在远远的看不见拉特伦的地方，因此，没有路也没有人烟。巴拉克按照太阳的方向，一路向东开辟道路，遇上普通的石块直接开上去，最大的石块他才设法绕开，他时不时要在水冲出的沟渠边猛然刹车，遇到还留有吉普车车辙的沙地，他便沿着那些踪迹往前开，就这样艰难地冲撞蹦跳了两三英里，最后，开到一条有车印的土路上。这条土路较宽，足能让一辆卡车通过，路上堆满了兽粪。“这一定就是哈图夫路了。”巴拉克对那名士兵说。

“对，长官，是的，我们在这儿遭遇过狙击手。”

“没错。公路不远了。你们两个注意警戒！”

巴拉克掉转方向，顺着这条土路往前开，穿过连绵起伏遍地石头的牧场和疏于管理野草丛生的农场，山羊和绵羊在这里吃着草，但看不见阿拉伯人的踪影。最后驶上一条双车道柏油路，路上空荡荡的，他们的车看上去像条小船一样向前滑动。晒软了的柏油路散发出沥青的味道，野草从路面的裂缝中长出来，烧毁的卡车和“三明治”装甲车躺倒在路边。再往前行驶一段路，卡车开始隆隆地与他们擦肩而过，喷出浓黑的烟雾。第一辆装着咩咩叫的绵羊，第二辆堆满了干草，第三辆上面坐满了胡子拉碴的无聊士兵。在一条长长的上坡道上，一辆油罐车吭哧吭哧喘着粗气往上爬，吉普被堵在后面。

“汽油？”堂吉诃德问。

“水。当地蓄水池供给耶路撒冷的饮用水。”巴拉克说。

油罐车爬上山顶后顺着坡路下去了，巴拉克指着前面远方的一处山顶说：“耶路撒冷，堂吉诃德。”

“真的吗？”耶路撒冷的景象绝对让堂吉诃德大失所望，仅仅是山脊上一排低矮的建筑而已。但他还是把手放到不戴帽子的头顶上，念道：“那我必须要做祷告了。让我们存活至今，支撑我们，并带领我们见证这个时代的神啊，我们的主，全宇宙的君王，你是应当称颂的。”

“阿门。”突尼斯士兵和巴拉克一起说。突尼斯士兵是很虔诚的宗教徒，但巴拉克对这一套则持不可知论。

当吉普摇摇晃晃开进耶路撒冷城时，毁坏的城市景象让巴拉克大为震惊，所有的公园和花园全部杂草丛生，设有街垒的主干大街上污秽不堪，到处都是炮弹轰炸形成的凹坑和纠缠成一团的电线，很多建筑已被炸成了瓦砾。粗重的混凝土工事和铁丝网封锁住大街，挡住了路，巴拉克不得不一次次绕着它们走。大部分商店都已经关门，仅有几家供应限量食品，人们在其门外排着长长的队伍。居民区附近，妇女们在水车边排队等候，她们手拿铁桶、水壶或者铝罐，很多都牵着小孩或是怀里抱着婴儿。

不过，这类事情在堂吉诃德看来无所谓，几年前在战时的欧洲和难民营中的遭遇，已经让他对这一切见怪不怪了，他早已习惯了这些街垒、铁丝网、路障、炸塌的房屋、长队，以及巡逻士兵的景象，此刻不免欣喜，因为这是他第一次看到圣城内部，这不是他想象出来的耶路撒冷，是实实在在的真实的耶路撒冷！无论哪里他都能看到赏心悦目之处，感觉独特新奇，光辉灿烂。一座由美丽的亮颜色石块劈砍成的石头城，那些石块不是完全的棕褐色，也不是完全的玫瑰红，而是介于两者之间的一种颜色。后来在他见到的所有景象里，耶路撒冷石头的光辉一直令他难以忘怀。清澈的空气、深蓝色的天空、灿烂的阳光，与特拉维夫那种雾蒙蒙的风景太不一样了。在棕榈树、果树和高大的老遮阳树之间处处都是盛开的鲜花。真是人间的伊甸园，天堂啊！

耶路撒冷！

在初次鹦鹉学舌般口齿不清地祈祷过后，他又开始祈祷，祈祷自己回到了耶路撒冷，甚至在吃一块饼干时，也要来一段死记硬背下来的长祷告："我们感谢你创造了这块土地，感谢你给予我们父辈这块宽广快乐的土地……在我们的时代迅速重建耶路撒冷，让我们和它一起壮大，在建造中欢乐……"直到只剩下最后一口饼干了，他才不得不全部背完。在犹太儿童宗教学校上小学的时候，他就听说耶路撒冷是天堂的大门，在那里祷告可以直接见到上帝，后来在犹太复国主义童子军小队里，他又听到看到了关于耶路撒冷的歌曲、幻灯片以及电影。而此时此地，他就在圣城，在锡安山[①]，在耶路撒冷！蓦然，圣经中的句子又蹦到他脑海里，"当上帝把我们送回锡安山时，我们好像做梦的人……"

但是当他们转入本耶胡达街时，堂吉诃德从他的梦想中惊醒了。当街出现一个巨大的环形弹坑，旁边是一些倒塌的建筑，弹坑周围用警察围栏和高高的铁丝网封锁起来。"天哪，这儿发生什么了，长官？"他问巴拉克。

"大汽车炸弹，几个月前，由阿拉伯人付钱给英国军队的逃兵干的。"

工人们慢吞吞地在废墟上拾捡东西，灾难中倒塌的建筑和被炸开的下水道总管道仍旧在散发出呛人的气味，仿佛是刚刚爆炸过一样。巴拉克把车停在弹

① 锡安山，位于耶路撒冷以南，留有耶稣曾走过的足迹，是基督徒的圣地。——编者注

坑旁的街上，那名突尼斯士兵跳下车匆匆忙忙走了。“在这儿等着，堂吉诃德。”巴拉克说。他走进一座混凝土大楼，摸索着爬了五段黑暗的楼梯，电梯坏了，楼梯里也没有灯。

“兹夫！你来耶路撒冷了？什么时候来的？”赫尔曼·罗卜的秘书瑞弗卡问，这位曾经圆胖快乐的秘书现在看起来既憔悴又焦虑，好像得了场消耗病似的。

“他在吗，瑞弗卡？”

“他正在打电话。”

“那说明电话线路是通的，很好。”

“他的电话得坚持到最后一刻，他是负责粮食的，你知道。”瑞弗卡笑了一下，笑容暗淡苦涩。

“你们能接通特拉维夫吗？”

“有时候能，我可以试试。”

“我听见是兹夫？”一个穿一身黑西服扎领带的男子从办公室匆忙走出来，一只胳膊搂住巴拉克。“你胳膊怎么了？来这里有什么事？娜哈玛还好吧？”

“赫尔曼，我必须要和特拉维夫通话。”

“把电话号码给瑞弗卡，来，到里面来。”

就耶路撒冷的标准来说，赫尔曼·罗卜的办公室算是豪华的了，厚重的德式家具、抽象派油画、迦南文化手工艺品的玻璃橱等应有尽有。他是一位业余考古学家，和平时期曾是一位干得不错的农产品商人，一个Yekke[①]，属瑞士德国裔，从来没见过他不穿外套不打领带的时候，大概除了睡觉躺在他老婆身边的时候不穿吧。他伸手做邀请状，让巴拉克坐到他办公室里的长沙发上，这时电话铃响了。

“罗卜！是吗？”他用德语吼了一声，语气变强硬了，“砸开锁，清空仓

① Yekke，指那种恪守陈规，一丝不苟的德裔犹太人。——译者注

库！每一袋面粉……什么权力？我的权力。”停顿了一下，“什么？因为它们是无主财产，那就是为什么……我说它们是无主财产它们就是无主财产！告诉他，让他战后起诉政府去，如果他还活着的话！”说完他重重地放下话筒，“该死的奸商。”赫尔曼·罗卜骂了声，对巴拉克说：“耶路撒冷最大的面包店店主，叫喊说他用完面粉了。囤积起来好拿到黑市去卖大价钱，下流坯。我们知道他的面粉藏在什么地方。你的胳膊严重吗？”

电话铃又响了，罗卜又进入一场关于糖的叫喊比赛，巴拉克打断他说道：“我的电话是最高军事要务，赫尔曼。”

罗卜挂断电话，告诉秘书所有电话暂停，先接通特拉维夫。

“赫尔曼，你们这里卡车的燃油状况怎么样？”

“卡车燃油？还过得去吧，自从护送车队停下过来加了油，还算可以，问这个干什么？”

“供应电力的燃油呢？粮食上你们还能维持多久？”

赫尔曼·罗卜的回答是一串尖锐的数字。耶路撒冷有十万犹太人，大部分都住在新城，每天大约要消耗掉两百吨物资，包括燃油、食品、弹药、医疗用品等。市民配给供应已被切断两回了，电力每天要切断两三个小时，短缺正在变得越来越严重，面粉的状况最堪忧，对每位居民“一日一块面包”的面粉供应只剩下十一天的供给量了，这意味着十一天之后，耶路撒冷就要开始挨饿。他们都是勇敢的人，一万发炮弹落在他们头上，他们都没有被吓倒，但是现在饥饿却要让犹太人的耶路撒冷终结。

巴拉克和这个人很熟，因为赫尔曼·罗卜是帕斯特纳克的岳父。他的女儿鲁思·罗卜嫁给了米什马尔·哈马卡基布兹开拓者的儿子萨姆·帕斯特纳克，当年，他们俩的婚姻在耶路撒冷上流社会也算是轰动一时，可是现在，鲁思和她的两个儿子在伦敦居住，婚姻破裂了，如此相配的一对到此为止！赫尔曼·罗卜于二十年代来到巴勒斯坦，定居在耶路撒冷并深深地喜欢上了这里，不过因为生意的缘故，他大多数时间都在奔波。现在，和所有耶路撒冷人一样，他和他的家人被困在这里，同时，作为一个独揽食品大权的人，他正在运用铁腕管理耶路撒冷的食品秩序。

这个人是绝对诚实可靠的，并且也能够做到守口如瓶。因此，巴拉克对他说："赫尔曼，你仔细听着，现在可能有一条替代的小路能绕过拉特伦，我刚刚开着吉普穿越过它。"罗卜激动地惊叫起来，巴拉克举手制止他，"护送车队不行，有一段很长的路走不了卡车，但是卡车可以从特拉维夫开到赫尔达旁边的一个地方，在那里把物资卸下来，再由骡子驮运到哈图夫路，你们的卡车可以在哈图夫路那里接运物资。我不能肯定骡子是否能一天驮运两百吨物资，但是应该有助于……"

罗卜兴奋地点着头："也许能，也许能！你们真是帮了个大忙，雪中送炭啊！我们能马上就开始运吗？"电话铃响了，罗卜操起话筒："肯定是你特拉维夫的电话。"

马库斯那开朗的美国腔调让巴拉克的精神也跟着振奋起来。"喂，兹夫！这么说你在耶路撒冷了，啊？那条旁道真的能走？"

"能走，它并不是'外婆的故事'。我希望我们攻下拉特伦，但是我们也应该勘察并修筑那条路，这是应予最优先考虑的事。"然后，巴拉克飞快地把帕斯特纳克用骡子驮运物资的临时想法告诉了马库斯。

"很好，行，就按照这个来。挂掉电话后我会和本-古里安通话，今天晚上我就开始骡子队的工作。这主意真够绝的。哎，听着，兹夫，你能到达耶路撒冷我高兴死了。本-古里安现在正在大发脾气呢，我们刚刚得到消息说耶路撒冷旧城中的犹太区正在考虑投降，你听说过这件事吗？"马库斯问。

"我刚到这儿，我在一个市政府领导的办公室里。你稍等一下。"

"好的。"

巴拉克就这件事迅速询问罗卜，罗卜悲哀地点点头。墙上挂着一幅耶路撒冷旧城地图，菱形下端就是那个小小的犹太区，用蓝色涂出来，其余所有地区都涂着红色阴影，表明已被阿拉伯军团控制了，并且还有几根红线刺入蓝色区域里。

罗卜说："这是包围中的包围，犹太区。兹夫，哪怕我们仅有几个真正的领导人员，我们也能够夺回整个旧城，更何况我们还有军队呢！但那四班人马一直拉成四个不同的方向各自去战斗。他们也几次尝试联合起来强攻街区实施救援，但计划总是泡汤。"

巴拉克把这些话重复给马库斯，马库斯声音急迫地说，犹太区在被包围之前他就考虑过，那地方在军事上没有任何价值，一个人口拥挤的地区，里面都是些老房子和犹太教堂，仅有几百户极端正统的犹太人家庭，不过有一小队哈格纳和伊尔贡武装组织的士兵在那里保卫它，以防御外约旦阿拉伯军团。本-古里安意思是要不惜一切代价保卫它，因为犹太人在那里已经住了两千多年了，并且如果那块地方失陷，政治上也将是一个灾难，阿卜杜勒国王甚至可能会一攻陷它后就马上要求停战，即使他还没有攻下整个耶路撒冷。

"本-古里安是最高指挥官。"马库斯继续讲，"我接到了命令，所以我得救援那块街区。我们明天晚上发起进攻，28号。我作为部队总指挥，在黎明时分会带着行动方案飞到那儿，你做我的作战参谋。早上七点三十分，我们召开耶路撒冷联合指挥部参谋会议。"

"是，长官。"

"嗯，兹夫，在犹太区里有一个年轻的哈格纳指挥官叫莫提什么的……"

"我认识他，莫提·平库斯，一个很能干的小伙子。"

"你认识他？那很好！这次耶路撒冷行动中他那边有点麻烦，请务必告诉他我要发起进攻的计划，并且让他保证一定要坚持到明天晚上。"

"我会转达给他，莫提会相信我的。"

"很好，我要开始忙旁道的工作了。"

巴拉克问罗卜怎样才能进入被包围的犹太区，这位食品独裁者的脸拉得老长，显得闷闷不乐。"嗯，也许在晚上吧，危险很大——但你去那儿能有什么结果呢？那是一处毫无希望的地方，那些老耶路撒冷人彬彬有礼又古雅，都是很高尚的人，但他们生活在十七世纪。”罗卜悲哀地摇摇头，“他们认为犹太复国主义是对上帝的亵渎行为，因为这种主义渴望取代弥赛亚，他们已经和阿拉伯人一起生活了好几百年，他们不理解这场战争，也不希望战争把他们牵扯进去，正在讨论投降的人说的就是他们，这是迟早的问题。”

“我必须得去那里，赫尔曼。”

罗卜看着窗外：“我建议，你去问问一位老伙计，就在街对面往南，一家裁缝店，挂着绿色窗帘。”

暗度陈仓

这时，堂吉诃德刚好走进这家幽暗的小裁缝店。刚才，他们在爬那条羊肠小道时，吉普陷入一条沟渠里，他在用力往外拉吉普时，把身上那套本来就很不合身的军装裤裆给扯烂了。此时，店里有一位胡须半白的老人，戴着无边便帽，穿一件四角有长长穗子的小塔利特[①]，他烦躁地从缝纫机台上仰起头看堂吉诃德，用希伯来语说：“我很忙。不能接新活了。”

“大叔！”堂吉诃德壮起胆子用意第绪语说，“可怜可怜一位犹太小伙子吧。”然后他转过身，把他的窘状显示给那位老裁缝看，店内旋即响起一阵脆生生的大笑声，吓了他一跳。他一回头，只见一个小女孩，黑发，约莫十一二岁，正站在店后面的门口笑得直不起腰。

“夏娜，真丢人。”老裁缝朝那小女孩喊了一声，但他也禁不住跟着笑起来。

“对不起，爷爷。”小女孩喘息着说，跑开了。

老人关上门，开始缝那条裤子，堂吉诃德只穿内衣站在那里，神经兮兮地朝后门看。“夏娜不会出来了，不用担心。她是个很稳当的姑娘。你从哪儿来

① 塔利特（talit katan），犹太教徒穿在衣服外面的一种无袖内袍。——译者注

的？”老裁缝问他。

“我们刚刚从塞浦路斯来。最初是从卡托维兹[1]来。”

“卡托维兹？”老裁缝严肃的脸变温和了些，“我们在卡托维兹有亲人，全都被杀害了，愿死者安息吧。你叫什么名字？你父亲是做什么的？”

当巴拉克走进这间昏暗的小店时，堂吉诃德正和那位老裁缝一边谈论卡托维兹，一边试穿裤子。“堂吉诃德，原来你在这儿啊。”巴拉克说着斜眼看了下老裁缝，马上惊叫道，“肯定没错，你是塞缪尔先生吧？”

老裁缝眨眨眼说：“是那位跳舞兵吗？”

出于自己的教育，巴拉克只保留了很少的一点宗教信仰，但是在欢庆的日子比如普林节和诵经节时，他还是喜欢到旧城那个犹太区里去跳舞庆祝。在那里，笃信宗教的人们带他进入他们那种庄严的舞蹈中，没有人问过他什么，他们只知道他叫“跳舞兵”，他也只知道这个裁缝叫“塞缪尔先生”，是一名族长，长着一个大鼻子，腰杆挺直，仪表堂堂，穿一件有腰带的丝绸长袖衣服，头戴毛皮帽子。

眼前的这位老人虽然背驼下来，仅穿一件背心，系着吊裤带，外罩一件小塔利特，但显然就是那名族长，只不过今天这是他在工作日中的打扮。两个塞缪尔先生，今天这个似乎缺少点真实感。

“约西，到吉普车里等我。”堂吉诃德出去了。巴拉克换上知交的语气，“塞缪尔先生，我听人说你和旧城有联系，乃至军政府首长都来你这儿咨询情报。”

“嗯，嗯。”老裁缝耸耸肩，脸上没什么表情，很冷淡。

“塞缪尔先生，我现在的工作是协助耶路撒冷新的军队指挥官。他是一名美国军官，一名上校。”

“美国人？”老裁缝神态一下改变了，显得高兴起来，“耶路撒冷来了一位美国指挥官？真的吗？感谢上帝创造这个奇迹！我能帮到你什么？”

---

① 卡托维兹，波兰南部城市。——译者注

不一会儿，巴拉克从裁缝店里出来，驾驶吉普穿过市镇中心，绕过被封闭的大街开到一处公寓楼前面。“我的房子就在这儿，约西。”他跳下车，“我一会儿就下来。”等他回来时，手里提着一个黑色的大手电筒。“我们到部队食堂去吃饭，漫漫长夜呢。饿吗？”

“饿，我只是不想打扰你。”堂吉诃德说。

微弱的光线下，巴拉克看到，靠着拱形地下储水池墙壁的突出壁架不超过三英寸宽，壁架下面就是黑色的水，手电筒照在水面上只反射出一些散淡的光影。他用没伤胳膊的手紧紧抓住阴冷粗糙的墙壁，左手费力地抱着手电筒，侧身潜行，前面一个小女孩顺着壁架像只大老鼠般疾走，给他们带路。巴拉克后面是堂吉诃德，同样小心翼翼地一步步朝前侧着身子行走。“再慢点，夏娜！”巴拉克的声音在拱道和水面之间隆隆回响。下面的水又深又冷，塞缪尔先生的这个孙女夏娜事先跟他们说过。

“B’seder（好的）。”夏娜尖声回答。

巴拉克在童子军小队里的时候，就对这些迷宫般的地下通道有过多次探险，但他从不记得自己来过这个巨大的地下储水池。旧城下面的地面是一种与古代历史和古代战争有关的蜂巢结构，因此能判断出的是，这个地下通道可以回溯到哈斯摩尼王朝时代，甚至可以回到大卫时代，巴拉克暗想。但这些水应该是新近引来的，因为在城市被包围之前，水利工程师们灌满了耶路撒冷所有的储水池，有些储水池之前还从来没用过。他摇摇晃晃顺着壁架往前，踏上通道底部一块凸出来的大石头，如释重负地喘着粗气。“有意思。”他后面的堂吉诃德说。

低矮的拱道内散发出泥土味、墓穴味和发霉腐烂的气味，穿过这条拱道后，女孩带着他们来到一处半塌的墙壁前。她钻过这道墙上的洞，巴拉克跟着钻时把上衣刮破了，紧接着是一道厚重的木头栅栏，上面沾满了板结的泥土和蜘蛛网，栅栏间隙很窄，女孩和堂吉诃德很快钻过去了，又是巴拉克，扭曲着身子费了老大劲才好不容易钻过去。随后，他们又爬过一段满是碎瓦砾的断裂台阶，最后出现在硝烟弥漫的清凉夜里。周围到处是残骸和垃圾，轻武器“乒乒乓乓”地不断在四面响起，随处可见燃烧的耀眼大火。巴拉克俩人跟着小女孩穿过弯曲的街道，来到一处空荡荡的水泥地下室，里面糊满了煤烟污渍，很冷，一个胡子拉碴的年轻士兵穿着破毛衣坐在那儿，就着煤油灯的光亮在拼贴一张地图。“我不知道莫提在哪儿，可能在医院里吧，问问隔壁。”他看着巴拉克说，黑眼圈围绕的眼睛里透露出焦虑和不安。

隔壁地下室里点着蜡烛，一群青少年在水泥地上围坐成一圈，往马口铁罐里塞黄色的塑胶炸药。巴拉克过去也有机会制作这种手榴弹，硝化甘油炸药发酸的味道一下子唤醒了他少年时代的记忆……

……夏日里的晚上，在萨姆·帕斯特纳克的基布兹（以色列的集体社区）——米什马尔·哈马卡，一个堆着干草的仓房里，一群少年借着烛光制造手榴弹“石榴”，这种时候，外边总会有一个小姑娘在篱笆边踱步，瞭望英军士兵。这种环境往往很吓人也很令人兴奋！萨姆经常会开一些吓人的炸弹爆炸之类的玩笑，于是那位严肃的年轻看守主管就会发怒，严厉训斥他：“这些石榴没什么好笑的，帕斯特纳克，它们的目的就是炸死阿拉伯人，这是严肃的工作！”萨姆在基布兹属于独来独往的人，周围大多数孩子是波兰过来的，只有他一个是在捷克长大的。那位看守主管也不喜欢他，因为他进入了特拉维夫一家“资产阶级”的学校里上学，这也许是他在那个夏天带巴拉克到基布兹的原因，那时他们就已经是非常要好的伙伴了……

“Shoshana，Shoshana，Shoshana！”外面的小姑娘大声唱起来，这首流行的华尔兹舞曲一响起，大家就赶快把所有材料全部藏进干草堆里，英军士兵来了后就会发现孩子们围在仓房外面的篝火前，有的在吃东西，有的在唱歌，有的在和着六角手风琴跳舞……

巴拉克问一位留着蓬乱山羊胡子的小伙子，似乎他负责这个手榴弹小队：“莫提在哪儿？”

“我最后一次听说他在胡瓦会堂。”

夏娜和堂吉诃德站在地下室外面，看炮弹不断划过烟雾弥漫的天空，留下一道道拖影并发出尖啸声。“胡瓦会堂？好的。”夏娜说。她带他们穿过扎眼的硝烟，走到一座宏伟的犹太大会堂前，里面一大群虔诚而精神萎靡的人挤在一起，母亲们在尽力哄逗啼哭的婴儿，留有耳边鬓发的蓄须男人们坐在地上，朝前俯下身看《圣经》，一群男人在烛光中以古老的诵经声调吟诵赞美诗。幽暗中，人人脸色苍白，有的恐惧，有的冷漠。巴拉克让夏娜和堂吉诃德留在外面，他自己走进去。一颗炮弹在附近爆炸，震得这座巨大的建筑微微颤抖，黑暗处有人哭叫起来。

门口一位年轻士兵告诉巴拉克，莫提正在会堂附设的学堂里开政务委员会会议，就是那个阅览室。

“这些人在这儿干什么？”

“哦，在炮轰开始时他们就挤进来了。很愚蠢，房顶上来一次密实轰炸就可以全部炸死他们，他们回到自己的地下室中本来应该更安全，可是他们不，都涌到这儿来了。”

几个年长的百姓从阅览室里走出来，巴拉克走进去。阅览室内摆满了大量的《塔木德经》经卷，莫提·平库斯独自坐在一张长桌子边上，手捧着头，长满短硬胡须的脸上表情绝望、迟钝。当他抬头看到巴拉克时，表情一下子活泛过来，惊讶地问：“兹夫·巴拉克！上帝啊，是突破敌人防线了吗？部队在哪儿？”

巴拉克告诉这位满身尘土的指挥官他是怎么来的，以及来这儿的原因。米奇·马库斯让莫提·平库斯很是兴奋，他说：“真的，是一名美国人？西点军校毕业的上校？转机真是很大！我只希望上帝不要来得太迟。”

“莫提，你一直没有回复耶路撒冷指挥部发出的紧急讯息。为什么不回复？”

“不要跟我说那些畜生！那些下流坯！”平库斯重重地擂着桌子，牙咬得嘎吱嘎吱响，“骗子！懦夫！假承诺，什么也不兑现！”他的胳膊戳着一面墙壁，“离这里就几百码远，兹夫——就在锡安门外边！帕尔马赫坐在那儿，什么也不干！锡安山上平安无事！我们在这里浴血奋战阻止屠杀，而且我们也是十万犹太人中的一分子啊，耶路撒冷指挥部甚至都不能派一个排来增援我们！我们的孩子在医院里面都堆满了，容纳不下了，医生们把士兵放进隔壁一个犹太会堂里去，糟糕透了！兹夫，在这些窄巷里，二十五个新兵就能顶得上一个营的战斗力，但是如果援兵一直不来，我们最终也会顶不住的。”

“嗯，你还剩下多少士兵？”

“我现在确定不了，没法搞清士兵们的数量，伤员们陆续返回他们自己的哨位。实际可作战的士兵，哈格纳加上伊尔贡，大概一共有六十个吧，包括女兵。所有人都筋疲力尽了，但仍然……”

巴拉克知道这里的守卫战士很少，但这个数字还是让他大吃了一惊。“六十个？抵御阿拉伯军团？”

“是的，兹夫，这些阿拉伯人一旦占领了一条街，即使是军团的正规军人，也没有一点儿纪律。我们呢，就重新集结，建立新的机枪阵地，有时候我们甚至还能进行反攻。每一条街都要让他们付出惨重的代价。”

“你能坚守到明天晚上吗？”

平库斯手朝上一挥：“谁知道？水和食物，没问题。弹药还剩下一些。大炮，兹夫，炮轰把这些可怜的老百姓折磨疯了，他们惊慌失措，四处乱窜，制造麻烦，贿赂，囤积，乞求照顾……”

“是不是有很多投降言论？”

“言论？你看到刚开完的那个会了吧？他们准备组织白旗与红十字会接洽！他们投票决定这样做的！但我否决了它，我他妈的必须要硬下心来。我不想杀犹太人，但如果我要继续在这儿防守下去的话，我不得不杀。这些

haredim（虔奉宗教的人）有的很好，一直都在积极帮助我们；而另外一些人……”平库斯长叹一声站起来，摇着头，“你认识科比·卡茨吗？我们一起长大的。优秀士兵中的优秀士兵，他刚刚被打死了。”

“我认识他，莫提，我很难过。”

“我必须，”平库斯声音哽咽起来，“去他的哨位。走。”

巴拉克让夏娜先回那个地下室指挥部去，他和堂吉诃德、平库斯到了一条巷子里，那里有十二三名年轻士兵，个个军装破烂，蹲在一个由家具和碎石堆积成的路障后面。从路障后看出去，巴拉克认出，前面就是他和塞缪尔先生在节日里跳舞的那个小犹太会堂。“我们知道打死科比那个狙击手的藏身位置，”一名穿着英军丢弃的训练服、蹲在一堆罐头盒手榴弹旁边的士兵说，“我们原计划穿过这里，按规定我们应该先扫清这块防区内所有威胁的，但科比还是像往常那样第一个先冲出去，结果上面那个狗娘养的就开枪了，我们只好把他背回来。”士兵指着那个小会堂的屋顶，继续说，“那边太远了，手榴弹够不着。我们一直在扔。这条小巷子弯曲……”

平库斯和巴拉克俩人还在抬头看那座犹太会堂屋顶时，两个罐头盒手榴弹就从后面越过他们头顶扔了出去，一个落在街上，另一个砸到一堵墙上，在爆炸声中炸出两团火光。

“怎么回事？”巴拉克叫嚷着转过身，看见堂吉诃德正抓起第三个罐头盒手榴弹扔出去，罐头盒高高地一圈圈翻转着，在火红的空中看得极为明显，最后准确地落在那座会堂的屋顶并炸出一声巨响，一挺机枪随之翻滚跌落下来，坠到大街上。“炸中他了！炸中他了！”士兵们大声喊叫。

那名穿英军训练服的士兵瞪眼看堂吉诃德：“你是谁？你叫什么名字？”

“约西。”

士兵拍拍他的背，转身对其余的士兵大喊：“跟我冲！”他顺着墙壁飞快朝前跑，一队人跟在后面，与此同时，一个头发乱蓬蓬的女孩把手榴弹都装进一只麻袋中。“我来拿吧。”堂吉诃德说着把麻袋背起来。

“那千万要背好，一旦掉下来就全炸了。”女孩说。

“堂吉诃德，你干什么去？回来！”巴拉克大喊。

堂吉诃德转身朝他挥挥手，咧嘴一笑，跟那个女孩一起顺小巷跑出去，逐渐隐没在硝烟弥漫的夜色中。

平库斯说：“那孩子是干什么的？你的信号兵？要让他回来吗？”

“哎，他好像很想去打仗。”巴拉克耸耸肩，摇了摇头，“算了，随他去吧。”

“好吧。我要回地下室里去了。”

“莫提，我得走了。我必须要在晚上向那位美国上校汇报。听着，要有信心！明晚的这个时候，阿拉伯军团将会忙得不可开交，他们会吓得不知所措的。”

平库斯看了他一眼，显然很难相信这些话。“也许吧。不管怎么说，你看到了我们的孩子们是如何战斗的。至于那些百姓，兹夫，我会尽最大努力控制住他们。”

“再坚持一天，莫提。”巴拉克用没受伤的胳膊搂住平库斯的肩膀，重重地拥抱了他一下，“二十四小时。”

“我保证不了任何事情，我只能尽我最大力量。”

站在地下室指挥部外面的夜幕中，夏娜问巴拉克：“那个皮包骨戴眼镜的大傻瓜哪儿去了？”

“他和那些士兵跑出去参加战斗了。”

女孩说：“一个比我想象中还要傻的大傻瓜。”她蹦蹦跳跳地朝前跑去，巴拉克匆忙在后面跟上。

当曙光穿过空荡荡的窗口照进巴拉克卧室里时，他起了床，一晚上他都是和衣而睡的。娜哈玛如果看见公寓里这个场景的话，一定会大发脾气的，他想。满地都是破碎的玻璃和吹进来的垃圾，垃圾上面还覆盖了厚厚的一层灰泥。没有电，没有自来水，没有煤气，还要时时充满恐惧。不过，他们家已经足够幸运了，在街对面，一栋楼整堵墙都被炸飞了，破碎的家具有的散落在下面的人行道上，有的从炸毁的房间里半悬出来。

巴拉克一晚上几乎没睡着，被围困犹太区里燃烧的景象一直在心头萦绕，还有堂吉诃德的安危也让他忧虑，大炮的轰鸣声时不时在他快要睡着时把他惊醒。堂吉诃德昨晚怎样？还活着吗？一个逃亡的波兰孩子身上竟有那般的战斗精神！本-古里安对这些塞浦路斯移民的安排绝对是正确的，他们要踏上这块土地为了他们的国家而战斗。

忽然间，一阵急促有力的敲门声打断了他的思绪，他打开门，是那位两千年来的第一位犹太人将军。米奇·马库斯光着头大步走进来，仍旧穿那身皱巴巴的黄卡其布衬衫和短裤，胳膊下夹一张卷起来的地图。“嘿，会议安排了吗？”

“安排了，长官，七点三十分，哈格纳指挥部。”

“很好。飞行也不错，两个座位的飞机，就像一次跳蚤跳一样（fleahop）！”马库斯推掉桌子上裹着灰尘的玻璃碴子，把地图在上面摊开来，“我看你这里也受到炸弹轰炸了，整个耶路撒冷都被破坏得很严重，兹夫，从空中看这个城市你会觉得心碎的。据说，雅丁表扬了你深入犹太区的侦察，我也表扬你，干得不错！现在看看这个，说出你的想法。”

巴拉克研究那幅地图后，从直觉上就感觉这个计划根本行不通。这是一个教科书式的战术，要包围整个旧城，需要大量的兵力，而且要冒极大的伤亡风险。他应该选择从锡安门进攻，那里到犹太区仅仅一百码左右，而不是这种直接的硬碰硬。

“有什么意见吗？”

“没有，长官。”已到这个阶段了，再说出他内心真实的想法不可能改进这个计划，更不用说推翻它了。

“很好。那条旁道，我已经让本-古里安改变了看法，兹夫，他正在制订具体计划。你强调过的那两个山头上的村庄，七旅也已经夺回来了，现在正在上面构筑工事呢，准备再次攻打拉特伦。事情真的有起色。”

他们出来走到大街上。阳光下，马库斯在一处木栅栏前停下脚步，栅栏上胡乱贴着布告，一层压一层。他说："自打我十三岁成年礼起，我就几乎不记得希伯来文，太让人沮丧了。告诉我这上面都说了些什么？"

巴拉克先从一张描着黑边的哈格纳上周阵亡士兵名单开始念起，然后是它旁边一张军政府首长宣称要减少粮食与水配给量的公告，上面还用大大的吓人字眼和很多惊叹号提出警告，要对那些囤积居奇和牟取暴利者严惩不贷。其余的都是一些政党的公告，或是一些政党指责其他政党采取的政策是类似懦弱的和自杀式的。另外，还有一张室内音乐会的通知，是一个叫"市文化紧急情况委员会"的单位发出的。

马库斯对最后一张布告咧嘴笑笑："真是令人耳目一新，文化，无论发生什么事都有它，呃？这整个一锅菜炖牛肉非常地以色列，不是吗？大多是带着超多红辣椒的政治。"

"在我们的政治中，我们不能品尝别的任何东西。"

巴拉克的吉普后面停着一辆沾满泥污的指挥车，空无一人的大街上仅有这两辆汽车。他们俩上了那辆指挥车。马库斯说："我们先去大卫王饭店，看看在那儿能不能搜罗出点白兰地酒来？"

"大卫王？它早关门了，长官，它后来改成英军司令部了。"

"我知道，但是还有些基本人员在。要'停车加油'，我整晚都没睡觉。"

饭店前厅空空荡荡，家具都用被单盖住。巴拉克设法找到了一个侍者，侍者只穿着衬衣，皱起眉头给马库斯端了杯白兰地酒，给巴拉克一杯半温的咖啡。他俩就坐在台阶上喝完了。耶路撒冷旧城的城墙上浓烟滚滚翻腾而上，轻武器开火发出的短促响声回响在山涧对面。

"天哪，耶路撒冷如此美丽，还要遭受这么一个该死的包围。"马库斯说。

"从史前时代以来，从西拿基立[①]时代以来就是这么美丽。我永远也不会离开这儿。"巴拉克说。

① 西拿基立（Sennacherib），亚述国王西拿基立，曾占领过以色列。——译者注

“那里那个犹太区，”马库斯用酒杯指向远方一处冒着浓烟的地方，“就是犹太人的阿拉莫。你听说过阿拉莫吧？”

“得克萨斯州，那个前哨基地所有人都阵亡了。”巴拉克说。

“对。在西点军校的时候，我们经常争论那次抵抗究竟是英雄主义还是愚蠢行为。阿拉莫从军事角度来讲是无法防御的，犹太区跟它的道理一样，但本-古里安以国家的名义要我们死守，没办法。我们走吧。”

耶路撒冷指挥部的作战室里聚集了各个部队的参谋们，巴拉克把马库斯的进攻计划对照地图逐条翻译给他们听，他们边听边互相瞥视、咳嗽，不断地挪动身子。一名头发花白的军官用结结巴巴的英语说，哈格纳实际上一直在建议进行这样的行动，但其他部队一直迟迟不动。一名帕尔马赫旅长用飞快的希伯来语驳斥他的说法，而另一位伊尔贡军官也大声指责哈格纳，会议乱成一团。一名女兵跑进来，递给那名哈格纳军官一份手抄的希伯来文急件，哈格纳军官大声给众人念，他的声音几度哽住，全体人员都拉长脸，静静地听。马库斯转头看巴拉克，让他翻译。“犹太区的人正在投降。”巴拉克说。

“谁签署的这份急件？上面还说什么了？”马库斯沉着地问。

巴拉克拿过急件逐字逐句翻译给他听。原来，这是莫提·平库斯的报告。他在无奈之下做出批准，一个平民代表团已于今天早晨向红十字会提出请求，希望其告知阿拉伯人他们开出的条件。耶路撒冷指挥部一直迟迟不肯救援，最后要求空降弹药的提议也没有回音。“不放下武器没有一个人能离开。该代表团将在上午九点三十分举着白旗离开犹太区，于锡安门与红十字会和阿拉伯人会面。”

马库斯扫了一眼手表说：“这就是十五分钟以后的事了。”他烦躁地朝地图挥了下手，宣布道，“犹太区的救援行动取消。”

一名矮壮的帕尔马赫军官说：“我的哨位在锡安山，上校。如果你愿意的话，你可以在那儿观察。”

“好吧。”马库斯说。

一群军官和平民站在一座修道院的房顶上，神情沮丧地看着山下的投降代表团。代表团成员用两根竿子撑起一张脏兮兮的白床单，从犹太区出来，朝锡安门走去。赫尔曼·罗卜站在巴拉克旁边，嘴里喃喃有词地念叨：“我站在高山上，看着埃齐昂的人们惨遭屠戮，今天我看到了。”

阿拉伯士兵从锡安门的阴影处走出来带领那支代表团，直到他们走出人们的视线，房顶上聚集的人们才四散开去，像参加葬礼一样，没有笑容，也没人言语。马库斯和巴拉克埋头沿着凿开的石阶往下走，马库斯说：“好啦，够了。兹夫，这意味着我们可能马上要跟停火令赛跑了，这样拉特伦和那条路就是至关重要的事。我要飞回特拉维夫，你留在这里做我和耶路撒冷指挥部的联络官。和我一起开车去机场。”

一路上，巴拉克根本集中不起精神听马库斯讲关于保卫耶路撒冷的指令。犹太区陷落了！平库斯和昨晚所有那些形容憔悴的年轻士兵，他们都被敌人俘虏了，现在即使阿拉伯人没有将他们枪毙、割断他们的喉咙，在埃齐昂举起白旗投降之后他们也一样算是结束生命了。那个既可怜又荒谬的堂吉诃德，之所以和他们一道被俘是因为自己，是自己把他带到那儿又把他留在那儿的，当时自己若稍稍考虑得仔细点，也不会出现这样的悲剧呀。

指挥车返回巴拉克的住处，停在他的吉普后面。自从那块领土宣告投降以后，他就一直有种要崩溃的感觉。一些明智的犹太复国领导人已经表示不承认那份宣告。美国国务卿马歇尔将军还严重警告本-古里安不要不顾一切冒进。难道犹太人在经历了纳粹大屠杀之后，最终又要跟着本-古里安走到自我毁灭的错路上去吗？

吉普车的后座上，不知何时爬进去一个士兵，浑身泥垢，脸上带着擦伤和血污，口袋中露出一小截手电筒，正蜷起身子在睡觉。这种事情并不少见，经常有，但当巴拉克过去把那小子推醒时，他惊愕得目瞪口呆。这个人，正是堂吉诃德。

第四章　耶路撒冷的面粉

初相见

巴拉克和堂吉诃德驾驶吉普沿公路前行，无论堂吉诃德是否真的在塞浦路斯开过一辆垃圾车，他现在的确开得还算可以，虽然巴拉克知道他有不经大脑即吹牛的癖好。他们那天费劲地钻地道到旧城时，巴拉克胳膊上的伤口发炎了，疼痛和发痒搞得他心烦意乱，所以这几天就由堂吉诃德来开车，他坐在一边抱住手肘，尽力不去想它。

“我们去哪儿，长官？”堂吉诃德问。

巴拉克在午后的阳光中眯起眼睛，烦躁地说：“只管开你的车就行了，我会指给你的。”

“是，长官。”

路上除了有些大卡车外再没什么车，堂吉诃德穿行其间虽然有风险，但空隙还是很大的。马库斯召巴拉克到赫尔达去，准备第二次进攻拉特伦，巴拉克没有乘坐“派珀幼兽”离开耶路撒冷，他决定走那条旁道，顺便看一下那里现在什么情况。据他所知，骡子队已经在跑，不过，迄今为止还没有车辆通行。

“堂吉诃德，小心！”

“对不起，长官。”堂吉诃德从后面加速超一辆油罐车时，对面开来一辆满载士兵的大卡车，他在最后一秒才勉强让开。

“下不为例啊。不用着急，明白吗？”

“明白，长官。”堂吉诃德涎着脸龇牙一笑。

这年轻人很有独创精神，巴拉克想。脸皮够厚，不拘小节，也可以叫独创性。从被包围的医院中顺手牵羊拿一只手电筒虽然不是件光彩的事（堂吉诃德宣称他是在医院的地上捡的），但这正体现出一种至深的沉着与冷静；而且那晚堂吉诃德只跟着夏娜走过地下储水池一回，他就把路线记得非常清楚，又从原路摸索回来。巴拉克想提拔堂吉诃德在他所带领的某个连队里任班长，然后尽快扶持他升到排长的位置，这个孩子如果不战死，应该会有所成就。

太阳西沉的时候他们到达了与旁道交接的哈图夫路，路上停下的卡车排成了长龙。渐暗的黄昏中，大群骡子跺脚、嘶喊，人们把它们背上的物资卸下来，再装到卡车上。空气中充满了骡子粗野的叫声、司机和装卸工的咒骂声以及浓烈的骡子粪臭味。“这任务不赖。这些骡子给你们送去了香烟，有时还有酒……”一个体格魁梧、长着络腮胡子的部队司机对巴拉克说。

“给孩子们吃的，有沙丁鱼罐头、奶酪……”另一名司机说。

第三个司机插进来说：“对，他们在特拉维夫那边享受生活，惬意得很，我们却在挨饿，还要受炮击。本-古里安现在又在哪儿呢，根本就不在耶路撒冷！”

等堂吉诃德循着骡子在旁道上踩踏出来的踪迹下山后，天色已完全黑了下来，他打开光线较弱的驻车灯，汽车歪七扭八嘭嘭乱撞地一路往前走，震得巴拉克的手肘痛苦难耐。路上经过一长列正在施工的筑路机械，轰隆隆的，数量多得令人惊讶，在微弱的煤油灯光下，它们在沙尘中半隐半现，排出去有一英里多长。满载物资的骡子顺着小径沉重缓慢地爬行，还有大群哞哞叫的牛也在被驱赶队列中。牲畜们踢起来的黄土漫天飞扬，堂吉诃德几次被迫刹住车，否则就开到石头沟里去了。

这段破路漫长曲折，但正好让巴拉克有充足的时间仔细考虑事情。他很担心这个耗资巨大的工程到最后可能会被可怜地放弃，还没来得及使用就中途夭折了。不管本-古里安在军事上如何外行，他的政治直觉还是非常敏锐的。外约旦的阿卜杜勒国王已经宣布他要停火了！为什么不呢？旧城已经到手，整个耶路撒冷也在他的军团包围之中，在这场战争中他无疑是胜者。两个超级大国长时间以来一直在敦促停火，其他阿拉伯国家现在尽管意见不同，但在停火方面都是一致的，所以留给以色列收复耶路撒冷的时间实在已经很少了。

山脊那边的拉特伦方向传来断断续续的加农炮轰鸣声，那是发动总攻之前的炮兵拦阻射击，在灰尘稍小些的时候，还能看到爆炸的闪光。七旅现在装备了一定数量的重炮，增加了装甲车数量，另外还配备了火焰喷射器和迫击炮，移民新兵们已经有了战斗经验，并且经过了将近一星期的强化训练，也许这次他们能攻下拉特伦！但问题是马库斯的那套进攻计划，本质上就是上次失败行动的一个翻版，除了从埃及前线吉瓦提步兵旅[①]里抽调过来一个营，让他们在拉特伦背后担任佯攻外，几乎和第一次没什么区别。巴拉克对这次进攻也不敢有太大奢望。“再次、立刻”的进攻命令是一个政治决定，因此任何军事手段，只要能搜集到，都会被拿来运用。

终于，旁道另一头的陡坡，一道黑色的陡峭山崖，在正前方隐隐出现了。在推土机的轰鸣声中，一个人影提着盏灯穿过灰尘的涡流靠上来问：“是兹夫吗？”

“是的。”

“好了，我来开车。”那人上了车小心地驾驶着吉普走了几码远，靠右边停下。

---

① 吉瓦提步兵旅，国防军的精锐部队，以色列历史最悠久的部队之一，是1948年12月以色列首批组建的六个正规步兵旅之一。——编者注

“接下来怎么办？”巴拉克问。

“Rega（稍等）。”那人消失在厚重的灰尘中。巴拉克和堂吉诃德坐在车里等着，灰尘呛得他们直咳嗽。过了一会儿，三个黑影走过来，其中两个走到吉普前头，开始砰砰地装着什么。“用卷扬机把你们拉上去。”刚才那个提灯人说，“没问题，只是要抓紧些。重要的是……啊，走吧。”

随着车身猛地一动，吉普被迅速向前拉去，车头立起，四个轮子几乎要离地，伴随着卷扬机的嘎嘎声，传来钢索刮擦发出的刺耳的声音。爬升到尘雾上面，借着月光可以看见两队人正弯腰背着大袋子顺蜿蜒的山路向下走，他们中一部分人背着枪，另外一部分人没有枪，只带着昏暗的油灯。卷扬机把吉普拉到平坦的山顶后嘎吱一声关掉，萨姆·帕斯特纳克站在钢丝绳卷筒旁，像刚从古墓中爬出来的土人，咧嘴笑着说：“这条旁道怎么样，兹夫？进度如何，嗯？”

“非常不错。准点进攻吗？”

“当然。午夜进攻，没有改变。”他指着那些弯腰背着面袋的队伍说，“我正在核实这些小伙子。”

“是面粉？”

“五十磅的面袋，我的计划是，两百个人，每人两趟，每晚往耶路撒冷送十吨面粉，能管点用了。”

“嗯，不错，萨姆。军人还是平民？”

“大部分是平民，志愿者。”

“堂吉诃德，跟这些人一起去背面粉，天亮的时候到我的公寓，在那里等我。”巴拉克说。

“是，长官。我自愿服务。”堂吉诃德的声调惨兮兮的，他爬出吉普，迈着沉重的步子走到一辆卡车旁的长队后面，在那里，一袋袋面粉正被递出来。

“你从那边能看到大规模施工吗？”帕斯特纳克问。

“在夜色和灰尘下，说实话看不很清楚。”

“很好，真让人难以置信！五百名筑路工和石匠同时在这里大干特干，兹夫，全国的推土机司机和压路机司机都来了！我们安排了很多巡逻队，那些阿拉伯探子没法进来。我敢保证，阿拉伯军团绝对到现在都没有察觉到这里发生的事。”

“车队还要多长时间才能跑这条路？”

“也许一星期或者不到一星期。”

“斯通上校在哪儿？”

“在赫尔达，正等着你呢。我们走吧。我来开车。”帕斯特纳克领着他在一堆凌乱的卡车中绕来绕去，最后走到一辆通信吉普车前面。耶尔头戴发送接收机坐在里面，看到他们后摘下耳机。帕斯特纳克朝她大喊：“跟我们走。”

她点点头，大声问巴拉克：“你那个心腹傻瓜堂吉诃德哪儿去了？”

“背面粉去耶路撒冷了。”

她大笑。

“兹夫，犹太区投降以后是什么情况？我们这儿什么也不知道。”帕斯特纳克边开车边问。

“嗯，在某些方面，比我们希望的要好些。他们在洗劫房屋，当然，也在炸掉犹太会堂。胡瓦会堂被炸得飞起来时我就在锡安山上看着，上帝做证，他们用了巨量的炸药炸那座建筑！我脚下的地面震得就像来了一场地震似的，而且……”

“那在哪些方面比我们希望的要好些呢，看在上帝的分儿上？”

“让我说完！在我离去的时候，我碰到个红十字会的人，一位头发灰白的比利时女士，人很不错。她的话让我缓过点精神来，我告诉你。”

没有发生大屠杀，巴拉克强调道，他们把平民们转移到附近的一个村庄里，对幸存下来的士兵，则严格按照《日内瓦公约》对待，阿拉伯军团里的英国军官们见证了这一切。阿拉伯军团司令看到我们的士兵是如此年轻，装备如此之差，人数又如此少，他大为惊讶，那位女士引用军团司令的话说：“如果我们早知道他们是这样，我们就用棍棒和石头来进攻了。”

“他们最好是好好待那些孩子，我们也抓了他们的俘虏，而且比他们抓我们的要多得多。”帕斯特纳克恶狠狠地说。

“耶尔·卢里亚在这儿干什么，萨姆？”

“我的信号兵病了，我指定耶尔来接替，”帕斯特纳克朝耶尔瞥了一眼，“聪明的孩子，理解得很快。”

“是很聪明。”

“你见过我岳父了吧，顺便？”

“见过了，第一个见的就是他。他正在那儿维持食品供应。一个真正的Yekke，守纪律，讲命令。”

“赫尔曼那样是很好，但鲁思那样就不行了，一个Yekke的老婆。”帕斯特纳克嘲讽地说。拉特伦方向闪出耀眼的火光，滚雷般的炮声随后传来。“兹夫，我们的新大炮很厉害，这次我们也许能攻下拉特伦。”

为了不致在浓厚的尘土中迷路，堂吉诃德始终紧紧地盯住他前面上下移动的面袋。他自己肩上的面袋松松垮垮地绑扎在身上，不断搓动的背带磨得他双肩生疼，除了累点，不断往外涌汗以及缓慢沉重地规律行走外，他倒是感觉挺美的。毕竟，他是在往被围的耶路撒冷背面袋，怎么也不能比他前面这个头发花白的矮壮老者差吧？与他们擦肩而过的筑路工开着粗野的玩笑，为他们鼓劲加油。他走到路边一辆洒水车旁，用罐头盒大口大口地痛饮，他感觉从来没有喝过如此甘甜的水，即使在条件最差的临时难民营中喝水时也没有过这种感受。

步行比他从吉普里能看到更多的东西，一星期前这里还完全是一片杂木丛生的荒地，而现在就变成一条真正的道路了，尽管它狭窄、弯曲，还经常有冒出地表的巨石，但仍可算一条初具规模的路。石匠们在灯光下开凿挡住路的石头，然后再由推土机把碎石土堆推到一旁。就像是从两端掘进隧道那样，这条路也一样同时从两端开始修筑，坡道附近的工程进度比路中间要更快一些，临近终点处，开凿出来的石头再被铺到道路两边，吼叫的压路机在上面来回碾压，既平整又拓宽了道路。要把面粉背到接站的卡车那里，搬运者们必须要穿过牲口群，不停叫唤的牲口拉下了海量的粪便。堂吉诃德就这样步入那些骡子和母牛拉下的粪便当中，粪便实在太多了，每一脚踏进去都有那种滑溜的扑哧扑哧声，到最后，他索性不管了，随它吧，只要小心点不摔倒在里面就行了，他后面那位就恰好摔在这些纯天然的粪堆里了，爬起来后使劲在那儿咒骂。

就这样缓慢艰苦地跋涉了长长的两英里之后，他们终于抵达了目的地。在回程路上，堂吉诃德感觉走路就像在空中跳舞一样，背上没有了五十磅的面粉袋，行进起来感觉非常轻松，连蹦带跳地，好像一眨眼他就回到原处了。搬运工们在一处部队野战食堂里吃饱喝足后，再一次背上了面粉。堂吉诃德感觉自己的双肩被磨得刺痛，可能军服下面的皮肉已经破了，但是没什么可抱怨的！黑洞洞的山那边，炮兵在持续轰击，夜空被照耀得黄一阵红一阵，第二次拉特伦战役打响了，与那些朝拉特伦高地冲锋的伙伴相比，他这算什么呀。

次日一大清早，太阳刚升起来，疲惫至极的堂吉诃德沿着耶路撒冷一条街道蹒跚而行，灰头土脸、蓬头垢面，几乎都认不出来了，当夏娜看见他时，差点把一桶水摔在地上，这真的是那个戴眼镜、长着一张严肃长脸的“麻秆”吗？他不是留在旧城里的犹太区了吗？“你！你还活着！你没有被俘！”

堂吉诃德疲惫地朝她做个鬼脸，脸上的面粉裹着泥垢，又被汗水浇成一道道的。“小夏娜，还好吧？”他哑着嗓子说。

“你身上怎么那么脏？你什么时候从犹太区跑出去的？怎么出去的？我还以为你挂掉了呢。想喝口水吗？”

“当然要喝。”

她把水桶递给他，堂吉诃德提起来就往嘴里灌。

“哎呀！你是睡在马厩里的吗？”夏娜问他。

“我想我身上的气味一定很难闻。”说着他把水桶举过头，兜头一桶就往下浇，边浇边大声叫，“啊！好舒服。”他肩膀上的疼痛感觉顿时减轻了许多。

夏娜急得大叫："呀！不要倒了！停下！不要！你疯了！你在犯罪！那水是给我全家用的！"

"我再给你提一桶来。"

"去哪儿提？怎么提？水车已经走了！要到晚上才会来！你这个蠢货，那水是用来洗脸做饭的，是基本的生活用水。"

"你先回家吧。告诉爷爷就说那个从卡托维兹来的小伙子去提水了。"堂吉诃德咧嘴笑着说。他提着空桶站在原地，身上泥泞的水不断往下滴。夏娜身子倾过去擂了他几拳，但那顶什么用呢？桶已经空了。堂吉诃德安慰这位吓得发蒙的女孩说："夏娜，要是我没提回水来，那我就是死了。"

"但愿如此！"小女孩说着跑开了。

听夏娜讲了这个事后，她爷爷和妈妈都很惊讶。她妈妈是一个四十多岁的憔悴妇女，戴着顶宗教规定的假发，假发外面同样是规定的头巾，她说："这个约西是个神经病。你永远也不会再看见他了，我们的桶丢了。"

塞缪尔先生还像往常那样，每日早晨坐在桌子旁温习犹太教的《托拉》[①]，他说："如果他真的是个神经病，那怎么能在没有夏娜的情况下从旧城里跑出来？他是天使吗？是飞出来的吗？"

"他闻起来不像一个天使。"夏娜说。

"你又不知道天使闻起来什么味儿。"她妈妈恼怒地大声说。

"我知道一个天使闻起来不会像骡子的……那个。"夏娜说。这个意第绪语的委婉说法让两个大人的眉都皱了起来。

"好了，没有水沏茶，也没法吃早餐了。你就念你的祈祷词，做你的功课吧。说话要注意。"她妈妈说。

过了不久，紧闭的裁缝铺子门上传来一阵敲击声，夏娜奔过去打开门，门

① 《托拉》（Torah），犹太教的律法书，犹太人每星期在犹太会堂诵读其中一部分，一年通读一遍。——译者注

外站着堂吉诃德，他浑身仍旧湿淋淋的，两手各提着一只装满水的水桶。

“又是你？”小姑娘提着的一颗心终于放了下来，她用尖利的嗓音尽量掩盖自己内心的宽慰，“好吧，快进来吧。”

堂吉诃德已经准备好一个小谎对他们说，关于他在哪里提到的水以及他怎么得到的第二只桶（实际上他是在一处秘密的卡车补给站拿到的，那里专门为司机和装卸工们提供补给），但塞缪尔先生什么也没问，只是微笑着请他一起吃早餐。夏娜给他们端上来茶和粗劣的土豆饼，然后就和她妈妈一起去洗衣服了。

堂吉诃德的率直赢得了老裁缝的青睐。堂吉诃德知道这星期的《托拉》讲的是哪一部分，他戴上破烂的军帽，开始做谢恩祷告，说得还很准确，感谢上帝赐予他们土豆饼，而不是说面包什么的。为了表彰他这个行为，老人便为他详细解释《托拉》文句，他神情专注地听着，不时还点点头。但后来塞缪尔先生注意到他不再点头了，而且眼神呆滞，那种专心的表情也固定了。事实上，他早已酣然入睡，脸上还留有僵硬的笑容，但身体坐得笔直，眼睛也睁得大大的。

进攻计划

早在拂晓之前，巴拉克就知道第二次拉特伦进攻又失败了。他和马库斯站在靠近战场的一处小山包上观察整个战役——非常近，他认为——有那么一会儿，胜利似乎触手可及，装甲营猛攻敌人的堡垒，将它们一个个摧毁，激烈的炮火点亮了整个天空。看到装甲部队英勇的冲锋，马库斯异常兴奋，他边踱步边大口喝着装在水壶里的白兰地，等待胜利捷报的到来，还不停地把酒让给其他军官喝。不料，随后不知是触发了地雷还是被大炮打中，两辆运送步兵进战场的汽车着了火，紧跟着所有的车辆全部被打了回来，再后来便是敌人一阵致命的轰炸。巴拉克通过野战电话和施洛摩·沙米尔上校联系，了解到步兵部队已被击溃后，他无奈地对马库斯说：“长官，施洛摩·沙米尔上校终于和吉瓦提步兵营的营长联系上了。”

“嗯，嗯，怎么样？侧后的袭击怎么样？”

“他们遭遇到敌人顽强的抵抗，伤亡惨重，冲不上去，现在正在撤退。”

前面的战场上枪炮齐鸣，火光猛烈闪耀。马库斯沉默许久，好一会儿才低沉地问：“怎么办？哈伊姆？”哈伊姆·拉斯科夫中校是装甲部队司令，此刻也在这处指挥战斗。

“再过一个小时天就亮了，长官。没有步兵协同作战，我必须得把装甲部队撤出来，否则我们将全军覆没，我必须请沙米尔上校下达命令。这次进攻已经失败了，你的意见呢，长官？”

马库斯看巴拉克，后者点点头。哈伊姆·拉斯科夫也许是陆军部队里最有经验的指挥官了，没理由反对他的建议。沉默了一会儿，马库斯怪异地苦笑了一下，点点头，一屁股坐在草地上，“看在上帝的分儿上，我们坐地上吧。讲述国王们悲哀的死亡故事……”巴拉克以前也曾听过马库斯引用零散的诗文，大多是军事或搞笑的段子，像这么阴郁的词语和声调还是第一次听到。

“我现在喝了这酒，谢谢你，长官。”哈伊姆·拉斯科夫中校拿过马库斯的水壶猛灌了一口酒，还给他。

赫尔达基布兹的居民们像往常那样在食堂里吃早餐，杯盘餐具发出嘈杂的撞击声。这里同时是马库斯的简易司令部，里面的大部分地图和通信设备都已经拿走，但在一个角落里仍有一张地图挂在墙上，他踱着步子，大声向巴拉克讲述战役总结，语句简短，措辞激烈，总结最后定论：“此次战役失败。”施洛摩·沙米尔上校和哈伊姆·拉斯科夫坐在旁边喝咖啡，听到结论后，两个人互相看了一眼。巴拉克想，马库斯除了责任归属搞错以外，其他都分析得正确。对此次战役的剖析结果大致和他以前所担心的一样，运用能力不足的部队而导致失败，纯粹的高度冒险行为，就是这样。所有的责任都应归咎于对拉特伦贸然发动进攻的政治决定。

“结论！”马库斯咆哮道，眼睛充血、声音粗哑，他水壶里的酒早已喝完了，但非常清醒，“我就在那里，从头到尾，观察了这场战役。可以简单总结出，计划——很好！炮兵——很好！装甲部队——不错！步兵——”他停顿了一会儿，然后大声喊出，“丢脸！”

“这样的评价有点过分了。”哈伊姆·拉斯科夫说。

“我不认为过分，我认为这对他们已经够仁慈的了。”

施洛摩·沙米尔说：“我们还没弄清楚所有的事实，长官。肯定要进行问责，但是……”

“他妈的，马上问责，从今天就开始。我们已经掌握了很多事实。预备队撤下来是因为有几辆汽车着火了，吉瓦提步兵营撤下来是因为他们死了两个人，他们的营长亲口告诉我的！两个！”

巴拉克插进来说道：“长官，这两种情况中，一方面敌人的火力太重，另一方面舍命去攻取高地的连队里多半是没经验的新兵。执行不力是事实，但是……”

“那是我要汇报的。”马库斯打断他说，“现在我们休息，然后制订下次攻打计划。本-古里安需要拉特伦，我就一定要把拉特伦献给他，但是下次，我们的计划将是全新的，完全由我来制订，从头到尾！”

几天后的一个深夜，在拉特伦边上那条石尘飞扬的旁道上，马库斯和巴拉克两人过来视察一个难点路段。这个地方的峡谷较宽阔，工程师们测量出卡车在这段下坡处没法开过，指定要直接打穿一块堵在路上的花岗岩巨石，因此，沿着斜坡上下，骡马和搬运工们忙碌地埋头苦干。众多的石匠——以色列能找到的石匠全部都在这儿了，此刻正挥动铁锤不断叮叮当当地敲打。因为不允许爆破作业，所以这里以及其他所有山间路段全部是用手工劈砍出来的，完全像古代那样。山的那一边，炮火再一次打响，轰响夹杂着闪光，第三次拉特伦进攻的炮火前期探测已经开始了。

“老天在上，告诉这些人，我为他们自豪！我要和他们每个人握手。”马库斯大声说。

他跑进石匠们中间，和他们握手，拍着他们的背，查看他们手中的工具，人们的情绪受他感染，兴奋地操着各种语言争相与他说话——希伯来语、意第绪语、意大利语、波兰语、德语、俄语、阿拉伯语……还有一些含混不清的就连巴拉克也不知是什么语言的语言。马库斯说英语，让巴拉克帮他翻译，他那种纯正的美式口音似乎让这些来自全世界各地的犹太人非常兴奋。这里站着的就是那位传说中的朋友，那位离开了安全的美国并冒着生命危险来这里的犹太人将军，那位来参加建设这条非凡之路、参与建设自由耶路撒冷的人！马库斯的兴高采烈很快点燃了所有道路建设者的激情，鼓舞并激荡他们的心扉。

但是，当他们回到特拉维夫后，马库斯又陷入沉默寡言的郁闷当中。巴拉克很理解，总参谋部对再次进攻拉特伦很不情愿，没有热情。刚打完仗的七旅士气低落，严重减员，现在被派去防守那条旁道，同时往耶路撒冷背面粉。另外，从北部前线又抽调了一支有经验的旅，让他们来作为再次进攻拉特伦要塞的主力。北部有叙利亚在进攻，而本-古里安却强令部队冒险离开北部，也只有他能做到这一点，这是没有办法的办法，即便这样冒险，调来的那支旅也同样是破破烂烂的，和吉瓦提步兵营一样，也是靠招募新兵才达到满编状态。吉瓦提那些经验丰富的老兵大多在与埃及作战的战斗中阵亡了，这是吉瓦提步兵营第二次进攻失败的原因，这也使得现在这支新的进攻部队很惶恐，事实上到现在，军队在各方面已接近强弩之末了。

“我现在进退两难，兹夫，”马库斯大声说，“根据我们今天所看到的旁道情况，我还不能跟本-古里安说让他取消这次进攻。筑路工人们修路非常辛苦，但那路完全起不了作用，通不过车队。”

“还不到时候，很快就可以了。”

“没有用。到现在为止还仅仅是一条羊肠小道，如果要按时进攻的话，再过四十八个小时总攻就要开始了。没有办法的事。我无意送更多的犹太孩子去攻打拉特伦，但我是一名军人，不得不听命令。”

马库斯办公室内的墙上除了西奥多·赫茨尔和本-古里安的画像外，全部盖满了战场态势图。他坐在赫茨尔画像下的一张桌子边，递给巴拉克第三次进攻拉特伦的作战计划，然后开始看成堆的急件和电报。在明亮的荧光灯管照射下，他双眼下的凹陷显得更深更黑。马库斯一直都不是那类干净整洁的人，他的头发是褐色的，但脸上的长胡子却是一片灰白，是该刮一下脸了。他躺在椅子里快速浏览文件，一会儿摇头，一会儿嘴巴紧闭，一会儿又打哈欠，他们两个人还一直没睡过。

巴拉克不仅胳膊痛，肩膀也被吊得痛，因此他在看作战计划时，把那只打着石膏的胳膊吊在椅子背上。这是一份理想的计划，和马库斯那份让巴拉克回想到英军岁月的讲义手册一样。计划中有每一战区的详细地图，后面附有相关的后勤、运输状况和情报，细节极其烦琐复杂。天哪，这该下多大的功夫呀！但是，这完全是在空想。很多部队，从这份计划上看很强大，实际上都是由残破不堪的连队组成，一些部队人数到今天还低于编制，比他记忆中的估计多不了多少。补给也有限，根本达不到后勤状况里描述的标准。至于进攻，仍然是正面突击，但这回仅仅是佯攻，真正的突袭地点是耶路撒冷，由围攻耶路撒冷的部队执行。这一点设想得挺好，但问题是那儿哪还有新的兵力呀，巴拉克心里闷闷地盘算。

“这些文件显示出他们没什么信心。”马库斯递给他一些急件，是那些被分配到此次进攻任务的几支部队发来的，都在报告面临的困难、延误、疲软和不足。一名指挥官建议推迟计划，另一名则提出完全不同的耶路撒冷解救计划，白白浪费现在已就位的部队。“他们不想打仗，兹夫，这是他们真正想和我说的。好像攻打拉特伦是我出的主意似的。”马库斯沮丧地打着手势说道。他拉开桌子抽屉，取出两个酒杯和一瓶酒，对巴拉克露齿一笑，说：“喝点酒？”

“行！”

“兹夫，你对第一次世界大战的诗歌有了解吗？

倘若我死了，请这样想一想我：
在一片异国的田野，
那里的某个角落，
是永远的英格兰。”

“鲁珀特·布鲁克[①]——我在北非的时候，在阵亡者墓地上经常听到他这首诗。”巴拉克沉闷地说。

马库斯往他自己的杯子里倒了满满一杯酒，喝了一大口，念诵出这首诗的最后一句：“……在英国的天空下，那里有宁静之心的……”声音疲惫，泪光在他眼里闪烁。

“很不错。”巴拉克说。

“还有一首诗，这两天我一直在默念。

我与死神有个约会，
地点在双方争夺的街垒……”

马库斯看着巴拉克，表情忧郁疲乏。“可曾听过这首？”

巴拉克尽力喝下一点点白兰地，他能感受到自己对这位两千年来的第一位犹太人将军的同情。他本是一个局外人，却要在这里饱受困扰，一个好心人，

① 鲁珀特·布鲁克（Rupert Brooke，1887-1915），第一次世界大战期间“战争诗人”的代表人物。他死于战争，最著名的作品是十四行诗组诗《一九一四年》和《士兵》。——编者注

但因不熟悉情况而施展不开能力，戴维·本-古里安又把费力不讨好的统率权和毫无希望的任务硬压在他身上，现在怎么想办法让他振奋起来呢？

“长官，我可以说些自己的看法吗？”

“可以。”马库斯边说边给自己的杯子倒满，喝了一口。

“前两次拉特伦战役应该大大削弱外约旦军团的实力了，否则他们绝对会出来打死筑路工人，并炸掉那条旁道。”

“嗯，很有可能。”

“这是事实，长官。你已经阻止他们那样做了，到现在为止他们一定清楚我们在忙什么，他们甚至埋地雷想要阻止我们，但他们没干成。更重要的是，外约旦军团没有调动军队去夺取耶路撒冷的剩余地区，因为他们的耶路撒冷驻军和拉特伦驻军意见不统一，他们正在坐失良机。”

马库斯微微一笑，拿起酒杯大大喝了一口，说：“很好，兹夫，你在努力让我振作起来，谢谢你。我完全可以上一架飞机回家，你知道，我老婆认为这不是我的战争，我跟你说过这个。我正在送越来越多的孩子上战场，为了一个理由而在拉特伦牺牲。本-古里安是一个有智慧又坚强的老家伙，或许应该叫伟人，而我是一名犹太人，所以我会执行他的命令。”他继续朗诵诗句。

“当树叶沙沙，大地春回，
空中充满了苹果花香，
我与死神有个约会，
当春天带回晴朗的蓝天……”

马库斯的声音和表情里透露出的悲伤让巴拉克感到刺痛和恐慌，他把酒杯放到桌子上，打算请示离开。马库斯笑一笑，是一种很怪异的苦笑，就像他那天晚上在路基上看见工人们时的微笑。他意识到，作为指挥官，他所指挥的第一场战斗算是彻底失败了。

他念到最后一句诗：

“我发誓一定要遵守诺言，
这约会绝不让对方失望。”

马库斯举起酒杯敬向巴拉克，又敬向赫茨尔的画像，最后朝本-古里安的画像举杯示意，然后一口喝干：“兹夫，你没有喝你的酒。”

“谢谢，上校，我喝得够多了。”

“这也许算不上一首好诗，我不会评判诗，但它真实地描述了一名士兵在心情糟糕时的所想。现在说说，我的那份作战计划怎么样？”马库斯问。

“军队中还是第一次这样计划。”巴拉克说。

马库斯点点头，显得很高兴：“你们这些小伙子必须要学习。你们已经打下了一个国家，还要继续为它打下去，包括你的孩子们，也许还有你的孙子们，像美国从1776年到1812年那样，你要知道。南北战争、第一次世界大战、第二次世界大战……”他看了眼发白的窗外，“天哪，早晨了，好小子。我们开始工作吧。”

第五章　路是我们的

军事胜利

耶尔已经连续十二个小时不在信号兵岗位上了，特拉维夫六月的夜晚又闷又热，让她疲惫不堪，浑身直往外冒汗。此刻她正在女兵浴室里洗澡，从头到脚抹满了肥皂沫儿，节省地使用残破水管中流出来的细细的温热水流。浴室里有人喊她，带着空荡荡的回音："电话，耶尔，红房子的。"

"真见鬼！"

她飞快胡乱地冲干净身体，跑到墙式电话机旁拿起听筒。"你十五分钟后能过来吗？"听筒里传来兹夫·巴拉克的声音。

"什么？我正在休假啊，我还以为你在耶路撒冷呢。"

"换一身新制服，保持最佳状态。"

"干什么？"

"这是命令。"

耶尔花的时间比十五分钟稍稍多一点，但她到了红房子时看起来就像是募捐资金海报上的人一样漂亮，惹得办公室外几名懒洋洋站着的士兵猛吹口哨。巴拉克桌子周围站着一群外貌粗鲁的平民，他本人在讲电话，伊加尔·雅丁坐在他旁边，抽着烟斗。巴拉克对电话说道：“卡车队已经准备好了，斯通上校。大多数司机现在都在我这儿，随时可以出发。小型卡车，二十五辆左右，可以装载大约七十吨物资。”

那边一阵谈话。耶尔知道那边的“斯通上校”现在正在耶路撒冷外面的司令部里，准备指挥下次拉特伦进攻，但这与自己有什么关系呢？

“是，长官，当然有风险。但是一旦明天全世界的报纸都刊载出这儿有一条路的消息，包围已经被我们解除，那我们就创造出一个令世人震撼的奇迹了。”

那边又是一段长长的话，巴拉克对雅丁上校摇摇头，捂住话筒对他说：“我跟他说了，长官。他现在很犹豫。万一那些记者有个三长两短，他说——地雷、狙击手，随便什么意外——说我们泄露秘密，引发了一场灾难，也许已经把那条路给丢掉了。”

“我来跟他说……”伊加尔接过话筒。

“米奇，我是伊加尔。施洛摩·沙米尔的旅倾巢出动护卫那条旁道，他报告说现在那条路是畅通的。停火令在三十六小时内还不会生效，所以……不，不，我算的是对的，长官，是在十一日上午十点。停火令生效之后阿拉伯人一定会宣称那条路不存在，联合国休战委员会也会支持他们的说法——这不用说，他们肯定会这样——然后他们会把耶路撒冷城判给阿卜杜勒国王。但是我们完全可以先发制人，我们可以在报纸上宣扬：卡车队在停火令生效之前就冲破了包围圈，进入了耶路撒冷。长官，我建议我们冒险一试。”

那边说了很长一段话，听筒里传来不清晰的声音，随后，伊加尔·雅丁放下话筒，对巴拉克说：“允许了。”转身离开办公室。

“可以了。”巴拉克对那些司机说，他扫了一眼墙上的钟，指针显示在午夜十二点半，“召集其他人，马上装货。我们凌晨两点出发。”人群七嘴八舌地说着话一哄而散。巴拉克上下打量耶尔，问她："和记者共事过吗？"

"没有。"

"来，做个非常亲切和蔼的样子。随便做一下。"

"听你吩咐，少校。"耶尔故意扑闪着大眼睛，声音甜甜地说。

"很好。"

他们走出来，堂吉诃德坐在巴拉克吉普的驾驶座上，他把眼镜往鼻梁上推了推，冲着耶尔笑道："哇！丽塔·海华丝啊！"

耶尔眨眨眼睛，用性感的声音对他说："别夸张，堂吉诃德。"

"你哥哥本尼怎样了？"

"完全康复了，已经返回岗位了。"

"那挺好啊。"

他们开车走在灯火管制后空无一人的大街上，巴拉克告诉耶尔，接下来几个星期内卡车队要进出耶路撒冷，在第一批进入耶路撒冷的卡车队中，耶尔将作为军队联络官陪同两位外国记者，堂吉诃德做她的勤务兵，届时他们将全部乘坐施洛摩·沙米尔的指挥车，耶尔要运用她女性的魅力来保证让两位记者高兴。"我不认识圣约翰·罗伯利这个人，他是路透社的。"巴拉克说，"一个高个子英国人，浅灰色头发，粉红脸颊。路透社对我们一直是负面报道，当然，它是英国政府的喉舌，但它在全世界各地都有分支机构，影响力非常大。另一名是《洛杉矶时报》的记者索尔·史瑞伯，个子矮小、红头发、犹太人，讲意第绪语，他不像罗伯利那样有影响力，但人很聪明。"

到了一间供新闻记者住的饭店，他们在大堂一个昏暗角落里见到了事先约好的索尔·史瑞伯和圣约翰·罗伯利。史瑞伯随身带有一套照相器材和一个小旅行包，罗伯利则什么也没带，抽着一支雪茄。巴拉克上去跟他们说了大致情况。

"你谈到危险，有什么危险？"圣约翰·罗伯利带着不信任的表情，斜视着这伙声称要带给他重大独家新闻的怪模怪样三人组——一个胳膊套在脏兮兮石膏里的年轻军官；一个化过妆的漂亮女兵；还有一个瘦得皮包骨、戴着眼镜，穿一身破旧黄卡其布军服，头戴帕尔马赫毛线帽的小伙子。

“是这样，先生，届时在那个地区正好有一场战斗要发生，我们会避开交战地区安全行进，但要冒险。那条路是刚修成的，并且现在仍然在修。车队会在不开灯的状态下前行，而且今晚没有月光。”巴拉克说。

罗伯利低声嘟哝了句什么，史瑞伯挠挠头。

“此外，尽管我们严密封锁了关于路的消息，并且投入了很多兵力在那儿巡逻，但车队还是需要冲破敌人的包围，路的那一头仍然有敌人。”

“少校，车队多大规模？”史瑞伯问。

“大约三十辆卡车，”巴拉克说，他因为自己的新闻关系身份没有说真实的数字，“承载大约一百吨物资。”

罗伯利扬起浓重的眉毛，问：“一百吨？今晚运去耶路撒冷？”

“一个小时后出发，大约在黎明时分到达耶路撒冷。”

“那么你们政府已经做好准备要泄露这条路的消息了？”

“有什么不行的？那条路现在已经开通，而且会一直开通下去。”

罗伯利又是一声嘟哝，重重地吸了口雪茄。耶尔轻轻碰了下他的胳膊，用柔美的英国托管地口音对他说：“先生，这位是约西，要不要他帮你拿行李？”

虽然罗伯利还是很严肃，但眼睛里有了些友好气氛，他对耶尔说：“行李？干吗要拿行李？如果我去，要是有题材，我还要立刻回来发报呢。”

“我们在耶路撒冷已经安排好了电报设施，新闻电头上标明耶路撒冷也许更令人瞩目。”巴拉克说。

“那军事新闻审查怎么办？”史瑞伯问。

“在耶路撒冷你们同样可以和他们见面，当然，我们也可以从那条小路返回或者立刻用‘派珀幼兽’把你们送回特拉维夫，但我们想耶路撒冷的解围是一个非常重大的新闻题材，你们也许会想要留在那儿一晚上，甚至一两天。如果你们愿意留的话，大卫王饭店有一间套房可以供你们使用，大卫王饭店已经停业，但你们可以例外。”

“我准备去。”史瑞伯说。

罗伯利摁灭了雪茄，站起来对堂吉诃德说：“跟我来，小伙子。”

激流勇进

卡车队停在特拉维夫市东南面，在黑夜的星光下，看上去成模糊的一列纵队，远远地向前延伸到耶路撒冷公路。当巴拉克把吉普开到车队前头时，拉特伦战斗再次打响，前方的夜空中射出耀眼的照明弹，像没有雷声的闪电似的。圣约翰·罗伯利问巴拉克：“你们真的认为阿拉伯人不会阻止车队？一路上可是都有阿拉伯人的镇子啊！能确保消息会很快传出去……”

“我们走这条旁道已经很长一段时间了，先生，只是以前运输量没有这么多，这就是为什么耶路撒冷能坚持到现在的原因，而且敌人也没有来骚扰过我们。再说，我们的七旅还在守卫着这条路呢。我想我们不会被堵住。”他说着回头朝后座看了一眼，耶尔正挤坐在两位记者中间，“但实话实说，这毕竟不是丁香花开时在英国皇家植物园里逛，如果你们要改变主意的话还来得及。”

后面先是沉默，罗伯利哼了一声，然后大笑起来，对巴拉克说：“其实，少校，在丁香花开的季节里逛英国皇家植物园也要考虑危险——可能会被人群践踏。”

在马达轰鸣声中，全部汽车启动，从公路上出发。在不开灯的状态下穿行在阿雅仑谷里，除了炮火不时炸出刹那的耀眼闪光照亮卡车，再无一丝光亮，整个车队拖成一个长长的模糊黑影爬行在夜色中。到了赫尔达基布兹，巴拉克他们与施洛摩·沙米尔会合，然后转乘他的装甲指挥车，堂吉诃德的吉普车又上了几名怀抱冲锋枪的士兵，跟在他们的车后面。巨大的工程机械来回移动，大群的牛和骡子身上驮着从重型卡车上卸下来的物资，两位记者借着手电筒的光亮把这一切草草记在笔记本上。旁道的入口部分现在已经较为宽阔且平整，坡度已被大幅度削缓。山的那一边，炮兵在不断开炮，发出隆隆的轰响，短短时间内整个天空就变成火红一片。此刻，这条旁道的价值不证自明，索尔·史瑞伯毫不掩饰地表达着自己由衷的赞叹，英国人圣约翰·罗伯利则一句话也没有说。

旁道入口处的陡坡是最让巴拉克担心的地方，“嘿！过山车！”史瑞伯喊道，眼睛盯着他们前面的装甲车一辆接一辆地消失在山崖边缘。

“应该叫激流勇进，抓紧了，享受飞驰而下的刺激吧。”兹夫·巴拉克说，欢声中带着点颤抖。在赫尔达，指挥部关于第三次进攻的前期报告比较悲观，也许现在一切都要依靠这条路了。

指挥车开到山崖边缘，挂上低速挡，然后嘎吱作响地向下开去，剧烈摇晃中，下面的金属丝网发出尖利的响声。巴拉克的话并不是开玩笑，车头像要笔直向下插入黑暗中一样，不过他知道这个坡度尚属安全范围。车里的人都拼命抓住一切能抓住的东西，史瑞伯大喊：“啊！啊……”罗伯利也憋出几声闷哼，坐在两位记者中间的耶尔却在不停地咯咯笑。下行过程中，能够看见搬运工和骡子顺着长长的弯道上下跋涉，踢得尘土翻飞。工程师们还没能开拓出供卡车行走的路，现在只是一条又短又陡的临时车道，上面用金属丝网覆盖。这条车道巴拉克已经开着吉普上下过好几趟了，尽管有一次他是靠卷扬机拉上去的。整个路段中这一段是最为危险的，尤其是爬坡时。他打赌这两个记者肯定会坐飞机飞回特拉维夫，或者是等停火后经由拉特伦返回。一番艰辛后，他们的车开到了旱谷，所有的装甲车都等在那里。“这车坐得真够惊险的。”史瑞伯喘着气说。

罗伯利问巴拉克：“那些卡车能走这样的斜坡吗？”

“当然能了。”

“那我们停下看看？”

“可以！”巴拉克说。他不由得暗想，英国人真是太过精明了。

卡车一辆接一辆在悬崖边沿探出头，发出刺耳的刹车声和碾压声。金属丝路面上一次只能走一辆卡车，前面一辆走时后面那辆就等在悬崖边上，等前面的彻底下来后再跟着往下走，每辆车往下走都像是惊险电影的一个镜头，有一辆头重脚轻的卡车开得稍快了一点，它的重心就猛地移到前面两个轮子上，像跷跷板那样骇人地晃了几晃才稳下来，随后一路冲撞下谷底。

六辆汽车均以这种毫发之差就会倾翻的惊人表演安然开到谷底。罗伯利看了后说："很好。我们继续往前走吧。"

"好的。"巴拉克说。指挥车与护卫它的装甲车们跌跌撞撞开到整个车队的前面。

众车碾过路面，卷起厚重的尘土，继续前行。罗伯利说："我猜这些都是那位美国将军的杰作。"

一阵尴尬的沉默过后，巴拉克问："美国将军？"脸上显得很茫然。

"嗯，听说是一位从西点军校毕业的将军，犹太人，用一个假名字，他秘密地帮你们打仗，这就是为什么你们的战争越打越顺利。"

"是越打越顺利。"施洛摩·沙米尔上校突然从前座扭过头大声说——自打上车他还没说过话，"那是因为我们的士兵正在痛击他们的士兵，尽管敌人在五条战线上同时还击，而且我们在人数和武器上也远远比不上他们，但他们一直都在打败仗。"

巴拉克对罗伯利说："我读过您的新闻报道，先生。您在报道中称该次战争中战场并不集中，指挥才能好坏没有多大关系，您也许说得对。这场战争中双方一直都是在排和连的规模上打。我们是不是越打越好还未见分晓，如果我们打胜了，那是因为我们背靠大海、别无选择，我们在为我们的家园、我们的土地、我们的家人而战斗，这种情形很像1940年时你们和希特勒打仗那样。"他的语气很友好。

"关于那位美国将军的传闻？"罗伯利冷冷地坚持，"这么说根本没依据。""哎，当然真实了。为什么不承认呢？确实有一位美国将军正在指挥这场战争。”耶尔突然大声说道。

“什么？”史瑞伯大叫。巴拉克也扭头盯住耶尔。

“是啊，戴维·本-古里安就是一名真正的美国将军啊，好多年来他一直瞒着所有人。”耶尔边说边很女孩气地咯咯傻笑，胳膊轻轻碰碰那位英国人。

罗伯利嘟哝了一声，其他人都大笑起来。巴拉克心想要表扬耶尔，她完全能胜任这份工作。一路上大家再没有议论美国将军的事。

车走得很慢，人们渐渐不再说话。在浓黑的夜色和铺天盖地的沙尘中几乎什么也看不见。耶尔的兴奋也逐渐被连日累积的劳累取代，尽管车身不住摇摆震动，但她还是睡着了。当她睁开眼时，车外已不再是一片漆黑，而是呈现出了紫色，她看见自己肩膀上躺着一颗脑袋，是《洛杉矶时报》的史瑞伯先生，睡得死死的。而另一边的罗伯利坐得笔直笔直，抽着雪茄，烟头随着他每次的一吸而烧得通红发亮。

“怎么了？我们走得这么平稳。”耶尔打着哈欠问道。

“我们正在去耶路撒冷的公路上。”罗伯利回答。

“在公路上？我们？”

索尔·史瑞伯恰好醒过来。“公路？不是开玩笑吧！”

巴拉克对他说：“我们开出那条旁道有一会儿了。希望您休息得很好。”

耶尔朝后望去，大喊道：“天哪，这景象太神奇了！”

只见在晨曦中，卡车顺着弯曲但平坦的双车道公路而下，长长的队列一直延伸到山顶看不见的地方。史瑞伯盯着后窗玻璃说：“我对上帝发誓，这场战争你们已经赢了。太不可思议了！”

“嗯嗯。”罗伯利应和着。

指挥车开进耶路撒冷城内的时候天已经大亮，巴拉克不知道这里的人们怎么知道车队要来的消息，不过像这样的事情也不可能封锁得住，他暗自想。城内的人们对他们夹道欢迎，朝驶过的卡车挥手，摇着大卫星旗；人群中有老人也有年轻人，有平民也有军人，还有手里提着水桶怀里抱着婴儿的妇女，小孩们则跟在卡车的两边追着跑，就像船边的海豚一样。堂吉诃德的吉普车和其他装甲车里面的士兵都受到了感染，跟着振奋起来，大声唱起了歌。耶尔也朝车窗外的人们挥手致意，发出压抑的哽咽。

“你们到底在哭喊些什么啊？”罗伯利看着路边衣衫褴褛却又兴高采烈的耶路撒冷市民说道，表情冷漠，还有一丝嘲讽。

“谁哭喊了？耶路撒冷指挥部正在大卫王饭店等着你们。你们到了后马上就可以用早餐。”

史瑞伯说：“我要先喝杯咖啡，然后去房间里把我的新闻报道打出来，才可能去用早餐。”

罗伯利点点头表示同意。他们开进了大卫王饭店的车道，罗伯利抬头看着饭店正面，说：“有件事要知道，你们犹太人曾袭击了这座饭店，很多英国人都被炸死了。我看见你们又把它重新修缮了一遍。”

巴拉克说：“我们犹太人民都把那次事件当作一场灾难，并一致谴责制造事件的凶手。”

罗伯利说：“这就是作为帝国的代价。”他耸耸肩，下了车，继续说，“一点也不像在印度，你知道吗？目前，印度教徒和穆斯林相互仇杀，成千上万地死伤，而英国士兵只是夹在他们中间而已。”

堂吉诃德把吉普车停在指挥车的后面，与车上另一名士兵一起朝巴拉克和耶尔走过来，到了跟前，堂吉诃德对巴拉克说：“你猜发生了什么？这是我哥哥利奥波德。他一直在赫尔达，负责巡逻那条旁道。后来上边命令他的班来支援车队。”

利奥波德·布卢门撒尔看上去比堂吉诃德要大几岁，但个子比他矮，浓密的头发梳理得很整齐，军装也很合身，神态聪明伶俐。他不戴眼镜，长着一双敏锐的绿色眼睛，整体相貌和堂吉诃德相似但又比他帅一些，总之是一个精通世故的二十来岁的年轻人。难民孩子通常都成熟得很快，巴拉克想，他指着地上的一堆行李对堂吉诃德说：“也许你哥能帮你拿一下，这些新闻记者很忙。”

“他们是谁？”利奥波德·布卢门撒尔问。

站在旁边的耶尔告诉了他。

“好的。”他转换成波兰口音的英语向史瑞伯打招呼，脸上带着微笑，很尊重对方的样子。“哪个是您的东西，先生？”利奥波德的英语比他弟弟要强。他拿起地上史瑞伯的包和照相器材，跟着这位记者去了楼上的一间房。房内散发出强烈的霉臭味，百叶窗紧闭。利奥波德又问史瑞伯：“您真的是从洛杉矶来，先生？我正计划去那儿呢。”

史瑞伯没有回答，他用力拉动笨重古旧的百叶窗，想让它升起来，但徒劳无功，利奥波德也过来帮忙，同样没拉起来。这时耶尔走进来。“一切都正常吧？哦，让我来。”她毫不费力地就把百叶窗嘎嘎地拉了上去。朝窗外看去，这是她在旧城失陷后第一次看到它，清晨的蓝天下，远处是阳光照耀下泛着金光的古城墙，墙壁下面幽深的街道上空无一人，布满了铁丝网、弹坑、毁坏的建筑物、沙袋，以及其他战争残骸。她静静地看了一会儿，说：“不幸的耶路撒冷。”随后跑出房间，边跑边用手帕擦拭涌出的泪水。

史瑞伯很快从皮包内拿出相机，大声说道：“好棒的风景！”

他咔嚓咔嚓地按着快门，一幅接一幅地拍照片。利奥波德说：“先生，我们在意大利难民营的时候完全有机会去美国，但是没有，我父亲只想来巴勒斯坦，因此后来我们到了塞浦路斯，再后来就到了这里。”

史瑞伯把照相机放在一边，取出他的便携式打字机放在桌子上，说道：“你宁愿到洛杉矶也不愿意留在这里？你不是一个犹太复国主义者吗？”

“很多犹太复国主义者都住在美国，先生，不是吗？”

“噢，洛杉矶生活很困难的。不要让电影误导你。”

“我能去您的报社看您吗？”

史瑞伯拧开水槽上的水龙头，但没有水流出来，他从脸盆和罐子中泼水到脸上胡乱抹了几把，用一块旧毛巾擦干脸，然后发现这位友好的士兵还没有离开的意思，便说：“你看，士兵，我要工作了。”

“严格说来我不是士兵。”利奥波德说。这位记者再没理他，坐下来开始飞快地敲打键盘，利奥波德这才离开。

出于在紧急期限下完成报道的习惯，史瑞伯半个小时就写完了。大堂一角有盖着布的长沙发，巴拉克坐在那儿等他。他把新闻稿装进一个大信封交给巴拉克，巴拉克指着餐厅方向对他说：“您要是饿了的话，早餐在那边。”

“见鬼，我当然饿了。你现在要把手稿送到审查官那里吗？”

“是的，先生。等罗伯利先生给我他的材料后马上就走。”

“好，有问题告诉我。”

巴拉克坐下，手指敲打着信封，轻拍着脚，眼睛盯住楼梯和电梯口，等罗伯利出现。洛杉矶记者史瑞伯和耶路撒冷指挥部的参谋们一起用餐，餐厅里不时爆出男人们的大笑声，显示出他们当下的心情很好，不过巴拉克觉得这种欢愉绝对是装出来的，从拉特伦前线发来的报告听起来战斗打得异常糟糕，阿拉伯人再一次稳稳地守住了他们的阵地，尽管到现在为止他还不知道马库斯那套计划究竟在哪里出了问题，但战败已是板上钉钉的事情。

楼梯口先是出现圣约翰·罗伯利穿着法兰绒裤子的腿，然后是粗花呢的夹克，接着是他红润的脸庞和灰白色头发。巴拉克大步走过去，罗伯利递给他几张折叠起来的纸，对他说：“这是我的报道。如果审查通过了，请以电报形式发给我的报社，最大优先权。没有通过就带回来，我会在吃完早饭后找他们去理论。特拉维夫那负责审查的家伙也许是很讨厌，但他和我一直还能勉强对付。对了，你要想看的话也可以看一下。”和巴拉克以往听他说话一样，啰啰唆唆一大堆。

“谢谢。”

“嗯，我猜你肯定很想看。”餐厅那边发出一阵更大的笑声，罗伯利朝那边看了一眼，问巴拉克，“有什么可口一点的东西吃吗？”

“熏鱼和鸡蛋。”

“熏鱼！嗯嗯嗯。”

巴拉克迅速冲进男洗手间，快速翻阅他们的手稿，只看了第一段他那一直提着的心就放下了。他很想欢呼，但只是默默地对着镜子给自己敬了一个军礼，然后跑出来，跳上吉普，大声命令堂吉诃德火速赶往指挥部。堂吉诃德的哥哥正在后座上睡觉。

“你看起来很高兴，少校，为什么？我听说我们的进攻又失败了。”堂吉诃德对他说。

“谁告诉你的？”

堂吉诃德手指着后座上。

“你哥究竟知道些什么，怎么知道的？”

“唉，他有时候就会胡说。”

新闻审查官是一名哈格纳少校，长着一个长鼻子，叫帕多车，巴拉克对他很了解，此人以前是一名排长，没有什么战绩，后来升为连长，指挥也很差劲，再后来离开前线被贬为新闻审查官，他认为自己受到了不公平的待遇，脾气变得执拗和暴躁。帕多车漫不经心地审视着新闻稿，嘴里嘟哝着各种各样反对的理由，最后，巴拉克实在忍不住了，拿起他桌上的军线电话喊道：“接线员吗，我是兹夫·巴拉克少校，你有斯通上校在阿布格什的专线电话号码吗？好，帮我立刻转接他。”

“等等，等等，兹夫，怎么回事？”帕多车见状问他。

“批准这些新闻稿是国家要事，帕多车，你不放行，我必须向上面报告。”

和部队里所有人一样，帕多车也知道巴拉克是当下和本-古里安以及斯通上校走得最近的人。那位古怪的美国人，有些人喜欢，但更多的人是憎恨，可不管怎么说，人家现在是无可争辩的耶路撒冷指挥部最高长官。“挂上电话吧，你签个字，好吧？”他对巴拉克说。

“签什么字？”

“这份国家要事新闻稿，你要以斯通上校代理人的名义签名。”

巴拉克抓过便笺本和笔，草草地签了名，扯下来别在一张油印表格上，帕多车开始一笔一画地填写那张表格。

“帕多车，我必须要和斯通上校讨论一件机密事情，你要不出去走走？我会向他报告你的通力合作并为你美言的。”帕多车收拾起表格，悻悻地耸一耸肩，走出办公室。

电话里马库斯的声音听起来筋疲力尽，很苍老，几乎要哑掉。“很糟糕，兹夫，比上一次还糟糕。计划很好，但通信乱得要命，兵力不足……”

“长官，车队安全及时地到达耶路撒冷，人们都涌到大街上欢呼……”

“是的，是的，我们已经听说了。但是情报显示阿拉伯军队今晚会反击，在拉特伦南边。如果他们攻进赫尔达，那条路就毁了。我们会准备好迎击他们，但是……”

“上校，我这里已经拿到了关于车队的新闻报道，帕多车刚刚审批通过，请听一下路透社的，绝对头条新闻。太令人激动了……”

“嗯，念。”

“以色列展现出他们临时修建道路的能力，令世界瞩目。他们已经在拉特伦旁边开通了一条新的秘密通道，这条路可以从特拉维夫前线直接到达耶路撒冷。这一新的事态转变了停战格局，也许显示出了战争的转折点……”

“兹夫，这是路透社记者写的？”

“对，路透社，长官，老早就跟以色列作对的路透社！洛杉矶时报写得比这还好。”

“天哪，兹夫，继续念路透社的。”

“昨夜，一列车队为耶路撒冷送去一百吨物资，记者坐在车队前面的指挥车内经过那条路。毫无疑问，他们已经打破了包围，沿途没有敌军前来拦阻……”

“上帝啊，我简直不敢相信这是真的！继续念，太令人振奋了！”

“路很难走，新开出的路崎岖不平，汽车颠簸碰撞穿行在荒无人烟的朱迪丘陵（Judean hills）中，不远处攻打拉特伦的炮火映红了夜空，但路上的士兵们却很平和，他们驱赶着牛群和满载物资的骡子往前走，搬运工形成的人流也不慌不忙地来回穿梭……”

巴拉克把三页新闻稿全部念完后，马库斯大发感叹：“太好了！好极了！太棒了！”

“听听他是如何结尾的，长官。以色列在失败阴影下修建出这条微型‘滇缅公路’，不论一个人对以色列政治持何种观点，这都可以算得上是一次令人瞠目结舌的军事胜利。与他们在该领域所表露的能力一起被证明的是：从今以后，犹太人在中东地区将是一股不可忽视的力量。”

“这就是？这就是结尾？听起来真像是一篇社论一样。”

“这就是。他逮着一个大大的猛料，因此他要充分利用。路透社！明天在每个国家的首都这都将是头条新闻！想听听《洛杉矶时报》的吗？”

马库斯笑得像个孩子似的，说：“不用啦。‘滇缅公路’好极了！等一等，兹夫，我得告诉阿隆上校。”

从电话这头巴拉克能听到那边阿隆低沉的声音。阿隆，只是个二十来岁的基布兹农民，但已是经验丰富的帕尔马赫突击队队长。在那头与阿隆热烈地说了几句后，马库斯又回到电话前对巴拉克说：“阿隆大大动摇了，兹夫，知道为什么吗？我们准备反对本-古里安！他又在逼迫我们进攻拉特伦！就在今晚！第四次了！他真是疯了！伊扎克·拉宾此刻正在特拉维夫与他争辩，但也没说通，已经好几个小时了。现在我要告诉他，不可能，我会这样说的！耶路撒冷得救了，不用再有犹太孩子去拉特伦送死了！”

“你已经做到了，上校。是你让这条路的提议获得了通过。”

“嗯，承蒙大家信任。另外，今晚阿拉伯军队要来反攻，不过阿隆向我保证会击溃他们。哎，来我阿布格什的指挥部吧，兹夫，我们到时再谈。”

“我还要负责那些记者，长官，得像照看婴孩那样照料他们。”

“好吧，什么时候你能来再来吧。”

“是，长官。那我们在阿布格什有个约会。”

马库斯放声大笑："好记性啊，老弟，这回约会有很大不同，啊？是跟生命有个约会！一个全新的局面，兹夫！你们太棒了，你们创造了奇迹，使出浑身解数坚守住了滩头。"他情绪激昂，声音洪亮，"上帝做证，也许我生来就是拯救耶路撒冷的，啊，如果是这样，那我做到了！一切马上就要开始了！"

丧命狙击手

布卢门撒尔兄弟俩溜达进大卫王饭店餐厅，耶尔正在这里和服务生领班核对账单，巴拉克和饭店经理在谈着什么。军官们和记者们都已经走了，很多食物都剩在桌上的盘子中，有鱼、奶酪、肉，还有蛋糕。"利奥波德想问你个事。"堂吉诃德对耶尔说。耶尔没有理他俩，继续和侍者争辩菜单价格。利奥波德趁机过去尽情享用起桌上的食物来，一位穿着旧围裙的老侍者上来喝止他，他又飞快地拿了块奶酪后才停下来。

"Mah ha'inyan（什么事）？"耶尔边签单边问利奥波德。

"我要怎样才能退出军队？"

耶尔冷冷地上下打量了他一眼，说："你不行。"

"为什么不行？我又不是自愿参军，我是在踏上海法港那天开始穿军服的。我必须要找份工作来养活我父亲，他身体很不好。明天就停火了。要是再打仗，行，我可以再参军呀。"

"别再烦我，和你们排长谈去。"

"那个白痴？我想他连读书写字都不会。"

耶尔真的被惹怒了，这个男的有几分他弟弟那样的乐观活泼，但也太放肆了一点，她猛地转身走了出去。

"Ayzeh hatikha（真他妈的）！"利奥波德恶声恶气地对堂吉诃德说，这是他刚刚学会的粗话。

把巴拉克送回他的公寓后，堂吉诃德获准独自使用吉普，他开着车和哥哥到了那间裁缝铺。“等等。”下车时他叫住了哥哥，从车里拿出两个大纸袋俩人提上。“塞缪尔先生，我从特拉维夫带了点吃的东西过来。”进屋后他对那位老裁缝说。

“真的！你跟车队一起来了！”老裁缝高兴地笑着说，然后用手指了指后门，“夏娜和她妈妈在厨房里。”堂吉诃德以前只在外边的昏暗小屋里待过，没到过后边。他穿过阴暗的走廊，走到一扇门前，他想这肯定是厨房，便打开门进去。没想到，眼前出现的是一个粉红色苗条的夏娃，像一朵美丽的花——夏娜正背对着他站在一个铁桶前，把一大块海绵举过头顶哗哗地往身上挤水。“啊！”夏娜从穿衣镜里看见了后面的堂吉诃德，她直接从肩膀上把海绵抛过来，结实地砸在堂吉诃德脸上，堂吉诃德赶紧向外退去，砰一声关住了门。

“浑蛋，把海绵给我拿回来！”海绵滚落在地板上，但堂吉诃德眼镜被打掉了，而且两眼沾满了水，此刻的他就是个瞎子，根本看不见海绵在哪儿。

“先把我的眼镜给我！”

“这儿没有，浑蛋，哦，在这儿，给你。”说着一个湿漉漉的白嫩胳膊伸出来，“拿着，白痴。”

夏娜的妈妈这时走到走廊里，她问堂吉诃德：“怎么了？你好，约西。”她捡起地上的湿海绵，冲着门里面喊：“夏娜，你这是说什么胡话呢？”

夏娜从里面对她妈妈喊道：“哦，妈妈，走开。”说着伸出赤裸的胳膊一把拿走海绵。语气明显表示她已经成熟了。

过了一会儿，两兄弟围坐在厨房桌子边，津津有味地吃着面包喝着汤。夏娜的妈妈问：“那么，跟我说一下，利奥波德，你觉得耶路撒冷怎么样？现在你已经见过了。”

“太危险了。”

“是很危险，但我们会恢复平静的。”

“不错，不过只是个小城，比不上特拉维夫。”

这时夏娜进来了，边走边用一块毛巾擦她长长的黑发，随口对她妈妈说：“上帝呀，这个白痴还没走？”

堂吉诃德丝毫不生气，对她说：“来，这是我哥哥利奥波德，他可不是白痴。”

“呸！”小姑娘咚咚地迈着大步走出去。

夏娜妈妈说：“战争让夏娜心烦，别理她。”

利奥波德吃完，起身向夏娜妈妈致谢，找他的连队去了，约西则做了饭后谢恩祷告，夏娜妈妈在旁边微笑着表示赞许，她问堂吉诃德：“你有信仰，怎么你哥哥没有？他没有祈祷就开吃，不戴帽子，饭后也不谢恩。”

“战争让利奥波德心烦。”

下午，巴拉克带着两名记者上了锡安山，以便他们能观看旧城里被炸毁的犹太会堂，同时也可以看到橄榄山上宏伟的古代墓园被糟蹋成采石场的情景，敌人公然用卡车把那里的墓碑运走去盖房子或铺路了。帕尔马赫的指挥官大卫·埃拉扎尔驻扎在锡安山，他虽然矮小却仪表堂堂，是一个彬彬有礼的南斯拉夫籍犹太人，他几乎不懂英语，所以记者没法太仔细向他问出些什么来。大卫·埃拉扎尔带着巴拉克和两位记者走到山上的一处制高点，说道：“这是我们能前进得最远的地方了。”巴拉克在旁帮他翻译：“我们真的曾突进到旧城犹太区去巡逻，但是兵力不足，没法保证防线的畅通，不得已我们撤了出来，犹太区就这样失守了。”

史瑞伯说：“如果这次停火，然后最终和平，那你们就永远失去旧城了。”

“我们有句格言——如果我的祖母装上轮子，那她就会变成马车。”

罗伯利语气尖锐地问：“那你是认为停火不会长久？”

埃拉扎尔不慌不忙地回答问题，他的士兵们围拢来，敬佩地看着他们的指挥官。“对，尽管我承认我不知道在什么时候，用什么方式，”他慢吞吞地说，“但我认为我们一定会夺回旧城的。”

巴拉克带着两位记者在一些战斗岗位上这儿转一转那儿转一转。记者与担任防卫任务的战地指挥官交谈，询问情况，直到天色渐渐黑了下来。他们回到大卫王饭店时，炮弹正从旧城那边拖着红色的弹道飞在耶路撒冷上空，伴随着震耳欲聋的爆炸声腾起大量火焰。两位记者好像很欣赏这类“焰火表演”，史瑞伯说：“阿拉伯人要在停火之前轰轰烈烈地谢幕，是吧？”

罗伯利说：“景观倒是不错，但没什么用。”

回到已停业的饭店中，侍者们已为两位记者准备好了晚餐，鉴于目前耶路撒冷被包围的困顿状况，这顿晚餐算得上是极为丰盛了。陪同他们一起吃饭的参谋们兴高采烈地议论着阿拉伯反攻被毫不留情击溃的消息，在酒精的刺激下，这场晚宴变成了一场对整个战役无拘无束的评论会，两位记者也不断向军人们提出各种问题，同时记下笔记，兴致高涨的人们争相告诉他们自己的战斗故事。欢宴一直进行了四个小时，军人们无意中道出一些小秘密，但巴拉克看到两位记者聚精会神的样子，也就没有去阻止。宴会结束时已经很晚了，巴拉克终于得以逃离，他立刻驱车前往和斯通约好的阿布格什。

“Haderekh shelanu（路是我们的）。”由废弃修道院改成的指挥部大门口，巴拉克回答哨兵的口令，这是夜间通行口令。他步入拱形的石质大厅，三名军人正在那里说话，看到他后马上停下来，脸上现出一种很怪异的不自然来。

“兹夫，你怎么来这儿了？你还好吧？”其中一位以前的营长上前问候他。

“斯通上校请我到这儿来和他会面，但我有事耽搁了。要是他现在正休息的话，那就不打扰他了。”

那名营长挽起他的胳膊，说：“你不会打扰斯通上校的。”然后领他走进一间小房间内，里面点着蜡烛，地上躺着一具尸体，上面覆盖一条白色毯子。营长揭开毯子一边，露出来的正是马库斯的脸！他闭着眼睛，表情冷峻、平静。巴拉克顿时浑身颤抖，惊得一句话也说不出来。

营长声音颤抖地说道：“他晚上到营地外围去散步，身上披着这条毯子，很显眼。没人知道什么原因，也不知道确切时间。大约半个小时前有人听到一声枪响，于是跑出去查看，发现他已经裹着这条毯子躺在地上了，子弹穿透了他的胸膛。”

“怎么会？谁干的？狙击手大老远跑到这儿来？”

“这还用问吗？”那名营长气恼地摊开双手，“他已经被打死了。”

另一名军人探身进来说：“救护车来了，医生在阿布格什等着。”

“医生，迟了。”营长说。

巴拉克跟着担架一起来到救护车旁，把马库斯抬上车，看着车消失在土路尽头。深蓝色的夜空里，星星闪烁着苍白的光芒，他漫无目的地走在营地周边。

“Mi sham（口令）？！”夜色中全副武装的士兵紧张地问，孩子气的声音中充满神经质。

“Haderekh shelanu（路是我们的）。”巴拉克回答。他强忍住哭声，低声自言自语：“啊，上帝啊，米奇，米奇，路是我们的。”

几个小时后停火令正式生效，一个月的停火期开始了。但在这一个月期间，另一场战争又开始蹂躏圣地巴勒斯坦，不过这次是内战，是犹太人对犹太人。

第六章 双剑合璧

短暂的停火

温暖的六月，停火期已过去十天了，巴拉克正在修葺他的房子。他只穿着球鞋和短裤，打石膏的胳膊尽管僵硬不易弯曲，但还能马虎运用，他把玻璃一块块砌进窗框里，这种不用动脑、随心所欲的家居活动让他感觉很惬意。娜哈玛出去购物了，诺亚又回到他以前的幼儿园，家里很安静。他和娜哈玛用了一个星期的时间把家里又拾掇回从前那种干净利落的样子，也许永远不会再有战争了，只是电话依然不通，水也时有时无，煤气直到今天早晨也没恢复供应。电还是像以往一样，每天只供应两个小时，但没关系，蜡烛和煤油灯在晚上还是很罗曼蒂克的，照在房子里、床上，正适合他们这段时间的“第二蜜月”。

一阵敲门声传来，巴拉克打开门，一名士兵把一份急件递给他，他看后长叹一声，赶紧去冲澡。当他披着浴衣出来时，看到桌子上放着一只已宰杀完毕的鸭子，羽毛上沾满了血。那边的厨房里，娜哈玛正叮当作响地摆弄锅碗瓢盆，嘴里哼着一首她童年时代的阿拉伯歌曲，显然此刻心情大好。巴拉克提着鸭腿晃了晃，问：“你究竟在哪儿买的这东西？”

“这你不用管！刚杀的！今晚我们庆祝一下，motek（宝贝）。”

“庆祝什么？”

“煤气来了，就庆祝这个。”

放下鸭子，巴拉克拿起那份急件给她看，娜哈玛顿时大叫：“哎！可是他答应过的呀！他答应给你两个星期的休假！”

“我知道，他是个说话算数的人，但我必须得去看看发生了什么事。”

“天哪！”娜哈玛咣当一声把锅放进水槽中，“我干吗要宰了它，活鸭子能放好久，诺亚还可以和它玩耍，想什么时候宰都行。”

“那样诺亚就不会让你宰了，他会给它取名字叫约书亚或伊扎克，然后把你赶跑。”

“嘿！有可能。那么，可以把它拿到布鲁斯汀的冰柜里。”布鲁斯汀是隔壁住着的一位女士，她的美国表亲给她买了一台开尔文冰柜，由此让楼里所有的住户都羡慕不已。“但你不能让他赖掉咱们的两个星期休假，听见没？你要回家来！”

“派珀幼兽”这回没有为避开防空炮火而专门兜圈子，年轻的飞行员直接从拉特伦要塞上空隆隆飞过，他指着下面打着赤膊正在闲逛的阿拉伯军团士兵大声对巴拉克说：“不打仗太惬意了，是吧？和我们一样！”绿油油的阿雅仑田野风景怡人，阿拉伯农夫和犹太农夫们都在弯腰种地，彼此不分界限，拖拉机平静缓慢地爬行在其中。小飞机晃晃悠悠地飞行了一会儿，在特拉维夫北部的海风中降落下来。跑道尽头的机库外，一个膀大腰圆、身穿短上衣、扎着领带、头戴一顶费多拉软呢帽的男子站在那里，吃着包在纸中的厚三明治，看到巴拉克从他身边擦过，喊道：“喂喂喂，怎么回事？大人物啊，你不跟老百姓讲话的，是吗？”

巴拉克仔细一看，才发现是萨姆·帕斯特纳克，他便问道：“萨姆？听说你移居国外了，是吗？很明智啊！”帕斯特纳克吃着三明治，笑笑没说话。

“快点说说，萨姆，现在在哪儿，再不回来了吗？”

帕斯特纳克边吃边压低声音对巴拉克说：“布拉格，临时任务。捷克的武器市场现在完全开放，兹夫，有很多剩余物资，‘梅塞施米特’战斗机、坦克、大炮、机关枪、步枪、弹药！只要我们能付得起钱和拿得动的，都有。”

帕斯特纳克家族是捷克籍犹太人，而且他以前就秘密走私过军火，所以对于他的任务巴拉克一点也不奇怪。“可是武器禁运呢，萨姆？就在停火期内？我们没法把那些武器带进来呀。”巴拉克说。

帕斯特纳克干笑了下，说：“嗯，当然没法带。阿拉伯人正在大量运进武器弹药，因为他们海岸线和边界线众多，联合国那些个观察员不可能全都监视得住，但他们却像跳蚤一样紧盯着我们不放，不是吗？”他长着一张大嘴的脸上露出像以往那样老狐狸般的表情，“不过，犹太人总能想到办法的，是吧？你怎么样，我以为你在休假呢。”

“我是在休假。但本-古里安召我坐飞机来这儿，天知道怎么回事。”

“我知道怎么回事。”

“那快说说！”

帕斯特纳克拉住巴拉克那只伤臂，把他拉到一边，说：“他没有提过贝京？”

“贝京！一个字都没提过。”

贝京就是本-古里安政治上的老对手，好战的右派分子梅纳赫姆·贝京，他领导着伊尔贡，即民族军，是犹太复国运动中的右翼组织。

“是这样，贝京的人从美国买了一艘充当军用剩余物资的旧运输登陆舰，就是那种大型登陆舰，然后把它开到法国马赛港装了满满一船法国制造的军火，这艘船现在就在我们海岸外面，准备卸货，但问题是由谁来接收这批军火呢？是我们军队？还是他们伊尔贡？这就是本-古里安召你来的原因，兹夫，我提醒你啊，这可是个定时炸弹。祝你好运吧。”

本-古里安趴在桌子上，边喝茶边吃蛋糕，电扇嗡嗡作响，舞动着他头顶两侧的白发，看见巴拉克后，他没有多余的话，直接说道：“我们终于得到美国方面关于马库斯的情况了，事情向外界宣布了，他们的报纸上争相刊载这件大事，美国人要以军队最高荣誉为他举行葬礼，就安葬在西点，场面会很盛大。他应该得到这样的荣誉，一个真正的英雄！摩西·达扬会护送他的灵柩回去，另外我也一直在努力准备从欧洲雇一架运输机，价格太贵了！还有保险费！太过分了！”本-古里安长叹一口气，喝了口茶，然后以一种知晓内情的会意眼神瞥了眼巴拉克，继续说道，“唉，太令人悲伤了。你知道当时的真实情况吗？”

“知道，一个狙击手击中了他。”

本-古里安缓慢地摇摇头，说：“Bobbeh-myseh（外婆的故事）！可怜的家伙，哪怕米奇能懂一点点希伯来语，他也不会死。”他看看巴拉克费解的神情：“那天晚上，阿布格什的帕尔马赫军人们为他举办了一个很热闹的派对，一直延续到很晚，大概是庆祝那条路、庆祝停火、庆祝包围解除等等的事情吧。你知道，他是很喜欢喝酒的，我估计他喝了不少！他一定是披着那条白毯子出去方便了。反正到最后是一名哨兵问他口令，是一名不懂英语的新兵，不幸的米奇不会说‘Haderekh shelanu（路是我们的）’，或者是仅仅告诉那名士兵自己是谁，那没经验的傻瓜就朝他开枪打死了他，他把马库斯当成潜入的阿拉伯敌人了，阿拉伯人通常都是穿着类似那样的白衣服。当他明白自己干下什么事的时候，就想要自杀。”

“不会吧！被哨兵打死！”巴拉克感到一阵昏乱，继而难受。

“这是实情。当然，这件事要严格保密。所谓的狙击手是编造出来的。达扬的英语不是很好，所以一旦我们租下飞机你就跟他去一趟西点，还要等段时间。”

那么这就是自己被叫来的原因了，无所不知的帕斯特纳克这次可错了，巴拉克想，那顿鸭子晚宴也许可以吃到了，算是给自己痛苦的心境些许宽慰吧。

哪知紧接着本-古里安把茶盏推到一边，双手交错紧握，语气突变，脸上现出令人恐怖的盛怒表情，说道："喂，兹夫，你知不知道我们要内战了？可能几个小时后就要开打。"

本-古里安的情绪转变经常很戏剧化，巴拉克早已经习惯了，而且事先也得到过警告，但此刻内心还是感到异常震惊。他忙问："怎么了，总理，哪里要打内战？"（帕斯特纳克又得了一分！）

本-古里安竖起短而粗的手指说："很快你就会听到了，我组建了一个危机处理小组，你来做会议记录。"

"总理，原谅我，您说过给我两个星期的假期，娜哈玛……"

本-古里安厉声喝道："我知道，我知道我说过的话，可这是紧急情况。"

危机处理小组成员由六个人组成，当本-古里安把运输登陆舰的事告诉他们时，大家显然都很惊讶，也很焦虑，随后会场便陷入一片死寂。过了一会儿，帕尔马赫队长伊加尔·阿隆（Yigal Allon）首先打破沉默。他将近三十岁，但看上去比巴拉克还年轻，浓密的鬈发立起来，肤色黝黑，脸部线条粗犷而朴实，像一个务农的少年。"总理，政府知道这件事多长时间了？"他问。

"有几天了，自从伟大的贝京先生告诉我这件事后，我就一直在跟伊尔贡协商。"本-古里安不耐烦地说。伊加尔·阿隆并不是他最喜欢的人，因为由多数来自基布兹的居民组成的帕尔马赫突击队很强硬激进，比他的社会党路线要左很多，"因为这是明目张胆的违反停火令行为，所以我不得不把它列为最高机密。我原想我们可以不公开地偷偷把这批货卸下，但他们办不到！条件一改再改，根本达不成协议……"

雅丁上校噗噗地抽着烟斗，皱起高高的秃脑门对大家说："是这样的，我这里有军事情报局从现场了解到的情况。"

雅丁上校的报告更令人惊愕和焦虑，那艘登陆舰已经开始在内坦亚附近的一个小港湾里卸下大批货物，驾驶"艾塔列娜"号的伊尔贡成员（"艾塔列娜"就是那艘登陆舰的名字）和跑去帮忙卸武器的伊尔贡成员公然违抗了军队和政府的所有命令。"不过我向您保证，总理，军队已经封锁了海滨，并且设置了路障，眼下不会有武器流出去，这是毫无疑问的。”本-古里安冷冷地点点头示意他继续往下说，雅丁上校接着说：“不过，各位，我必须要补充一点，忠于伊尔贡的部队人员都擅自离开他们的岗位，奔往海滨卸货去了。”

在座的人员面面相觑，阿隆语气急促地大声讲：“这个事必须阻止，伊尔贡到底想干什么，总理，您的最低条件是什么，怎样才能弥合双方的分歧？”

本-古里安用刺耳的声音说：“船和船上所有的货物要么都移交给军队，要么强行没收，除此之外，别无他途。”

和阿隆相反，雅丁上校的发言缓慢而严肃，他问本-古里安：“总理，如果伊尔贡要武力突破我们的海滨封锁呢？”

本-古里安重重地一拳砸在桌子上，说：“那我就命令你还击！一个国家只能有一支武装力量，政府也必须能控制武装力量。刚才我说的那两点我决不让步。伊尔贡已经签署了协议，把它自己的武装人员并入我们军队，是吧？那么那些离开岗位的伊尔贡武装人员就是擅离职守！”

“总理，不能命令军队向那些犹太孩子开枪，伊尔贡也许正等着我们这样做。”巴拉克说。

“兹夫说得对，很有可能，要慎重。”帕尔马赫队长表示赞成。

本-古里安对巴拉克愤怒地扭歪脸，又眯起眼睛扫视每个人，说道：“你们各位先生是在告诉我，政府没有权力处理一起即将到来的军事暴动，是吗？就因为内战？以色列国防军里就没有听我命令的士兵了吗？”

雅丁上校不慌不忙地深吸了一口烟斗，吐出灰色的烟雾，说：“总理，我们派摩西·达扬去海滨。”

滑稽透顶

新装甲旅驻扎在特拉维夫外围，摩西·达扬管辖这个旅下属的轻型装甲营。说是装甲营，其实也就是名字上这么叫而已，一队七拼八凑的吉普车，还有些带钢板甲的半履带车。因为部队的火力只能达到迫击炮和固定机关枪的标准，所以多数情况下也只能采用“打了就跑”的突袭战术。尽管如此，“装甲”依然是一个很令人称羡的词，因此士兵们都争抢着自愿报名加入这支“达扬突击队”。摩西·达扬丝毫没有犹豫就接收了和他来自同一个莫夏夫的小伙子本尼，随后是停火期，部队仓促忙乱地开始征兵，本尼又把堂吉诃德也带领过来加入。可能是因为本尼的才干，也可能是达扬喜欢他，或者两者都有一点点，总之，他这时已经升为排长了。

本尼从一个命令发布会回到他们低矮闷热的帐篷中，对堂吉诃德说：“猜猜怎么回事？最高战斗戒备，明天准备出发。”

堂吉诃德正在擦他的步枪，问：“为什么？去哪儿？”

“维特金村。”

“那是哪儿？”

“是内坦亚北部一个靠海的莫夏夫。”

“海边？为什么在海边？他们认为阿拉伯军队会突然从那里登陆？”

“我所知道的就这些了。”

“你并不了解具体情况。”

“我知道的都告诉你了，我们需要知道的只有这些。”

次日，装甲营叮当作响地穿过莫夏夫，开到一处面向大海的陡坡处。“快看，那儿有一艘登陆舰，”堂吉诃德边说边眯起眼睛看一艘在海上抛锚的被漆成迷彩色的巨大舰船，“我在那不勒斯港见过一百多艘这样的船，这船怎么会在这里？”

他们在半履带车上可以俯瞰下面的整个海滩，先到的部队已经封锁了“艾塔列娜”号附近的海滩，形成一个半圆的环形防御线，在防御线内，众多几乎全裸的人正在卸货，他们把一个个大板条箱从那艘船上搬到下面一个摇摇晃晃的浮桥上，下面的人从浮桥上扛着箱子涉水搬到岸上，岸上的人再把箱子装到卡车上，那些负责警戒的伊尔贡武装人员看上去和部队军人没什么区别，只是用枪指着这边的士兵。

本尼的步话机里传来一声干脆利落的命令，可以听得出是摩西·达扬的声音："全营注意，按预定方向前进。"

"出发。"本尼命令。装甲车从陡坡上转着弯开下来，海滩上的人们停止了走动，吵闹的人安静下来，卸货的人也停止卸货，所有的人都站在那儿怔怔地看着渐渐逼近的军车。"约西，一会儿到达海滩后，我们要立刻在军队和伊尔贡那群家伙之间找好战斗岗位，明白吗？"

"我们在干什么，本尼，保护我们自己的士兵？"

"他们是本地的旅，亚历山东尼旅，我们是援军。"

"可不管怎么说，我们提防伊尔贡什么呢？这些在旧城犹太区里的伊尔贡战士可都是好小伙子，我跟你说过的。"

"哦，这是政治，很复杂。"

一辆敞篷轿车从海边的硬沙地上开过来。本尼叫道："哦，越来越有意思了。那是内坦亚市市长，还有，看，穿白衬衣戴眼镜的那个人，正从轿车里出来的，看见了吗？那就是梅纳赫姆·贝京。"

"那个小个子？他看起来像是教师一类的人。"

"对，他可是一个狂热的演讲家，也是一个狂热的斗士。贝京就是伊尔贡的领导人。现在有好戏看了。"

穿白衬衣戴眼镜的小个子男人快步走过浮桥登上船，过了好一会儿又回到岸上，开始和那位市长及一些部队军官激烈争执起来。这个场景三番五次地重复，时间一分一秒地过去，双方的士兵慢慢松懈下来。太阳西沉的时候，堂吉诃德也打起瞌睡来，他说："真是无聊透顶了，谈谈谈，我们并不想和自己的兄弟部队打仗，本尼，你知道的。"

"嗯，你了解达扬那个人的，如果他下令我们开枪，我们就得开枪。"

堂吉诃德一个哈欠接一个哈欠，他蹲下来，脑袋垂到膝盖上，渐渐进入梦乡。不知过了多久，突然响起的枪炮声震醒了他，他像只猫一样警觉，一把抓起他的步枪，扑倒在本尼旁边，本尼正平贴在地面上，眼睛盯着手中三脚架机枪的准星。天几乎全黑下来了，堂吉诃德问本尼：“本尼，怎么回事？”

“你没听见吗？我不知道谁先开始的，怎么开始的，不过要注意，事态很严重！”

达扬的突击队员按照他们平时训练的那样，纷纷以俯卧姿势或从装甲车里射击。海滩上的枪声虽然零零星星，但也有子弹嗖嗖地从头皮上呼啸飞过。堂吉诃德跑到一个小土岗上，笔直地站起来用步枪回击，摩西·达扬跑到他跟前大喊：“趴下，你！”即使在硝烟弥漫的黑夜，达扬那黑眼罩和声音也是很明显的。

“长官，趴下！我看不清。”堂吉诃德在炮火声中喊。

达扬照着他的肩膀猛推一把，大喊：“趴下，娃娃脸！”随后往其他地方跑去。

堂吉诃德跌落在本尼旁边，本尼正在往机枪里装子弹，堂吉诃德对他大喊：“喂，这样管理国家不是太滑稽了吗？”

本尼喊道：“是，滑稽透顶了。”

当战斗渐渐平息下来时，他们俩冒险坐起来，朦朦胧胧看到那艘登陆舰正在移动，能听见锚链起吊时发出沉重的咔嗒咔嗒声。

还是在拉马特甘陆军司令部内，巴拉克只睡了很短一会儿，他一直在跟踪并报告这场危机的实时情况。军队的一艘小型护卫舰跟踪了“艾塔列娜”号整整一晚上，两条船上的两名舰长也不停地用短波发射机互相争吵（他们用的是英语，这两个人都曾是美国海军预备役军官），巴拉克尽最大努力记下他们争执的内容，一堆生涩难懂的航海术语，表达出两位舰长乱七八糟的威胁与蔑视。临近黎明，“艾塔列娜”号驶进特拉维夫海港附近，但只是在达恩海滨酒店附近游弋，巴拉克随即开始收集向特拉维夫行进的伊尔贡武装人员的情况报告。

一大清早，危机处理小组成员都还睡眼惺忪，就马上再次开会。会议伊始，本-古里安就严厉痛斥一位穿高领毛衣的红胡子年轻人，那是海军作战部长，本-古里安为他没能拦截和捕获那艘登陆舰而大发雷霆，然后又把在座的其他人都臭骂一通，他要求立刻制订一个计划，如果那艘船不投降，就马上把它打瘫或者击沉。

阿隆说："总理，三英寸的榴弹炮就可以击毁那条船，在近距离平射射程内，那船就是个放在那儿的蛋壳，干掉它很容易。"他这种做法是典型的帕尔马赫对敌风格。

"但它是一个装满了军火的蛋壳，只要一颗炮弹击中，就能把它炸上天，也会炸死船上所有的人。"雅丁说。

本-古里安稍稍缓和了一下他的态度和声音，说道："这个到时候再说。特拉维夫的军力对比情况如何？"

"非常不乐观。长官，如你所知，那里是伊尔贡组织的地盘，我们的军队还需要一段时间才能到达那里。"雅丁说。

本-古里安转头对巴拉克说："兹夫，你一定要顶住国外的压力。全世界都会盯着这场大混乱，整个世界！你草拟一份政府声明，要小心、慎重，但是要有力。就说以色列政府不会容忍这种公然违反停火的行为，船现在由持不同政见者和恐怖分子们操纵着，但我们很快会控制他们，船上的武器将会转交给联合国等，就这样说。各位先生们，现在你们还有什么建议？"

巴拉克随即跑到一个小房间内开始赶制政府声明。当他最后写好声明拿到本-古里安办公室的小套间里时，本-古里安正在那儿和后勤部长以及两个服装厂的人讨论新式军服的样式，几件军装上衣和裤子样品随意搭在他的桌子和椅子上。"对，不要翻领。"他戴上眼镜盯住一件衣服又问，"军人的锐气体现在哪儿了？啊，兹夫，你有事？"

他浏览了一遍巴拉克草草写就的声明，删去了一些字又加了一些字，最后说："很好，很好，把它拿给新闻办公室，马上发布，随时告诉我进展情况。"

"另外，我不喜欢那纽扣。如果用金属纽扣，成本是多少？"

圣约翰·罗伯利是个习惯早起的人，这天起床后，他从所住的达恩酒店窗口看见了一幕奇怪的景象——海上一艘运输登陆舰进入了港口，而后面却紧紧追着一艘小型护卫舰。他匆忙穿上衣服，抓起望远镜奔到楼下，那儿有一间面向大海的露台餐厅。向侍者叫了份咖啡后，他注意到那艘运输登陆舰并没有靠泊然后放下舷梯，而是在离岸还有一段距离的海面上停下了。透过望远镜罗伯利可以看到，该船上的船员正在向岸上群集的伊尔贡武装人员打信号，表示船只遇到障碍，不能靠岸。

不一会儿，巴拉克进来了，手里拿着个公文包，他和罗伯利打招呼："啊，早上好，先生。"

"好，好，早上好，少校。那艘登陆舰在干什么呢？"

巴拉克已经派耶尔带了一沓油印的政府声明在大堂向各位记者散发了，只是这个精明的英国人一起床就拿着望远镜跑到这儿来观看，故而不知道是怎么回事。巴拉克从公文包中抽出一份新闻稿复印件，对他说："实际上，先生，您看这个就全清楚了。"

罗伯利迅速看完那两页新闻稿，说："少校，政府声明，都是些不可靠的材料。为什么叫'艾塔列娜'？有什么意思吗？"

"那是亚博廷斯基[①]的笔名，先生，他是犹太复国主义右翼修正派第一位领袖，他一手创建了伊尔贡，是伊尔贡组织的偶像。"

"这些伊尔贡人员很焦躁，是什么原因？"

"他们都是爱国者，这一切将会圆满解决的。"

① 亚博廷斯基（Jabotinsky），犹太复国主义运动领导人、新闻工作者、演说家兼作家。——译者注

达恩酒店的餐厅里挤满了新闻记者、好奇的以色列市民以及佩戴蓝色袖章的联合国观察员。困在海上的登陆艇上的人们正在匆忙慌乱地跑动，与此同时，海滩上也跑来了越来越多的伊尔贡武装人员，而在他们上面的堤岸上，正规军队的士兵也在不断赶来。

罗伯利指着双方僵持的局面对巴拉克说："巴拉克少校，你知道，在公元70年，也是在圣地耶路撒冷，你们犹太人相互残杀，结果让提图斯[①]过来征服了耶路撒冷。"

突然好几种语言同时大喊："他们来了！"只见从那艘运输登陆舰上放下一个登陆小艇，由于装了沉重的机枪和一些木箱，还有很多的武装人员蹲伏在上面，小艇跑得很慢。餐厅里没人再说话了，紧张气氛陡然而生。

罗伯利把望远镜对准正在开过来的小艇，继续说道："毫不怀疑你们犹太人已经成长为战士了，这是没有疑问的。但我不知道是不是真的可以把枪交给你们。"

巴拉克只顾盯着那艘小艇，没怎么注意听罗伯利的话，问："我不明白您是什么意思？"

"我的意思是：枪是用来打仗的，而不应该成为犹太人互相争论，比谁声音高的形式。"

"我能借用一下您的望远镜吗？"巴拉克拿过望远镜仔细观察了下那艘小艇，然后还给罗伯利，"谢谢您。先生。"他冲出露台餐厅，奔下楼梯进了储物柜区，那里是直通沙滩的，因为他从望远镜中看到，指挥那艘小艇的伊尔贡军官就是他过去在童子军时的老朋友——祖鲁利维。

利维肤色非常黑，有次在学校举办的滑稽喜剧上，他扮演了鼻子上插着根骨头的食人族，自从那以后，人们就一直叫他"祖鲁"了。他现在是一名饭店经理，同时也是一名狂热的伊尔贡人员，和梅纳赫姆·贝京关系很近，因此巴

① 提图斯（Titus），古罗马皇帝。——译者注

拉克想，这是一个小小的机会。首先，尽量通过和他讲道理来扑灭这场危机，然后再通过他来说服他那个难缠的领导人。这就意味着自己要穿过双方枪炮对峙的中间无人沙地，当然任何人没有理由射杀他，但好战的家伙任何时候都是有的。他从酒店里出来，吃力地走过中间空无一人的沙地，闷闷地想到了米奇·马库斯的命运，不过容不得他多想了，他把手围拢在嘴边大喊：“祖鲁！祖鲁！是我，巴拉克！Ma nishma（最近好吗）？”

利维环顾四周，看见了他，笑着向他摆手走过来。“兹夫，是本-古里安派你来的吗？”

“从某种程度上来说是。”

“那你们的白旗呢？”利维说。他身后正在卸船的人们顿时发出一阵粗哑的大笑。利维的眼睛里闪耀着野性的光芒，他上前重重地拥抱了巴拉克一下，说：“见到你太高兴了！兹夫，你可以回去告诉你们的领导，在马赛港还有四船这样的军火等着我们去拉，还有四船！比本-古里安给他全部移民部队所提供的武器还要更多、更好！”

“听着祖鲁，这样行不通，没用的。如果你们能和平交枪，一切都还来得及。伊加尔·阿隆受命负责这起滨海危机，他正在拉大炮过来。”

“哈哈！吹牛。”利维大声笑道，但笑声并不自信。

“祖鲁，你了解伊加尔·阿隆那个人吗？”

利维突然大声喊：“上帝啊，兹夫，是谁在美国募集资金买下这船的，又是谁在为大批的法国武器谈判的？强盗本-古里安纯粹是无理取闹，他拒绝了所有的和解方案，现在还……”

突然，海面上传来响亮的英语讲话声：“我是‘艾塔列娜’号船长，梅纳赫姆·贝京现在要从这艘具有历史意义的船上向特拉维夫人民和全体以色列人简短致辞……”

“就这样吧。”利维在巴拉克肩上打了一拳，“听着，回去告诉你们那个白痴总理，他的气数尽了！”

荒谬之战

“十分钟后内阁召开会议。”本-古里安单独和巴拉克在他的办公室套间里，“说说你的看法，那儿情况有多糟？”

“不是很好，先生。我走的时候，贝京正在用高音喇叭鼓动所有在特拉维夫的人去卸运武器，甲板上也布置了越来越多的枪炮阵位。”

“他们又往岸上搬运武器了吗？”

“只装了一艘小艇上岸，不过他们当时正往下放另外几艘小艇，也都装满了武器。”

“联合国观察员和记者团都看到了这一切？”

“是的。酒店的露台上挤满了联合国的人，到处都是摄影师，还有摄像机……”

本-古里安往椅背上一靠，紧握的拳头撑在桌子上。“这是一次兵变，在政治上鼓动和引导的兵变，如果不把它平定下去，就会毁掉这个国家。”他站起来，“在这儿等着，兹夫。”

巴拉克一个人坐在这间小办公室内，桌子对面的墙上是号称犹太复国之父的西奥多·赫茨尔的画像，他看着这个维也纳人——整齐而微曲的黑胡子，威严的黑眼睛，下面静静地写着他永远的鞭策：“只要你去努力，梦想就在一步步接近。”画像旁边，梦想正在努力实现：一张巴勒斯坦托管地的地图上用墨水涂出以色列的国土轮廓，上面写满了政治与战争标语，还有红蓝色标注的战斗简图，以及各个前线上粗重的绿色停火线。一阵烦躁的绝望感袭上心来，巴拉克趴在桌子上，头枕到打石膏的手臂上。对于这个他生活在其中、热爱的却不稳定的犹太人国家，他从来都没有乐观过，现在他就感到下面的这块土地在摇摇欲坠。

作为新的以色列人兹夫·巴拉克，从前的沃尔夫冈·伯科威茨（这是他的自我心理分析）给他带来的麻烦是：他依旧完全以一个中欧人的思维来多角度看问题。贝京并不是完全错误，而本-古里安也远远谈不上完全正确，他们都曾在东欧犹太人居住区里生活过，他们只是为了一个既小又动荡的新国家而相互竞争的两个政客而已。经历了1900年的大离散之后，犹太人又回到了他们的故土，建立了犹太人的国家，这是赫茨尔的梦想。但它仅仅存在了五个星期，敌人还在大门口呢，犹太人和犹太人自己就开始火拼了！这事情他实在无法应付，就让本-古里安去处理吧，连同处理那些军服纽扣一类的事情吧。

桌子上的蜂鸣器响了，巴拉克跑到内阁会议室门前，敲门。“进来！”总理和另外八个人坐在一张桌子旁，他们或中年或老年，都是犹太复国主义者，除了一个人穿黑色西服扎领带外其余的人都没扎领带，这些人巴拉克都认识，有的人还朝他微笑点头。屋子里非常安静，人们苍白疲倦的脸上写满了悲伤、不祥和忧虑，但本-古里安脸上没有，除了好斗的神情以外，他的气色很好。他声音粗哑地说道：“我们伟大的贝京先生已经彻底疯了。现在的议题是：如果局势进一步恶化的话，阿隆要不要使用榴弹炮。如果真打起来，兹夫，你不用再来请示我，直接去处理新闻记者的事情，明白了吗？你熟悉情况。”

“是，总理。”

他临出门时听见本-古里安讲：“我们要清楚，采取行动就意味着要打死犹太人，如果临时政府最终这样决定，那就执行，但是我要投票表决，现在就投……”

巴拉克开车往海滩走，路上挤满了汽车，喇叭声此起彼伏，还有大片的人群，他们都在朝与他相反的方向撤退，他驾驶吉普在人群与车流中左闪右躲，特别费力。一名警察告诉他，正在对海滩附近地区的百姓进行疏散。巴拉克看到，士兵们用肩膀拦着不让人群往海滩上去；而另一边从部队中擅自离岗的伊尔贡人员则不断赶来，准备为这船危险的走私军火大打出手。

突然间，激烈的枪炮声就响彻了整个海滩，毫无预兆。酒店露台上的观望者们仓皇跑进餐厅里面，不论是侍者还是食客都趴在地板上，只有《洛杉矶时报》的记者索尔·史瑞伯和路透社的圣约翰·罗伯利俩人依然坐在桌子旁。他们看见第二艘满载军火的小艇走着“Z”字形往岸上划来，子弹噼里啪啦地打在它周边的水面上，溅起大片水花。他们看到小艇在剧烈颠簸中划到离岸不远的浅水处停下；看到小艇上面的人朝这边开枪还击；看到岸上的人最后涉水过去把受伤的人拉上岸。

“我这一辈子见过和报道过很多战争，但这一幕真的是荒诞极了。”英国人说。

史瑞伯忧伤地说：“兄弟对兄弟，彻头彻尾的荒谬。”

猛烈的炮火逐渐淡下去的时候，餐厅里的人们从地板上局促不安地站起来，拍打身上的尘土。浅滩处那艘小艇已被放弃，半沉在水里，武器还留在上面。沙滩上取而代之的是长久的沉闷的宁静。夕阳西下，余晖在海面上射出一道长长的光斑，一名陆军中尉走进餐厅大声宣布：“各位先生们，政府新闻发布人正在赶来的路上。”于是众多记者和联合国人员都从露台上涌进餐厅。

“好了，巴拉克少校要给我们重要新闻了。”史瑞伯对罗伯利说，但不多一会儿出现的人却是耶尔，她穿一身剪裁合体的军服，刚刚化过妆，认出他们俩后对他们微微笑了笑，史瑞伯挤开人群走到她身边，扶着她站上椅子。耶尔开始念手里的一张纸，起初有点不顺畅，但很快就从容起来。

“以色列国防军宣布：‘艾塔列娜’号已经请求停火，我方业已答应其要求，以便撤离船上伤员。现有关各方正在紧急磋商以和平解决此次危机。无论何种情况，无视停火令和政府命令的非法武器均不得运抵以色列。”

耶尔话音一落，四面八方便响起各种问题，她做了个无能为力的手势，然后大声说道：“我就知道这么多了。很快会由兹夫·巴拉克少校为大家做进一步的情况介绍。”

耶尔往外走去，史瑞伯赶紧挤开人群，想追上她。用这个金发美女来搪塞记者，是兹夫·巴拉克的精明。不过这个女的肯定还知道很多东西，自己作为一个犹太人记者，也许可以从她那儿套点东西出来。但是大堂里没找到她，外面安静的大街上也没有。她凭空消失了，见鬼！

尽管时不时还有零星的枪炮声响起，但耶尔从来没见过特拉维夫大街如此荒芜、如此安静。在红房子附近刚刚用油桶垒成的一处简易路障前，一群穿着便服的伊尔贡武装人员拦住了她，一个长相和她哥哥本尼很相似的人粗鲁地要求看她的证件，在黑洞洞的枪口下，耶尔把证件交给他们，感觉非常不舒服，这些家伙互相之间开着玩笑，所用的希伯来语和军队俚语也是自己所熟悉的话语，可对待她却像对待一个阿拉伯人一样。那名伊尔贡武装人员把证件还给她，友好地朝她笑笑，耶尔没理他，拿上证件就走。她匆忙往红房子赶，在一处校舍外面偶然碰到了一个排的士兵，这个排所有士兵都被缴了械，另外一些拿着冲锋枪的人在看守他们。其中一个被缴械的士兵朝她挥手，用英语喊道："嘿，你好，耶尔。我被拘捕了，我们都被抓了。"

好一会儿，她才认出那是堂吉诃德的哥哥利奥波德。他的精神似乎好得出奇，全然不像他那些战友满面羞惭的样子。"嘿，你好。你怎么了？"耶尔问他。一个看守的武装人员厉声朝她呼喝，显然是因听不懂他们的英语交谈而发怒了。耶尔没有理那人，继续问："你们做错什么了？"

"就因为我们拒绝开枪！我第一个说我不会开枪，扔掉了枪，然后我们整个排都把枪扔了。我说我到巴勒斯坦不是来杀犹太人的，我在波兰见到的被杀的犹太人已经够多的了。"

"Asur l'daber（不准讲话）！"那名看守咆哮道。

一名满面惶恐的妇女打开学校的门，看守们开始押着他们往里面走。

利奥波德说："请告诉约西。"

"我会的。"

他走进学校大门时又回头喊道："我们在洛杉矶再见。"

激烈的枪炮声再一次打破了宁静，这次还伴随有大炮的轰鸣声。耶尔紧靠建筑物的墙壁向前疾走，绕来绕去到了滨海区，此时再看那边的港口，眼前的恐怖景象让她浑身战栗不已。那艘运输登陆舰已经着了火，舰上的人有的往下扔橡皮艇，有的直接跳海，还有的顺着缆绳和船舷外的网往下爬。透过浓烟和跳动的火焰，隐约可以看到登陆舰桅顶上飘动着一杆破烂的白旗。

耶尔不由得叹道："上帝啊，我们完了！以色列完了，犹太复国主义完了，一切都完了。"

这是他有生以来吃过的最好吃的一顿鸭宴，巴拉克想，还有，娜哈玛也打扮得极为美丽动人，或许是烛光的效果？诺亚像只小老虎一样连吃了两份菜，然后趴在桌子上睡去了，娜哈玛把他抱到床上，巴拉克开心地舒了口气，多温馨的享受啊！美味的菜肴、心爱的妻子、聪明可爱的孩子、温暖的家。令人沮丧的"艾塔列娜"号和它带来的一整天的余悸算是远远逃开了。危机起来得快，下去得也快，已经解决了！今天阻止了最糟糕局面的出现，不会再有内战了。现在的问题是要不要告诉娜哈玛自己即将去美国的事，现在说出来可能会引起些麻烦，说好的晚上那档美事可能也会泡汤，而且，每次他要走的时候跟她说，她就会尖刻质问："哦！那你为什么不早点告诉我？"

"新闻时间到了。"娜哈玛说着快步走进来咔嗒一声打开收音机。新闻第一条是，贝京命令和劝告他的武装人员返回各自岗位并服从政府管理。新闻直接引用他在伊尔贡指挥通信网上讲的话："我们不会参战，我们的敌人不是以色列军队，而是阿拉伯人……"娜哈玛点头表示同意。和大多数了解阿拉伯民族的摩洛哥人一样，娜哈玛也是个准伊尔贡。在这一刻，巴拉克决定暂不告诉她走的事。为什么要破坏鸭宴带来的美好气氛呢？蜡烛的火焰在她眼里闪烁着光亮，她一边清洗盘子一边笑着对巴拉克说："你今天累了一天了，兹夫，早点上床休息。"

“Motek（宝贝），一定。”他说。

在罗伯利为路透社发的“艾塔列娜号事件”专题分析中，最后一篇短篇报道是这样写的：

……本–古里安当然是有强大火力并最终能打赢的，但贝京先生却创造出一部殉道史，一部传奇。他是最后一个离开起火的舰船的，并且是被别人强行拖走的，随后，他发布命令让伊尔贡人员回到各自岗位并听从本–古里安军队的调遣，从而成功地应对了这一危机时刻。他以这样的方式避免了一场内战，他是当今以色列唯一能做到这一点的人。如果说胜利属于本–古里安，那么荣誉就属于梅纳赫姆·贝京，他们俩是双剑合璧。

第七章　美国

为米奇·马库斯送葬

“自由女神。”在发动机的轰鸣声中，飞行员指着下面一个小小的绿色人像大声对巴拉克喊。自由女神像坐落在下面一个岛上，岛四周是波光粼粼的海港，可以看见有很多舰船在徐徐行进。

“我看见了。”巴拉克说。前方的景象何等壮观！两条闪闪发光的河流中间，是曼哈顿高耸入云的摩天大楼，这是什么样的河啊！与这两条河相比，约旦河只能算是一条涓流，甚至多瑙河也只能算是一条小溪。这就是美国！

驾驶舱里的扩音器传来刺耳的声音：“一六五吉格贝克，准许降落。移民局检查站和海关官员携带全部入港许可文件等候，通知达扬将军。完毕。”

飞机的货舱里飘散着臭味，摩西·达扬还睡在床垫子上，旁边是覆盖着国旗的棺材，棺材用飞机上原本拴赛马的拉环系牢。飞机驾驶舱里也有一股子马厩味。再找不到其他的飞机，这一架也是花了很高的价钱和保险费才租下来的哩。他们可都是灵柩护送者，巴拉克只希望不要一下飞机就给人家一股扑面而来的马粪味就行了。

"摩西，我们正在降落。入境证件都安排好了。"巴拉克摇摇达扬的肩膀说。达扬那只好眼睛睁开，明亮而机敏。

"很好。"达扬点点头，打了个哈欠，又扫了一眼手表，"好长的旅途。"

飞机着陆后，慢慢地在跑道上停下来，一边的舷门打开，明亮的阳光洒进机舱。三名年轻军官，穿着挂有绶带的军服，短发，腰杆挺直，跳上来向他们敬礼，然后其中一个人尊敬地把那面以色列国旗从棺材上拿下，叠起来交给巴拉克，另外，他们在棺材上重新盖了面极大的美国国旗。机舱外的跑道上，巴拉克看到巨大的美国国旗和以色列国旗迎风招展，国旗下面，是一长列的豪华黑色轿车。当棺材被抬出飞机时，身穿蓝色制服的警察仪仗队（巴拉克估摸了一下，至少有一百名）"咔"一声，一齐敬礼，因为米奇·马库斯曾在纽约市惩教局工作过。摩西·达扬和兹夫·巴拉克走出来时，所有军人和警察一起向他们敬礼。他们俩都身穿一套花里胡哨的军礼服，那是在本-古里安的命令下由特拉维夫裁缝一夜之间凭空想象出来的：带着肩章和金色纽扣的墨绿色外套，黑色的贝雷帽，闪光的武装带，这装束让达扬感到既好笑又扫兴。一名军官拿着俩人的行李包走在他们后面。

一位头发花白的陆军上校走上前来，向他们敬礼，然后握手，说："马库斯夫人想要马库斯上校的助手和她乘坐一辆车。"又转向达扬说："将军，如果您乘我的车，将是我的荣幸。"

在最前面的一辆豪华轿车后座上，坐着一个四十多岁的女人，她身穿一袭黑衣，戴着宽阔的黑色草帽，打扮精致，但面容冷硬。巴拉克钻进车内，握手后，她冷冷地说："你是兹夫吧，我丈夫在信中提到过你。"然后又冷冷地扫了一眼他手中的那面以色列国旗，巴拉克赶紧把国旗放在一边，没有说话。

送葬的队伍列了起来，统一打开车大灯，缓慢曲折地穿行在布鲁克林区的大街上，引起了很多路人的注视。车队开到一处高大的犹太会堂前，这里人头攒动，在一个穿着蓝袍的拉比（犹太教学者或教师）和穿白袍的唱诗班主导下进行了简短的追悼会。随后，车队继续往前开，跨过著名的布鲁克林大桥，这座大桥巴拉克还是通过电影和画册认识的，接着便到了市政厅旁边设的一个检阅台，有很多要人站立在那儿，把帽子放在他们自己的胸口上；更多的巨大国旗在风中猎猎作响，也有很多警察和一队队的士兵向队伍敬礼。马库斯夫人自始至终没有说过一句话，也没有哭。由于飞机上巨大的噪音，巴拉克的耳朵一直在嗡嗡作响，路上的景色也让他感到震撼：宽阔巨大的桥梁、河流以及鳞次栉比的摩天大楼，但马库斯夫人的沉默让他必须保持镇定。他惊讶于今天这盛大的排场，和新闻短片里罗斯福总统的葬礼差不多，只不过这次的主角是不幸的斯通上校！

六十辆豪华轿车沿着崖岸陡峭的哈德逊河一路往前，朝西点军校的方向开去，马库斯夫人依然没有说话，苍白的脸朝外，眼盯着河水。哈德逊山谷苍翠碧绿，美不胜收，这一切对巴拉克来说很新奇，但他此刻相当渴睡，自从离开以色列，他只睡了很短一段时间，跨越了好几个时区。这时，一座庄严的小教堂门前等着三个人，军服上闪耀着三颗将星的是西点军校校长，他旁边站着的那两位穿便服的人，高个子神情忧郁的是美国前财政部长亨利·摩根索，另一位神情倨傲的矮个子是纽约州州长杜威，马库斯夫人只向巴拉克介绍了这俩人是谁，就再没说话。由十个马库斯的同班同学作为护柩者抬着棺材走向墓地，这十位同学不是上校就是将军，全部穿着佩戴满满勋章的整齐军服。在墓地，巴拉克哽咽着大声朗读以色列军队嘉奖令和本-古里安给予马库斯夫人的唁电，然后，旁边的达扬用希伯来语讲了简短追悼词，再由巴拉克为悲伤的人们翻译成英语。

永别了，米奇·马库斯，在阿布格什的夜晚因为出去小便和不会说希伯来语而被打死，本-古里安压住真相很明智！美国人愿意弘扬一位战争英雄，而不是同情一位由于以色列的失误而受害的人。随着棺材沉入地底，尖利的军号声划破长空，十二响礼炮轰然回响，巴拉克想，不管失误与否，谁又能说这位英雄的告别仪式不是货真价实的呢？是的，对于来这里参加葬礼的那位州长来说，这是很高明的政治，他正在和杜鲁门总统一起竞选，而在纽约州是有着为数不少的犹太人选票的。杜鲁门也不傻，他派来了罗斯福时期最好的犹太人内阁成员。如此不会给斯通上校带来任何损毁，他已经以一名美国志愿者的名义，牺牲在巴勒斯坦犹太人战争中的战场上了。死了就是死了，不管怎样，事实就是如此。

一切完毕，车队掉头沿着哈德逊河向南行驶，马库斯夫人坐着直直地盯住前方，手里紧抓那面放在膝盖上的美国国旗。“哎，兹夫，要是你愿意的话，你可以帮我个忙。”她突然说。

“悉听尊便，马库斯夫人。”

“谢谢你。米奇最好的一位朋友的妻子是纽约哈达莎[①]的主席，他们今天要举办一个大笔款项捐赠人的招待会，为耶路撒冷的医院募集应急基金。我之前答应作为贵宾前往参加……”她停下来咬咬嘴唇，“……唉，我现在去不了了，他们也知道，但是他们取消不了，太迟了。你能去那儿念一念本-古里安的那些话和嘉奖令吗？也许还要讲上几句话？”

（大笔款项捐赠人……兹夫·巴拉克，去做募捐者……）

“当然可以，马库斯夫人。”

“叫我艾玛吧。”她冰凉的手碰碰他，“很好，这是个妇女聚会，再看不见其他男的，你确定你能行？”

“没问题，在我们军队里我们也时不时地接一些这类费力的活儿。”

她勉强挤出一丝笑容，但还是很冷。“米奇很喜欢你，我明白为什么了。”

巴拉克壮起胆子说道：“艾玛，我能说句话吗？”

她转过泪盈盈的眼看着巴拉克，点点头。

“马库斯上校曾经跟我说起过鲁珀特·布鲁克的诗：……在一片异国的田野，那里的某个角落，是永远的英格兰。”

她的眼神稍稍柔和了一些，说：“米奇总是要引用一些诗文，他喜欢那些

---

① 哈达莎（Hadassah）：一个美国妇女拥护犹太复国主义的组织。——译者注

诗，是的。”

“艾玛，在西点的某个角落，是永远的以色列。”

她努力闭住嘴不让自己哭出来，指了指座位上那面蓝白相间的旗帜，伸出手，巴拉克把旗帜递给她。到了中央公园西部路一座高耸的公寓大楼前，在巴拉克下车时，艾玛把两面旗帜紧紧地抱在怀里。

从巴拉克的童年时代起，他就品尝过各式各样的奶油糕饼，但是像这样的巨型夹心蛋糕他还是第一次见。在以色列，一个大型婚宴也就有两块蛋糕，但在这个招待会上，二十个妇女就有十块蛋糕供应。她们都穿着华丽的衣裳，戴着宽阔的时髦帽子，或苗条或肥胖，津津有味地品尝蛋糕，彼此低声交谈，害羞的眼神时不时扫一眼这个站在窗前的以色列英俊军官。巴拉克也在有滋有味地吃蛋糕，边吃边观摩这座宏伟的绿色四方形园林以及它周边高耸的摩天大楼。有一位年长的妇女对巴拉克一直保持着微笑，她长得圆胖但很好看，头发有些灰白，戴着顶类似轻骑兵那样竖插着羽毛的帽子。巴拉克也迟疑地对她笑了下，然后那名妇女就朝他走过来，几乎是小跑，说：“这么说你真的认出我来了！你只看过照片。”

“啊……是莉迪亚姑母？”

“莉迪亚·巴寇。就是我，沃尔夫冈！当然，我是指兹夫。”她笑着抓住巴拉克的手，轻轻地吻了吻他的脸，“当艾玛打电话告诉我说你要代替她来，我太惊讶了！知道吗，你父亲和我们在一起。我等会儿带你回家吃晚餐。”

“我不知道父亲和你们在一起，莉迪亚姑母。我原以为代表团是租了联合国附近的一处房屋。”

“他是住在联合国附近，不过他要从成功湖那边过来看我们，出来喘口气。他一切都好。你姑父看见你一定会非常高兴，我的孩子们也一样，他们都在家。你听我说！我那些孩子，一个已经是父亲了，另外两个，一个二十一岁，另一个十七岁了！”她闪亮的眼睛看着他，“你看起来太迷人了，你知道吗？”

夫人们都坐在折叠椅子上开始听他讲话。她们的主席是一位丰满红润的太太，穿着裁剪考究的套装，她向大家介绍巴拉克，语气轻快而兴奋，显然很高兴这位气宇轩昂但又神色忧郁的军人募捐者出场，在场的夫人们也都一样，眼睛亮晶晶地盯住他。他的姑母坐在前排，冲着他微笑，他已经很久没有如此男孩般、如此忸怩矫饰的感觉了。

但是当他念那份追悼词时，夫人们的眼神悲伤地黯淡下去，巴拉克自己那种感觉也消失了。他忘情地讲起马库斯和耶路撒冷战线以及“滇缅公路”如何打破了包围等事情。脑子想到哪儿他就讲到哪儿，他发觉自己在讲所有的事，战争、停火、以色列险恶的地理位置，甚至还有无论在战胜还是战败中士兵们表现出来的勇气等。讲到塞浦路斯移民们根本没有经过训练，一下船就拿上武器直奔拉特伦战场时，他听到人们不住地喘气。后来，巴拉克意识到自己讲得太远了，便生硬地刹住话题，随后夫人们一跃而起为他鼓掌，非常热烈，远超出他的预想。

招待会结束后，莉迪亚姑母走上来和他拥抱，说：“我现在带你走吧，真精彩。你走后，主席自己就会施加压力，她没必要过多催促。”

巴拉克把自己的提包放进姑母车的后座上，姑母开的是一辆棕褐色凯迪拉克，和葬礼上那些豪华车一样长。她漫不经心地缓缓开入中央公园西部路拥挤的车流当中，说道：“当然了，我一接到艾玛·马库斯的电话就马上给你父亲去电话，你父亲想要你在联合国那里和他见面，所以，等会儿我在那儿放下你，然后我先回家。从那儿到我家只需二十分钟，他会带你一起过去。今天晚上厨师放假，我们原打算吃中国菜，但是那可不行。我们必须得准备点东西。”

“哎，莉迪亚姑母，中国菜就挺好，不用再麻烦了，况且我待不了多长时间。”

“吃中国菜？像你这样的客人？兹夫·巴拉克？”她念这个名字，听起来就像念一位演员的艺名似的，脸上现出一种业主的微笑，“我们随时都可以烤羊排，我储存了很多羊排，我的儿子们都是十足的肉食动物。你喜欢羊排吗？那不是在中东他们吃的吗，羊排？”

“喜欢，姑母，我们吃羊排。”

奇迹

“Nissim v'niflaot（奇迹啊奇迹）！”在成功湖畔联合国大会会场里宽阔而空旷的半圆形座席间，巴拉克的父亲一边兴奋地说着话，一边带领巴拉克穿行在其中。麦耶·伯科威茨差不多和本-古里安一样矮，也有着同样的大肚子和社会主义者标志性的稀疏白发。“奇迹啊奇迹！这就是我坐的地方——兹夫，当委内瑞拉投票表示赞成从而使赞成票达到三分之二的时候，我就坐在这把椅子上来着，坐到上边来！你以后可以告诉你的孙子们你曾在这里坐过。”

对他这位浮夸的父亲，巴拉克已经好几个月没见了，而且从没有想念过他，此刻觉得有一丝愧疚。除了他娶娜哈玛的事外，父子俩还有一些不痛快的事情。他顺从地坐到椅子上，但没有感到激动，也没有听到伟大的历史和音，这只是一把椅子和一个空会场而已。倒是他父亲不断发出洪亮的和音，声音隆隆地回响在会场里。“是的，犹太人国家在两千年后又一次诞生了！在我这个年代！而且我就在这里，作为这个国家的代表！‘尽管我不配，也不合格……’”他用传统的意第绪语引用斋月礼仪上的话。巴拉克的父亲这个人身上有很多矛盾的地方：一个相当富裕的皮毛商，同时又是一个很教条主义的社会主义者；他遵守所有的犹太教宗教节日，而且不吃猪肉，但却不信上帝；他有希伯来思想道德，热爱意第绪语，却没有给自己取个希伯来语名字；他信奉平等主义，却不允许自己的儿子娶一个摩洛哥贫穷女孩。家人对他这些不一致也视作正常，当然偶尔也有伤感情的争吵。

“哎，英国人错了吧！”他父亲带着他走出会场门厅，“奇迹啊奇迹！他们以为，在分治决议上苏联集团和阿拉伯联盟都不投赞成票的话，那可恶的犹太人怎么能获得三分之二的票呢？没想到斯大林，哦，愿上帝保佑他，将他的名字涂掉，他根本没有理会英国佬，直接命令他的整个集团全部投赞成票！奇迹啊奇迹！”

“哎，爸爸，什么奇迹啊？斯大林只是想把英国人永远挤出中东地区而已，这就是他投赞成票的原因，这也是我们能从捷克斯洛伐克得到武器的原因。”

“嗯，嗯，也许他是这样想的，”他父亲用低沉的声音说，“但是神施恩的手在帮助他——当然，是从某种意义上来说。这样吧，你莉迪亚姑母正等着我们呢，事先跟你说啊兹夫，我可没有凯迪拉克开。”

他们开了一辆破旧的福特车离开成功湖，向巴拉克姑母家驶去。在路上，巴拉克告诉他爸爸，军队领导们正在积极备战，以防停火期结束后阿拉伯人的进攻，就算以色列会接受美英推行的停火延期，阿拉伯人也不会接受。这倒是一个机会，抢在敌人行动之前，掌握主动，夺取可以让以色列坚持几年同时喘口气的合理空间。他父亲听闻此言头摇得像拨浪鼓似的，他说：“本-古里安要铸成大错了，会有更多的流血，更多的死亡！五十万犹太人不可能打得过七千万阿拉伯人。当然，如果他们主动进攻，那我们的确应该防御，直到他们谈条件为止。”

“爸爸，他们的条件很简单，就是我们死，或者离开。”

“贪得无厌你就什么也得不到，只抓你能抓住的。”父亲引用《塔木德经》上的话说，“这就是贝京在‘艾塔列娜’事件中忘掉的道理。”

“这边的报纸对那件事报道得很多吗？”

“我们很幸运，俄国人的柏林封锁把读者的注意力吸引过去了。”

他们开到了长岛大颈，这里的房子和庭园看起来更大些，也更高档。福特汽车颠簸着横穿过一条铁路进入城郊，看着一排排的公馆别墅，巴拉克惊叹道：“真是宫殿啊！很多犹太人都住在这里吗？”

他父亲说："这只是窝棚，车棚，贫民窟。哈里住在国王点，一会儿你会看到的。"

他们进入一片类似公园的密林区，透过繁茂的树枝，可以隐约看到一排排的大建筑。"这就是国王点。"他父亲说。福特车顺着一条沙砾路往前开，到达一栋带有巨大石柱门廊的白色别墅前。五辆擦得纤尘不染的汽车（三辆敞篷车，两辆凯迪拉克轿车）停在那里，几乎没有福特停车的地方，不过巴拉克还是把车开进了姑母的凯迪拉克和高大花篱之间的空地上。姑母莉迪亚和姑父哈里从别墅里摇摇晃晃地走出来，后面跟着他们的一对儿子和一个女儿。姑母姑父上前来和他们一一问候，拥抱、大笑、开玩笑，然后大家坐到纱门围起的门廊内，喝起调制果酒来，这种酒呈深褐色，口感强劲，名曰古典鸡尾酒。门廊对面是一块宽阔的草坪，姑母的大儿子利昂正在他妹妹的帮助下烤羊排。

这种味道奇怪的酒让巴拉克情绪振奋了些，但他实在困乏得很，尽管阳光正透过树丛照进来，他还是极想睡觉。大颈镇和特拉维夫的天气一样又闷又热，穿上厚重的军服让他倍感难受。哈里姑父这座国王点的别墅和那五辆豪车让巴拉克有种完全的迷失感，那廊柱就像小说《飘》里所描写的那样。不过，他并没有丝毫嫉妒，他只是希望那些闻起来相当美味的羊排赶紧端上来，他好吃完离开，然后找个地方好好睡一觉。

莉迪亚姑母滔滔不绝地讲巴拉克在基金募集会上的表现。"太棒了！马西·科恩打电话告诉我，九万三千美元呢，沃尔夫冈！当然，我是指兹夫。这相当于果尔达·迈尔森在同样集会上募捐到的钱的三倍，你们知不知道？"

他们的小儿子问巴拉克："你见过很多战斗吧？我正好错过了咱们的战争。美国投下原子弹时我在海军新兵训练营里，准备乘船到太平洋。"

"哦，阿瑟，在以色列有些不同。我们全部沿着海岸线作战，我们国家总共加起来也没有美国新泽西州大。所以要是乘坐军用卡车或吉普，从家到战场不多一会儿就到了。是的，我见过一点战斗。"

莉迪亚姑母问道："跟我说说，姑娘们也参加战斗吗？我见过她们穿军装的照片。如果她们被阿拉伯人抓住怎么办？那不是太可怕了吗？”

“她们通常不会在能被抓住的地方，姑母，她们很多都是信号兵。”

哈里姑父问：“关于柏林空运，以色列都有些什么看法？他们认为俄国人会退让吗？”

“这是件真正严重的事情，在联合国他们都在谈论第三次世界大战。”麦耶·伯科威茨插进来说。

“愚蠢。”哈里姑父说。

“哈里，柏林一天就需要两千五百吨物资供应，”麦耶反驳说，“美国空运不了那么多，现在有消息说杜鲁门总统计划派遣军用护送车队穿过俄国人的路障。到那时我们看看谁退让！”

莉迪亚姑母叫道：“哎呀，那就完全像是耶路撒冷和那条‘滇缅公路’了。那故事太吸引人了，沃尔夫冈，就是你说的那条路。你一定要把它原原本本地讲给我的儿子们听。”

这时电话铃响了。“可能是贝蒂找我。”小儿子跑过去拿起电话，“喂……爸爸，是帕尔曼先生的电话，从洛杉矶打来的。”

哈里姑父拿起话筒，小声地对巴拉克说：“戴夫·帕尔曼，大电影制片人，老朋友……喂，戴夫！什么？嗯，很好，戴夫，我们都很好。我要能帮忙，当然帮了！嗯……”哈里姑父听着那边的讲话，看了一眼巴拉克，“嗯，巧了，我侄子现在正好在这儿，他正和我们共进晚餐呢。等一下啊。”他用手盖住话筒，问巴拉克：“沃尔夫冈，你认识一个以色列人叫帕斯特纳克的吗？萨姆·帕斯特纳克？”

“帕斯特纳克？当然认识。”

“他要跟你讲话。”

“从洛杉矶？”这回让巴拉克彻底迷失了。帕斯特纳克，他不是在布拉格吗？

哈里姑父把话筒递给他，那边传来粗哑的声音，像混凝土搅拌机发出的砂石滚动声："兹夫！你在国王点过得好惬意呀，啊？"的确是爱开玩笑的萨姆·帕斯特纳克。

"什么事，萨姆？"

"你来过加利福尼亚吗？"

"没有，干吗问这个？"

"这里太好了，快点来吧。"

"嗯，好，还有呢？"

"听着，我不是开玩笑。你坐飞机来这里，我会在洛杉矶机场接你。完了告诉我你是哪趟航班。"

"你疯了吗？我和达扬在一起，我们还要坐来时的那趟荷兰包机回去呢，我得回营部报到。我们只是在等一批纸币，新的以色列纸币，明天就要装机。"

"兹夫，我已经和达扬谈过了，没问题。成功湖那边的以色列代表团办公室里有个女孩，名叫邦妮，她会为你安排机票的。你现在记下她的电话号码，还有我的。"

巴拉克不再争辩，记下电话号码，问道："出什么事了？"

帕斯特纳克很快转成希伯来语，声音变得严肃。"很多事情电话里没法跟你说，但我这里需要你帮忙。"然后又转成英语问，"葬礼进行得怎样？"

"很顺利。"

"唉，不幸的混蛋马库斯。好啦，预祝你旅途愉快。"

门廊里一张柳条编织的长桌子上，放满了开胃菜、鸡尾酒、虾，大家坐下来开始吃饭。虽然是星期五晚上，但莉迪亚姑母并没有费心去点蜡烛，巴拉克也不希望她用蜡烛，尽管在自己家里娜哈玛还一直坚持那种形式。

哈里姑父告诉巴拉克说，戴夫·帕尔曼是从明斯克移民过来的，他们俩是在来这里的波兰船上成为朋友的。来到纽约后，戴夫·帕尔曼一直不停地换工作，最后去了加利福尼亚那边。过了几年后，戴夫·帕尔曼给他写信说要借钱做电影，那期间哈里已经把传统的家族皮毛生意经营得红红火火了，还已经转到了房地产行业。

哈里说：“我一直都相信戴夫，我没有要求看剧本，就直接把钱给了他，三万，那个时候，一捆钱呢。他拍了部小成本电影，你没听说过，是西部片，电影很成功。接着他又拍出很多电影，最终，他把钱还给了我，还带着利息呢。现在他已经是那边的一个大腕儿了。我从没请求他帮过我什么忙，直到现在，我请他给这个叫帕斯特纳克的小子一万美元，他同样什么也没问，直接给了他，就像我那时一样。”哈里说着打了个响指。

羊排端上来了，巴拉克从来没有吃过这么厚实的羊排，一块上面就有三根骨头。香气四溢的羊肉配上美味的红酒，巴拉克恢复了些许精神，他问哈里：“姑父，你认识萨姆·帕斯特纳克？”

“以前从没听说过他。我们拥有这个集团公司，我们几个人，因此我们尽力帮助以色列解决一些购买上遇到的问题，你也知道，由于武器禁运什么的。那位主席给我打电话说有个以色列人在洛杉矶，需要一万美元，我便给戴夫去了电话。”

“你应该小心点，爸爸，这关系到禁运法案。不要太过于冒险。”他那已经结婚的大儿子说。他是一名房地产律师，和巴拉克差不多年龄。

“我们很小心，利昂。”

巴拉克又问：“帕斯特纳克——或者说帕尔曼干吗让我去洛杉矶？你知道吗？”

哈里姑父朝莉迪亚姑母咧嘴笑了笑，说：“是这样，兹夫，好像是戴夫的妻子塞尔玛·帕尔曼在星期天要举办一个哈达莎的基金募集会。届时贝蒂·格拉布尔（Betty Grable，美国当年著名女影星）要去，可以吸引捐款者前往。本来是由帕斯特纳克来演讲的，但马西·科恩一直传扬你在今天会上给人们的触动，她甚至打电话给洛杉矶的塞尔玛·帕尔曼吹嘘，她们两个在基金募集会上是老对手了，因此戴夫就跑去让帕斯特纳克把你请过去，他还说你去的时候要穿上军装。”

“军装很漂亮。阿瑟，我能用你的车几个小时吗？我的车刹车不灵了。”姑母的女儿问阿瑟。

“不行，我还要用。”

“我想你还要写你的论文吧。”

“我和贝蒂有个约会。”

利昂接着说：“别问我啊，我八点半还要去接我妻子和儿子呢。”

于是，一场关于汽车使用权的争论乱哄哄地开始了，最后哈里姑父发火了，因为子女借他的凯迪拉克太频繁，他早已不耐烦了。一阵尴尬的沉默过后，话题又转向最新的畅销书和百老汇剧目。当他们谈论时，巴拉克在旁边看着，他想这三个年轻的巴寇家族成员是多么博学、多么文雅、多么自信。而如果在以色列，他们都得穿上军装去打仗，结了婚的也不例外，每天累个半死，也不会去关心什么汽车，因为他们不可能有汽车，说话会粗鲁，视野也变窄，只要能简单地活下去并且不受伤就算是万幸了。他们的学业会被迫终止，对于世界政治他们仅有很少的一点见解甚至根本就没有。巴拉克可以看出，他们是很完美的，但对于自己所忧虑的以色列，他们却没有一点兴趣。只有那个小儿子问了问他是否看见过战斗的话，但也仅此而已。

饭后，父子俩开车往成功湖走，麦耶·伯科威茨说：“他们都是好孩子，工作勤奋、学校记录优秀，利昂某一天会成为一名大律师的，他看起来很像你，你没注意到吗？佩吉是短篇小说家，她的作品一直在各种杂志上发表。那个男孩阿瑟是个数学天才，刚刚赢得过奖学金。”

“他们对以色列并不怎么在乎，是吧？”巴拉克淡淡地说。

“嗯，他们有他们自己关心的东西。”

“但哈里和莉迪亚却关心。”

麦耶·伯科威茨耸耸肩，说：“时代不同了。”

在以色列代表团驻地一间极小的办公室内，各类书籍和报告堆得满满当当，房间内充斥着浓烈的油墨味，他们在这里找到了那位叫邦妮的女人。这女人来自海法市，三十岁左右，梳一头鬈发，走路迅疾，话语里夹杂着很多希伯来俚语。“摩西·达扬给你留下一个口信。”说着她拾起一张纸条对巴拉克念道：“嘿，我们在三天之内还回不来，由于纸钞印刷出了点问题。替我问候萨姆。多看看那些好莱坞年轻女明星。你需要人开车送你去机场吗？”她递给巴拉克去洛杉矶的往返机票。

“我开车送他。”巴拉克父亲说。

“感谢上帝。这里除了我再没其他人。”邦妮说。

去拉瓜迪亚机场的路上俩人大部分时间都没有说话，不是因为父子之间没有话说，而恰恰是因为有太多的话要说。以色列外交和军事状况的话题显然不适合车内闲谈，他们的家庭矛盾和分歧又很大，最好的办法就是沉默。

巴拉克的母亲有些行为和意识是很荒唐的，比如她那种过分的势利，永无休止地活跃于以色列小众精英（其中有脱胎于第二次移民潮中土生土长的社会主义者，有老耶路撒冷家族，有国外外交人员）中的劲头。巴拉克这样看待他的母亲，他父亲也这样看待他的妻子，父子俩在这一点是有共识的，但巴拉克想，他母亲已经在很大程度上影响了他的父亲，所以，他不能无所顾忌地跟父亲谈娜哈玛，谈娜哈玛的父母，甚至连自己的儿子诺亚都不能随便谈论。再说，他的弟弟迈克尔莫名其妙地迷上了宗教，这是家里另一个敏感问题。但最敏感的事却是关于他父亲的，以他父亲那样的大肚子矮个子，在几年前以色列总工会他自己的办公室内，竟然也能和一名女秘书发生风流韵事，这件事给整个家庭蒙上了一层阴影，父母差点闹到离婚。在这件事上，巴拉克是坚决站在母亲这边的，他认为父亲绝对是在维也纳生活时看施尼茨勒（Schnitzler，奥地利小说家，戏剧家）的戏剧看得多了，因为那名妇女既矮胖又愚蠢，毫无吸引力可言。

机场闪烁的灯火进入眼帘时，父亲突然打破了沉默，说：“我猜，假如我当初像你姑父那样来美国，或许我也会很成功，也许我们也住在国王点，你也开着凯迪拉克敞篷车。”他自嘲地笑笑，“在波兰普隆斯克，我们还都是小孩子的时候，大卫·格鲁恩就和我是朋友，他和哈里可什么也不是。而大卫·格鲁恩现在成了戴维·本–古里安，我也身在美国，但却不在国王点。”

“现在这样就挺好，爸爸。我不想改变什么。”巴拉克疲惫地说，他的脑子里倏地闪现出卡斯特尔旁边那片山石坡地的场景，以及手肘被击中时那种热刺刺的震颤，感觉就像场梦一样。

在飞机舷门前，麦耶·伯科威茨恋恋不舍地上去，紧紧地拥抱住他的儿子。“好了，你会比我先看到你母亲的，告诉她我爱她。替我问候娜哈玛和我孙子。一路顺风，如果再次开战，要小心一点。”

第八章　萨姆·帕斯特纳克

热恋回忆

飞机在风暴中摇摇晃晃地飞向芝加哥，到了芝加哥上空，又在滂沱的黑雨中盘旋了一个小时才降落。之后，旅程似乎才正式开始了，飞机一直在飞。活了这么大，巴拉克度过了无数漫漫长夜——埋伏在叙利亚边境等候渗透的敌人，娜哈玛分娩时在医院走廊中彻夜踱步，手肘被打烂时躺在部队医院的病床上苦熬——但这一夜无疑是最长的，一个国家的疆域怎能如此广阔？他记不清自己是什么时候入睡的，直到一名乘务员突然碰碰他，递给他一杯咖啡时，他才醒过来。此时，外面已是阳光普照，飞机正嗡嗡地飞在白雪覆盖的山峰上空。

巴拉克喝着咖啡，问那位乘务员小姐："下面是加利福尼亚吗？"

乘务员小姐笑了笑，说："那是落基山脉，先生。加利福尼亚还要两个小时才到。"

"我们在帕萨迪纳市上空，是不是？"

"帕萨迪纳市？"她看了看窗外，"在飞行中我不能确定。为什么这么说？”

“我只是想知道。”

在和平时期，巴拉克曾希望某一天他能在加利福尼亚州理工学院（加州理工）完成化学研究生的课程。他在希伯来大学还有一年的学业没有读完，谁知道究竟什么时候才能真正上完呢？他最喜爱的教授曾在加州理工上过学，并且常常跟他们讲关于这所大学的事。在他的讲述下，巴拉克想象，这所大学应该像是柏拉图学园那样的学校，位于一个名为帕萨迪纳的城市内，这个城市美丽得像是鲜花盛开的雅典一样。

飞机舷门前，萨姆·帕斯特纳克给巴拉克送来了一个重重的拥抱，问：“你究竟从哪儿搞的这套军服？看起来就跟那些大宾馆门前的门童一样。”

“我来了，下一步去哪儿？”巴拉克问。

“我先带你去酒店，然后你去洗个澡。想洗澡吗？”

“我还想变成基督教徒去洗礼呢。我一直穿着这身愚蠢的行头，都两天了。”

“你要去见见克里斯汀，挺不错的人。”

“克里斯汀？谁是克里斯汀？”

“克里斯汀·坎宁安。你一定要见见他。以前美国战略情报局反间谍部门的朋友，现在是新组建的中央情报局大人物。”

“哎，萨姆，”巴拉克打断他说，“你来这里干什么？布拉格那边出什么事了？你干吗把我拉到这里来，究竟什么事？我和情报有什么关系？”

帕斯特纳克咧开嘴笑笑，他那鞑靼人的眼睛皱起来，说：“以后再说。克里斯汀·坎宁安很重要，相信我。等会儿我在帕尔曼的白色林肯车里，可能还会有其他白色林肯，你认准车里有位小姐的那辆，一个穿红色连衣裙的美女，你不介意吧？”

“我喜欢红色连衣裙。娜哈玛就经常穿。”

“啊，娜哈玛！她还好吧？”

“很好。”

“你以为我会忘了你把娜哈玛抢跑的事吗？现在我就要报仇了。”帕斯特纳克对他摆摆粗壮的手指，一只眼睛眨了眨，走开了。

巴拉克在行李滑道旁等候自己的行李，大脑中闪现出他第一次与娜哈玛相见时的情景。那时，他刚好从北非回来度假，在街上的一家咖啡馆偶遇萨姆·帕斯特纳克，帕斯特纳克也是像今天这样一只眼睛眨了眨，向他吹嘘说，有个“特拉维夫最漂亮的姑娘”在一家小吃店里做服务员，他要带着这位美女去参加他赫茨尔学校同学的生日宴会，还一个劲儿劝说巴拉克也顺道去参加这个宴会。本来巴拉克是要开车去提比利亚陪他的女朋友他玛·鲁本菲尔德的，但后来在宴会上只看了那个女服务员一眼，他便把所有事情忘了个一干二净。

在那次命中注定的宴会上，巴拉克并不是唯一一位被娜哈玛的美貌迷住的人。尽管宴会上的人大多数都是一所大学的学生，而且这名从摩洛哥移民过来的黑皮肤女孩明显不属于他们那个群体，但她天仙般的容貌和毫不矫揉造作的神态迷住了所有人。男人们都瞪大眼睛，女人们则都眯着眼睛，无一例外地盯住她看。不过第二天，当巴拉克走进娜哈玛工作的那家小吃店时，他发现娜哈玛的魅力似乎大大降低，她当时正围着围裙、戴着头巾，来回奔忙，把她父母亲做出来的饭菜端给客人们，再把空盘子撤下来。好在帕斯特纳克提前告诉他这些反差，当娜哈玛随便但很热情地对他微笑表示欢迎时，一切也就无所谓了。几分钟后，他们说起昨晚的宴会，娜哈玛便深深地掉进了巴拉克的陷阱。

……第一次接吻，是在特拉维夫午夜的海滩上，娜哈玛喘息着说：“哦，不！我和我穿英国军装的宝贝！不要再继续了！”但接下去的是更多的吻。求婚则是在巴拉克的假期过去一个星期的时候，那天晚上，她父母正打扫小吃店，假装不理会他们，但又小心地尽量不打扰他们。“嗯，娜哈玛，我们什么时候结婚？”这是他们首次提到结婚。巴拉克情不自禁地向娜哈玛求婚，沃尔夫冈·伯科威茨，一名稳健的英军中尉，一名谨慎的、前途光明的化学师，把自己的一生押在了一颗用激情做成的骰子上掷了出去。

“你说结婚时间，沃尔夫冈！什么时候呢？就这样结？我觉得太随便了，明天怎么样？”

简陋的婚礼就在一个摩洛哥拉比的公寓里进行，双方父母勉强地互相看了看，尤其是巴拉克的母亲，到最后一刻竟然骇人地哭了出来……从她那方面出发，这当然令她很难受了。巴拉克原来的女友他玛·鲁本菲尔德，既漂亮又聪明，而且她爸爸以前是柏林的教授，现在又在希伯来大学任校长，巴拉克甩掉那女孩竟然就是为了这个……这个女服务员？

随后，如胶似漆的蜜月在阿什凯隆的海边展开……

巴拉克的手提箱滚进一堆行李中，他拎了出来。

能给帕斯特纳克安慰的人都走了，因此，白色林肯车驾驶座上出现这个红连衣裙女人一点都不稀奇。帕斯特纳克这个矮壮丑陋的家伙，不管他生活中缺什么，美女肯定是不缺的。他的妻子早已和他分居，在联合国分治决议之后，阿拉伯人骚乱爆发时，他的妻子就带着两个孩子去了伦敦，但没关系，时不时会有一些美女来慰藉温暖一下他。这个女的三十五岁左右，头发被染成金黄色，打扮得很高雅。她还很瘦，是那种节食导致的瘦，而不是自然的苗条，她的眼神明亮而火辣。帕斯特纳克给他们俩介绍道：“这位是埃伦·舒格夫人，埃伦，这位是兹夫。埃伦是来协助帕尔曼做那场募集会的。”

“女孩们听说你要来都很兴奋，兹夫。听说你是充电的。”舒格夫人从前面扭回头，热辣辣的眼睛看着后座的巴拉克。

巴拉克说：“哦，充电的？拜托，我要是不睡觉的话，就是会场的一块废电池。”

舒格夫人发动了车子，说：“明天下午才开呢。你会很棒的。”

在去往饭店的路上，舒格夫人兴致很高，她谈论起这次募集会，贝蒂·格拉布尔当然吸引力很大，但是由米奇·马库斯的助手，英俊的以色列军官亲口讲述，绝对会吸引更多的客人，即使最小的捐款承诺也会有一千美元。

当林肯车曲曲折折地穿过贝弗利山庄时，巴拉克没再听舒格夫人自上车起就开始的絮絮叨叨，他被那些漂亮的豪宅吸引住了。沿着两边种满棕榈树的街道，各式房子一栋又一栋，有牧场式住宅、都铎式房子、法式别墅、瑞士木造别墅，全部高大宽敞，全部带着修剪过的草坪和如雕塑般的树木。没有一栋建筑的风格是重复的，各栋房屋之间的距离相当远，留有充足的呼吸空间。哈里姑父在国王点的那栋种植园式宅邸在这里就相形见绌了，巴拉克想，但好歹哈里姑父可以在那里随随便便打哈欠或伸懒腰。

“那样行吗，兹夫？”舒格夫人问他，语气带着担忧。

巴拉克随口说道：“行。”

“哦，太好了！她会很高兴的。”舒格夫人说。车行到一处饭店旁，饭店外墙用拉毛粉饰起来，呈粉红色，布局大而散漫。巴拉克和帕斯特纳克下了车，舒格夫人朝他俩摆摆手。“再见，小伙子们。”

在郁郁葱葱的棕榈树和果树中，俩人走进一栋农舍式别墅。巴拉克发现，宽敞的客厅里不仅有壁炉、酒吧、三角钢琴，还有大量的鲜花。他喊道：“谁来付房钱啊？”

“戴夫·帕尔曼的公司常年租下这栋别墅，用以接待一些名流要人——电影明星、导演、经纪人等。现在恰好空着，怎么样？去洗你的澡吧。”

“马上。”巴拉克进了浴室，但很快又出来了，手里拿着一件带花边的红色女睡衣，说，“这个挂在喷头上。”

帕斯特纳克耸耸肩笑道：“这个埃伦！人是不错，就是没脑子。我回头拿给她。”

巴拉克坐在餐桌旁的椅子上，顺手从餐桌上一只盛满了新鲜水果的水晶碗里拿起一只大黄梨，咬了一口赞道：“嗯，这水果！加利福尼亚！萨姆，实话跟我说，这到底怎么一回事？那一万美元又是怎么回事？”

“哦，你都知道了？好啦，我会解释给你听的，但你要是打算跟贝蒂·格拉布尔共进晚餐的话就最好先睡一会儿。”

“跟贝蒂·格拉布尔共进晚餐？我？”

“你刚才没听埃伦说吗？你答应去的呀。一个小型宴会。”

“我跟你一起吗？”

“就你一人。《洛杉矶时报》对马库斯的葬礼进行了大幅报道，里面提到了你，现在你可是热门人物。”

“你为什么不在捷克斯洛伐克了？”

“空运出了问题。”帕斯特纳克也坐下来，从一串紫葡萄上摘下几粒塞进嘴里，嘎吱嘎吱咬了几口就连皮带籽吞了下去，“现在我们可以大量购买武器，本-古里安命令我们要加大货运量。我们的人在这里搞到六架‘星座’军用运输机，对外宣称是从巴拿马一家新的航空公司购买。这些飞机可真是大力士，兹夫，一个家伙就可以装十吨货，十吨呢！但是美国国务院了解到真实情况后，就开始设限了。民航局、联邦调查局、中央情报局、海关……设备不安全、违反禁运条例、文件没收、飞机扣押……给我们找了大量的麻烦！但我们的人仍然设法在禁令下达之前让一架飞机飞到了巴拿马。我来这里就是找克里斯汀·坎宁安帮忙的，我们要让这架飞机再从巴拿马飞到捷克斯洛伐克，他能在中间起到作用。我从帕尔曼那里要一万美元是用来去巴拿马疏通关系的，我需要这笔钱——你对我就放一万个心吧。”

巴拉克实际上已经在打瞌睡了，手里还拿着那半个梨。“我一会儿再洗澡，贝蒂·格拉布尔……到时候叫我一下。”

“好的，我把你这可爱的制服拿去熨烫一下，皱得太厉害了。”

巴拉克打了个哈欠又站起来，说：“萨姆，你跟我说，你是怎么提前知道‘艾塔列娜’号那个事的，当时连雅丁和阿隆都不知道啊。”

帕斯特纳克剥着一根香蕉，像以往那样对他眨眨一只眼，算作回答。

在贝蒂·格拉布尔家华贵的石板露台上，爱德华·鲁滨孙（Edward G.

Robinson，美国著名男影星）上前跟巴拉克打招呼："嘿。Ani ohaive yisroel（我爱以色列）。"他抽着大雪茄，打着黑色领结，看起来就像是他演的那些电影角色一样，他这句带着浓重美国腔的希伯来语让巴拉克甚是惊讶。鲁滨孙继续说："Ani no-sane har-bay kesef（我捐了很多钱）。"

"谢谢。"巴拉克说。

爱德华·鲁滨孙又用回英语，聊起他的希伯来语教育和艺术收藏等，还很详尽地跟巴拉克说，此前的菜主要是火腿，而贝蒂·格拉布尔在最后得知以色列少校要来这一令人兴奋的消息时，临时把火腿改为烤牛肉，所以宴会推迟了些时间。这时，贝蒂·格拉布尔过来，她穿了一身无吊带紧身晚礼服，显得光彩照人，她冲巴拉克扑闪着蓝色的大眼睛说道："我希望一切顺利。好华丽的制服啊。我们都迫不及待想听米奇·马库斯和那条'滇缅公路'的故事了。"

进餐时，贝蒂·格拉布尔让巴拉克坐在她的右手边，通过桌子四周人们的闲谈，巴拉克猜测那些男来宾大多是电影制片商或经纪人一类，那些女来宾虽然比不上女主人那般漂亮，但个个也都花容月貌，她们穿的衣服和发型都趋向于一种怪诞的样式，巴拉克想，这可能是加利福尼亚最新的款式吧。过了一会儿，人们把话题转向他，他也回答了几个关于马库斯的问题，然后人们开始就一些其他问题向他请教，如柏林空运的前景、电视对电影业的影响、以色列支持杜鲁门还是杜威、印度大屠杀的可能结局以及二战胜利后美国和苏联的相对角色等不相干的问题。贝蒂·格拉布尔的经纪人，一个叫肖蒂的高个子男人对他说："你帮帮忙裁判一下这个赌。巴勒斯坦是在叙利亚的北边还是南边？"

"叙利亚南边。"

"你欠我一百美元。"爱德华·鲁滨孙大喊道。肖蒂从钱包中取出一百美元纸币给了他，然后说他会在今晚的金罗美（一种纸牌戏）上赢回来。

"A-ni no-sane zeh l'yisroel（我捐给以色列）。"鲁滨孙拿着那一百美元说。

"谢谢。"巴拉克说。

第二天，在帕尔曼家，巴拉克身穿便装和帕尔曼夫人坐在她称之为“戴夫书斋”的房间内。这是一间木制二层楼书房，模样就像是剧院的特等包厢，房间四壁放满了各类书籍和艺术品，有整套皮革精装的名著、大型艺术书册、簇新的最畅销书，还有花彩装饰的电影明星签名照片，以及各式各样表扬帕尔曼慈善义举的牌匾和卷轴，还有几封镶了镜框的信，那是富兰克林·罗斯福总统和财政部长亨利·摩根索为了感谢他购买战争国债而写给他的亲笔信，在一个完全用玻璃镶嵌出来的特制盒子里，放着一本红色摩洛哥皮革封面的初版《温斯顿·丘吉尔》，盒子下面是一对奥斯卡金像奖的小金人，帕尔曼夫人毫不掩饰并自豪地向巴拉克介绍这些收藏，完后他们坐下来，边喝咖啡边讨论这次募集会。帕尔曼夫人一头白发，面容慈祥，穿一件亮橙色太阳裙，让巴拉克想到了他的姑母莉迪亚。

“真他妈的气死了！”话音未落，一个穿一身黑西服的人快步走进书房，随手把头上的黑色翘边帽摘下来扔过房间，“如果还有什么东西让我气愤的话，那就是这些拉比。真他妈的气死我了！”

帕尔曼夫人赶紧给那人介绍：“戴夫，亲爱的，这位是巴拉克少校，你知道的，就是那位以色列军人。”

巴拉克站起来和戴夫·帕尔曼握手。戴夫神态很快转变了，显得很高兴，说道：“哦，好，好，你就是那位准备致辞的人啊，见到你太高兴了。”说完话，马上又回到刚才那种气愤状态中。他的皮肤呈棕褐色，肥胖，一头灰色头发油光发亮。帕尔曼制作的电影都是那种极度奢华的歌舞片。“真他妈的气死我了。我要喝一杯。”他对他妻子说。

帕尔曼夫人从一个底下装轮子的上酒小车里拿出一个水晶细颈酒瓶，倒了一杯威士忌，问他：“教堂人很多？”

“只能站着。西德尼四十二岁了，塞尔玛。可你知道吗？那名拉比竟说他是个孩子！那浑蛋的拉比又秃又胖的，不好说是啥模样，反正就那副德行！西德尼同时制作三部电影，也许就是这害死了他。唉，他在这个城里也算是个人物。呸！那个该死的拉比，在那儿啰里啰唆地废话，说什么西德尼还没有死，他活在他的电影中，而老西德尼就躺在那口敞开的棺材中，眼睛紧闭，穿着无尾夜礼服，化着妆，样子吓人，就像个人体模型似的。塞尔玛，我和西德尼上个星期天还在'山顶'玩金罗美呢！"戴夫·帕尔曼咬着指甲说，他妻子把酒杯递给他，"谢谢，真他妈气人！"

一位穿着浆洗过的服装的女佣走进来，说道："打扰一下，帕尔曼夫人，舒格夫人打您的私人电话。"

帕尔曼点着一支大雪茄。他妻子站起来，一边往外走一边说："亲爱的，不要一大早就发火。"

"见鬼去吧，我烦死了。"他喝了一大口威士忌，对巴拉克说，"少校，西德尼·费勒一生中从来没有病过一天，一个真正的奇才。噗，唉！"他长叹一声，转而爽朗地对巴拉克微笑，"《洛杉矶时报》上登载了你上司马库斯的事，非常精彩，真正的英雄，啊？再来点咖啡？要不来杯酒？"

"谢谢，不用了。您的房子真漂亮。您和您夫人在这儿举办募集招待会我很高兴。"

帕尔曼自嘲地摇摇手中的雪茄，说道："实话实说，我并不是一个犹太复国主义者，是塞尔玛瞎弄这些事。我只是对诸如犹太人医院这类事情比较关注，我曾花了很大一笔钱在纽约州扬克斯买了一家养老院，以我父亲名字命名，我父亲还活着，那件事让他老人家非常高兴。你姑父哈里是犹太复国主义者，非常了不起的一个人，是他帮助我起步的，我永远也不会忘。也许我会留下来听你演讲的。"

"好啊，希望你能在场。"

"我想犹太人应该有一个自己的国家，有何不可？我从来没有认真思考过这个问题。那条'滇缅公路'的故事差不多可以拍成一部电影，里边要演绎马库斯和所有事情，只是观众中没有人知道耶路撒冷实际上在哪里，要不就是对它及犹太人丝毫没兴趣，相当不好办。当然了，圣经电影是不同于一般电影的。"

帕尔曼夫人走进来，神情焦虑地说："贝蒂·格拉布尔不能来了。"

帕尔曼本来正要举杯喝酒，闻听此言砰一下把杯子摔在桌子上，酒水四溅，大叫道："什么？谁说的？"

"肖蒂·戈德法布刚打电话来，说贝蒂患了肠胃感冒，无论如何，她来不了了。"

帕尔曼跳起来大喊："我去跟肖蒂说。"

"戴夫，亲爱的……"

"天哪！实在是忍无可忍了！这算怎么回事！"帕尔曼朝巴拉克转过身来，"我们让你去她那儿共进晚餐，是因为法国大使丢开了她，而现在她竟然丢开了我们！如果是这样，这儿不就成了他妈的你一个人的城市了吗！哼，肖蒂·戈德法布的舞会现在正在狂欢呢吧！"

"亲爱的，不要激动，求你了！"西德尼·费勒的死似乎对帕尔曼夫人震动很大，"没有她我们也可以做得很好的，我们现在有巴拉克少校呢。贝蒂还不是犹太人哩。"

但帕尔曼已经跨出了奢华的法式门，吼叫着说："这座房子里的招待会不能这么失败！"他夫人跟着走进另一个房间，巴拉克能听见他在那个房间里对着电话大吼大叫，听上去异常愤怒。这当口帕斯特纳克走了进来，胡子拉碴，哈欠连天的，对巴拉克说："兹夫，我刚刚接到达扬打来的电话，我想我还是赶紧来这儿跟你说一声。"

"嗯，怎么了？"

"印钞厂提前一天把那一卡车的纸币交付了。达扬要走了。"

"走？什么时候走？"

"结关程序要花几个小时，大致在今晚吧。阿拉伯人拒绝延长停火期，本-古里安电令他火速返回以色列去接管耶路撒冷指挥部。"

巴拉克痉挛般地从蓝色皮革扶手椅里站起来。拜拜了，加州理工学院的拜访计划。他对帕斯特纳克说："我得赶回纽约，我要确认航班。"

“等等。”帕斯特纳克伸手按住他的胳膊，“我没有让任何人联系你。你不能这样。”

“那我也要给达扬打个电话叫他暂停起飞。”

“暂停起飞？在他接到本–古里安起飞命令的时候？”

“萨姆，营指挥部在等着我。”

“你做过保证今天要在这里演讲的，还有，兹夫，我们欠人家帕尔曼的一个人情。我会把你带回营部的，也许我们还要比达扬那架荷兰老爷机先到呢。”

“你？你怎么带？”

“从巴拿马乘坐‘星座’军用运输机，那些飞机飞起来就跟子弹一样快。”

“你好，萨姆。”帕尔曼回来了，拿起他的酒杯又倒了杯威士忌，对巴拉克说，“戈德法布发誓说格拉布尔真的发高烧到四十度。也许她是真的，也许是假的。但我知道，如果这是奥斯卡颁奖晚宴的话，她就是死了也照样会出席的，要是获了奖她还会大跳踢踏舞的。”他喝了一大口酒，“算了，咱们不用再在乎她了。我们现在有你了。你要比她强一百万倍，你才是货真价实的。马上穿上那套制服，我听说它让所有在场的姑娘都发高烧到四十度。”他沙哑着嗓门大笑，继而又剧烈地咳嗽。

偶遇利奥波德

再一次做关于马库斯的演讲，巴拉克感觉自己就像个进行跳舞表演的狗熊一样，为了胡萝卜而卖力地耍着把戏。演讲完之后，妇女们团团围了上来，埃伦·舒格紧紧挎着巴拉克的胳膊，高傲地显示出自己一人对巴拉克的占有，她对在场的人大声宣布说少校由于一项紧急机要任务而必须飞到华盛顿，就这样替巴拉克解了围，煎熬就此结束。帕尔曼带着他们走到外面停着的那辆白色林肯前，帕斯特纳克已经在车里等了。帕尔曼对巴拉克说："听我说，我打算找两个编剧写关于马库斯的故事。这个事本来挺棘手的，但你的故事让我有兴趣了。到时候我找个非犹太人编剧，犹太人或许会带有个人感情色彩。"

到了环球航空公司的入口处，埃伦·舒格停下车，回过头不自然地看了一眼后座上的巴拉克，然后和帕斯特纳克深情拥抱、接吻，说："萨姆，照顾好自己。"巴拉克看到她的眼泪顺着她黑黝黝的瘦脸流下来。

"很不错的女人，真有点难过。"俩人往里走时帕斯特纳克说道，"她有两个不成器的孩子。女孩成天骑着摩托车四处闲逛，男孩从学校退学后就迷上了冲浪。她丈夫是个工程承包商，拉运土石方的。他们是后来才搬到加利福尼亚的，之前在长岛他们俩人可都是很严肃正派的那种人。我去办理登机手续，我们在登机门那儿见。"

巴拉克提着手提箱穿过候机楼里的人群，突然他听到有人在大声喊他。"巴拉克先生，您好！"细看是旁边一把机场长椅上的一个人，穿一身极不合身的灰西服，打着蝶形领结，竟然是堂吉诃德！不过再看第二眼又不像，不是堂吉诃德，而是他那位哥哥。巴拉克最后一次听到这小子的消息是他被军队囚禁了起来。"布卢门撒尔，你在这儿干什么？"

"现在啊，正在等我的老板。"利奥波德·布卢门撒尔用纯正的英语回答道。

"谁是你老板？"

"舍瓦·李维斯。"

巴拉克依稀听说过这个名字，是特拉维夫的一名掮客，据说人很是精明。"你怎么来的这儿？"他问。

利奥波德解释道，当时在被囚禁的场地里他结识了舍瓦·李维斯，而舍瓦·李维斯的侄子之前一直跟他同在那个反抗军令的排里。舍瓦·李维斯是伊拉克籍犹太人，他以现款买卖战争剩余军火，设法逃过武器禁运再拉到以色列。利奥波德说："我懂得那么多的货币知识，他很惊讶，慢慢开始赏识我。

我十五岁的时候就在德国人的鼻子底下倒腾过外币买卖。我父亲带着我们从卡托维兹逃出来时，贿赂纳粹党卫军官的钱就是我弄来的瑞士法郎。嗯，后来李维斯想办法让人释放了他的侄儿，还有我，就这样我到了这儿。”

“那出差证明呢？护照、签证等相关文件呢？”

利奥波德咧嘴一笑，说：“在舍瓦·李维斯那儿。”

“军队放你走了？”

“嗬，我什么也没管就走了。”他以夸张的手势拿出一包骆驼牌香烟让巴拉克抽。

“不，谢谢。那你就是逃兵了。”

利奥波德用ZIPPO打火机点着香烟，说：“随你怎么说吧。”

“回去吧，布卢门撒尔。我帮你买机票，现在就走！士兵擅离职守是很严重的罪。”

利奥波德倔强地噘起嘴，脸色冷下来。“我和舍瓦正要飞往菲律宾呢，数以百计的美国坦克放在那儿生锈。菲律宾人不接受美元，美元交易都要被查，很复杂的，要兑换大量现钞。”

机场喇叭沙沙响起，开始广播通知巴拉克到华盛顿的那趟班机。“等你回家了后果会很严重的。”巴拉克对他说。

“这里就是家。”

“美国？你不可能留下来。移民局你都通不过。”

利奥波德不屑地咧嘴一笑，显然对这一切非常了解。他喷了口烟说道：“约西喜欢以色列是吧？向他Kol ha’kavod（致敬）。”

“那无所谓。”巴拉克提起自己的手提箱，“但如果不是我们的人民把你从意大利偷偷运出来，你都不可能活下去，也就不会出现在这里，还……”

“巴拉克先生，我并不是自愿到以色列的，我也不是自愿参军的。”利奥波德打断了他的话，“我像匹马一样被四处运送，到了海法，又像匹马一样被征召入伍。我也是名犹太复国主义者，在这里我能贡献更多的力量，你会看到的。”

巴拉克耸耸肩不再说话，往前走去。

“帮我问候约西，还有耶尔·卢里亚。”利奥波德在巴拉克的后面大喊。

帕斯特纳克正等在登机门那儿：“快，快，大家都在登机呢。我们很幸运，班机是‘星座’式客机。”

在空乘人员指引下，他们坐到这架大型飞机宽敞的二等舱座位上，巴拉克问帕斯特纳克：“你了解一个叫舍瓦·李维斯的人吗？”

“舍瓦，问他干什么？”巴拉克便跟他说了他碰到利奥波德·布卢门撒尔的事，帕斯特纳克点点头道，“那是舍瓦，没错。”

“他是不是干得很成功？”

“对他自己来说，是的。对以色列来说，嗯，我不能说他什么也没做。他玩他自己的小游戏同时也赚点钱。我想，这都是有帮助的。”

飞机急遽起飞时发出巨大的轰鸣声，打断了他们的话题。过了一会儿，帕斯特纳克改用快速而低声的希伯来语，告诉巴拉克正在秘密进行中的“星座”运输机交易以及类似的其他事情。一些美国和加拿大犹太人最初是作为收破烂的移民开始他们的生活，现在这些人做起了废旧金属买卖，帕斯特纳克说，当美国战争财产局要卖掉不计其数的剩余军火和军火制造机器，以及结束了世界大战的那些“废品”时，这些买卖人知道物资在哪里，也懂得如何用低得离谱的价格买下它们。

但是，他们也很清楚武器禁令，转卖这些用于战斗的物资是违法的，这是真正棘手的问题。这些人也许很同情我们，但他们不能拿自己的生计和可能遭遇的牢狱之灾来冒险，因此就由伊休夫的犹太人在尽量避开法律的情况下，设法把这些用于开战的“废品”弄进国内，有坦克、卡车、散装TNT炸药、生产无缝钢管的车床、通信电子器件、旧轰炸机、战斗机以及“星座”式运输机等。帕斯特纳克滔滔不绝地讲了几个小时，还说到招募飞行员、通信工程师、枪械设计师、密码破译员的事情，只可惜最后没弄成。更疯狂的是要购买一艘航空母舰，准备修理翻新之后用于海战。他讲述的这些秘密既有辉煌的成功，也有悲惨的失败，两个镜头两种颜色：金钱与英勇、金黄与鲜红，鲜红太多，而金黄却不足。为了一个几近荒唐的计划：给“圣地”所有的犹太人发放武器，哈里姑父被大致界定为“帮助解决问题的人”，属于为那个计划提供资金的一小群商人之一，为这个计划姑父他们也确实是倾尽了所有，以至于他都不得不朝戴夫·帕尔曼张口要一万美元。

帕斯特纳克说：“你我还在保卫通往耶路撒冷的公路时，疯狂的武器采购就在海外开始了。本–古里安很清楚，一旦宣布建国，必然要打仗。他要把武器早早地购买好，放在外面，这样英国军队前脚走，武器后脚就可以进来。他希望至少能把这些武器的一部分运进来，好及时地把侵略者赶出去。”

“他做到了。”巴拉克说。

“嗯，勉强够。现在我们在捷克斯洛伐克获得了航线，有了更稳固的运输基础。这就是为什么……”他朝着飞机机身打了个响指，“我们需要一架‘星座’运输机的原因！我们终究会把它开回去的。”

“什么时候？”

“这要取决于克里斯汀·坎宁安了。这家伙坐起来不平稳吗？轻而易举的，啊？一家伙十吨，兹夫，十吨！”

第九章　恐怖老虎

闪电狼与萤火虫

窗子开着，帕斯特纳克只穿着内衣坐在旁边抽烟。窗外是美丽的宾夕法尼亚大道，一直望向远处，可以看到国会大厦的圆顶在午后的日光下闪着耀眼的白色。旁边另一扇窗户下，空调在嗡嗡响着，但对威拉德酒店这个小房间并没起多大作用，室内温度依然很高。巴拉克走进来，穿一身褶皱的薄纱西服，头戴草帽，白衬衫红领带，手里抱个盒子。

“看看你！一个典型的美国佬！”

“我可不想穿这件傻兮兮的舞会服装……”巴拉克说着晃晃手里的盒子，“去见你那位朋友坎宁安。这件衣服要不是政府资产我真想烧了它。我们什么时候去？”

“我得换套衣服。”帕斯特纳克在他前后左右瞄瞄，“还凑合，肩部有点紧。”

“这是我走遍整个商场能买到的最合适的了。非常便宜。”

“美国货是便宜。他们什么都有，还没有战争危险。”

车是租来的，驶到纪念大桥时，巴拉克说：“停一下。”帕斯特纳克靠边停了车。巴拉克下车登上纪念大桥的台阶，凝神注视了宏伟的林肯纪念堂片刻，回来郁闷地说：“作为一名美国人，一定是相当美的。”

“他们大多数人都没意识到这一点。”帕斯特纳克说着发动了汽车。

巴拉克摇摇头，道：“他们意识到了，也许只是不想说出来而已。”

车行过波托马克河对岸继续往前开，这里的道路两旁都种满了林木，他们顺着一条蜿蜒的狭窄土路开上铺满碎石的环形车道，最后来到一处带着白色小木门廊的砖石建筑前面。帕斯特纳克按了按门铃，门铃发出一阵和音。一个空洞的声音从上面的圆形房顶里传出来，很吓人。“谁？”

“萨姆·帕斯特纳克和他的朋友。”

“萨姆·帕斯特纳克是谁？我怎么知道你就是他？”破锣似的声音有些恶作剧。

“我们在热那亚一起吃过章鱼，克里斯汀，当时你病得很厉害。”

上面发出低沉的轻笑，下面的门吱呀一声打开了，一个很漂亮的黑人女佣出现，对他们说道：“晚上好。这边请。”

这个房间呈长方形，朝向河流，摆有众多的古典家具，其中有一架很大的红木三角钢琴。一个男人站起来和他们打招呼，身形瘦削，浓密的灰白头发，戴着沉重的厚框眼镜，下巴颌骨突出，尽管天气很热，但他仍然穿着深灰色的三件套西服，金色的表链横过马甲。“讨厌的章鱼，萨姆，他妈的差点要了我的命。”他对帕斯特纳克说，和刚才圆形屋顶上的声音一样，有些类似破锣样的低沉。

“克里斯汀，这位是兹夫·巴拉克。”

“你好。”克里斯汀·坎宁安用干冷的手和他用力握了一下，“到了可以喝酒的时候了，两位，来点薄荷朱利酒怎么样？本宅的女主人不喝酒，来这边吧。”

房子弧形的砖砌露台上视野良好，可以清楚地看到波托马克河的美景，甚至能看到远处的华盛顿纪念碑和国会大厦模糊的影子。露台上有一张玻璃台面的桌子，他们坐在桌子边的铁艺椅上，女佣端上来几个亚光的锡制圆筒形有柄大杯，杯口插着绿色薄荷叶，还有一盘脆椒盐卷饼和一盘花生。帕斯特纳克对巴拉克说："当心，兹夫。你要是从来没喝过薄荷朱利酒的话，小心喝趴下。"

坎宁安抿了口酒，说道："你们以色列人都不能喝烈酒，而现在美国犹太人，大体而言，喝起酒来也像个男子汉了。很有意思。"他盯着巴拉克，"兹夫·巴拉克，你的真名叫什么？"巴拉克惊愕地看着他，有些不解。坎宁安微微一笑，继续问："这个问题冒犯你了吗？"

"没有，不过这个就是我的真名。如果您是指以前的话，我出生的时候叫沃尔夫冈·伯科威茨。"

"兹夫·巴拉克这个名字在希伯来语中是什么意思？我知道你们的人在巴勒斯坦都喜欢起一个希伯来语名字。"

巴拉克很幽默地回答他："兹夫的意思就是狼，也是沃尔夫冈的简称，您可以这样认为。"之前帕斯特纳克提醒过他，说坎宁安是个脾气很古怪的人。

"我明白了。"坎宁安点点头道，"那么巴拉克就是伯科威茨的简称喽。"

"嗯，对，不过这个姓在以色列很普通，就是'闪电'的意思。"

"'闪电狼'，嗯，不错！都快赶上美洲印第安人的名字了。"他又问帕斯特纳克："你这位朋友是一匹'闪电狼'吗？"

"兹夫很厉害的。"帕斯特纳克边喝酒边说。在尝过这种烈酒的滋味后，巴拉克就只好假装着喝了。

坎宁安说："很有意思，美国犹太人把他们的名字都改得好像很缺少犹太意味，而你们却喜欢起希伯来语名字，使自己更犹太化。这是为什么？"

"去欧洲化，我认为是，以某种直接的方式。"帕斯特纳克说。

"哈！"坎宁安第一次咧开嘴笑了，露出规整但染有烟渍的牙齿。"说得好。虽然不是完整答案，但很有意思。啊，这是本宅的女主人。”

一个穿网球裙的纤细少女轻快地跑到露台上，年龄大约十二岁左右，对坎宁安说：“爸爸，我打败他了。他十五岁了，就会吹牛，我赢了他两盘。”她看看这两个以色列人，略微害羞但很爽朗地说：“你们好，我叫艾米莉。”

“七点半晚餐，艾米莉，与帕斯特纳克先生和巴拉克先生一起。”

她对他们笑了下跑开了。坎宁安的神态也变了样，眼睑下垂，眼睛眯起来，拇指挂在金表链上，躺倒在椅子里。他沙哑着声音对帕斯特纳克说：“萨姆，我想‘星座’运输机从我们大使馆那头来说是没有问题的。晚饭之后我们必须要去见一个人，就在这儿附近住，大概半个小时路程。”

“行，克里斯汀。”

“至于巴拿马那方面我们可以稍微帮助你们一下，但主要还是靠你们自己。”

“我们已经准备好了。”

坎宁安从椅子上坐直身体，又回到一丝不苟的社交形象，对巴拉克说：“一会儿我们走了，屋子的女主人一定会招待好‘闪电狼’先生的。”

“肯定会很惬意的。”巴拉克说。

“你会发现她伶牙俐齿很会说，尽管有点呆头呆脑的。她母亲去英国了，嗯，去看在牛津大学读书的儿子。我要是一个犹太人，”坎宁安喝了一大口酒，转向帕斯特纳克，“我绝对会搬到离欧洲尽可能远的地方，尤其是离开像俄国那样的地方。恶魔会从北边过来。”他引用耶利米（Jeremiah，公元前六七世纪时希伯来的预言家）的话说道，“俄国一直都是你们的灾祸，你们看希特勒算得上魔鬼了吧，但要知道，他还要向俄国学习。”

帕斯特纳克点点头。巴拉克说：“我没弄懂您的意思。”

看到有了新听众，坎宁安兴趣大增，他用瘦骨嶙峋的长手指指着巴拉克说道：“‘闪电狼’先生，从沙皇时期的犹太人居住区和沙皇对犹太人的集体迫害中，阿道夫·希特勒明白了西方的自由主义全是伪善哲学，因此他可以不把犹太人当人看，而对他这一做法，除了毫无实际意义的指责与叫喊，他没有受到国际上任何非难；从斯大林那里，他学会了如何掩盖，并直截了当地否认，而世界对此却毫不在意。”

坎宁安一仰脖子，干了杯中的酒。“希特勒唯一的创新就是把这些恐怖从斯拉夫人的黑暗深处带到中欧的光明中，而希特勒后来又转过头对付他的老师就是个巨大的历史讽刺了，但还有更大的讽刺，那就是我们竟然用‘租借法案’把俄国从希特勒手中又救了出来——俄国，在这个星球上它是我们国家的最大威胁。两位再来点薄荷朱利酒？”两个以色列人互相看了看，都说不要了。坎宁安拿起叮当作响的酒壶，给自己的杯子倒满酒，然后继续说苏联的邪恶和威胁。

帕斯特纳克事先也跟巴拉克说过，坎宁安对俄国人的邪恶天性耿耿于怀。落日染红了波托马克河，这位情报官一直就这个主题侃侃而谈。他说，基督教传到俄罗斯太迟了，在基督诞生后整整一千年，才由拜占庭帝国以不道德的方式传入俄罗斯，而且基督教的教义从未完全进入斯拉夫人那鞑靼人般凶悍的内心，反倒是把他们变成了精神分裂的危险民众，一半是残忍野蛮的征服者，一半又是懦弱的理想主义者，那残忍野蛮的一面毫无例外会显现出来，并控制他们的政治和社会。

“这种国家的分裂人格同样也出现在托尔斯泰和陀思妥耶夫斯基的作品里，这是理解他们民族特征扭曲如此之严重的唯一方式，也是将他们作为整个民族合理地联系在一起的唯一方式，巴拉克少校。这种分裂体现在他们的音乐、建筑风格以及他们的艺术中。看过列宾的油画《伊凡雷帝杀子》吧，就是伊凡雷帝用一根金头拐杖打碎了他儿子的脑袋，他儿子死在他脚下的那幅画？看到他的表情、他儿子的表情了吗？充满血腥与暴力的图像向人们说明了这一切。”

“晚餐准备好了。”女佣站在法式门前说。

女孩穿着素色灰外套，坐在桌子末端她母亲的椅子上，保持着她的尊严，几乎不说话，她按铃叫女佣，然后低声吩咐，同时温和地劝客人们再来一份维希奶油浓汤、烤鸡和果汁牛奶冻什么的。巴拉克和帕斯特纳克安静地吃着饭，听到坎宁安坦率地阐述美国主流情报对以色列状况的预估时，俩人互相看了看。坎宁安提醒他们说，他们预估，犹太人会取得令人惊讶的军事胜利，但从整体上来说前景又很灰暗。阿拉伯人永远不会接受犹太复国主义者生存在他们中间，这一代不会，他们的后代也不会。如果他们一次次地战败，那么他们会转向俄国人那边去寻求帮助，把他们的愤怒发泄到西方政权上来，而这就会打乱中东地区的军事力量平衡。敌对的阿拉伯政权可能会将西方的油气资产收归国有，甚至会关闭英国和美国在这一些地区的战略基地。至于以色列人，坎宁安说，他的同事们都倾向于把以色列人看作是一群从不屈服的、好争斗的人，一群渴望拓展领土的人。而最糟糕的是，从美国国家利益的观点出发，大部分以色列人被看作社会主义者或者马克思主义者。

以色列国内有大量的俄国籍犹太人，用的又是捷克斯洛伐克的武器，而捷克斯洛伐克的军火是由苏联控制的，所以，在以色列出现亲苏联的政治立场是完全有可能的。

帕斯特纳克说："那都是胡说八道，我们很了解俄国人。我们的建国先辈们就是从俄国逃出来后建立的以色列。"

"当然，这只是表述最坏情况的情报工作，我不得不说，我无法忍受我那些同事的短浅目光。多年前我在联邦调查局时，那是世界大战之前，我还曾经参与破获过苏联的间谍网络，然而在1941年到1945年期间，我们把大量的'租借物资'输送给我们不共戴天的敌人。请注意……"坎宁安用他吃果汁牛奶冻的汤匙向俩人晃晃，加重语气说，"'租借法案'是明智的，必须要打垮希特勒，但是全盘转变为喜欢俄国人，把俄国人搬上好莱坞电影美化他们，我们会因此而痛悔一百年。对他们四年的援助就是一笔巨大的四年期灾难债券。我的看法是，以色列可以发展成为我们在中东地区的战略堡垒，在以前的战略情报局里有一些高级官员也认同我的观点，尽管他们还有所疑虑，现在他们中还有一部分在中央情报局。”

“很好，这下我们就安心多了。”巴拉克脱口而出。

“也未必，主要还是取决于你们的本-古里安先生。我就跟你直说了吧，巴拉克少校，我听说你能跟他说得上话。”坎宁安跟他直接挑明。巴拉克这才明白过来帕斯特纳克带他来这儿的原因，也明白了坎宁安接待他的原因。“你们的总理是个很难对付的人，很强大，但是真正的考验才刚刚开始。他必须要马上从一名革命家转变成一名政治家。这么多年来犹太复国主义者的内讧让他变得粗暴、强硬、气量狭小，并且固执己见。他虚夸的言辞就显现出他的俄国出身，处处都是锤子与镰刀思维。本-古里安信上帝吗？”

这突如其来的一通攻击加上坎宁安直视的锐利眼神，让巴拉克有些恼怒，他看帕斯特纳克，帕斯特纳克脸上带着不自然的讪笑正在看他，一直没说话的小女孩此时也在盯着他。他说：“我们国内的宗教派别让他老人家很生气，我知道。”

“我问的不是这个。”坎宁安向后靠在椅子上，“犹太人返回圣地是一段非比寻常的历史。从长远来看，在国际事务广阔的新历程初期阶段里，本-古里安也只是上帝的一枚棋子，或者说是一个无足轻重的人，是时间与机缘中一个微不足道的短暂巧合而已。也许，你们的国家也是这样的情况。”

巴拉克说：“他一点都不虔诚，什么都吃，不参加宗教节日，一次都没有。”“再说一遍，我问的不是这个。”

巴拉克耸耸肩膀。顿了一下，坎宁安又问：“那你信教吗？”

“坎宁安先生，您十分热情好客，您的讲话也很吸引我，但是我信不信教真的与您没有关系。”

坎宁安一下从椅子上坐直，哈哈大笑，说道：“每件事情都与情报人员有关。萨姆，我们得走了。艾米莉，再给‘闪电狼’先生倒杯咖啡，不要去烦人家。”

他们走了后，小女孩问：“要再来杯咖啡吗？”

“可以。”

“来杯白兰地？”

“不用，谢谢。”

“在以色列有萤火虫吗？”

“萤火虫？我还从来没见过萤火虫。我们那儿有发光蠕虫。”

小女孩碰碰铃铛：“埃斯特尔，把我们的咖啡拿到外面露台上去……来吧。”巴拉克跟着她穿过法式门到了院子里，顺着一段弧形台阶往下走，小女孩冰凉的小手紧紧抓住他的手，说：“到这里那该死的灯坏了，不要被盆栽给绊倒……我们到了。”在石板铺砌的露台上，她放开了巴拉克的手，俩人坐下来，巴拉克坐在一张铺着厚垫子的躺椅上，小女孩坐在一架有座垫的秋千上。她说：“就当我瞎说吧，萤火虫也许不会出现……哦，有一只，还有一只。”

远处，河水在月光下闪着粼粼的波光，河边是黑暗的树丛，事实上，从树丛一直延伸到这边的草坡上到处都是这种飞动的绿莹莹的闪光小昆虫。“你肯定逗乐我父亲了，他喜欢别人跟他坦白说话。如果你说的有道理，他就是那个样子。”小女孩说。

“这里好香的味道……什么东西？”

“栀子花。这个平台四周都是这种花，是我母亲最喜欢的花。你的胳膊怎么了？”

这小女孩的直率问话把巴拉克问迷惑了，像刚才她父亲那样问得他莫名其妙，他想他胳膊用得很正常啊。“为什么要这样问？”

“你这样动胳膊。”借着上面院子里漫射过来的灯光，可以看到她用强调的姿势把胳膊略微弯曲起来摆了几下，“你受伤了吗？”

“是的，不过全好了。”

女佣把咖啡送过来，艾米莉给两个杯子倒满咖啡，问巴拉克：“你读过艾米莉·狄更生的诗吗？我就是以她的名字命名的。我母亲在阿默斯特长大，艾米莉·狄更生就出生在那里。”

“那不是在新英格兰地区吗？可你父亲讲话像个南方人。”

“哦，对了，他是佐治亚州的。我父母亲是在一艘船上认识的，很浪漫。我也写诗，可我的诗不像艾米莉·狄更生那样，她的诗情感很呆滞。”

巴拉克没有立即回应她有意识的卖弄。过了一会儿，他说：“嗯，这些萤火虫真的很漂亮，你应该写一首关于它们的诗。”

“我已经写过了。跟我说一下你的伤吧。”

“你想写一首关于它的诗？”

“我以前从来没有和勇士谈过话，只是感兴趣。”

“那，好吧。”在小女孩一眼不眨的注视下，巴拉克开始回忆那场午夜的小规模战斗，生动详细地讲述了阿拉伯人的袭击和撤退，以及他中枪的状况。

“你确定这是一次意外？你的连队里有士兵恨你吗？”

好一个聪明女孩，巴拉克想。从后面中枪，他自己最初也怀疑可能是连队里哪个不满的人或是懦夫干的。“没有，那个可怜家伙只是个shlemiehl（笨蛋），他并不是恨我。当我躺在地上流血时，他立刻就跑上来，告诉我是他干的，他在惊慌失措中乱开了枪。”

他们欣赏着萤火虫，艾米莉嘎吱嘎吱地摇着秋千，河面上的微风吹来，搅动起绿叶与栀子花的香气。巴拉克说：“我算不上一名勇士，要知道。我们所有人都不得不打仗，因为阿拉伯人不让我们在那儿生存。我本来正在学习化学，我的理想是有一天我能成为一名化学家。”

“多枯燥啊，让我想到了药店。”

“对不起，艾米莉，你说这种话是很幼稚的。化学是一切事物的基础。例如你和我，我们就是两个正在朝对方发声的化学工作小体系。那些萤火虫就是以化学为动力才发得了光的。”

艾米莉垂下眼睛，手抱住膝盖说道：“对不起。其实，当我们女生在一起讨论化学时，就是在讨论我们是不是喜欢某个男生。”

巴拉克说：“我有个弟弟，他是学习物理学的。某一天他可能会成为一个大物理学家。物理和化学关系到世界上所有事物，艾米莉，包括战争。”

“不，战争是与人有关的，”她说，“你也知道。我很高兴你的伤好了。你知道《奥赛罗》吗？”

“啊，我读过那剧本。”

艾米莉以高高的音调轻声吟诵：“她是因为我曾经危险而爱我，我亦因她的同情而爱她。”

巴拉克有些窘迫，问她：“你这个年纪，经常思考爱情？”

“莎士比亚戏剧中的朱丽叶也就十二岁半。”艾米莉沉默了一会，又嘎吱嘎吱地摇起秋千来，“我可以告诉你我自己的伤口故事，我的诗大多是关于它的。但是我想我听到我父亲回来了。”

“那估计都是悲情故事。”

“不是，有些是很欢快的，甚至很滑稽。”他们站起来朝黑暗的台阶走去，艾米莉再次抓住他的手，“这路……顺便提一句，这完全是另外一种女孩子的诗作了，你喜欢萤火虫吗？”

“它们像梦幻一般。”

他们从院子里走进来，坎宁安问巴拉克：“怎么样，她是不是很烦人？是不是太喜欢刨根问底？”

“她跟您一样热情好客。”

“哦？意义不明的恭维！”

艾米莉对巴拉克和帕斯特纳克说：“晚安。很高兴认识你们。”在灯光下，巴拉克发现她还是平胸，一个小孩子而已。“晚安，父亲。”她亲吻了下父亲，然后几乎是蹦蹦跳跳地出去的。

帕斯特纳克说：“兹夫，我们得走了。我们要到纽约去赶飞机。”

坎宁安和巴拉克握手，对他说：“但愿你没有介意我叫你‘闪电狼’，只是开开玩笑，还有我那些刨根问底的问题。那只是我的风格。”

“一切都让我很开心，你女儿的陪伴也是。”

“那就太好了。”坎宁安咧开薄嘴唇漠然地笑了笑，“如果你还记得我跟你说过的话，你可以把它们转告给本-古里安先生。”

开车去往机场的路上，帕斯特纳克说起克里斯汀·坎宁安这个人来。

“现在你见过他了，我跟你说说他的大致情况吧。他是个很另类的人，在1945年，他在意大利供职于美国战略情报局，我在那边的地下组织里活动，帮助把犹太人送上开往巴勒斯坦的船。我们就是在那时候吃的章鱼。先前在法国的时候我们就合作过，后来在意大利北部，我们两个都深入参与了一件事，是战略情报局和一部分德国将军之间的一个密约，那些德国将军想单方面向美英投降。那件事后来没干成，但我跟他从那以后开始熟悉起来。他帮我在热那亚弄船，准确来说，是操作了两次航程，满载难民的船都成功地突破了英国当局的封锁。我呢，就帮他传递一些关于德军动向以及德军武器仓库等秘密情报。另外，我们的人在普罗旺斯侥幸搞到了一部德国纳粹国防军的编码机，我就把那台编码机送给了他，那时已是战争末期了。我不知道这件东西帮了他们什么忙，但他很重视。我猜那台编码机为他获得不少荣誉，包括他的上司们……喂，你干吗那么坐立不安的？怎么了？”

巴拉克说：“没怎么。这次回以色列的方式真是怪得要死，就烦这个。要到纽约、巴拿马、巴西，还要到捷克斯洛伐克。”

“放松，‘闪电狼’。”

手帕保佑“恐怖老虎”

特拉维夫的夜晚闷热异常，耶尔汗淋淋地坐在一辆吉普车驾驶座上，注视着上空那架搬运赛马的飞机渐渐抵近。飞机盘旋一圈飞到东边，穿过稀疏的高射炮炮弹打出来的光迹和黑烟再折回来，最后在沉重的弹跳中着陆。摩西·达扬大踏步走过机场跑道，依旧穿着他那身花里胡哨怪异的军服。耶尔大喊道：“摩西Dode（叔叔）！”从拿哈拉的童年时期起，她就一直叫他Dode。

摩西·达扬穿过篱笆门，四处张望了下。“你好，耶尔。”

“兹夫·巴拉克没跟你在一起？”

“没有。”

“上面命令我接他。”

“好啦，你接到我就行了。”达扬跳上车，“我没看见我的司机。你带我到特拉-哈绍梅尔吧。”

两位飞行员从旁走过，看起来依然惊魂未定。达扬说：“因为没有风，这两个可怜的荷兰人不得不从阿拉伯人上空飞进来。这回好了，他们要收双倍的费用。”

“你的旅行怎样？”

“很不顺，一路上都是暴风雨。”达扬打了个哈欠，双手抱住头，躺倒在座位上，“太想回营地上床睡觉啦。”不一会儿，他便沉沉地睡去了。耶尔绕开那些敌军枪炮射程之内的公路，向装甲营基地驶去。当她进入特拉-哈绍梅尔市时，圆月已高高地挂在当空。这里乱哄哄的，全副武装戴着钢盔的士兵分别乘巡逻车、吉普车以及半履带车缓慢地朝前挪动。达扬一下子惊醒了。“这都怎么回事？是我的营！”他跳下车，匆忙向一位半履带车里的军官做出指示，那名军官赶紧用步话机把他的命令传达下去。达扬匆匆跑到车队前面，叮当作响的车队停了下来。一辆装有车载机枪的吉普从旁边开近，司机喊了耶尔一声，扶了扶鼻梁上的眼镜。

“堂吉诃德！本尼在哪儿？”

“从我们这儿往后数第三辆车那儿。”耶尔顺着他的指点，看到她哥哥正站在一辆半履带车上，把着车上的机枪。她快步走过去，问道：“本尼，你还好吧？”

“我？我很好。你怎么来这儿了？”

“我从机场开车送摩西Dode过来。”

“摩西Dode？这么说他回来了！Shiga’on（太好了，真是奇迹）！我还以为我们要在没有他的情况下开战呢。”

“你们要去哪里？”

“边境。停火一结束，我们就走。”

“祝你好运，一切顺利，本尼！”

夜晚闷热得令人窒息，耶尔回到自己的吉普车上拿出块手帕擦脸。堂吉诃德正坐在车前面的引擎盖上。“啊，你回来了。嗯，送我一样你的东西吧。就把那块手帕给我吧。”

“你说什么？”

“我要上战场了，这是习俗。你没读过瓦尔特·司各特（Walter Scott）的作品吗？我应该随身携带一位姑娘对我表示关切的东西。”

“那只能从你爱的姑娘那儿拿，傻瓜。”

“B'seder（好啊），我爱你。要知道，你是现实中最美的姑娘。”堂吉诃德咧嘴笑着，伸出手，“手帕就挺好。”

耶尔有些犹豫不决。她咯咯笑着说：“你是和我开玩笑吧。”

“没有开玩笑。给我吧。”

这种爱的表白，即使是闹着玩的，也或多或少让耶尔有些心乱。她很喜欢别人对她献殷勤，无论多么无礼粗鲁，况且她对堂吉诃德也不是没有一点感觉。自从他把她哥哥背下拉特伦战场起，她哥哥就一直对他很有好感，而且某些时候，这小子眼镜片后面那坏坏的眼神也激起过她内心的狂野。

“好吧，好吧。”她把手帕递给他，“湿透了，不过给你吧。祝你好运。”

“还能再给我个吻吗？”

“哦，去打仗吧，小屁孩儿。”

车队发出巨大的轰鸣和铿锵声开始向前移动，他把手帕塞进钢盔里，迅速跑回自己的那辆防弹吉普车上。

第二天，本尼和堂吉诃德站在一辆俘获回来的阿拉伯军团装甲车前，装甲车发出阵阵恶臭，就像一座破烂的厕所一样，本尼瞅瞅里面黑漆漆的狭窄空间，对堂吉诃德说："到时候你来开机炮。"在太阳炙烤下，打着赤膊的士兵们躺在弹坑中大汗淋漓，他们正紧张而忙乱地为新的无线电设备接通电源，焊接临时电话线，给装甲车打黄油并添加燃料。这辆阿拉伯装甲车是摩西·达扬亲自开着一辆半履带车从敌人的炮火下抢回来的，现在牵引钢索还连在两车之间。当时本尼自告奋勇和他一起去拖车，因此获得了这辆车的指挥权。

"我？我对机炮懂什么呀？"

"谁懂？炮术专家正从特拉维夫赶过来。"

谷子散发出芬芳的香味，被踩踏成一堆一堆的。谷地里面，卫生兵为伤员们缠上绷带，突击队员们则忙着更换打破的轮胎和炸毁的履带，填塞车辆散热器水箱上的子弹洞等工作；他们在没有迫击炮支援的情况下，由达扬身先士卒，靠着猛打猛冲、所有枪械一齐开火的战术，向两个村庄发起进攻，尽管付出了一些代价，但两个村庄被打了个措手不及，很快就给攻下了。就轻型装甲营来说，能把这个威胁特拉维夫的突出阵地撕开一个口子，已经很了不起了。

"可是，谁会念这些说明呢？"堂吉诃德指着车内满满当当的操作规范，全部是阿拉伯印刷文字且模糊不清，"你怎么来操作它呢？"

"车还是用车，枪还是用枪喽。我们会操作它的。达扬说了，这架机炮相当于我们营火力的两倍呢。"

炮术专家来了，是一个土生土长的以色列人，体格壮硕，因为训练新兵把嗓子都喊哑了。他给堂吉诃德反复讲解最基础的枪炮操作要领，教他旋转炮塔和轮系，调整机炮仰角，瞄准远处和近处的目标。堂吉诃德挤在这样一个狭小的空间里，汽油味和尿骚味熏得他透不过气来，教官粗哑的喊叫本身就让他晕头转向，再加上砰砰的敲打声、发动机啸声、锯切声一直没有停过，他就更是听得一头雾水了。不一会儿，达扬来了，问道："怎么样，怎么样，他会开炮了吗？"

"让他打一炮。"本尼说。

达扬指着战场远处一棵大树。“把底下的树枝打下来。”

轰隆一声火焰闪过，堂吉诃德发射出了炮弹。树枝被炸飞了。

达扬说：“就这样吧。现在我们战无不胜了。我们去吕大。”

装甲营越过反坦克壕沟和厚实的仙人掌树篱，顶着敌军阵位上打出来的猛烈炮火，旋风般闯入坚墙厚垒的机场城市吕大，其间还冒险蹚进了雷区，但很幸运，没有触碰到地雷。当营队到达市中心时，麻烦开始了。达扬的袭击计划很清楚，整个营分成两部分，一部分向北突击，由堂吉诃德那辆装甲车率领，现在他们给那辆装甲车起了个外号叫“恐怖老虎”，达扬自己率领另一部分车辆向南突击，从两个方向对城镇进行乱枪扫射，致敌混乱和恐惧之后，双方重新汇合，再一同由原路冲出去。这次的任务就是要削弱敌方目标，为先进的机械化旅进攻打头阵。但达扬自己并没有按照这个计划行动，他只是在混乱不清的通信中即兴说了那么几句，因为他完全知道，他的营的火力并不足以攻下这座城市。

但“老虎”却不折不扣地执行了这个命令，朝吕大的北端发起了猛攻。装甲车在大街上疯狂地奔跑，不断地射击。起先，这辆幽灵般的阿拉伯军团装甲车确实把阿拉伯人给震住了，但很快他们就反应过来，操起手榴弹和步枪一起拦阻这辆车。本尼在旋转炮塔上指挥车辆的方向，同时用机关枪射击。这些阿拉伯人为什么会这么不怕死地拦阻装甲车，他很纳闷，直到他的耳机中传来达扬嘈杂的喊叫，他才知道，一切事情都在朝错误的方向发展。他在一处开阔的广场停下了装甲车。

堂吉诃德透过车前面的孔隙，四下窥视成群跑动的阿拉伯人，在发动机的轰鸣声中大喊：“喂，本尼，我们其他的人都哪儿去了？”

“他们全都跟着达扬往南边去了，穿过吕大，往拉姆拉去了。”

“什么，他们全都？全都去拉姆拉了？为什么？”

“Balagan（一团糟），这就是原因！”

子弹乒乒乓乓地打在外面的装甲上，在手榴弹的轰响声中，车体剧烈地震颤。

“你不会是说这里就我们几个吧？”堂吉诃德大喊。司机是一名自愿参军的年轻的金发基布兹成员，此刻扭过身看本尼，眼睛瞪得溜圆。

“没错！就我们几个。所以给我闭嘴，对着左边的房顶开火！看见那团烟没有？那是机关枪掩体！开火！”

堂吉诃德开炮射击，机炮的后坐力打在胸膛上痛楚难当，鲜血染红了他的衬衣，弹壳里冒出的硝烟呛得他喘不过气来，不过他打得兴起，也不在乎这一切。“不能停，不能再停下了，”本尼对司机说，“我们边走边打，边走边打。等我命令你的时候，我们就后撤，去追大部队！”

摩西·达扬率领他那支破烂的营队从拉姆拉又撤回吕大，一路上遭受到了猛烈的攻击，不过还能再看到“恐怖老虎”他绝对是非常高兴的。当然，本尼能看到摩西·达扬回来也很高兴。一座类似碉堡的警察哨所里喷出火舌，死死封锁住了吕大外面的公路，“老虎”一发接一发地向其开炮，同时用机关枪猛烈扫射。

“好了，他们过来了！”本尼喊道，“我们要掩护他们，等他们通过哨所，我们就边跑边断后！”

堂吉诃德扑到车前孔隙上观察突击队员们的车辆。尽管外面的子弹像雹子般打到装甲上，但一直都没事，这让堂吉诃德感觉车里面还是相当安全的，但是好运气总不会长久，猛一下，他的太阳穴上重重挨了一击。一阵眩晕过后，他手摸上去，黏糊糊的，手掌已经沾满了温热的鲜血。

“倒霉！”本尼惊呼，“严重吗？”

“没，没事，我很好，就擦破点皮。”

“好，继续开炮！摩西过去了！上帝啊，兄弟们被打坏了！车上那么多伤员，堂吉诃德，天知道死了多少人……”

车绕过那座碉堡之后，堂吉诃德掉转炮口继续射击。敌人的火力终于弱了下去，“老虎”的炮弹也几乎打光了。装甲营的最后几辆车正在通过，半履带车拖着巡逻车，巡逻车又拖着吉普车，汽车的水箱都开锅了，轮胎也扁了，整个队列乱糟糟的。本尼命令司机转弯跟在最后一辆吉普后面。堂吉诃德从钢盔下抽出耶尔的那块手帕，按在伤口上，试图止住顺着脸颊汩汩流下的鲜血。

“你妹妹手帕的功劳，它给我带来了好运气，让那颗子弹落空了。瓦尔特·司各特是位真正的大家。”

“你还相信这个？Kol ha'kavod（真佩服你），不过既然这样，那颗子弹怎么还是打进来了？为什么它不像其他弹头那样崩出去？这手帕也太不称职了吧。”本尼说。

俩人在发动机的喧闹和车轮滚过崎岖地面时的隆隆声中大声争论，现在他们逃出生天，活下来了，感觉兴奋异常。

堂吉诃德喊叫道：“你的问题就是太迷信了，如果我刚才拿着她的手帕毫无遮掩地走到外边呢？所有的子弹就都打不着我了吗？愚蠢。你最好重新读读瓦尔特·司各特的书。我现在搞不清的是，这场仗我们赢了没有？”

“摩西Dode也许知道。”本尼说，“我肯定不清楚。”

堂吉诃德说：“有一件事我清楚，从现在起，我需要装甲，越厚越好。”

“我不要。如果我能通过选拔，我就参加空军，把这一切尘土和噪音都抛在脚下。”

第十章 “星座”运输机

筹备

闷热中，“星座”运输机停在一个四周环绕着香蕉种植园的小机场上。在飞机真正飞离跑道之前，巴拉克可不敢保证自己不会无限期滞留在中美洲。他的护照已经过期，被这里一位官员给扣下了，那家伙穿着一身比特拉维夫裁缝所做的花哨制服还要花哨的制服。一辆油罐车停在这架大飞机的鼻子前面，阻挡得飞机动弹不得。飞行员和机组人员杂七杂八的，有以色列人，有美国志愿者，还有加拿大人，现在仍旧在漫不经心地鼓捣着马力惊人的发动机和舱内仪表。客舱里装配了长排的崭新米色座椅，还饰有灰色和棕色色调的现代派画板，都是巴拿马风景，包括巴拿马运河水闸等，很雅致，他们没有弄乱这些，这都是为所谓“巴拿马航空公司”做的幌子。

帕斯特纳克悠然自得地走进来。“干吗不去游览游览？巴拿马运河还是值得一看的。”他对巴拉克说。汗流浃背的巴拉克正坐在机舱里喝着可口可乐，烦躁不安。

“现在怎样了？我们啥时候能走？”

“很快。不用担心，我们不会丢下你就走的。”

“萨姆，停火期结束了，战争可能已经开始了。”

“不可能，他们会为你暂停开战的。”

计程车司机载着巴拉克游览了巨大的巴拿马运河水闸，他很幸运，正好看到一艘美国航空母舰被拖进水闸内，随着水闸内水的排出而缓缓下降。接近傍晚时分他回来时，发现“星座”运输机发动机已经启动，轮子绷紧在锁紧状态，但那辆卡车仍然在前面挡着飞机。萨姆·帕斯特纳克把他的护照递给他，说：“B'seder（好），很高兴你回来了。马上就可以起飞了。”

“那辆油罐车怎么样了？”

“嗯，那是个问题。我们在对发动机进行试车检测。”

他们站在飞机活动舷梯的顶端，舷门的旁边。“什么问题？你不是说可以走了吗？”

“嗯。还说不定。这怪地方的规章制度也很怪。啊，终于可以走了。快点，进来。”一个穿着工装裤的肥胖男人走向那辆油罐车。

帕斯特纳克砰的一声关住舷门，扭下气锁。飞机开始移动，巴拉克从舷窗里看见那辆油罐车驶离了机场。敞开的驾驶室里响起一阵英语和希伯来语叫喊声，夹杂着尖锐的英语和西班牙语无线电通话声。飞机加速前进，很快跑上主跑道，开足马力往前奔。一辆警车飞速驶上跑道，尖利的警笛声压过了发动机的轰鸣声，它几乎是和不断加速的飞机并排靠在一起飞奔，一个警察从车窗中探出步枪挥舞，但旋即，“星座”运输机就把他抛在了下面，升到了空中。

“好了，这事就这样了。”帕斯特纳克趴在巴拉克的肩膀上望向窗外，飞机爬升在郁郁葱葱的种植园上空，随后倾侧机身转换方向。“下一站在巴西加油，然后是达喀尔。Parlez-vous français（你讲法语吗）？”帕斯特纳克指着一排排的空座位，“在我们到达捷克斯洛伐克之前，孩子们必须要把这些伪装都卸下来，可惜了！安装这些座椅我们花了一大笔钱。当我们在扎泰茨（捷克西北部城市）着陆时，必须要收拾妥当扔掉，这样我们才能装载空运货物，然后加油，回国。”

“你给那个油罐车司机打点了多少？”

“事实上，给那警车的更多。”帕斯特纳克咧开嘴笑，眼睛皱起来，“不过那一万美元我还留下不少，这也是件好事，很难说我们进入纳塔尔（巴西东部港市）和达喀尔还会有些什么事。”他躺在巴拉克旁边柔软的座椅上，“卸掉这些高档内饰真是太可惜了，是吧？最上乘的质量。事实说明，美国大使馆没有扣留飞机，而且我们的护照在一个小时前也送回来了——我们欠克里斯汀·坎宁安一个人情。”

“萨姆，捷克的饭菜都这么差劲吗？”巴拉克问。他面前带缺口的旧盘子里盛着难闻的煮鱼和水渣渣的土豆。

“这个不是捷克饭菜，差劲极了。”帕斯特纳克回答道，又用流利的捷克语和那名浓妆艳抹的矮胖女服务员开玩笑。

旅馆外面的标志是“斯大林饭店”，而且字样簇新，可这些盘子上却印着“马萨里克饭店”的字样。很明显，扎泰茨空军基地附近这家散发出霉臭味的旅店已经关闭很多年了，之所以重新开张，仅仅是因为要对以色列空运人员进行隔离。所有的空运活动都要彻底离开捷克空军机库，隔离到基地的一个角落里进行。尽管国际媒体老早就报道过这起“秘密”军事行动，但对于捷克政府来说，这事情在官方文件上不存在。

女服务员给他们端上难以下咽的饭菜，她的姿势一看就笨拙，没有经验，而且明显在卖弄风情。帕斯特纳克说：“听着，兹夫，她还有一个朋友。她很想在今晚找些乐事做做，她说她很喜欢以色列人，觉得我们很聪明。她的住处离这儿不远。”

“萨姆，我对捷克妓女没兴趣。”巴拉克说。

“哎，这么说没意思吧。谁说是妓女呢？她们只是间谍而已，不要和她们谈论政治或空运不就没事了。”

“你尽情玩吧，萨姆。”

餐厅里人头攒动烟雾缭绕，人们总体上用英语交流，夹杂着少量的希伯来语。晚餐过后，巴拉克和几个飞行员在大堂里一起喝咖啡和白兰地，咖啡是仿制的，白兰地是劣质的。和帕斯特纳克讲的那些故事一样，这群人所讲的也令他大开眼界。巴拉克近期那些战斗都是在“伊休夫”里进行的，战斗计划和行动考虑都不超出几十英里范围，而这次空运却横跨了整个地球，他推算，如果不说总吨位，那么它的距离甚至都超过了成为所有报纸头条新闻的柏林大空运。

巴拉克以前只是大致知道有这么个行动，但在这里却亲眼看到了这些执行行动的人，他们都是二战中的飞行员，来自全球各地，大部分是美国人，但也不全是；大部分是犹太裔，同样也不全是；大部分是志愿者——有法国人、加拿大人、南非人、澳大利亚人，这些非犹太裔志愿者加入这个行动有各种各样的理由：有对犹太人奋争生存抱有同情心的；有为了刺激和冒险的；还有像那位饱经风霜飞过最远包机运输的美国人一样，坦率地说自己就是雇佣兵的……正是靠着这些杂牌军，犹太人才能在满世界里搜寻大大小小的各类武器装备，因为没有一个政府愿意公开帮助犹太人。

一个身材瘦长的澳大利亚人对巴拉克说：“老实说你很幸运，老弟，坐上‘星座’运输机，你可以直接跳到俄克拉何马州，而不用在‘护裆’加那该死的油。那儿真他妈讨厌。”

“俄克拉何马州？‘护裆’？”

“‘护裆’就是科西嘉（法国东南部省名）。”一个留灰白短发正用啤酒杯大口喝啤酒的美国人说道，“地中海唯一讨厌的地方，那儿可以给飞机加油去以色列。要加油就在俄克拉何马州。”

巴拉克彻夜听着他们的传奇故事，都是发生在以色列宣布建国之前那段惊险时期内的，有很多是关于飞机坠毁的和差点坠毁的故事，有飞机在没有批准的情况下就起飞的，有在无导航设备的情况下从暴雨和浓雾中起飞的，还有以前从来都没摸过飞机的生手直接就驾驶飞机，等等。他们说，这类事情都是发生在早些时候，现在空运已经程序化，很正常了，相对来说效率也高一些。巴拉克大受启发和鼓舞，凌晨两点过后，才深一脚浅一脚地回房睡觉。帕斯特纳克还没有回去，他究竟睡没睡巴拉克不知道，反正他醒来时，发现帕斯特纳克已经穿戴整齐地在那儿刮胡子了，嘴里还哼着一曲悲伤的捷克小调。

当晨曦照亮天空时，他俩乘坐一辆呼哧呼哧响的破出租车到了空军基地。在高耸的“星座”旁边，杂乱无章地堆满了拆卸下来的高档乘客座椅，有飞机半个翅膀那么高。一辆油罐车正有节奏地为飞机加燃油，工作小组排成一条直线，把一个个板条箱从汽车上传到飞机上。“机关枪。这一次装运的是清一色的机关枪和装甲。好东西，头等安排的重要物资。”帕斯特纳克说道，精神头十足，似乎昨晚的一夜风流丝毫没有让他感到疲惫。

不远处，喧闹的工人们正在设法往里装一段小一些的飞机机身。帕斯特纳克指着正在往里装的那段纺锤形机身说：“梅塞施米特式战斗机。我们不得不把它们的翅膀拆下来分开装运。我们的人说，捷克人为德国人制造的这些‘Me-109’型飞机并不算很好的飞机，飞行起来很难操纵。而且在价格上捷克人也在狠狠宰我们。不过就算这样，只要他们卖我们就买。”

在装运当口，巴拉克绕着这些堆得有房子高的代号为“斑马”的物资四处转悠，为他给本-古里安递交报告而默默记录下现场的一切，小山般装满武器的板条箱，箱上的俄文、捷克文和法文印刷字体，繁忙穿梭的卡车和起重机，各种飞机，以及机修工和装卸工热火朝天的工作场面。机场四周都是成熟了的谷物田地，散发出令人愉快的气息，从机场往外将近一英里远，就是捷克空军的机库，所有飞机都停在那里，除了几个哨兵走动之外一片死气沉沉。一切装运完毕后，他和帕斯特纳克登上“星座”，机舱里扎捆好的板条箱堆得太满了，以至于在起飞时他俩没地方去只好弯着腰站到驾驶室里。飞行员依旧是巴拿马那两个飞行员，但无线电机师兼领航员已换成一名以色列人。由于货载量过于沉重，飞机一直跑到机场跑道末端才笨拙地起飞，几乎是擦着电线升空。

“星座”朝着初升的太阳飞去，下面是绿油油的网格状农田和一条银光闪闪的蜿蜒河流。“跟兹夫也说说达扬的事。”那名领航员对帕斯特纳克说。

“达扬！这么说他回去了？”巴拉克急促地问。

“回去？”帕斯特纳克咧嘴笑道，“他正在扭转整个战争局面哩。”

“你说什么？”

“达扬在吕大和拉姆拉打了个漂亮的袭击战。我不知道具体的细节，只知道我们已经攻下那两个城镇了，吕大机场也拿下了！联合国在拼命叫喊，吵成了一锅粥，就跟一个流氓闯进一名小姐的闺房似的。一个星期前，阿拉伯人拒绝了延长停火期，现在英国人再次呼喊停火，阿拉伯人这回肯定愿意，所以停火马上就会实现。”

“萨姆，你从哪儿听来的这些消息？”巴拉克既高兴又有些不敢相信。

“在你去散步的时候，我给我们在伦敦的人打电话了，告诉他们我们正在装运，马上就出发。他们说，那边的报纸上全是这位勇敢的犹太独眼将领的事迹，同样美国那边的报纸也全是他的新闻。”帕斯特纳克拍拍那位领航员的肩膀，“喂，我们要这样一路站到特拉维夫吗？这样下去后半辈子我们要变成驼背佬的。”

领航员向他们指了指驾驶舱后面，那有一处用武器箱隔开的地方，有几张床垫和几只水壶。俩人躺下后，巴拉克说：“你还说要在达扬之前把我送回去呢！”

“在达喀尔耽误了点时间。谁能想到我们那儿的中间人会和几个女人一起去了丹吉尔（摩洛哥北部港市）？这个法国人！别着急，兹夫，有的是仗打。”

“哇，这次你可真的回来了。好大的飞机啊，shiga’on（太好了）！现在属于我们的了？”他们三个坐上吉普车，耶尔把帕斯特纳克晾在一边，兴高采烈地问巴拉克。

“耶尔，这不关你的事。把萨姆送到他的公寓，再送我到耶路撒冷。”

“对不起，长官。我有命令，要把你们两个直接送到本-古里安那里。”

“哦？那走吧。”

耶尔发动了汽车，帕斯特纳克坐在副驾驶座上，面带微笑瞟着她，说：“你知道吗，耶尔，很多年前我去过拿哈拉。你家人还好吧？”

“都很好，长官。不过我不记得在那儿见过你。”

“但我真的到过那儿。我对你印象很深，内厄姆·卢里亚家胖嘟嘟的小丫头。”

“真的吗？哦，我已经减肥了。”耶尔把金发唰地一甩，驾驶吉普向前冲出去。

“和以前也差不多。”帕斯特纳克说。他上下打量耶尔的眼神让巴拉克想起了那位舒格夫人和斯大林饭店的女招待，不过，他又想，如果还有能拿住帕斯特纳克的姑娘的话，那么耶尔绝对可以算在内。上次圣约翰·罗伯利就领教过，那是针尖对麦芒啊。

耶尔送他俩到了本-古里安所在的拉马特甘司令部，把车停在外边。她正对着一面手镜梳妆打扮时，一辆指挥车开过来，摩西·达扬步出车外。耶尔跳上去在达扬脸上亲了一口，说：“摩西Dode！以色列的英雄！世界的英雄！”

“Al tagzimi（别夸张）！”达扬说，脸上带着高兴但又有几分不自然的微笑走进去了。这时，耶尔才注意到达扬的司机。

“啊，你出什么事了？”

“你好。”堂吉诃德向她扬扬那块手帕，手帕上沾染着黑色的血迹，已经发硬发干了，他头上也包着厚厚的绷带。

“哟！是怎么受伤的？快告诉我！”

他刚刚说了几句，耶尔就打断了他：“是你？是你在那辆‘老虎’里？现在大小报纸上全在说这个事！”

“耶尔，你哥哥指挥这辆车，他让我做了机炮手。”

“本尼真的指挥它？那他还好吗？”

“毫发无损。他很镇定、顽强，很了不起。”

耶尔睁着亮晶晶的眼睛听他讲完整个事件后，伸出手说：“好了，把那块脏手帕拿来吧。”

“拜托，不要。”

“傻瓜，我只是帮你洗洗它。”

“不行。它救过我的命呢，我要留着它。”

“你真的是一个名副其实的疯子。伤口严重吗？”

堂吉诃德学着她的腔调，用女声说道：“哎哟，我正在送以色列的英雄呢！世界的英雄！这点伤算什么呀？”

耶尔对堂吉诃德做了个鬼脸：“你的伤不重我很高兴，不过不要归功于我的手帕。”

“独一无二的手帕。”

耶尔抬起身，绝望地看看天空，跑回自己的吉普车内。

离开

“十吨机关枪！”窗外涌进来的微风吹动本–古里安杂乱的白发，让他看起来从里到外的激动。“从捷克斯洛伐克弄一架飞机，一次飞行就搞定！这就是一架飞机的运量，花了一万五千美元呢！帕斯特纳克，其他那些‘星座’飞机没飞回来真是一种罪过，就没办法把它们搞回来吗？”

帕斯特纳克和巴拉克坐在本–古里安桌子对面。帕斯特纳克掌心向上、摊开双手说：“总理，你在美国国务院有朋友吗？对任何销售到海外的重量达到三万五千磅的飞机，国务院必须要解除限制。我们是要了点小手段才把这架飞机运出来的，同样的手段不能再用第二次。”

“美国国务院的朋友？马歇尔将军算不算？”本-古里安歪歪嘴。正在这时，他桌上的电话响了，他抄起电话听筒，这时摩西·达扬和伊加尔·雅丁俩人走进来。雅丁皱着秃脑门，烟斗咬在嘴里。“Ken（是）……雅丁和达扬俩人刚进来。”本-古里安边讲电话边古怪冷淡地瞥了眼达扬，“我了解了。嗯，最好跟他谈吧。”他把电话交给作战部长雅丁，“你来说吧，吕大出事了，暴动，阿拉伯人在袭击我们的士兵。”

本-古里安缓慢地从椅子里站起来，踱着步，雅丁小声跟电话里的人交流着。“是这样，”本-古里安对其他人说，“吕大的人投降了，穆拉·科亨给了他们最人道的待遇，没有驱逐，没有搜捕壮丁，仅仅是收缴了他们的武器，他们也声称都把武器交上去了。而现在他们又拿着步枪、刀子和手榴弹嗷嗷叫喊着跑到街上，围攻我们的孩子。目前情况很危险。”

雅丁疲惫地放下电话，说：“没事了。穆拉已经平息了局面。事情是这样的，一支阿拉伯军团的坦克巡逻队开到附近一座山头上，因此那些已经投降了的镇民就又出来报复，后来巡逻队撤退了，他们就又投降了。这次会对他们严厉一些。”

本-古里安走到达扬跟前。“你知道吗？你不是在打仗，你没有拿下目标，没有摧毁敌军，你只是暂时吓吓他们，仅此而已。这不是征服，是胡闹。”

雅丁上校说：“总理，对不起。这次战役中，达扬的袭击虽然很鲁莽，但也是最成功的。”

“是胡闹，我说。”本-古里安扬起下巴怒视达扬，“接管耶路撒冷指挥部我希望你能更用心一点。这期间，你的突击队要向南进军，在停火之前，我们必须要打通一条到埃及边界的安全通道，不能让敌人再次封锁内盖夫的那些定居点。你的营还能战斗吗，还是战备状态都让你给破坏干净了？”

“我的人马非常出色，士气高涨。他们相信他们刚刚取得了巨大的胜利。不过，我们的装甲车都被击毁了。”达扬迅速回答道。

“装甲车会配给你们的。”雅丁说。

“那我等候命令。”达扬紧张的神色轻松了下来，他对巴拉克笑笑，说：“兹夫，我听说你把加利福尼亚的姑娘们都给迷得发疯。”他转向雅丁，“我的副职受伤很严重，能不能让兹夫跟我去南线做我的副职，这样我去耶路撒冷的时候，他就能代我负责南线的战斗。”

雅丁瞟了一眼本-古里安，本-古里安没好气地说了三个字：“没异议。”

“我接受。”巴拉克立刻说。

“那就这样定了。帕斯特纳克，你还回布拉格吗？”

“他不回去了，长官，若您允许，我让他做我在耶路撒冷司令部的副职。”达扬插进来说。

“行，批准。”雅丁说。

本-古里安两眼盯住达扬，对他说：“眼力不错。我不是说你这次战斗不勇敢或者是不鼓舞人心，我是说它不像打仗，我们不再是游击队了。”

“恕我直言，总理。您是一位伟大的政治家，您懂得很多关于阿拉伯的东西。而我懂得的是如何跟他们打仗，自从我长大后，除了农活之外，我就一直在跟他们打仗。”

本-古里安向他伸出手，达扬迟疑了下握住他的手。本-古里安说：“我相信，你在内盖夫会打出威名的。”

“我定当竭尽全力。”

走到外面来，巴拉克和帕斯特纳克看见，头缠绷带的堂吉诃德正坐在耶尔吉普车的引擎盖上和她聊天。“堂吉诃德！你受伤了，是吗？”巴拉克问。

“没事，我很好。”

“我在洛杉矶看见你哥哥了。”

耶尔的眼睛一下睁大了。堂吉诃德从车上跳下来，问：“利奥波德？他真的到那儿了？”

“是的，他说他会留在那儿。”

“也许他会吧。他向来我行我素。”

“也许你还会去找他，啊？”

“为什么我要去找他？这里才是家。”他指指头上的绷带，“看看，我已经在‘纳税’了。”

帕斯特纳克对耶尔说：“下次你去拿哈拉，代我向你父亲，也就是我的姑父艾弗拉姆问候一声。”

“我尽量记得，但我很少去那儿。”

帕斯特纳克又对巴拉克说：“我有个建议，兹夫。你马上要离开这里跟着突击营去内盖夫了。”他指着耶尔，“而我在耶路撒冷司令部需要一名司机，你意下如何？”

“强烈推荐。”巴拉克说。

帕斯特纳克笑着看耶尔，问她：“喜欢这个任务吗？”

耶尔很无所谓的样子，平静地看着他。“有什么不行的？”

凌晨三点，穿着睡袍的娜哈玛在煎鸡蛋和土豆，两眼止不住地想闭上。巴拉克洗完澡后穿了一身崭新的军装，走进厨房，问她：“哎，看我像个装甲营营长吗？”

她欣赏地看看，然后用锅铲指着桌子说：“咖啡热了。你早就应该指挥一个营了，要不是你受伤，后来又替本-古里安东跑西跑，然后飞美国什么的……”

“可那不会是装甲营，motek（宝贝），达扬和本-古里安在房间里谈话时，我碰巧在那儿，然后达扬的眼睛就落到我身上了，就这样事情一下子有了转机，尽管还要到处跑。”他喝着桌上的咖啡，“这是个大好机会，装甲营今后要干的事以及眼下的任务都是至关重要的。”

“你可以说这些？”娜哈玛把食物放在他面前。

“为什么不能说？这又不是机密。”他边吃边说道，“埃及人现在守卫在停火线那里，那条停火线几乎把整个内盖夫都封锁了起来。我们必须要打通一条足够宽的通道，以保证内盖夫能够和以色列连接起来。我们没办法再建一条‘滇缅公路’，那儿几乎全是一望无际的平坦沙地。”

“这么说，又有一场长期的恶仗要打了？”她装出漫不经心的口气问。

“恶仗是有可能的，但长期不会。我们是套在拴狗链上打仗的，而且……”

“拴狗链？”娜哈玛端了杯咖啡坐下，“什么意思，拴狗链？”

“意思就是说只要阿拉伯人进攻，联合国安理会不是休会就是拖延时间，而一旦我们扭转了形势开始打胜仗时——拴狗链猛地一拉，停火决议就出来了！自从达扬让吕大和拉姆拉两个地方的阿拉伯人恐慌以后，英国就一直在叫喊停火，美国也往往会附和他们，所以，战争很快就会过去。当拴狗链出现时，我们必须要在它猛拉之前多做些事情出来。”

娜哈玛摇摇头，说：“这么令人心酸的叫法。”

“令人心酸的事实，motek（宝贝）。”

“爸爸，你为什么要穿衣服？不要走。”诺亚穿着睡衣裤走过来，揉着眼睛说道。他的宝贝儿子说话一星期比一星期清晰。

“我必须得走，儿子。”

“为什么？”

“我必须得保证当你长大后不必再去打仗。”

“我厉害，我打阿拉伯人。”诺亚说。

夫妇俩互相看了一眼，他们从来没有跟儿子说过关于阿拉伯人和战争的事情。娜哈玛用生硬的法语说：“在幼儿园学的。”

巴拉克耸耸肩。“显而易见。”

她把儿子抱进里屋，又回来给巴拉克端上其余的早餐。

“哎，不管怎样跟我说说美国吧，加利福尼亚怎么样？那里真的很漂亮吗？你去过好莱坞了！很让人兴奋，是不是？”她问道。

“我喜欢华盛顿。”巴拉克说。

第十一章 异教徒职业

冲锋

在第二次停火之前进行的战斗，即“十日进攻”中，犹太人取得了骄人的战绩。北部的敌人大致上被肃清了，约旦前线也平息下来，犹太人占领了对以色列南北起连接作用的中部战线土地，从而使这个狭长的“拼图”国家的生存能力大大增强。另一方面，军队对拉特伦又进行了两次进攻，但均以失败告终，在南线，停火令使得大量埃及军队留在了以色列境内，依然据守在距离特拉维夫仅仅二十英里的地方。进入内盖夫的走廊是打通了，但也只是勉强打通。埃及军队根本不是真心想讨论停战协议，他们乐于守在停火线上，数月不变地僵持在那儿，共进行一些零星的交火，对小小的伊休夫来说，所带来的伤亡代价要远远超过人数众多的埃及。

但到了十二月末，指挥南线作战的伊加尔·阿隆上校率领部队向西深入西奈半岛，然后挥师向北，朝地中海方向进军，对一直据守在托管巴勒斯坦地区的埃及军队进行分割包围，要迫使他们接受停战。曾经被恐吓要被赶到海里的犹太人现在转败为胜，向着大海隆隆开进，被侵略者变成了侵略者！结果当然又是那样，通过美国驻特拉维夫大使转达，忙乱的联合国要求他们立刻从埃及领土上撤军，英国也恶狠狠地下了最后通牒。艾尔阿里什是西奈半岛的重要海滨城市，也是敌人撤退路线上的枢纽，当伊加尔·阿隆进攻到该地市郊的时候，埃及政府和军队——专家们如是说——彻底崩溃了，但同时，由于英国的警告，本-古里安也不再强硬，他命令阿隆撤出阵地。

阿隆上校飞回来面见总理，恳求他收回成命，但无果。为了保住他的胜利，他派兵攻占了位于巴勒斯坦和西奈边境线上的拉法市主要路口，进一步逼向海湾。他争辩说，联合国的撤军要求并不包括这块地区，通过分割，仍有可能包围这部分埃及军队并迫使他们投降。但出于伊加尔·阿隆对拉法的威胁，埃及军队突然软了下来，首次递交停战协议，本-古里安也即刻接受。

阿隆大为光火，绝望过后，他决定派个能游说的人去再次劝说本-古里安，希望能迅速进攻拉法，之后再结束战争，通过这样的方式来促成一份持久的和平。

“我告诉过他的！”阿隆说，在他的司令部帐篷里，他和巴拉克站在挂图前，外面的沙尘打在帆布上，啪啪地响，“我告诉他现在从艾尔阿里什撤军将是我们子孙后代为之哀悼的一场大灾难！可他不听。兹夫，请你务必让他相信，如果我们不攻占拉法，包围整个敌军，那我们和我们的后代就将被迫面对接下来二十多年的战争。但如果我们攻下拉法，那么埃及会坐下来和我们讨论真正的和平。除此之外，别无他法！”

“我尽力而为。”巴拉克说。尽管此前由于去美国而错过了战斗，但是去试图说服本-古里安改变想法，而且又是在装甲营饱受创伤的状况下，他是持严重怀疑态度的。从战略上来说，他同意阿隆的意见，但同时他也看到了问题，拴狗链正在猛力拉紧。

“我全靠你了，你是他最喜欢的人，跟我不一样，真的。唉，现在这个浑蛋已经糊涂了，把我的帕尔马赫都解散了！在停战协议之后，我们会通过讨论来解决一切事情，但是这期间我们要打赢一场仗。只要他不错失这次机会，兹夫，我们就一定能打赢！”

堂吉诃德开车送巴拉克去最近的一个简便机场，指挥车穿过昏黄的雾霾，沙尘在风挡玻璃和车顶上发出嘶嘶的响声。巴拉克情绪低落，最主要的是，他不想因为这次跟本-古里安见面而再次成为那种无所事事的参谋，去做那些政治工作。他热爱突击队轻装甲营，热爱西奈清新的空气，洁净的蓝天，以及那种原始的壮阔，从某种程度上来说，他甚至热爱那位冷峻且精力充沛的伊加尔·阿隆上校。他有时候想，在后面这段时间内，不论是沙漠中长久的无聊还是短暂的战斗，沃尔夫冈·伯科威茨终于发现他自己能作为兹夫·巴拉克来实现自我了。仓促忙碌的保养、巡逻、训练以及不时的军事行动都让他感觉很棒。

尤其是在西奈大进军前几天的一次经历，让他确定了这种不断增长的身份统一感和自身存在的目的。阿隆的作战计划要求突击队首先攻占西奈边界的一处埃军重要阵地，虽然有一条曲折的公路向南通往那里，不过沿路尽是敌军堡垒，巴拉克的轻型车辆也不可能绕走沙漠地带来避开这些堡垒，因此，这次作战可能完全是一场硬碰硬的血腥较量。

但考古学家出身的作战部长伊加尔·雅丁却发现了另一条路，一条隐藏在内盖夫地区流沙下面的罗马时代古路，如果那条路能通行的话，就可以让巴拉克从比尔谢巴（内盖夫首府）快速直达目的地。

按照阿隆的命令，巴拉克和几个工兵花了一整天时间勘查了那条古代遗留下来的路，结果出人意料，用厚木板把路面上最大的凹坑架平，尽管仍旧不平整，但他的营完全可以从这条早已被人遗忘的卵石古路上通过。实际上，这等于又是一条“滇缅公路”，只不过是由两千年前罗马时代的人建造的，也许其中有些人还是犹太人奴隶呢。

几天后，大漠清冷的拂晓时分，崎岖不平的古道上，轻装甲车队隆隆开出，巴拉克乘坐一辆美制指挥车，领头前行，发起冲锋，把埃军赶出了“圣地”。当星辰退去，白日从西奈悬崖后喷薄而出的刹那，一阵急流般莫名的兴奋涌上巴拉克的心间，那是一种随着滚滚历史潮流前行的感觉，唯有一个犹太人，而且是从这块神圣土地中冲出来的新犹太军战士才能体会到这样的感受。在装甲部队向艾尔阿里什进军的整个期间，这种兴奋感一直伴随着他。但就在胜利指日可待的时候，阿隆被迫停止进攻，赢得长久和平的机会——像阿隆断言，巴拉克坚信的那样——正在渐渐消失，此刻，巴拉克内心的困扰也彻底解开。

别了，加州理工大学！他现在是一名以色列国防军军官，他要把他人生中最美好的年华奉献给这个职业，他要努力成为将军，身披铠甲，保卫圣地。

本-古里安在自己办公室内亲切地接见了巴拉克，巴拉克进行了激情的论证，辅之以桌上摊开的一张西奈地图来极力辩驳，本-古里安静静地听他讲。“总理，我们随时都可以撤出拉法，但此刻我们要把它拿下来，守住它！这样您在和平谈判桌上讨价还价的余地将会大得多，长官。伊加尔绝对说得对。”巴拉克伸出双臂做出恳求状。

“是，是的，兹夫，他对艾尔阿里什也是这么说的。”总理刚刚生过一场大病，还没有完全痊愈，他弯下腰，苦着脸，两眼无神地盯住巴拉克，“他年轻，是一名好军人，但他还没有弄明白，他在军事上能做的事情也许我在政治上就做不了。”他缓慢摇了摇头，“在介入战争方面，英国人不是虚张声势，我明确告诉你。他们根本没想到我们会打赢，兹夫，他们原以为会是一场乱战，然后联合国再把他们派回巴勒斯坦。我们现在不能给他们一点点借口来介入战争。”他焦虑不安地看了巴拉克一眼，这种表情巴拉克以前还从没有在本-古里安脸上见到过。“这是一条死路，你明白吗？在最后一刻，我们都牺牲了，都死了，我们就会丢掉这个国家！”

“可是埃及军队并没有遵守停战协议，总理。我们观察到他们的军队还在调动，我们还在遭受炮火攻击……为什么我们就应该停火？”

“你知道为什么。因为我们是犹太人。”本-古里安重重叹息了一声，继续缓慢沉重地说，“这也是我为什么不让收复耶路撒冷旧城的原因，尽管我现在相信我们有这个力量。我们已经狠狠地打击了他们，兹夫，北边、南边、东边，我们都已经把他们赶出去了。这场战争我们赢了，我们的国家建立了。我到任何地方都要面对那些失去了儿子、失去了兄弟、失去了丈夫的人，太悲惨了。在我们这个小小的伊休夫就有六千人战死！现在血流得够多了，牺牲得够多了。”

“总理，我私下跟您说。”巴拉克压低声音，“到了午夜时分，除非您告诉我包围拉法‘不行’，否则军队指挥官会‘由于误会’而进攻并占领那座重镇。而一旦我们攻占了那里，伊加尔·阿隆就会因为‘误解了命令而严厉训斥’那名指挥官，但同时我们也拿下了那块地方。”

本-古里安摘下眼镜，用力揉揉眼，瞪着天花板，宽阔的大嘴紧闭成一条线。巴拉克非常了解这种表情，这往往是他感兴趣的征兆！“那么，他要花多长时间？”

“到早晨他就可以攻下。”

“一小时后你会在哪里？”

“公园酒店。我已给娜哈玛打电话了，让她到那儿见我。”

本-古里安厚实的手掌朝他摆了摆，疲倦地说：“那去见娜哈玛吧。”

特拉维夫公园酒店安静的高级酒吧内，十几名士兵嗵嗵地走进来，他们头上戴着的帽子边缘卷起，怪模怪样的，大声唱着歌，挥舞着手里的啤酒瓶。他们蜂拥到柜台前索要科涅克白兰地，互相拍打后背，大笑、唱歌，还用手做出空战时俯冲的手势。一名士兵跳到一架小型立式钢琴前，粗鲁地砸出一堆音符，其他人一起和着琴音嚎叫：

让我飞黄腾达吧，

我翻滚，我躺倒，一次又一次！

“我们的空军。”巴拉克对娜哈玛说。他们在一个火车座上，他喝可口可乐，娜哈玛笑着看那群人粗鲁吵闹的滑稽表演。

“可他们在说英语，这是什么歌？”她问。

“不是很好，的确，说英语，不过没关系，他们大多是从海外来的志愿者。我们自己的飞行员也要在海外受训。”他朝一位留着牙刷式小胡子的高大军官挥挥手，“埃泽尔，你好！那是埃泽尔·魏茨曼，高个子那个。你应该听说过他，哈伊姆·魏茨曼的侄子。他是在英国皇家空军获得的飞行胸章。”

魏茨曼走过来，手里拿个喝白兰地的大号矮脚小口酒杯。

“兹夫！你在这儿？不在西奈？这位大美人是谁？”

“见过我的妻子娜哈玛，埃泽尔，大美人不关你的事啊。”

“你好，娜哈玛，你真是一朵鲜花插在牛粪上了。”他友好地朝娜哈玛咧嘴笑笑，娜哈玛也笑笑回应。“我能借走他一会儿吗？”

在酒吧一个幽暗角落里，魏茨曼喝了一大口酒，说：“现在，兹夫，听我说，仔细听好喽。今天我们中队和英国‘喷火’式战斗机干了一仗，我们打下来他们五架。”他眼里射出狂野的光芒，“五架英国皇家空军战机！我们看着他们坠毁的！全部确定！而我们全部返航，每个人都回来了。不信？绝对是真的！”他紧紧拉住巴拉克的胳膊，“有历史意义，是吧？这不算轰动性事件吗？”

“上帝啊，当然算了。在哪儿开战的？什么时候？”

“中午，在尼里姆（Nirim）上空。他们侵入了我们的领空，没有丝毫疑问，所以我们就把他们干了下来！”

“一定是埃及人吧。”

“英国皇家空军，我可以肯定地说！我们当中有四人在二战时就和他们一起服役，你以为我们不认识那标志……哈哈，兹夫，看看那个疯狂的家伙！加油，斯格蒂！”魏茨曼和着音乐拍掌，“那是斯格蒂·哈巴德，生在格拉斯哥，后来搬到了罗得西亚（津巴布韦的旧称）。这家伙厉害，天生的飞行员料子，他干掉了一架‘喷火’式战机！”

此刻那名皮肤黝黑的小个子飞行员正在大跳活泼欢快的苏格兰高地舞，应和着钢琴猛力弹奏出来的苏格兰风情曲调。突然，娜哈玛起身跑过去，和那小伙子对舞起来，尽管她的外套飞扬散乱，但并没有影响她摆动迷人的四肢，跳出优美的吉格舞。他的摩洛哥妻子竟然会跳苏格兰高地舞，这让巴拉克大为惊讶。飞行员们把这一对跳舞的男女围在中间，高声欢笑、鼓掌。魏茨曼抱住巴拉克，说：“来吧，兹夫，我们要彻夜狂欢！娜哈玛真是迷人！管他呢，我们有太多东西要庆祝了！停火协议已经开始了，让我们共度美好时光吧！”

酒吧间一个男招待走过来，说：“巴拉克少校，有电话找你。”

电话是总理的军事秘书打来的，他说本-古里安已经回家了，感觉病得厉害，再没说其他的。

沉默就意味着批准，“理解有误的”拉法进攻开始了。

和平

无星之夜，堂吉诃德驾驶一辆吉普，走在一条狭窄的刚刚完工的柏油马路上，飞速向耶路撒冷驶去。巴拉克无法及时赶回西奈去指挥拉法作战，等他回去战斗也应该结束了。他良久地注视着娜哈玛，他还是第一次这么盯着她看，他现在很想和她独处一个晚上，也急切地想见到儿子。巴拉克抓紧妻子的手，说：“哎，娜哈玛，这就是那条新修的‘英雄路’吗？什么时候完工的？”

“有一段时间了吧，ahoovi（亲爱的），不过今天我还是第一次走这条路。”

“那条‘滇缅公路’还在用？”

“骡子还在跑吧，也许。无论如何，它是有价值的，不是吗，兹夫？它拯救了耶路撒冷。”

“报纸上是那么说，亲爱的。”

“报纸上那么说？为什么？”

“嗯，那条路是了不起，但扭转战局的是我们战场上的士兵，不是修路的人。那段时间我们和阿拉伯人苦战，哪怕是一条战线溃败，阿拉伯人也会嘁里喀喳地蜂拥进来消灭了我们，所谓的‘滇缅公路’也起不了多大作用。”

“长官，你之所以这样说，是因为你没有在齐膝深的骡马粪便里蹚过，没有扛着五十磅的面粉走六公里，一晚上还要走两三趟。正是因为拯救了耶路撒冷，才拯救了以色列。”堂吉诃德回头大声说。

“没人问你，开好你的车。”巴拉克说。

他们开进昏暗的耶路撒冷城区，堂吉诃德向巴拉克请假到塞缪尔先生那里去，因此到了之后巴拉克让堂吉诃德下车，自己开车回家。当他停到自己公寓前时，发现一名士兵正在门口等他。

“是巴拉克少校吗？”

“是。”

“达扬将军让你去耶路撒冷司令部报到，十万火急。”

“L’Azazel（天哪）！老是这样。你还没看一眼诺亚呢。”娜哈玛叫道。

“我会的，motek（宝贝），无论如何，我保证。”

尽管天气寒冷，但耶路撒冷大街上还是车来人往，很是热闹，也许是由于停战谈判的原因吧。他把车停在达扬的司令部外时，埃泽尔·魏茨曼从里面走出来，显得满面羞惭，这回帽子也戴端正了。“你，也在这儿？”魏茨曼问他，丝毫没有了刚才那种欢快的神态，“他半个小时前召我过来，我就飞过来了。”

“发生了什么事？”

“你最好还是问达扬吧。”

“你就说吧，埃泽尔！”

魏茨曼看看四周街道上没有人，才压低声音说：“好吧。本–古里安现在很紧张。英国人恐吓得更厉害了，一份该死的严厉照会直接交到了他的病床上，是关于那些‘喷火’式战斗机的。他们声明他们没有武装，只是在埃及上空进行拍照任务。”

“是真的吗？”

“真个屁！他们和我们就在尼里姆上空激战，从空中朝我们猛烈射击。他们的坠毁地是在我们领土上，我们可以证明呀，这还要怎么说？有残骸为证的！到早上美国大使可以亲自去看！但英国要求赔偿，并再次威胁要开战。”

“你估计会怎样？”巴拉克尽量保持自己声音的平稳，他很紧张。“英帝国让犹太人击落了五架战机，他们不会有反应吗？”

“他们去死吧！我不信美国会让他们介入战争。就算他们开战，我们也会打下更多他们的飞机！边界上我们也要狠狠揍他们，让阿隆去揍他们吧！”他在巴拉克胸膛上打了一拳，“你要帮助阿隆狠狠揍他们！”飞行员说完后跳上吉普，猛踩油门开走了。

在达扬挂满地图的办公室内，萨姆·帕斯特纳克正在用英语对电话喊着什么。

“啊，你来了，兹夫，”达扬说，“飞机正等着，你去拉法。我已经和阿隆通过话了。按照总理的命令，你要亲自去终止一切战斗准备，指挥所有部队立即从阵地上全面撤出，随后向他直接报告命令遵守情况。”

“为什么？为什么这么慌张？”巴拉克劝道，“埃泽尔跟我说了英国照会的事，可还有……”

“他们正在亚喀巴集结军队，这不是威胁，是事实。军队情报人员刚刚发出战争警告。”

沉默片刻，巴拉克说："嗯，摩西，就算是事实也有可能是假象。"

帕斯特纳克挂上电话。"你好兹夫。我刚刚联系上克里斯汀·坎宁安。他正好在家。我把魏茨曼关于空战的描述告诉了他。他记下来并跟我复述了一遍。他说他保证会立刻呈交给美国国务院和白宫。"

"这个中央情报局官员有那么大的能量？"达扬不相信地问，"坎宁安？我还从来没听说过这个人。"

帕斯特纳克摇摇头说："你不会听说过他的。他认识所有上层幕僚。那是华盛顿如何运作的事了。"

"这么说他是一个朋友了。"达扬说。

"我们会看到的。"帕斯特纳克表情活泛起来，他笑着对巴拉克说，"我刚才跟他通电话时，他其实正在和他女儿一起喝茶。那边现在是下午四点。他女儿还问'闪电狼'收到她的诗没有？"

"什么诗？我从没有收到过诗。"

"她给你寄了一首关于什么萤火虫的诗。"

达扬眼神亮了下，狡黠地一笑，说："闪电狼？萤火虫？他女儿多大了，兹夫？"

"别瞎说了。也许十岁，十二岁吧。"

"她们长大了。"帕斯特纳克说。

"兹夫，上飞机，到了那里后向本-古里安汇报命令遵守情况。晚上任何时间都可以，尽管打他电话。明白了吗？"

"是，长官。"

达扬走出去了。帕斯特纳克表情严肃地说："事态严重，刚提到的英国照会。"

"但他们不会真的插手吧？会吗，萨姆？在这个节骨眼上！很难相信。"巴拉克仍然寄希望于通过"错误理解命令"而攻取拉法要塞，就像古德里安在1940年时那样，通过"错误理解命令"而突进到英吉利海峡，在敦刻尔克地区迫使法军投降，把英军赶过了海峡。

“有什么难以相信的？他们的部队就在我们的边境上，大规模的。”帕斯特纳克表情严峻地反驳道。

“哎，只想想看！英国民众绝对不会再容忍在巴勒斯坦徒增伤亡了。这就是他们为什么一定要放弃巴勒斯坦托管权的原因！艾德礼政府会下台的。”

“你说的那是常识问题。艾德礼的外交部部长就是头疯了的公牛，那个贝文，因为我们挺了过来并且赢了这场战争，他就对我们大动肝火而做些蠢到家的事情，艾德礼控制不了他。这就是本-古里安内心担忧的，兹夫，本-古里安是对的。”

巴拉克快速返回家里，意外地发现娜哈玛心情竟然很好，她刚刚把诺亚从邻居那儿领回来并抱上床。巴拉克悄悄看了下里面熟睡的孩子，告诉娜哈玛自己要离开，回西奈。娜哈玛耸耸肩，笑着抚摸他的脸，说：“看你现在又黑又瘦的。唉，好啦，我猜和平会到来的，不至于到我们老得都完不成圣训的那一天。”这是犹太人对夫妻之间性爱的一种传统委婉说法，圣训即上帝要亚当和夏娃“多生多产”。

“现在和平已经来了，娜哈玛，无论如何是停战了。本-古里安累了，就这样，他已经赢了一场伟大的胜利，他要不惜任何代价不顾一切地抓牢它。对不起你了，宝贝。”

“嗯，正如你所说，拴狗链再次拉紧。不过他这么器重你啊！有朝一日你会升为参谋长的，记住我说的话。”

“娜哈玛，你什么时候学会跳苏格兰高地舞的，是怎么学会的？”

她现出一副狡黠的表情。“为什么要问这个，亲爱的？”

“嗯，感觉挺意外的。”

“是吗？你以为你跟萨姆是到爸爸那儿吃饭的第一拨士兵？英国士兵也很喜欢我们的饭菜啊。”

“有点意思！你必须要跟我说说整个故事了。”

娜哈玛带着恶作剧的快感说：“你只能知道到这个程度。至于苏格兰高地舞，你要是喜欢，我可以教你。你要吃点东西吗？还有时间吗？”

“我得走了。必须得去接我那个傻司机。”

饭桌上方挂着一架枝形吊灯，里面的裸露灯泡散发出强光，巴拉克看见他的弟弟迈克尔正在帮夏娜补习功课，尽管现在时间已经是接近午夜了。夏娜正在解一道方程式，黑发垂下来遮住脸，非常专心，他进来都没抬头看他一眼。堂吉诃德蜷缩在一张莫里斯椅子里，睡得正香甜。

“沃尔夫冈！战争真的停止了？”他弟弟叫道。

“目前算是，迈克尔。”

他弟弟整理了下戴在浓密头发上的无边便帽，开始做祈祷，希望上帝保佑。

“阿门。”巴拉克最后跟着说，夏娜也边做作业边随声附和。

迈克尔·伯科威茨与他这个在沙漠里晒成古铜色的军人大哥没有丝毫相似的地方，人们甚至有时很难把他们看成是兄弟两个。迈克尔纤弱，脸色苍白，戴着厚厚的眼镜，有种学究式的驼背，常常穿一条褪色的牛仔裤和一套旧毛衣。他的两条拐杖总是斜靠在椅子上，因为他是先天残疾。他比兹夫小，是伯科威茨家族中唯一一个笃信宗教的人，按照他们开玩笑的说法，在这个强悍的社会党家庭中，他属于一只“白绵羊”。在他十二岁那年，因为他一个朋友举行了犹太男孩成年礼，老师那时也在慢慢教化他，教他热爱《塔木德经》和宗教仪式，于是，在他的要求下也对他自己举行了成年礼。十六岁时，作为数学和物理学方面的天才学子，他被招录到以色列工程技术学院。他有时候要来耶路撒冷参加一些高级研讨会和讲座，因此巴拉克就告诉他可以顺道来拜访下塞缪尔先生，迈克尔便时不时地来这里，在老裁缝的指导下学习《塔木德经》。

巴拉克对他弟弟说：“我不打扰你们了，她的功课很重要。我是来这里接这个睡觉的司机的。”

“我做完了。”夏娜跳起来说道，“我答应给这个睡觉的傻瓜做晚饭的。”说完便跑到厨房去了。堂吉诃德仍在昏睡，什么也不知道。

“你帮她补习什么？”

“微积分。”

“啊？这小女孩这么聪明？”

“数学非常棒！思维也很开阔，还有刨根问底的精神。我不知道她是怎么记住去旧城的那条路的。不过，这小女孩说话也很尖刻。”

“是啊。”约西插进来说道，但眼睛没睁开。

“堂吉诃德，我们要马上乘飞机走。”

堂吉诃德没回答。

迈克尔说：“妈妈寄来一封信。说爸爸身体很好，但是遵照医嘱，在二月份之前他还不回联合国。”他详细复述了那封信的内容，随后俩人谈论起他们父母的麻烦事。在联合国，麦耶·伯科威茨因为与沙特代表愤怒争吵而中了风。迈克尔说：“他们暂时在曼哈顿租了一处公寓，妈妈写信说，她很喜欢这样的生活，几乎就像在维也纳一样雅致。”

“嗯，妈妈就是这样的。她也许永远也不回来了。”

“这次停火的实际情况是怎样的，兹夫？会通向和平吗？”

“不会，起码现在不会。仅仅是再次把他们打出去而已，只是一段没有炮火的对峙，这是我的观点。别人认为我是个悲观主义者。”

“一点和平的希望都没有吗？”

“呃，有是有的。两个希望，迈克尔。从长远来说，阿拉伯人打累了，不想再无谓地牺牲，于是决定不再骚扰我们。从短期来说，我们用武力结束一场战争，只需一次，让他们信服：我们要留在这里。”

夏娜走进来，手里端着一盘热气腾腾的土豆饼，用肘推推堂吉诃德，说：“醒醒，傻瓜，你要真想吃东西就起来。”

堂吉诃德欢快地坐起来，说道：“Shiga’on（太好了）！”

巴拉克说："我们得走了，约西。"

"没有时间吃土豆饼吗，长官？她特意为我做的。"

夏娜说："我声明我没有啊。伯科威茨先生和我都饿了，正好让你赶上了。"

堂吉诃德向迈克尔申辩道："不是我请她做这些饼的吗？因为在光明节上这饼太好吃了。"

迈克尔莞尔一笑，没说话。

夏娜说："再说我也有土豆，它们快要坏了，正在生芽呢。把食物扔掉可是罪过。"

"哎呀，这土豆饼闻起来真的很香啊。"巴拉克说着拉过来把椅子坐下。

"请想一想，在夜空中飞往上帝才知道的地方！"夏娜边分发土豆饼边大声说，"太疯狂了！现在和平了，堂吉诃德，你要想办法找些事情做，或许在耶路撒冷收垃圾……等一等！吃土豆饼之前要做祷告。"堂吉诃德一手拍在头发上，夏娜在他肩膀上打了一拳，"那样不行，戴上帽子！"

他很顺从地戴上自己的贝雷帽，祈祷完了开始吃饼。

"嗯，味道真不错。和平了对我没有影响。我是一名军人。"他说。

"你的意思是这就是你要做的？做一名军人？一名职业军人？"

"对，职业军人，咦，你们干吗那副模样？"

女孩的脸扭曲起来，像一只滴水嘴怪兽那样。

"A goyishe parnosseh（异教徒职业）！"扔下这句话，她鼻孔朝天走出去了，留下他们几个你看我我看你。

"兹夫，听见她说的了吧，最好还是回去念你的化学。"迈克尔说。

"我不会了，迈克尔，那已经结束了。异教徒职业对我来说挺好。"

"你说真的？Kol ha'kavod（了不起啊）。"迈克尔说。

关于那次空战，魏茨曼的说法站住了脚。杜鲁门总统对英国发出严厉照会，批评他们的战机随便进入战区，同时也对以色列打下英国的飞机进行了责备。艾德礼政府遭受到英国国会下议院激烈的抨击，因而不再对以色列进行威胁。至此，独立战争结束，尽管撤离谈判又进行了数月，但枪炮声在1949年1月初就已停止。以色列生存了下来，所有的阿拉伯国家一个接一个地签订了停战协议，协议对象是那个他们曾经坚决声称不能在那里的国家。

第二部分
苏伊士

第十二章　李·布鲁姆

脱胎换骨

那场战争后的四年里，这个不被允许存在的国家依旧不被允许存在，为此，这个国家进行了艰苦卓绝的斗争。

按照摩西·达扬在他回忆录中的描写，从1949年到1953年的这四年是最糟糕的时期。军队在一定程度上解散了，只有几支民兵组织外加一些预备役军人、新兵、移民以及外籍志愿兵临时凑成的部队，还互不相容，这几支部队应付应付阿拉伯人可以，打赢他们是不可能的。几个阿拉伯国家虽然没有能力继续作战，但他们也不愿为这个小得不能再小的国家遵守协议。停战协议并没有带来和平，反而带来了围攻。恐怖分子经常越过戒备不严的边界进来搞破坏，让火车出轨，引燃公车，炸毁建筑物，杀死疏忽大意的民众……房屋、汽车、衣物、食品和燃油都极为短缺，人民生活穷困，朝不保夕，很多人陆陆续续离开以色列，前往加拿大或是美国一类的地方去谋生。1953年，达扬被任命为以色列国防军总参谋长，他在回忆录中写道，这之后，境况才开始好转。

同样是从1949年到1953年，在本-古里安的回忆录中，这四年时间却是最好的一段时期。他称这段时期为以色列的英雄岁月，是“2300年前，马加比家族战胜希腊暴政以来，我们历史上最伟大的岁月”。因为在那四年里，以色列的犹太人口增长了一倍。这是令人惊叹的回归，是犹太流亡者的大聚合，光辉灿烂的犹太复国主义核心梦想开始成真了。地中海周围那些战败的阿拉伯国家对他们国内的犹太人不满，并把他们赶了出来，而这个被围困的起初只有600,000人口的初生犹太国家却接收了700,000犹太难民！这样的事情，恐怕在国际历史上也是空前的，这导致了各种物资短缺、国库空虚、黑市盛行、定量配给，也让懦弱者的梦想破灭。然而以色列最终挺了过来，甚至开始繁荣发展起来，一直到1953年本-古里安辞去总理和国防部长的职位为止。然后，他写道，境况开始恶化。各方面都恶化得很厉害，事实上，到了1955年末，人们不得不把他重新召回来执掌政权，那时已到了最危急的时刻。

因为在随后一年，埃及总统迦玛尔·阿卜杜尔·纳赛尔宣布将苏伊士运河收归国有，这让英法两国大为光火，中东地区再一次登上报纸头条，成为世人瞩目的焦点地区。埃及还同时封锁了以色列，禁止以色列船只以任何方式通过运河，整个地区在隐隐战栗，两国之间可能会再次爆发全面战争。

在纽约飞往巴黎的“同温层巡航者”飞机上，克里斯汀·坎宁安就注意过这个年轻人，当时飞机正摇摇晃晃地穿行在北大西洋上空十月的雷暴中，这位年轻人独自坐在人群拥挤的下层机舱酒吧里看杂志，没有像其他人一样醉醺醺地开玩笑。两天后，在从巴黎飞往特拉维夫的以色列航空公司班机上，坎宁安又一次看到了这个小伙子——依然穿着同样的灰色法兰绒长裤，漂亮的蓝色运动外衣，依然从小牛皮手提箱中取出杂志和报纸来看。他喝汽水，吃得很少，从不和空姐逗乐开玩笑。事实上，他的表现和坎宁安自己在长途旅程中的表现是一样的。坐飞机的旅客无外乎两种人，一种是利用时间的人，一种是消遣时间的人，这个小伙子显然属于前者。单纯从他时髦的衣着、粗重的金饰以及满头大波浪的黑发来看，坎宁安会认为他是那种好莱坞式的人，但细看他的杂志，却是关于航空、军火和房地产的。

从堂吉诃德的哥哥这边来说，他也对这个又出现在以色列航空公司班机上的男人感觉纳闷，一个瘦削的非犹太人，依旧穿着三件套西服，表链横过马甲，读一本《圣经考古期刊》。他们俩都有自己的一等舱，这里的人大多是以色列人，旅游现在不景气，因此李·布鲁姆——他现在的名字——很奇怪，这个紧张时期竟然还有考古学家冒险来以色列。过了一会儿，那名戴表链男人渐渐入睡了，厚框眼镜推到了额头上。李·布鲁姆拿出舍瓦·李维斯手写的备忘便条，反复看后，走进卫生间把它撕碎，塞进了纸巾丢入口。

刺耳的广播声中传来机师粗陋的希伯来语和生硬的英文通知，他们两人同时惊醒，坎宁安注视着窗外，第一次开口说话："好了，圣地终于到了。"

李·布鲁姆伸长脖子朝前扫视了一眼。飞机正在下降，穿过破碎的云朵，可以瞥见下面紧靠蔚蓝大海的灰白色市区，边缘参差不齐地向四周杂乱无章地扩展。他说："看起来也不是都那么圣洁，是吧？很让人惊讶，这儿怎么盖满了房子。"

"你以前来过这儿？"

"来过一次，待了很短一段时间。"李·布鲁姆说。他指着坎宁安膝盖上的杂志问："战争期间还要考古？"

"这地区总是麻烦不断。挖掘工作在一个安静的地方。你认为会打仗？"

"哦，法国和英国怎么会坐视纳赛尔这家伙抢走运河而不受任何责罚呢？"

"你的意思是将运河收归国有？"

"都差不多，先生。"

"那他们会怎么做？"

"部队登陆，把运河再夺回来。我认为他们会这么做，肯定的。只是时间问题。"

"那俄国人呢？"

“行动应该会在四十八小时内结束。俄国随后会在联合国为自己的利益尽力聒噪一番，无足轻重的。”

李·布鲁姆的英语只稍稍有一点口音，但他在说“无足轻重”时还是带有那种外国人的学舌腔调。

“也许你说得对。”坎宁安说着翻开他的考古杂志继续看。堂吉诃德的哥哥也无意拉长话题。这个异邦人应该属于上流社会，不是加利福尼亚人，也许是东海岸地区的吧，他猜测。

吕大机场的小航站大楼里铺满了灰尘，气温很低，寒气逼人，李·布鲁姆看见兹夫·巴拉克正站在通向行李区的门边，穿着军装，身体稍微胖了些，头发过早地染上了霜白。“巴拉克先生！”他大喊道，语气中有些许嘲讽。

巴拉克盯住他，费了好大劲才认出他来，这个衣冠楚楚的人正是八年前他在洛杉矶机场碰见的那个干瘦逃兵。“你是布卢门撒尔？”利奥波德露齿一笑，两个人握了握手。巴拉克对旁边正在凝神注视手持护照排队的人们的帕斯特纳克说：“萨姆，来见见李·布鲁姆。我想你听说过他。”

“李·布鲁姆？嘿！你好。我听说过你和舍瓦·李维斯，听说你们俩拥有半个洛杉矶。”

“嘿！就三栋房子。这儿的报纸真能瞎扯。”李·布鲁姆边说边扫视栅栏外的人群，那里人们正摆着手喊着自己要接的乘客，“我弟弟说要来接我，怎么……哦，在那儿。约瑟夫！约西！”

堂吉诃德穿过警察岗亭跑进来，俩兄弟拥抱在一起。这当口，巴拉克打量了一下他俩，堂吉诃德要比他哥哥高大许多，他瘦长的体形已经壮实起来，脚下的伞兵靴更让他显得威猛健壮。相比之下，利奥波德看起来很瘦弱，而且还有些驼背。

“好了，兹夫，坎宁安来了。”帕斯特纳克说着大步朝那位中央情报局官员迎上去，问候道：“你好，克里斯汀。还记得兹夫·巴拉克吗？”

“啊，记得。你好，‘闪电狼’！”坎宁安干硬的手迅速和巴拉克握了下，“我要到哪里去取我的行李？”

“跟我来。”巴拉克说。

帕斯特纳克走到李·布鲁姆身边，尽管乘客们的喧闹声和航班的广播声在屋里隆隆回响，他还是把声音压得很低地说：“布卢门撒尔，舍瓦·李维斯从巴黎给我打电话谈到的你那个事情……”

“怎么了？”利奥波德马上变得紧张起来。

“我已经调查过了。我本来准备打电话到你酒店的，不过你既然在这儿，就……”他从口袋中掏出一张名片递给约西，“堂吉诃德，你知道到哪儿去找这家伙吧？人力部，在基里亚？”

“当然。”约西扫了一眼卡片，说道。

“直接带你哥哥去那儿吧。”帕斯特纳克对利奥波德笑笑，“就这样吧，嗯，那家轧钢厂，舍瓦是在吹牛呢，还是确有其事？”帕斯特纳克现在虽然是达扬的情报局副局长，但在不触犯法规的灰色地带采购武器依然是他的职责之一。

利奥波德态度严肃认真，回答道：“绝对是真的。这家犹太人公司在俄亥俄州的坎顿，四个兄弟经营，他们的父亲是靠做废旧物资起家的，现在他们经营钢铁生意。他们既有资金，也有生产经验，这一点是毫无疑问的。他们谈判起来很强硬，不是犹太复国主义者。如果这儿在税收方面透明的话，我们就可以合作。他们觉得这想法听起来不错，一定会大有前景。我来这里除了些别的事外，就是核实这件事的。”

“需要我帮什么忙尽管说。还有约西，要是在人力部那儿遇到什么麻烦就给我打电话。”说完他走开去找坎宁安了。

李·布鲁姆提起公文包和小手提箱，说：“我就带了这么点，约西，剩余的我都留在巴黎了。”

“那我们走吧。你在这儿待多久？”

“这要看情况。”利奥波德跟着他穿过人群，“三四天吧，最多。你增加了有三十磅重，有没有？看起来好像全是肌肉。”

“伞兵部队里训练很苦的。”

“参加过很多战斗吧？你从来不写信。”

“你也不写啊。”

“我知道。”

走到外面，一阵湿冷的大风吹来，几乎全空的停车场里扬起灰尘和沙子。一辆军车的后座上，有位金发女兵朝约西招手。“那是耶尔·卢里亚。还记得她吧。”

“当然，我在大卫王饭店时碰到的那个不讲情面的姑娘。”

“对，就是她。她现在是帕斯特纳克中校的副官。”

“还没结婚？”

“没有，但时不时地会有几个男朋友。”

“也包括你？”

约西大笑，说：“没那个可能。她可是个野蛮女友。再说，你也知道，我有女朋友。”

他们来到一处营业中的租车摊位，利奥波德把证件交给一位胖女孩，那胖女孩嘴里嚼着口香糖，用机关枪一样响亮急速的希伯来语对兄弟俩说了一通。约西说：“她说你的那名司机患了牙痛，他们正在叫另一个人过来。”

利奥波德上下打量着他红色的贝雷帽、士兵勋章和褐色的伞兵靴，问道：“三道杠，就像美国的少校一样，这是什么军衔？”

“上尉，希伯来语叫seren。我现在是一名排长，正准备提升为连长。”

“你必须要告诉我你的冒险经历。”

“你必须要告诉我你是怎么赚下半个洛杉矶的。”约西把鼻梁上的眼镜往上推推，笑着对他哥说，“那些传言中有没有点真的？”

“当然有真的了，我都可以请你和你女朋友去巴黎。哎，考虑一下怎么样？你请假了吗？她能来吗？”

“我正在请假。夏娜挺想出去的，她正缠着她父母亲呢。你还记得吧，他们都是很虔诚的教徒。”

“是夏娜啊，还那么虔诚吗？”

“先生，你的车来了。”那个胖妞用英语喊道。一辆蓝色的旧标致车突突突地开上来，司机是一名老汉，花白的胡子三四天没刮了，戴着顶破烂的毛线帽，没有牙的嘴里发出含糊不清的希伯来语跟他们打招呼。

“这是什么呀？我的证件保证我能用一辆新的奥兹莫比尔牌汽车，而且要由会说英语的私人司机来开。”利奥波德不满地质问胖妞。

又是一阵如枪炮般刺耳的希伯来语，堂吉诃德翻译道：“新奥兹莫比尔汽车还在修理厂里，懂英文的人又牙疼。到星期四你才能用到奥兹莫比尔汽车。”

“这地方还是那个老样子。我们走吧。”

“基里亚。”约西对那名司机说，司机点点头，发动车子朝前开。“你问夏娜还那么虔诚吗？当然了。星期六从不远行，严格遵守食物和节日禁忌，每天都要学习《圣经》。不过她还不算太过分，如果你懂我意思的话。她想做一名航空工程师，平日里常穿蓝色牛仔裤，这在她们那群dati（正统的）教徒中很打眼，但她不在乎。”

“她现在真有那么漂亮？我印象中那个小姑娘瘦瘦的，对其他人都是不屑一顾的样子。”

“你会看到的。你要先去耶路撒冷，是吧？”

“嗯，在那儿待一天，也许在特拉维夫再待两天，然后就回巴黎。”

“行，那我们去大学接上她。她刚刚考完试。”

会晤

巴拉克把中央情报局官员的旧手提箱放进军车里，帕斯特纳克对坎宁安说：“克里斯汀，这位是卢里亚上尉，我的得力助手。”

耶尔礼节性地对他微笑一下，口气亲切地说："我随时听候您差遣，坎宁安先生。"

"迷人的姑娘。"坎宁安说。耶尔感觉到，这个美国老人透过他厚厚的眼镜片似乎一眼就看穿了她和帕斯特纳克之间的关系。帕斯特纳克原本不想让她来，但她听说过很多关于坎宁安这个人的事情，她想自己去了说不定还能起到些作用，便一再央求帕斯特纳克让自己去。在重要的事情上，帕斯特纳克一般不会固执己见，况且她知道在什么时候可以逼迫他。因为有她在车上，所以大家也不可能有实质性的谈话，在不自然的沉默中，车一路穿行在犁开的耕地和橘子园中，最后还是坎宁安开口说话。

"我上次来还是在1936年，那时'托管地'还是一块很吸引人的地方，美丽、优雅，还很宁静！这是英国人的贡献，你们不得不承认这点。但随后阿拉伯大暴动就再次发生了，很严重，很悲惨。"

耶尔高声说道："1936年时我五岁，我记得那次暴动。爸爸离开莫夏夫出去打仗打了好几个月，我们小孩子都很害怕。现在这里是另一个世界了。"

"变化并不是很大。"坎宁安说。就聊了这么几句，中途再没有人说话，车一直开到位于特拉维夫市中心的国防军总部基里亚，耶尔在那里下了车后他们继续往前开。

"很端庄的年轻姑娘。"坎宁安说。

"需要做什么尽管吩咐，耶尔会为你服务的。"帕斯特纳克说。

坎宁安把瘦拳头放到嘴边打了个呵欠，问："司机能听懂英语吗？"

"听不懂。"巴拉克说。

"很好。在二十四小时前，我们的情报显示，以色列军队已经做好了准备要进军苏伊士运河。这情报准确吗？"

帕斯特纳克与巴拉克对视了下，帕斯特纳克说："这太恭维我们了，要是真的属实，挺好。克里斯汀，是艾森豪威尔总统在制定美国政策还是国务卿杜勒斯在制定？"

“哟，这可是个宽泛的话题。我要小睡一会儿，只要一个钟头左右，然后我们再谈。怎么样，萨姆？”

“当然可以。”汽车停在滨海边一家地处闹市区的酒店前。帕斯特纳克问坎宁安：“总理可能想知道，你是否从你们国家带了口信过来？”

坎宁安踏出汽车，说：“肯定的了。对了，巴拉克，我的艾米莉说如果我碰到‘闪电狼’的话，代她问候一声。”

“是吗？很高兴她还记得我。”

“哦，她记得。她现在在巴黎索邦大学攻读硕士学位，还在那里交了个男朋友，是个法国诗人。她妈妈和我经常去探望他们。你有女儿吗？”

“有一个女儿。”

“我猜她看起来肯定很可爱，而且很乖。”

“非常乖，她一岁了。”

“稍等。”他从马甲口袋里把表掏出来，拿到一臂远的地方看了看，“我们在四点碰头怎么样？”

汽车驶离饭店时，巴拉克说：“萨姆，我们需要耶尔帮忙吗？”

“你了解耶尔吗？”帕斯特纳克恶狠狠地低声说。

初恋

狭小的人力部办公室里冷冷清清，石膏灰泥板的墙上贴满了组织机构图和油印纸的人员名单，还有一张本–古里安的旧照片，照片中他穿着衬衫，没系领带，对着下面怒目而视。一名头发几乎全秃的中尉坐在墨迹斑斑的窄小桌子后，手指着两张硬椅子请他们坐下，他戴着厚框眼镜，在一大堆花花绿绿的文件夹中手忙脚乱地翻找，问利奥波德：“你会说希伯来语吗？”

“当然会，不过不是很好。”

“好了，在这里。布卢门撒尔，利奥波德。”他看着夹在一个黄色旧文件夹中的几张纸，边看边点头，“嗯，记录良好，没问题。”他放下手里的文件夹，扫视着兄弟俩，官气十足，冷冰冰地问：“那，我能帮你们什么忙呢？”

利奥波德看了看堂吉诃德，用结结巴巴的希伯来语说：“如果您能告知一下我具体的记录情形，我会感激不尽。”

“你具体的记录情形。”那名中尉打开文件夹一字一句念道：“总结：没有资料显示此人曾在以色列国防军中服役或参军，1948年的很多资料都不全或已丢失。根据此人所述，他曾在七旅移民分队中攻打拉特伦，但该情况未经核实。此人于1948年5月20日从塞浦路斯乘坐‘诺儿道号’轮船到达以色列，逗留六星期后离开以色列去往美国，然后留在那里并加入了美国国籍。无任何军事责任或惩罚。对他所述的战斗出勤，以及他所关注的使其以色列国防军记录正常化的事情，已给予充分理解。就是这样。我是不是读得太快？”

“一点也不。”利奥波德急切地用力指着那份文件，“可以给我一份副本吗？”

“有何不可？”他从文件夹上小心地卸下那几张纸，喊道：“多拉！再打一份。”一名穿着毛衣和宽松长裤的女兵迅速走进来，把一张同样的表格塞进打字机里，开始咔嗒咔嗒打字。中尉对利奥波德笑了一下，把眼镜摘下来，说：“哦！这么说你就是李·布鲁姆了，那个洛杉矶的地产奇才。”他的态度一下子全变了。这个秃头年轻人很好打听，好像他的军装也随着他的眼镜一起脱掉了似的，他面带艳羡的神色说：“我在多伦多有个远亲也是从事房地产的，当然，绝对比不上你和舍瓦·李维斯这样的。”

利奥波德的神态也一下子全变了，又恢复了他那种自信且阅历丰富的形象。他询问了中尉那名在多伦多的亲戚，说他还认识那个人，接着又闲聊了一些地产方面的事情，最后那名女兵打好了表格，递给中尉走了出去。中尉扫视着表格，用钢笔更正了几处，然后盖上章，说：“不是个好打字员，多拉。”

“这已经挺不错了，谢谢。”利奥波德把文件折起来放进胸前口袋里。两兄弟走出来，站在外面明亮的阳光下，利奥波德慢慢地说：“约西，我没能参加爸爸的葬礼，你知道我有多难过吗？就是这个原因，你要理解。我太感谢萨姆·帕斯特纳克了。”

约西脸上没什么表情，说：“没什么要感谢的。你的档案正常了。”

标致汽车顺着长长的弯曲山道开进阿雅仑谷，李·布鲁姆正向堂吉诃德描述他和李维斯是如何进入建筑行业的。突然，他停止说话，手指着远处一座小山说：“呀，快看，那是该死的拉特伦。”

“对，我们从没有攻下过它。这条新公路不得不绕开它走。那么，你说建造你自己的仓库比你租仓库还要便宜？”

“那是肯定的，那些出租仓库的家伙都是些抢劫犯。舍瓦·李维斯一口气要买下成百上千吨的军用物资，我们跑到马尼拉、东京、中国香港、新加坡，一年要去三次，也从欧洲那边进口大量物资，当你去寻找买家的时候，你就需要一个地方来储存如此大量的货物。整个概念是这样——小笔钱买进，储存，然后高价卖出。这也是我们为何还经营纺织品、篮筐、玩具、帽子等东西的原因。真的，约瑟夫，在东方，如果你有现金并且了解行情，那种大批量地购买让你都不敢相信。”说到这儿，他轻轻打了他弟弟一拳，“不过你看，生意挺没劲的。跟我说说伞兵部队的事吧。”

“你们只建了三座仓库，你说？”

“迄今为止就三座，都是相当大的。事实上，最后一座我们刚刚卖给一家工厂。我们还买进了大片的土地，很不错的位置，价格也合理，但没有半个洛杉矶大，那都是以色列的报纸在胡扯。第一栋仓库建造时我就仔细观察过，了解了那些承包商在哪些地方精工细作，又在哪些地方毫不含糊地偷工减料。到第二座仓库时，我就跟舍瓦说让我来承包建造，然后我以每平方英尺几乎一半的成本就造好了它。不说这些了，你认识伞兵部队里一个叫本·梅纳赫姆的人吗？”

堂吉诃德正懒洋洋地斜躺在后座上嗑着一纸包瓜子，听到这话一下子坐直了，他惊讶地看着利奥波德，把眼镜往鼻梁上推了推，问道：“你干吗问这个？”

“在洛杉矶，犹太联合募捐协会有次带这个帅得一塌糊涂的高大小伙子来参加晚宴，他不算个优秀的演讲家，但他讲的那些故事非常精彩。”

约西说：“他被派到美国各地去进行演讲。他挺不喜欢干那个的，他说他宁愿孤身一人去突袭叙利亚也不愿再去做那种巡回演讲。”

“嗯，我想见见他。”

“他已经死了。”约西继续开始嗑瓜子。

“啊？对不起。这个本·梅纳赫姆，是你的好朋友？”

“我们称他为‘格列佛’（《格列佛游记》中的主人公），其实大家也给我起了个外号叫‘堂吉诃德’。他们常常开关于堂吉诃德和格列佛的玩笑。”

“堂吉诃德，很贴切。”利奥波德小心地朝他笑笑，“我还记得这个外号。你朋友是死于战场上？”

以色列士兵一般不喜欢和平民们讨论战争，尤其是和外国人，堂吉诃德更是从心底里反感。他哥哥已经成为洛杉矶的李·布鲁姆了，所以他也不想告诉李·布鲁姆自己印象中的“格列佛”，便简短地说：“死于一次报复性袭击，在加利利海的叙利亚那一边。那次行动我也参加了，他负责指挥，跟往常一样，带头冲锋，结果运气不好。”约西一副无精打采的样子，又开始嗑瓜子，“不过别认为他不是个优秀的演讲家，他念过法学院，热爱历史，能把亚伯拉罕·林肯的演讲词背下来，受过很好的教育。他只是不喜欢在美国的宴会上演讲。”

当他们到达耶路撒冷时，正下着蒙蒙细雨，司机探出手用他的毛线帽擦了擦风挡玻璃。“那就是她。”约西说。大学公共汽车站车棚下，学生们挤作一团，标致啪啪作响朝着那里开去。

“哪一个？”

“穿白色运动衫和牛仔裤的那个。”

“那个呀，她个子挺高的嘛。”

“她不抽烟，所以发育挺好。”

夏娜钻进车内，和他们一起坐到后座上，她没有亲吻堂吉诃德，但她看堂吉诃德的那种眼神让利奥波德嫉妒。利奥波德自己也有偶然一时的放纵情欲和狂热的风流事，但这般纯净的爱意眼神，又是从女孩子那么晶亮的眼睛中流露出来，说实话他还从没碰到过。“那么，你就是李·布鲁姆了！”她细嫩的手朝他伸过来，“你好，李·布鲁姆！你知道吗，我的全盘计划就是，嫁给有一个富有的美国哥哥的家伙。”

“为什么不正好嫁给一个富有的美国家伙呢？”

“好啊！劳驾你给我介绍一个吧。”她用约西的军装擦了把脸，这个动作让利奥波德涌上一股更为浓烈的妒意，“我受不了士兵，尤其是伞兵，他们全都只想着一件事。”

“她不单纯吧？”约西说。他给司机说了夏娜的地址。

“你房间里有电话吗？我得确认几个约会。”利奥波德问她。

“我们邻居那儿有一部，她姑父是以色列议会的议员，申请了七年才批准下来。”

利奥波德转成希伯来语问司机：“司机，你知道国防部和财政部的地址吗？”

那名司机嘴里像含着块土豆似的用英语含糊不清地说：“我知道，先生，那里。”说完面露喜色，露出空旷的牙床，为自己语言的精通而自豪。

“呃，你究竟还是找到懂英语的司机了。”堂吉诃德说道。

“我原以为你们两个很像，”夏娜边说边看着利奥波德的脸，“你们不像，一点都不像。”

约西说：“他现在有魅力，他已经镀金了。一个美国富翁。”

“那是。”夏娜说着轻轻地抚摸约西被太阳晒黑的脸，“而你什么也没有，只是一名脏士兵。啊！还有连鬓胡子。”她对利奥波德笑笑。她的嘴很大，牙齿又白又齐如贝壳一般，嘴唇细薄而颜色红润，素面朝天，没有化妆。“当我跟我妈妈说你要来的时候，她说：‘哦，想起来了，就是那个吃蛋糕不祷告也不戴帽子的人吧。’你见过很多电影明星吧？”她问利奥波德，语气活泼天真。

“见过几个。你们要去巴黎吗？”

她的脸色黯淡下来，说：“我很想去。爷爷说我应该去，妈妈很担心我，爸爸不让去。”

“担心什么？你是个大姑娘了。”利奥波德说。

“爸爸想知道，你是否已经结婚了，利奥波德，你的妻子是不是跟你在一起，还有，我去了巴黎会住在哪里。他在提比利亚那边工作，经常不停地打电话。你还没有结婚，是吧？”

“我女朋友跟我一起出来的，她现在在巴黎。”

“我知道了，嗯，我跟她住在一起吗？我们到了。”

他们下了车，兄弟俩互相对视一眼，各自摇摇头。这是一条狭窄的街道，两旁都是古旧的两层楼房，小男孩戴着无边便帽，留着盖耳鬓发，你追我赶地玩，小女孩穿着长裙叽叽喳喳的，在玩“跳房子”的游戏。

“好像我们还没有订婚呢。”夏娜对利奥波德说，领他们走进黑暗逼仄的门厅，踏上嘎吱作响的楼梯，“约西真是个害人虫，也就我能忍受得了他。就算是去巴黎我也不订婚，我要一直等到毕业。我父母亲坚持这一点，他们说得没错。”

约西说：“谁提订婚了？你只不过去巴黎几天而已。你会去的，不要再胡言乱语了，夏娜。巴黎！”

“再说吧。”夏娜说。她把利奥波德介绍给她那位有电话的邻居，一位看上去神色匆匆的朴实妇女，头上罩着一块方巾，睁大好奇的眼睛盯住这位洛杉矶地产奇才，把他领到电话机旁。

随后，他们围坐在夏娜家中的桌子边，大家用意第绪语交谈，夏娜母亲现在已是满头白发，她为大家端上来茶和蛋糕。利奥波德一只手放到头上，低声祷告，这些年来他还是第一次这样。夏娜母亲微笑着对他说："好，挺好的，利奥波德。不过我们现在有很多自由思想的朋友，习惯各种各样的人了。"

夏娜没有提巴黎之行，这让利奥波德紧张的心情放松下来。因为在他巴黎乔治五世酒店的套房里，正住着一位名叫伊泽贝尔·康纳斯的小女演员，所以，如果这时讨论谁住在那里会很尴尬的。塞缪尔先生穿着一件破旧的睡袍，看上去和八年前没有丝毫不同，他开始给约西详细讲解犹太教律法，这是这位伞兵任何时候来到这儿都一成不变的惯例，夏娜母亲则和利奥波德谈论起她在洛杉矶的亲戚们，询问他们那个地区的情况，以及气候、犹太人的生活等。她说："明天是约西的生日，你知道的，今晚我们要举行家庭晚宴，还有我们的洛杉矶亲戚，就几个人，请留下一起吧。"

利奥波德说："还真是他的生日，我都给忘了，但我恐怕很忙，我才刚刚到达这里。"

"没关系，你肯定要忙了。"夏娜说。

约西陪他哥哥走出来，到了车边，他说："我要留在这里吃晚饭，我要敲定巴黎这件事。真让人担心！你听过这么荒唐可笑的事吗？"

利奥波德用疑虑的眼光看着他。"老弟，我以前在洛杉矶时听说过一些伞兵的事，事实上，是关于你的。她呢，又很纯洁，像枝玫瑰花一样鲜嫩，而且爱你爱得发狂，所以他们会担心。"

约西很恼火、蔑视的样子，叫道："L'Azaze（天哪），他们担心什么呢？担心我会在巴黎和夏娜发生关系？夏娜？我要做那件事必须把她带到巴黎才做得了吗？我正是因为爱她我才绝不会那样做啊！最重要的是，我就不可能做得成，无论如何都不成，哎，利奥波德，她是什么样的女孩。很多女孩喜欢玩儿，那就玩儿啊，有什么不行呢？可是夏娜呢？简直愚蠢透顶！"

"好吧，那巴黎敲定了。"

"别担心，我会的。跟我说说你女朋友吧。"

“你去了巴黎会见到她的。伊泽贝尔是一名电影演员，夏娜，她还不是。也许明天晚上我会在特拉维夫为你举办一个真正的生日宴会。”

“有什么不行呢？”

利奥波德坐进了车里，那名司机咀嚼着牙花子朝约西咧嘴笑笑，发动着车子，啪啪作响地开走了。

筹措

克里斯汀·坎宁安独自一人坐在餐厅中喝咖啡，从旁边的窗户眺望出去就是海港。现在是下午三点左右，和其他大多数酒店一样，这家酒店也基本上空无一人。两名军官走进来，靴子在大理石地面上踢踏出的声音回响在大堂里。坎宁安指着海港对他们说：“那不是那条军火走私船到处游弋、你们差点打内战的地方吗？那位君子贝京先生现在是以色列议会的少数党领导人。”

“没错。”帕斯特纳克说。他示意守候在旁的侍者再拿咖啡上来。

坎宁安说：“没有人能跟犹太人一样。这是独居的民，不列在万民中。巴兰如是说，你们知道吧，巴兰是一位先知。”

帕斯特纳克说：“我对巴兰不了解。总理吩咐我问一声，你是否希望见他？”

坎宁安从一个红白蓝三色相间的袋子里取出烟斗，塞进烟丝，慢条斯理地点着，说：“我的官阶太低，不合适。我妻子和我本来是到巴黎去看那位和我女儿谈恋爱的小伙子的。”说到这儿，他瘦长的脸阴郁地沉了下来，“我妻子买巴黎帽子去了，自我安慰一下。我呢，就借此机会来迦百农，拜访一下考古发掘地。”

他沉默地吸了会儿烟斗，加重语气说：“萨姆，英国和法国如果要进攻埃及的话，他们会犯下可怕的大错。如果以色列参与进去，以色列同样也会犯大错。我希望你们不要真的把艾森豪威尔当成是个咧嘴大笑的可爱老艾克（艾森豪威尔的昵称），他是铁、是冰，德怀特·艾森豪威尔脾气很坏，并且不喜欢同样坏脾气的人。他发了怒是很吓人的，他曾经派出几百万士兵去直面死亡，永远不要忘了这点。”

在坎宁安的逼视下，帕斯特纳克说：“如果英法两国真的准备进攻，而且他们真的事先没有跟艾克先生解释，对他们来说这也许真的非常冒险。可那又怎样？”

三个人沉默了一会儿，各自搅动得杯子叮当响。坎宁安大声说：“今年年初，法国跟我们国务院澄清了卖给以色列十二架‘神秘’式战斗机的事，这名字起得真好！这些战机的数量很神秘地在这里大量增加，就跟阿米巴虫一样。我们知道，你们现在可能有将近一百架这样的飞机。”又是一阵长时间的沉默，坎宁安不断吸着烟斗，帕斯特纳克也不说话。坎宁安说：“这不意味着以色列可能会参与苏伊士进攻吗？”

帕斯特纳克说：“那样将会使艾克先生对小小的以色列很不满。”

“非常不满。”

“克里斯汀，你们那个国务卿杜勒斯先生，就是个祸患。‘大规模报复……战争边缘……’”帕斯特纳克沙哑着嗓子学杜勒斯说话，坎宁安扭着脸苦笑，“全是演讲、空谈，这同时俄国却与埃及进行着‘捷克军火交易’！十二架‘神秘’式战斗机算什么！当纳赛尔为两百架俄国飞机训练飞行员，为五百辆俄国坦克训练炮手的时候，我们该做什么——唱赞美诗吗？如果那样就跟犹太人在波兰时一样了，直接上火车吧。”

“俄国人的目标并不是以色列。”坎宁安说。

“当然不是。他们在玩过去的‘大博弈’，只不过现在矛头对准的不是迪斯累里，而是约翰·福斯特·杜勒斯。艾克先生究竟为什么要让那位华而不实婆婆妈妈的人来执行你们的外交政策呢？”

好长一会儿坎宁安才一字一顿地说：“杜勒斯先生把苏联看作是西方文明

的巨大威胁，这一点他是没错的，但在如何应对这种威胁上，他却很幼稚。他原来是一名公司律师，起草计划和协议的。”

“他在纽约州参议员选举中败给了一名叫赫伯特·莱曼的犹太人，也许这对我们来说并不好。”巴拉克插话道。

“喏，法国人根本不是喜欢犹太人的人，他们是吗？”坎宁安语气急剧转变，“以色列从实际来说是有可能帮助苏伊士军事行动获得成功的，如果是那样的话，美国会谴责你们，俄国会介入并采取军事行动来打击你们。而且，一旦遇到挫折，英法两国马上就会抛弃你们。这就是一个低级官员的预估。我唯一能确定的事就是艾森豪威尔会发怒。”

“他正在忙着竞选连任，纽约州可是一个有很多犹太人的大州。”帕斯特纳克说。

“这种想法很愚蠢，萨姆。战争危机立刻就会把他从咧嘴大笑的友好人士形象中分离出来，人们看到的将是当年‘进攻日’的总指挥，选举不选举都没用了。”他掏出怀表瞟了一眼，“我过去就希望能开车到耶路撒冷在旧城的城墙上看落日，现在要迟了。”

巴拉克说：“你可能要对那儿的风景失望了，都是木头路障、沙袋和铁丝网，风景被破坏了。”

坎宁安和他们一起走出来，到了大堂里，巴拉克说：“先生，请代我向你女儿问好，请告诉她，那首萤火虫的诗写得很好。”

“萤火虫的诗？”

“是在那次我们因为‘星座’式运输机去拜访你之后，她给我寄来的，一年半后我才收到，那个时候的以色列邮政业，可跟现在差远了。”

“我一定会转告她的。她目前在法国写诗。”看着他俩穿过旋转门走出去，坎宁安涌上重重的惆怅，那是他自家的麻烦。这些以色列人和艾米莉那个男朋友有多大区别啊，那个脸色苍白长头发的“夜猫子”，只会钻在时髦的咖啡馆里混，穿着萨特（Sartre，法国著名哲学家、作家、剧作家、社会活动家）式的风衣，戴着萨特式的眼镜，却毫无萨特的天资！

巴拉克对帕斯特纳克说："毫无结果的扯淡！你能跟我说说为什么要把我从部队里拉出来搞这个吗？"

"本-古里安想听听你的意见。"

"他是代表他们政府在讲话吗？"本-古里安问。在基里亚军事基地的一个地下地图室里，他和达扬站在一幅巨大的西奈半岛挂图前，挂图上标着粗重的线条、箭头和部队番号，下方用醒目的黑炭笔写着这次作战的代号：卡代什行动。

"我说不准，但是，美国国务院一定知道他这次出访。你说他是来传递消息的吗？我看不大像，按他说的，他的级别太低。"帕斯特纳克说。

本-古里安看看巴拉克，巴拉克说："我不确定他的级别有多低，但是我认为他是站在一个朋友的立场上说话的——一个非常担忧的朋友——而不是以一名外交使者的身份。"

"仅此而已？那他干吗还要来费心？艾森豪威尔和杜勒斯已经直接给过我们很多可恶的警告了，这没什么新鲜的。至于担忧，我可比这位坎宁安先生担忧得多。"

看到总理的病态和极度衰老的样子，巴拉克感到非常心痛。旁边的达扬气色反而很好，兴高采烈的。早在一年多前，自从"捷克军火交易"事件发生以来，他就一直叫嚷着要进攻西奈，竭力主张在埃及人熟练掌握那些大批量地涌入埃及的苏联武器之前、趁它们还没有对准以色列的时候，就把他们的军队捣个稀巴烂！本-古里安重重地坐进椅子里，沮丧地说："一旦遇挫，英法两国立刻就会抛弃我们，这个不用说也知道。那战争会怎样结束？谁来代替纳赛尔？另一个纳赛尔吗？"

"无论发生什么，这对我们来说都是一次政治机会，总理。"达扬还是坚持进攻，"我们可以彻底摧毁驻扎在西奈的恐怖分子，打通蒂朗海峡，打通运河通道。而且我们现在在法国有一家较大的军火供应商，足够打一次仗用的。”

本–古里安默默坐在那里，一分钟没有说话，呼吸粗重，两眼空洞迷离。“我亲自去一趟巴黎，”最后他说，“面对面会晤法国总统和英国首相，找出事情的真相。如果他们不见我，那我就认定他们会不守信用，我就取消‘卡代什行动’。”他转过来看帕斯特纳克和巴拉克两人，眼神里充满了疲惫，“达扬跟我一起去，当然，还有你们两位。”

第十三章　前往巴黎

命运的骰子

在夏娜表姐家里举行的小小订婚宴上，男孩们无一例外地戴着亚莫克便帽，女孩们则一律穿着长袖衣裳和裙摆过膝盖的长裙。虔诚的犹太人家庭都倾向于早婚，看夏娜这群耶路撒冷朋友就知道了，他们都已经如情人般出双入对了。夏娜身着深蓝色长裙，裙摆长及小腿，这条裙子是她亲自制作的，是她最好的一条裙子，因为她还要去参加李・布鲁姆为堂吉诃德在特拉维夫达恩酒店举办的宴会，和现在这个快快乐乐的集会相比，那个宴会预计不会让人怎么好受。

这些年轻人都是夏娜从童年时期起的死党，也许夏娜会穿着牛仔裤和一名伞兵约会，但她绝不可能脱离这群人，也不应该脱离他们。他们对堂吉诃德都不屑一顾，但还是一直希望她能把他造就成一个堂堂正正的男子汉，也有些正统教男孩是另外的想法，他们希望她能醒悟过来，直接把那个伞兵甩掉。但是，夏娜和他们当中的几个也正正规规地谈过几场恋爱，但没有一个能维持下来。

“你必须要这么快就走吗？”菲格兴奋得脸发红，今天是她订婚的日子，她不情愿地与夏娜在门口吻别。

“我根本就不想去，你知道的。”菲格是她的闺密，夏娜告诉过她特拉维夫那场宴会。

她表姐把她拉到一边，眼睛亮闪闪的，悄悄耳语道：“巴黎的事怎样了？夏娜，你真的要去？”

夏娜叹了口气，没说话，转身离开。

她要坐公交车。在路上，她用力撑住疯狂翻转的雨伞，这天一定是暴风雨天，她想。夏娜现在很懊悔妈妈和李·布鲁姆提到了约西的生日，他现在不是在为自己的弟弟过生日，而完全是把这当作邀请那些大人物到酒店与他们结交的一个借口。那些大人物肯赏光，是因为希伯来文报刊一直以来把舍瓦·李维斯描述成一位正在海外发大财的人，关于他的话题总是能登上周末版的专题报道，而在这些报道中，李·布鲁姆则被描述为一个过去在拉特伦打过仗、现在是李维斯精明的年轻合伙人形象。这类报道也没有完全避开李·布鲁姆可能曾是一名逃兵的敏感话题，以色列新闻记者对含沙射影那一套很精通，他们在报纸上暗示过这一事实。

裙子垂在外套下面，褶边已经完全湿透了，她挤上一辆公交车，在一个折叠座位上坐下来，对面是一位长着黑络腮胡、戴黑帽子的犹太教哈西德派教徒，此人显出很痛苦的样子不与她的膝盖相碰。她也理解这位教徒，尽量不让自己的膝盖与之相碰，但是公交车从耶路撒冷出来后就是下坡路，呼呼地猛冲并不住地颠簸，这样一来这位哈西德派教徒就不得不忍受一阵与她外套和裙子的触碰了，这是令他极度不适的，倒并不是夏娜本人令人厌烦，而是那位哈西德派教徒觉得他需要注意此类事情。他应该承认，这位女孩有着迷人的脸庞和漂亮的黑眼睛，如果他再注意观察，还会发现姑娘那黑眼睛里面全是忧愁和焦虑。事实上，夏娜此刻觉得她几乎就像是在往绞刑架上走，因为她等会儿就要告诉堂吉诃德，她不会与他同去巴黎。通常情况下，她都能拿住这位傻里傻气的伞兵，但她也曾见过他发怒和粗暴时的样子——只是对其他人，迄今为止还没有对她那样过——这确实是他令她感觉害怕的一面。

也就是在去年，堂吉诃德才再次闯入她的生活，那时她几乎已经忘掉这个人了，除了往鼻梁上推眼镜的动作没变之外，他变化实在太大了，她根本不可能第一眼就认出他。在赎罪日斋戒期之后，她邻近地区的犹太教堂会为hayalim bodedim（单身士兵、外国志愿者、离家很远的士兵或者没有家庭的士兵）提供饭食，由妇女们负责做饭。就是在那时，另一名士兵把他带到了那儿，堂吉诃德又高又壮，皮肤黝黑、身材挺拔，他脸上一如从前那般的庄重。夏娜试探性地问他："你是堂吉诃德吗？"他先是茫然地看着她，把眼镜往上推一推，然后还像从前那样，对她顽皮一笑。与城市刚被包围时比，她虽然长高了一英尺多，出落成一个大姑娘的样子，但他很快就认出了她，他回答道："如你所见，我干着异教徒职业。"就那样，他询问了她的家庭情况，然后说报纸上报道的李·布鲁姆就是他的兄长利奥波德什么的。那时候，俩人也没有擦出什么火花。

他们之间的火花是在数月后的大学里擦出的。当时，部队派堂吉诃德到大学里做征兵动员讲话。除非是有宗教或其他免除义务的原因，否则所有体格健全的小伙子和姑娘都有机会服兵役，但对于常备军，部队还是想要最优秀的年轻人来。看到他的名字出现在布告栏里，夏娜就去了。伞兵现在正在成为精英步兵，几乎和战斗机飞行员在一个级别上了，因为他们的夜间报复行动在不断地摧毁西奈和约旦的阿拉伯游击队营地，减少了袭击事件的发生，大大地恢复了全民士气。

堂吉诃德生动幽默地讲起他的服役情况，评述阿里尔·沙龙率领的101部队，即那支传说中的摩西·达扬为实施报复政策而组建的部队。他说，现在的伞兵部队整编合并了101部队，同时也继承了原来的"帕尔马赫"精神。他并没有粉饰夜间袭击中存在的危险和高伤亡情况，当他讲到袭击任务完成后回程车上的空座位和他已经阵亡的朋友们时，他哑了下去，年轻的听众们也鸦雀无声。长久的掌声之后，她跳上台为他祝贺。“哇，你又来了？太好了，带我去你家吧，我很想念老塞缪尔先生。”他的眼睛已经透露出了一切，他喜欢上她了，而她，也被他英武的出场和生动的演讲折服了。从那以后，两个人的关系越来越亲密了。

这一次，夏娜的父亲态度坚决，不允许她去巴黎，她并不是很难过，但要她亲口告诉堂吉诃德这个结果，她还是极不情愿的。她从来没有在“圣地”之外的地方冒险逗留过，“美好巴黎”充满了让她惊恐的未知因素。她要怎么打扮？吃什么？她要怎么驾驭堂吉诃德……她这一群体的人私下常常议论他们的事，她也听到一些风言风语，什么夏娜一穿上蓝色牛仔裤就在日益堕落，她什么错都有可能犯；什么像那个伞兵那样hevrehman（自以为是的人）是根本靠不住的；甚至还有关于堂吉诃德胡搞和风流事一类的传言。据说是在特拉维夫市中心一条弯曲老街上，他和其他排长们在那里租了一所房子，众人皆知。

但对于一个坠入爱河的女孩来说，这类传言就像是水泼在鸭子身上一样，根本进不去。况且她父母亲又很喜欢约西，他保留有很强的宗教信仰，在他们周围也时时注意自己的言行。他经常去听塞缪尔先生的律法讲解并对之非常欣赏，因此塞缪尔先生也很喜欢他。夏娜以前很难面对一种观念——有朝一日要嫁给一个干着“异教徒职业”的人，但现在她也知道，以色列是生存还是灭亡，全靠这些当兵的，而且还有一个无法否认的事实，她很迷恋头戴红色贝雷帽脚蹬厚重红色军靴的堂吉诃德，到了近乎发狂的地步，她无法跨越这层情感去思考和看待问题。

现在她父亲说了，巴黎之行取消，夏娜没有感到太多委屈或失去什么，只是担忧。从某种程度上来说，她还是在摆脱麻烦呢。夏娜并不幼稚无知，她懂的东西是很多的，她曾如饥似渴地读过很多著作，像巴尔扎克、左拉、劳伦斯以及乔伊斯等人的作品，还有薄伽丘、海明威、科莱特等，琐碎的小文章更是多得不胜枚举。由于她的家庭教养和信仰，她强烈的激情都压抑在内心深处。

在某些睡不着的夜晚里，她会思念堂吉诃德，会酸涩地想，堂吉诃德信守宗教的爱人孤独地睁大眼睛躺在耶路撒冷的小床上时，他本人又在特拉维夫卡尔南特大街上的那间房子里干什么坏事呢。假如他们俩在“美好巴黎”独处会怎样呢？她自己会守规矩吗？呀，如果她把心思都放在这上面，那她将会让浪荡的堂吉诃德何等惊骇呢！这些在“美好巴黎”可能会发生的狂乱画面一直萦绕在她心头，只是她没有告诉菲格。

幸运的是，在他们计划着要走的这段时间内，她要考试。这是真的，她马上就要告诉约西。不过她也问过学校她是否能延期考试，作为一名门门都拿A的优等生，她有这个例外的权利，但这一情况她不打算告诉他。撒个无伤大雅的小谎，一个姑娘是有资格的（有时候特别需要）。

出乎意料

堂吉诃德从宴会另一边穿过闲聊的人们和香烟烟雾，不顾夏娜还穿着外套，手里拿着伞，直接就拥抱并亲吻她。“也许你吃不了什么。”他指着自助餐桌说。餐桌四周都是各种各样的肉类，还有肥胖的沙拉粉虾，在冰碗里堆得高高的，在夏娜看来那就像是一截截斩下来的大拇指似的。“我告诉过利奥波德你要来，不要那些shratzim（海里的爬行物）的，他说他跟酒店说过了，可是……”

“看那儿，看见了吗？”夏娜打断了他。堂吉诃德见到穿着空军制服的本尼·卢里亚，旁边是他那怀孕的大肚子妻子，还有他妹妹耶尔，他们正在自用一盘盘的海里爬行物。“那不是本尼家的第三胎吗，快要生了吗？”

堂吉诃德笑着说：“是的。这些莫夏夫人从不浪费时间，利奥波德也不浪费，他已经买好了去巴黎的机票！怎么样？以色列航空公司，星期日早晨走，星期四返回，不存在安息日麻烦，挺好的吧？”

夏娜只是听，没敢接他的话茬。宴会主人李·布鲁姆兴高采烈，脸上放着红光大步走过来，挽起他弟弟的手臂说："猜猜怎么了，美国大使和以色列航空公司的老总也出席了，夏娜，来见见大使先生。"

"马上就去，利奥波德。"夏娜说，因为这时本尼·卢里亚正朝她微笑，摇着插在叉子上的虾和她打招呼，"本尼，我从没见过你妻子，你知不知道？"

"这是我的原因，我基本上没离开过拿哈拉。我叫艾莉特。"他妻子说道，双手交叉着放在她硕大的肚子上。她的脸色是那种长期在户外劳作形成的脸色，很打眼，很多莫夏夫妇女都是这样的。

夏娜和耶尔互相礼节性地淡淡一笑。"哦，耶路撒冷在下雨。"耶尔说。

"下了一个星期了。"

"很高兴你能离开学校来参加约西的宴会。"

"约西的宴会。"夏娜重复道，揶揄地四处看看，完全深知内情的样子。

本尼哈哈大笑，说："堂吉诃德的哥哥是个人物。"

"他和军队做生意，仅此而已。舍瓦·李维斯的生意。"耶尔简短地说。

"我今天下午和他在一起待了一个小时。"本尼说。

本尼原来是"野马"战斗机的飞行员，现在即将完成培训，要去驾驶喷气式战机了，前途无量。在以色列本地人中，他属于那种上升速度很快的人当中最快的。他说："舍瓦·李维斯的货源令人惊讶，对于空军来说，他们这些人可真是天赐一般，要感谢他们呀。今天这里有很多军队高层人物。"

"嘿，本尼，这个城市中有吃的有喝的谁会不出席呀？还有什么别的事要做吗？"耶尔声音尖而快地对他哥哥说，然后大步走开，到酒吧取了一杯科涅克白兰地自顾自地喝。她的心情很不好，帕斯特纳克带来了他的妻子，虽说她早就有这个心理准备，但让她亲眼看见这一幕还是很恼人。达扬升任为国防军总参谋长，任命帕斯特纳克做他的副职，那个女人马上就带着她的两个孩子从伦敦回来了。按照夫妻二人的协议，他们的儿子阿莫斯要送回来接受以色列教育，可她也跟着回来，是因为帕斯特纳克升官了吧，明显是这样。帕斯特纳克和她说过，他们的婚姻关系仅仅依靠他们的孩子维系着，然而这个纠缠不休的可恨女人最近竟然又生了一个孩子！这就很难说清了，帕斯特纳克给她的解释也太蹩脚了。

郁闷的耶尔在酒吧那边端着杯白兰地，不时呷上一口，怎么这个世界看起来全是婴孩和妇人啊，要不就是朝气蓬勃的二十岁以下的小姑娘，像迷住堂吉诃德的那个笃信宗教的耶路撒冷小孩儿。耶尔倒不是嫉妒夏娜的成功，伞兵排长堂吉诃德可以说是勇敢无畏而且很有才干的一个人，尽管稍有点怪诞，但是在军队中移民是很难像土生以色列人那样升迁的，除非像帕斯特纳克和巴拉克那样的，很久以前在童年时期就被带到巴勒斯坦。

当耶尔与帕斯特纳克瞎胡混的时候，也曾有两个很出色的军官追求过她，都是以色列本地人，一个是基布兹居民，另一个是耶路撒冷人，她在那两个人和帕斯特纳克之间晃荡了一两年，最终，他们都离开了她。现在，那两个人和她哥哥一样，也有着远大的前途，也像她哥一样娶妻生子了，而她依然是老样子，还是帕斯特纳克的副官兼女朋友。不过她知道萨姆对自己的感情，也非常了解鲁思·帕斯特纳克，她想——也是在打算——就算他有三个孩子，她也终有一天要牢牢拴住他。此刻的鲁思·帕斯特纳克穿着件纽约真品原版服装，在生了第三个孩子之后，看上去又一次变苗条了，又成了一个姑娘，着实令她气恼。

“脸色不好看啊，耶尔。”兹夫·巴拉克说着走到吧台前，点了份橘子汁。

“是宴会不好看。”

“嗯，同意。”

巴拉克拿着橘子汁走到一边，背对着墙站定，人们用希伯来语和英语七嘴八舌地议论苏伊士危机，他没有参与，因为他非常清楚当下正在发生的事。对“卡代什行动”，巴拉克是坚决持保留意见的，同样，对李·布鲁姆也一样。他知道李·布鲁姆的国防军档案正常了，帕斯特纳克告诉过他。他不确定那是怎么变的，也没问过。在他的印象里，李·布鲁姆还是利奥波德·布卢门撒尔，还是他在洛杉矶机场碰到的那个满不在乎的逃兵。“金钱能漂白坏蛋”，谚语是这么说的，巴拉克认为这就是今天这次聚会的主题，而托词却是给一位优秀伞兵庆祝生日，实在是荒唐可笑。

“兹夫，快来。”鲁思·帕斯特纳克走过来，浑身散发出昂贵的香水味，“干吗那么自命不凡的？李·布鲁姆要向他弟弟致祝酒词了。”她把胳膊套进巴拉克的臂弯里。

“我在这里能听到他说话。”巴拉克说，但鲁思还是硬挽着他朝大厅另一端走去，宾客们在那里站成一个圆圈。

“娜哈玛到哪儿去了？”

“你知道，她身体不好，鲁思。况且她也不想离开孩子。”

“哦，我也是！萨姆硬要拉我来。”

巴拉克没有说话。谁都知道，穿梭于宴会现场是鲁思的一大乐趣。鲁思和一名小国家的大使也有点说不清的关系，而且差不多与帕斯特纳克和耶尔的关系一样公开。在以色列这个小小的高压锅式的社会里，私通关系很难长久隐藏下去。人们没有地方可去，每个人都在议论着其他人。因此，习惯上，人们对这种双方不是自己配偶的男女“友情”基本上接受。事实上，除了聊战争、政治和飞涨的物价之外，这方面的事情是人们很喜欢的话题。跟她丈夫一样，鲁思·帕斯特纳克也一直断断续续地有那么一两段友情，只是远远没有帕斯特纳克与耶尔的风流韵事那般厉害罢了。

当鲁思和巴拉克走进围着李·布鲁姆的人群时，他的祝酒词已经开始了，他用欢快华丽的辞藻煽情地叙述他的弟弟让他引以为傲之类的，让巴拉克感到厌烦，这家伙就不懂得适可而止吗？李·布鲁姆的祝酒词讲完后，人们喊着“L’hayim（干杯）”并鼓掌，堂吉诃德高举双手示意安静，他要讲话。

“我一定要感谢两个人。”因为美国大使就站在旁边，所以他用英语说，“首先，是我的哥哥利奥波德，当然，我是指李……”人们一阵轻笑，“感谢他举办了这次美好的宴会，还要感谢他为我和我的女朋友送上的生日礼物，往返巴黎的以色列航空公司头等舱机票。”他的胳膊搂住夏娜。在一片兴奋的评论声中，人们好奇地打量着夏娜，夏娜尽量让自己显得平静从容。“第二，我要感谢我的连长，阿里·科恩。他到我的营长和旅长那儿，为我争取到了四天的假期。谢谢，阿里！”

堂吉诃德向一位体格魁梧的军官招招手，那位军官用希伯来语低沉粗哑地说道：“一有通知，一个小时内就给我准备好赶回来，否则我就得负责。”军人们发出一阵大笑。

以色列航空公司的老总就站在夏娜的身边，他对夏娜说：“嗯，以色列航空公司将为你们提供皇室般的待遇，我向你们保证。”

夏娜大声说：“可是我去不了。”

约西大惊失色，他不相信地转头看夏娜，把眼镜往鼻梁上推了推，问：“你说什么？”

“我要考试，我不能不考试。”她说。

“考试？你疯了吧？”

在满大厅观众面前那么幼稚地脱口而出，夏娜马上就后悔了，她转为希伯来语急促地对他说：“求你了，求你了，先不要说了，我们过会儿再讨论这个。我非常抱歉，但是我真的做不到。”

约西压低嗓门怒吼：“见鬼！你做不到？跟他们说你是开玩笑的。快点！”

夏娜低声说：“我做不到，我做不到，约西。”

约西又愤怒地低吼：“你知道你在做什么吗？”

“请翻译。”美国大使喊道。人们齐声大笑起来。

“没必要。”约西说，他面无笑容，转头对他哥说，“好了，我想你只好退票了。”

以色列航空公司老总插进来开玩笑地说道：“那我们今年的利润没有了。”

人们更大声地笑起来。

李·布鲁姆知道他弟弟腮帮子上的肌肉抽搐意味着什么，这一刻千万要谨慎！他赶紧说：“瞧，约西，她要考试。就这样吧。人家说得完全对。无论如何你要来。”

“什么，独身一人，在‘美好巴黎’？谢谢，不要！”

这时，一个甜美的声音大声喊道：“我愿意去。”耶尔·卢里亚从人群中走出来，脸上带着端庄的浅浅微笑，“准确地说，如果要我去的话。”

堂吉诃德把眼镜往上推一下，看着耶尔，强自一笑，用希伯来语说：“好啊，耶尔，待会儿我们要讨论一下，就你和我。”

“请翻译。”美国大使又一次大喊，人们再次大笑。这次耶尔忸怩作态地翻译给了他。

“哇，美满的结局。”大使说。这句俏皮话让现场哄堂大笑，没有人知道，耶尔或者堂吉诃德是否真的打算一起去，夏娜更不知道了。

当电话吵醒耶尔时，她床边的钟表发光盘上指针指在凌晨两点半。她刹那的反应是：可能是战争动员。她满脑子想的净是做帕斯特纳克助手。接起来才发现是堂吉诃德打来的，电话里听他的声音既粗鲁又疲惫。“耶尔吗？不好意思打扰你。你是认真的吗？”

“什么认真？哦，巴黎吗？嗯，基本没认真，就是开个玩笑。”她打了个呵欠，又说，“也许有一半认真吧。怎么啦？她肯定能推迟考试的！要是真不去，那她就是疯了。”

“就是这上面我们有点小争执，争执了五个小时了，整个过程中，她又是哭又是抓头发的。航班号为以色列航空公司43，时间为星期日早晨七点半，你会来吗？”

“哎，不能等到早晨再决定吗？”耶尔的脑子咔咔地转动起来，以色列航空公司头等舱！巴黎！整治一下帕斯特纳克！约西虽然无所谓，但他那种疯疯癫癫的方式让跟他在一起的人还是蛮高兴的。

“快点，来吗？帕斯特纳克让你走吗？”

这句话正好戳在了耶尔的敏感处，她完全清醒了过来，说道：“我想巴黎很冷吧？”

“没有耶路撒冷冷，我哥说。”

“嗯，我不知道。早晨给我办公室打电话吧。我还从没有去过巴黎呢。我去过罗马、雅典，就是没去过巴黎。假如夏娜改变主意了呢？”

“不可能。九点钟我给你打电话。”

耶尔躺下，睁着眼，一会儿考虑去巴黎要穿的衣服，一会儿想该如何向帕斯特纳克解释，一会儿又想电影和书籍里的巴黎印象。随后，她渐渐入睡了。她是那种心理素质极好的人，不会过分忧虑，也不会过分兴奋。她综合考虑了一遍，最后决定，去一趟也无妨。

但是，有一个因素她绝对考虑不到，那就是，戴维·本-古里安正秘密前往巴黎，他的随从人马中，就包括帕斯特纳克。她知道帕斯特纳克几乎所有的日程安排表，但唯独不知道这件事。

巴黎之行

娜哈玛只知道兹夫要出国，因为她已经帮他把护照找了出来。自从兹夫从位于法国圣西尔的一所指挥学校结束任务后，这本护照还没再使用过。他们一起去见诺亚的老师，一路上他心不在焉的样子，她推断这回出国的事肯定非同小可。那老师对他们说，这孩子很好学，但是也很喜欢恶作剧，比如把青蛙带进教室里，然后塞进女同学的课桌里什么的。“兹夫，你必须得训他一顿。”在开车回家的路上娜哈玛对巴拉克说。

“要制止他再坏下去。”

巴拉克的弟弟迈克尔在他们家中，此刻正在餐桌上批改试卷。迈克尔现在是希伯来大学的一名教师，在没找到房子之前，暂时先住在巴拉克这里。他棕褐色的头发长成蓬松的一大团，看起来更像是他曾经想成为的小提琴手，而不是现在的数学研究人员。他把拐杖拿到一边，给兹夫倒了一杯茶。“听娜哈玛说你要走？”

“嗯，可能吧。对了，你可给那个姓马特斯道夫的女孩找了不少麻烦。”

“我？怎么会？她可是班上的第一名呢。”

“她男朋友给她出难题了。”巴拉克边喝茶边讲了李·布鲁姆宴会上的那一幕，迈克尔表情越听越迷惑。

“可是她申请延期考试了呀，而且我也批准了啊。”

“你批准了？”

“为什么不批准？任何时候她只要坐下来，一个小时内就会哗哗做完考题。我不知道她想去巴黎，我还是刚刚才听你这样说呢。”

“好了，他现在要带另一个姑娘去了，至少我是这么认为的，一团糟。”

“就是我以前见过的那个和她在一起的大个子伞兵吗？那个人们叫他‘堂吉诃德’的戴眼镜的人？”

“对，就是他。”

“她最好不要跟那人去巴黎。”

“我对那人很了解，我觉得你误解他了。不管怎样，是那个女孩以考试为借口的。”

“她是个优秀谦虚的好女孩，对宗教也很虔诚。如果她一直这样走下去的话，她会成为一名工程师的。我认为她应该成为一名数学家，但有一点要清楚，她不需要一个伞兵来扰乱自己的生活。谢天谢地，总算摆脱了。”

“我又没说他们分手，他们还在热恋呢。”巴拉克对他弟弟笑笑，又说，“你的爱情生活呢？有希望吗？”

迈克尔·伯科威茨整理了下他头上小小的针织无边便帽，那顶帽子在他蓬松的头发上很难戴牢。“事情很难成的。”巴拉克不由自主瞥了那副双拐一眼，“跟这个没关系。对我残疾这一点，莉娜一直都是非常开通的。问题是，她一点都不相信上帝，兹夫。她并不缺少犹太文化，她出生和成长都在统一工人党的基布兹里，还热爱音乐，而且马上会毫无悬念地拿到俄国文学博士学位。”迈克尔高举双手，继续说：“但她却很僵化、死板。她对上帝没有愤怒，没有反叛或者其他什么，她就是认为，上帝一说完全是谬论，是对原始迷信的崇拜。她说她感觉犹太人完全不信上帝，为此我们争论过好几个星期。我们就是一条不相交线的两端。”

“我挺喜欢莉娜的。可惜。”

“我爱她。”迈克尔悲哀地说，“一开始挺美好的，我不是那种很吸引女人的男人。”

“会有一个信上帝的人喜欢你的，或者上帝会派一个给你的。”

迈克尔说：“我只求上帝解决莉娜的问题就行了。”

“没必要。如果他有心情创造奇迹，那么以色列需要一切奇迹。”

娜哈玛在厨房里乒乓作响地敲打，显示她情绪不是很好。巴拉克走进厨房，拿下她的两只煎锅，抱住她。一开始她没反应，慢慢才勉强也抱住他。

“不会走多长时间的，hamoodah（亲爱的）。不可能长期待下去。我还得回部队呢。”

“是吗？很高兴知道了。部队真是糟透了。老实告诉你，这些神神秘秘的出差我受不了。”

飞机发出低沉的隆隆声穿过夜空，与巴拉克以前坐过的那些飞机一点也不一样，据说，这架飞机是杜鲁门总统作为战后的胜利礼物赠送给戴高乐的，属于法国政府用机，现在戴高乐已经退休，正在郁闷的心情中写回忆录，所以就成了部长公使们出差的专机。为了方便，飞机上装设了床、厨房等，还有一个遮光的会议区，几个以色列人此刻正在这个会议区里休息，他们的东道主法国人没睡觉，还在前面桌子上品尝红酒。

当他们登上机舱时，达扬对巴拉克说：“不管怎么说，闻不到马的味道了。我们还是在慢慢进步啊。”帕斯特纳克、达扬，还有其他几个人都在四肢摊开着睡觉，本-古里安在散射的锥形灯光下看一本厚厚的书，巴拉克在一本便笺上飞快书写着潦草的希伯来文字。

巴黎会谈——概要

（对于英国怪诞地称之为的苏伊士“方案”，我整理出如下注意事项，以备本-古里安征求意见所需。）

一、英法两国的建议

1. 以色列侵入西奈地区，并对苏伊士运河形成威胁之势。

2. 假定纳赛尔动员军队防卫运河。

3. 英法两国发出最后通牒，要求“双方”从运河区撤兵。假定纳赛尔拒绝，那么他们将在运河区登陆部队来“维和”。

4. 一旦达到上述目标，军队便开往开罗，除掉纳赛尔。

简单的过程就是这样。

二、纳赛尔上校

一个民族主义革命者，风头正盛，美国人称之为“虚张声势者”，也就是说，他是一个吵吵闹闹、爱唬人的人，然而对我们来说，他是一个真正的威胁。他消灭不了法国和英国，但是在他那本夸夸其谈的书《革命哲学》中，他宣称要把阿拉伯国家合并成一个大国家，还声称要一雪他们在1948年被击败之耻，把“犹太复国主义实体”彻底抹除掉，一旦……

“兹夫！来。看看这家伙写的。”本-古里安喊道。凌晨一点了，他脸上还带着十分清醒的微笑 。

巴拉克把便笺本放在一旁。本-古里安的书是维多利亚版的，上面密密麻麻写满了双面排版的小字，他粗壮的食指指在其中一处地方，从本-古里安肩膀上看下去，巴拉克几乎辨认不出那些小字。“我要是继续执行‘卡代什行动’的话，沙姆沙伊赫不是你们旅的进攻目标吗？”

“是的，总理。”

“哦，看这里。Yotvat，这是这个蒂朗海峡中大岛的名字，《圣经》上这样命名的。听说这里曾是一个犹太人村庄！我们住在沙姆沙伊赫这是多久远的历史啊。这本书是普罗科匹厄斯（Procopius，著名的拜占庭学者）在拜占庭时代的早期所著，大约五百年左右——差不多一千五百年前，比穆罕默德出生还要早一个世纪！阿拉伯人声称这地方是他们的这种话到此为止了。”

秃顶的大脑袋又低下去看书了，巴拉克回到他的座位上。本-古里安就是这个样子，现在要去进行的会晤有可能会改变近代历史甚至引发第三次世界大战，但他一路上还不忘阅读古史。这次冒险的参战结果究竟如何，巴拉克预估不到，即使最乐观地想，依他看也没希望。

巴拉克只好拿起便笺本，又写了一个多钟头后准备睡觉，但他怎么也睡不着，便起身给萨姆·帕斯特纳克看他的笔记。帕斯特纳克仔细看了一遍，不时咧嘴笑一下，还给巴拉克时一句话也没说。巴拉克一直等着他，但帕斯特纳克最后打个呵欠，闭上了眼睛也没说话，巴拉克气恼地问：“怎么样？”

“什么怎么样？浪费时间。他都已经决定开打了还说这个干什么，不然我们怎么会在这架飞机上。剩下的就是讨价还价了。”

第十四章　牧女游乐园

孤男寡女

巴黎牧女游乐园人群拥挤的女洗手间内，烟雾缭绕，嘈杂的法语声叽叽喳喳的，耶尔和伊泽贝尔·康纳斯肩并肩站在一面大镜子前梳妆打扮，一幕歌剧刚刚完结，现在是幕间休息时间。李·布鲁姆这位女朋友很时尚，红头发，比耶尔高出半个头，拥有完美形状的好莱坞式脸庞——高颧骨、瘦脸颊、间距很宽的双眼、略微嘟起来的嘴。耶尔断定这个女人已经过三十岁了，略微因为电影生活而憔悴。她从没听说过这个女演员，但她相信了李·布鲁姆的话：伊泽贝尔演过很多主角，并且曾被提名奥斯卡奖。她也因为相信这些话而变得高兴起来，尽管她跟堂吉诃德来巴黎的一路上都闷闷不乐，因为大部分时间都在心里怨恨萨姆·帕斯特纳克。

长途航班一路摇摇晃晃，堂吉诃德大多时间在睡觉，耶尔则在愤愤不平反复地思索这次任性的旅行。得知她要走时，帕斯特纳克很生气，还朝她大吼，这让她很得意。不过，从内心来说，她还是很害怕帕斯特纳克的，尤其害怕失去他。堂吉诃德是替代不了帕斯特纳克的，堂吉诃德的年龄比她还要小，很难算一个理想的结婚对象，再说，他还在爱着那个一本正经的耶路撒冷小姑娘呢。牧女游乐园中这些裸体舞女的演出，耶尔并不觉得很有意思，她累得要命，旁边的堂吉诃德也在不停地打呵欠，同样没心情观赏。他没指望这儿有多好玩，但巴黎也许仍然是有其魅力的，灯火辉煌的香榭丽舍大街令人叹为观止，牧女游乐园里充满了靡靡之音，这些都是回去炫耀的话题，还有那位伊泽贝尔·康纳斯。

“现在你觉得牧女游乐园好玩吗？”伊泽贝尔·康纳斯看着镜子中的耶尔问。她的嗓音很哑，简直就是粗哑，很像那个游离在电影业之外的德裔美国女演员玛琳·黛德丽。

“嗯，戏服和布景令人难以置信，太奢华了！我想男人们肯定很喜欢看那些跑来跑去的裸体女孩。也许我没有真的听懂那些讽刺话和俚语，不过它们是不是很脏？”

伊泽贝尔·康纳斯色眯眯地一笑，问：“哪一段，亲爱的？”

“比如，裁缝铺那段，那个裁缝修理喜剧演员的拉链的时候，观众们一直都在嗷嗷哄叫，如果我理解得没错的话，那一定很黄。”

“对，你理解得对。”女演员说道，像玛琳·黛德丽在《蓝天使》中那样放声大笑，“喂，那个李的弟弟倒是很聪明，不过他好像总想睡觉。”

“我们坐了很长时间的飞机，另外军队训练也很苦，他是一名伞兵。”

“李也跟我说过。我觉得他挺了不起的。好了吗？我们回去吧。”她们慢悠悠地穿过大厅闲逛的人群往回走，伊泽贝尔·康纳斯瞟了耶尔一眼，问：“你也是军人，是吧？”

“我在部队里。是的。”

“我真羡慕你。那些以色列男军人很有魅力，不是吗？”“黛德丽”抑扬顿挫地说道。

“有的还可以。”

“你认不认识一个叫萨姆·帕斯特纳克的人？”

耶尔惊得差点没跳起来。“萨姆·帕斯特纳克？认识啊，怎么了？”

“几年前，我在贝弗利山庄见过他，他当时在办筹款一类的事。丑陋、好色、矮个子、胸肌发达、眼睛很有趣，不过人很好！哇，他现在是一名将军了吧？那个时候他就很成功。”

耶尔起初以为这个女演员在嘲弄自己，但很明显她只是闲聊。耶尔说：“他是上校。我们的将军不多。”

“小伙子们在那儿呢。”伊泽贝尔说着快步穿过人群，边走边招手。

当表演结束他们出来时，夜已经变得雾蒙蒙的，寒气袭人，下着毛毛雨，灯光也由此增加了一层魔幻般的魅力，整个巴黎似乎都在放射出冷而白的光芒。他们的豪华轿车缓缓穿过拥挤的车流，往银塔餐厅开去。

“那不是巴黎最贵的餐厅吗？”耶尔问李·布鲁姆，显得很老土。

“是最好的。”

“我要喝咖啡。”堂吉诃德说。他和司机坐在前排。

“嗯，还要喝一加仑。”耶尔语气尖酸地说。刚才歌剧《梅萨莉娜》结束时奏出宏大的终曲，场上出现一个罗马时代浴池中的狂欢场面，成群赤裸的少男和少女在真正的巨大水池中进进出出地戏水玩耍，水池四周还有大量的人做出男女交合的动作，整个场景由德彪西[①]的《牧神午后前奏曲》伴奏，而这个时候堂吉诃德却在呼呼大睡。

伊泽贝尔·康纳斯咯咯笑着说：“我猜约西对罗马历史很厌烦。”

堂吉诃德说：“我来给你们解释一下这个牧女游乐园。一个脱光衣服的姑娘可能是世间最美妙的事物，但二十个脱光衣服的姑娘那就是一大群掉了羽毛的小鸡了。”

“哇，约西，你真是一个哲学家啊。”伊泽贝尔说。

在天鹅绒的围栏后面，几对穿着时尚的夫妇等着银塔餐厅的领班为他们安

① Debussy，法国作曲家和评论家。——译者注

排座位，神情看起来高傲且不耐烦。从云集的食客上面越过餐厅，透过巨大的落地窗，耶尔可以看到薄雾中巴黎圣母院若隐若现的光影。好一座都市！好一间餐厅！还有身处这世界里的李·布鲁姆，看他穿着裁剪考究的黑色笔挺西服，长出的白衬衫袖口用一枚金质的大袖扣扎牢，虽是美国人，但跟他周围这些法国人完全一样优雅！相比之下，堂吉诃德就明显老土多了，而且笨手笨脚的。他穿的那套灰军装根本不合身，还在飞行途中给揉得皱巴巴的，里面再配上一件不协调的褪色蓝衬衫，骨节粗大的手腕子晃荡在外面，没有被长出的衬衫袖口包住，因为他穿的根本就是一件半袖衬衫！但他似乎没意识到这一点，还蛮惬意的。尽管总是显出点笨拙，他穿这套伞兵制服倒也算英姿飒爽。不过在巴黎的银塔餐厅里穿着以色列大街上的服装，是没有人把他当主顾的。那名领班眯起眼睛仔细打量了他一番，才领着他们到一张靠近窗户的桌子旁，从窗户看出去，是大教堂风格华丽的飞拱和灯火通明的塔楼，在姿彩焕发的冰冷薄雾中显得宏伟壮丽。

“啊，我们怎么会得到这个位置的？”耶尔叫道。

“提舍瓦·李维斯的名字，饭店侍者总管应该记住这个名字。”李·布鲁姆说着打了个响指。

“那边有个家伙穿得比我还烂。”堂吉诃德说，朝另一张靠窗的桌子努了努嘴。那边坐着个大块头男子，头发长而蓬乱，穿一件皱巴巴磨光的蓝色哔叽西服，一位苗条漂亮的女人和他坐在一起。“我以为那个领班不是个势利小人，现在想想他也许就是，就凭他刚才看我那样子。”

“那位是迭戈·里维拉，和他在一起的是宝莲·高黛。”伊泽贝尔·康纳斯说。

“她就是查理·卓别林的那个情人？”耶尔很自豪自己知道这么一档子麻辣传闻。

“是他的其中之一，”伊泽贝尔说道，“她有过的男人比梅萨莉娜还要多。”

“马上给我来些咖啡好吗？”堂吉诃德说。

侍者递上来手写的法文菜单，耶尔心里很明白，这是看在李·布鲁姆温文尔雅的形象上才送来的。李·布鲁姆在最后点了约西“马上”要的咖啡，对于“马上”，那名侍者犹豫了下，不相信地眨巴着眼睛，好像他点的是一只烤猫似的，然后才鞠了一躬离开了。长长的一段等候之后，配以贻贝的美味烤鱼端上来了，然后是尺寸大极了的白芦笋，再然后是精致的小草莓，但面包和咖啡一直没有上来。耶尔感觉这种浅黄色葡萄酒是她喝过的最好喝的葡萄酒，她一直不停地喝了很多，同时也越发感觉堂吉诃德可怜，他坐在座位上摇过来、摆过去，基本没吃什么东西，直到最后面包和黄油端上来了他才开始吃。迭戈·里维拉和宝莲·高黛两人用西班牙语争吵起来，就在大家注目那一会儿的工夫，堂吉诃德就把面包嘁里喀喳全都吃完了。

“这面包真好吃。我喜欢这家餐厅，就是上咖啡太慢了。”他说。

饭后，伊泽贝尔和耶尔两人离开座位到了餐厅休息处，堂吉诃德还在喝一小杯咖啡。他哥哥说：“哎，饭店的事很对不起，我把你们安排在不同的楼层了。我没想到巴黎会因为车展而人满为患，能在同一家饭店订到两个房间就很幸运了。”

“饭店是不错，利奥波德。唯一的事情是，耶尔那边走廊的灯坏了，她要到卫生间不得不拿着打火机照明摸索着去。我投诉过后饭店给了她蜡烛，法国人还是很通融的。”

他哥哥把一把钥匙扔在桌子上，说：“听我说，拿着它，这是那间套房的另一把钥匙，伊泽贝尔还拿着一把。早晨我必须要和舍瓦飞往法兰克福，我们要在那儿过夜，伊泽贝尔也准备去戛纳两天，那儿有她电影界的朋友。我们那间套房很大，也很高档，你们两个可以住进去。”

“住进去干什么？”

“想干什么就干什么啊。”李·布鲁姆略带点不怀好意地看着他，“房间里有一个装满各种酒的酒柜，还可以看到凯旋门的胜景，挺好的。”

约西摇摇头，说："你想到哪儿去了。耶尔正疯狂地爱恋着另一个人，我也爱着夏娜，你知道的。"他叹口气后又说："她真是令人气愤，没别的办法。"

李·布鲁姆耸耸肩，说："夏娜还必须要成熟起来。"

"嗯，大概还要十年吧。"堂吉诃德拿起钥匙，"嗯，我猜，耶尔看到乔治五世酒店里的套房肯定会非常高兴的，她喜欢这儿的一切。谢谢。"

两男两女走在寒冷的雾气中，大教堂敲响了午夜的钟声，蒙蒙细雨已经停了，李·布鲁姆哈着寒气说道："现在是巴黎苏醒的时刻，我们去蒙马特吧。"

"好主意。"伊泽贝尔说。

堂吉诃德在军装外套下缩成一团，哆哆嗦嗦地说："耶尔，你去吧。"

"不行，不能没有你。"

李·布鲁姆说："走吧，这样的夜晚在蒙马特是极美的，薄雾、寒气，完全是从土鲁斯-劳特景克（Toulouse-Lautrec，法国后印象派画家，被人称作'蒙马特之魂'）的画作中走出来的。"

但耶尔也找原因推辞不想去，于是，车便拐进一条黑漆漆的巷子里，把他们送到了一家昏暗的宾馆——费多宾馆前，就是他们两人住的那个地方，然后伊泽贝尔和李·布鲁姆继续前往蒙马特。"后天见。"李·布鲁姆向他弟弟道别，"玩得高兴点。"说着塞给约西一摞法郎，告诉他在巴黎消费宛如犯罪，除非你有美元可兑换，他也知道他弟弟没有美元。约西收下了钱，他觉得耶尔是他带出来的，就应该让她玩得高兴点，没了钱是行不通的。

宾馆的电梯间并不比一个电话亭大，猛地一颤后，电梯摇摇晃晃地发出吱吱声从楼梯井中向上升去。堂吉诃德和耶尔面对面站在一起，身体不可避免地要互相碰撞，就像两个过分热烈的情人似的，头顶上一盏蘑菇状灯泡散发出昏黄的光线，朦朦胧胧地照出两人脸上尴尬的笑容。电梯在耶尔楼层平台上方一英尺处停下了，耶尔跳了出去，堂吉诃德也跟着跳出去，说道："我还是走上去吧，下一停恐怕会更糟，我可是个懦夫。"

耶尔笑着亲亲他的脸颊，问他："我们明天干什么，几点走？"

“你说了算。”

这一瞬间，耶尔感觉堂吉诃德非常年轻且又非常孤单，和萨姆·帕斯特纳克完全是两类人。她说：“很可惜我不是夏娜·马特斯道夫。”

“哦，我也可惜，耶尔，不过你是很开得起玩笑的一个人。”

“懂什么呀你？我们去登埃菲尔铁塔吧，堂吉诃德，如果有餐厅的话，说不定还可以在上面吃早餐呢。”她装出一副欢快的神情说。

“一言为定。早上给我房间打电话。”

“房间里没有电话，一个楼层只有一部电话。”

“哦，对，跟卫生间一样。好吧，敲我的门，房间号是517，离卫生间就两米远，真正的奢华享受。”

交涉

在巴黎一家普通宾馆里，巴拉克和帕斯特纳克两人合住一个房间，这房间条件大致低于乔治五世酒店，但比堂吉诃德他们那费多宾馆要好，起码房间内是带有卫生间的。大约午夜时分，帕斯特纳克从郊外一栋别墅里开完会回来了，一进来就直接扎进了卫生间。巴拉克只穿内衣，披着厚重的浴袍，懒散地斜倚在双人床上看着一份《巴黎晚报》。之前没有跟他多解释，达扬的一位助理简单告诉他，他不需要出席此次会议。巴拉克喊道：“发生什么事了？我们要打仗吗？”

“等等。”过了一会儿，帕斯特纳克从里面走出来，摇着头说，“晚宴上法国人给我们上了些长得怪模怪样的动物，有爪子和触须，有点像蝎子，叫螯虾，带着很重的酱汁。第二轮会议的时候我差点难受死，也可能只是肠胃痉挛吧。本-古里安把每个人都错开来进行会议，连达扬也不例外。”他倒在床上，双手枕在脑后，问道：“你和克里斯汀·坎宁安的晚餐怎样？你怎么解释来巴黎的？”

“我没有解释，他也没问。他妻子人很友好，是个贵族。”

“那当然，一代名媛，卡罗琳。他那女儿和她男朋友怎么样？那个诗人？”

“那女孩长大了，还算漂亮吧，瘦得很厉害，全是骨头。她男朋友是在晚餐后到的，跟我们一起喝了橘味白酒和咖啡后就带她走了。”

“他长什么模样？”

“惨不忍睹，活像盖着件风衣的日本广岛。如果明天我不需要去开会的话，我将和他女儿共进早餐，她期望我能和她一起讨论生命与爱情，这话题在今天晚餐时就开始了，那女孩的建议。”

“噢，看来好像我们不会打仗了。我真是大错特错了。”帕斯特纳克坐起来，“现在感觉好点了，准确来说是饿了。本-古里安要么就是一位我无法理解的政治天才，要么就是彻底没脑子。我们干吗不去蒙马特溜一圈呢？喝点酒，吃点东西？”

“萨姆，我不想去蒙马特，那地方到处都是游客，要不就是些稀奇古怪的人，互相你看我我看你的。这附近就有小饭店。”

“现在没开门呢，快穿衣服。”

“好吧。先告诉我会议情况。”

“你不会相信我的，不过我跟你说的绝对千真万确。整个苏伊士事件就是一出喜剧，而且是由一个抽大麻的家伙写出来的。”

“自始至终就是。”

“嗯，对，不过现在变得越来越疯狂了。我想也许除了本-古里安自己以外，没有任何人知道他要干什么。我根本猜不透他。”他四下看看墙壁，压低声音说，“想听更多的就出来说。”

他们走进一条雾气朦胧的安静小巷，朝最近的大街而去，帕斯特纳克边走边讲。法国方面三位高层人物首先到达别墅——总理、外交部长，还有国防部长，他们对以色列人很平和、很礼貌、很有好感，甚至有些钦佩。作为对他们提供武器的回报，这边跟他们说了很多关于以色列军事力量方面的机密，他们听了似乎还有点惊讶，帕斯特纳克说，也许是因为他们对这个人口仅有一百多万的小国家没有抱太大期望所致吧。会议从苏伊士、纳赛尔和美国人的话题开始聊起，后来法国人便请本–古里安先对提议的行动发表意见。

帕斯特纳克说："你知道本–古里安的，这让他激动了好一会儿。但是当那些法国人听明白了他的意思后，都惊愕得面面相觑。他的话绝对把法国人听蒙了。首先，他声称，埃及抢夺苏伊士运河仅仅是一件小事，地区问题需要一个综合的解决方案，因此他提出一个全新的想法，这个想法可以恢复英法两国在该地区的军事存在，然后纳赛尔政权会逐渐消亡，或者很轻易就被赶下台。"

帕斯特纳克停下来，拍拍巴拉克的肩膀，说："接下来的话把所有人都惊呆了。"

"哦，这时候没有什么能让我吃惊的。"

"好，那就听着。本–古里安的宏伟构想是，约旦并不算一个真正意义上的国家，应该把它分割开来！这个国家只是奥斯曼帝国巴勒斯坦地图上一块几何图形而已，英国外交部错误地把它划了出来。约旦河以东地区应该全部归伊拉克所有，以西全部归以色列。英国的影响范围将是大伊拉克、伊朗和埃及。而对于法国来说，则有叙利亚和黎巴嫩的稳定联盟，还有以色列。兹夫，这种疯话从他嘴里说出来好像还很认真。"

巴拉克摇摇头说："我相信他内心就是这样想的。我在孩童时候就认识他了。他发现他自己和法国三个最有权势的人坐在一起——作为一名总理和他们平起平坐地对话时，他就飘飘然了，就欣喜若狂了，以为他是罗斯福在雅尔塔，在瓜分世界。"

帕斯特纳克说："要么是那样，要么就是他在故意说昏话，以打乱他们的平衡，继而估量他们的能力，然后才准备提出他真正的要求——三方军队同时进攻。"

站在光晕环绕的街灯下，帕斯特纳克喊住一辆路过的出租车。那司机看上去大概有八十岁了，留着一嘴克列孟梭（Clemenceau，法国著名政治家、总理）那样浓密的大胡子，眉毛也像是又多出来的两撇大胡子。“Ata m'daber ivrit（你懂希伯来语吗）？”司机眼神涣散而茫然，表明他根本不懂希伯来语，帕斯特纳克满意了。“Bien（很好）。去蒙马特。”

他们上了车，帕斯特纳克继续说：“呃，他们的总理说大家最好还是紧扣在苏伊士问题上，不要离题。我们的行动一定要迅速，因为英国人很可能要撤，艾登已经在英国议院大受抨击，英国外交部反对一切可能会激怒阿拉伯人的行动。我们现在只剩下安东尼·艾登这个伙伴了，还是个正往后缩的病夫。”

“安东尼·艾登是法国的敌人，是个同性恋。”司机用嘶哑的法语大声说。

“Justement（没错）。”巴拉克说。

帕斯特纳克继续说：“本-古里安真正激怒的是他们的外交部长，那人言辞激烈地说，如果英国因为这个怪诞的提议而被惹得在关键时刻退出去的话，纳赛尔的信心将会大大增强，比以往更加强势，并且会通过灭掉以色列来使自己成为第二个萨拉丁，他强烈提醒本-古里安记住这一点。就在这时英国人到达了别墅。”

出租车停在蒙马特高地脚下，司机沙哑着嗓子用法语问：“先生们需要我送上去吗？”

“不用，我们从这里走上去。”帕斯特纳克付钱后他们就下了车。

那司机炯炯有神的眼睛看着他们，纠缠的胡子向上一吹，说道：“先生们，德雷福斯（Dreyfus，法国军官，犹太裔，法国历史上著名冤案“德雷福斯案件”受害者）是有罪的。”说完就开着车摇摇晃晃走了。

他们走进一家光线昏暗的小饭店里，帕斯特纳克吩咐道：“科涅克白兰地，要快。”饭店里除了他们外只有两个人，说话美国口音，看不清楚，反正是大块头样子。他们找了个离那两人尽量远的地方坐下。

帕斯特纳克说："我刚才说到英国人来了，我的意思是说有很多人在别墅另一端的一个大房间里进进出出，还有英国人的说话声传过来。我们能听到他们不断重复一句话：'不共谈，不共谈。'英国人不愿和我们共处一室，法国总理只好来回从别墅这一头跑到另一头，那别墅面积还挺大的呢。英国人就好像是拉比们，我们就像是姑娘们，而那个别墅就是个正统派的犹太教堂，我们被严格地区分开来。"

巴拉克酸楚地苦笑一下，问："你是说本–古里安一直没有跟他们面对面地谈过？"

"哦，你问本–古里安去吧。法国人一直就这样荒唐地穿梭了一个小时，最后本–古里安说继续这种古怪的交谈毫无意义，这样的死胡同走不通，他要在早晨就飞回去。这样一来才把那些'拉比'逼到'小姐'这边来，双方甚至还握了手。"

"握手时用一块手帕垫着手吧，肯定是。"巴拉克说。

"不错，相当纯净的科涅克白兰地。我们走吧，吃点东西去。"

他们顺着鹅卵石铺就的弯曲街道往山上走，帕斯特纳克说："之后有点实际意义了，当时我还想本–古里安可能真的是要离开，看那样子他马上就要走了，你知道吧，当他扬起下巴，满脸通红，坐也坐不住的时候……"

"嗯，完全知道。"

"他强烈要求英国外交大臣塞尔温·劳埃德提前他们登陆苏伊士的日期。法国人完全赞成这一点，但英国人坚持要在我们攻入西奈半岛一个星期后才登陆。本–古里安争辩道，如果一个星期后才登陆那我们就完全等于在孤军作战，埃及会轰炸我们的城市，俄国人可能也会介入。好，劳埃德说，对此他很遗憾，英国不能被看作是战争的挑起者，提前登陆连英国的盟国们都通过不了。本–古里安紧紧抓住椅子的扶手，关节发白，这是他生气时的典型样子，幸亏这时法国人请我们吃鳌虾。"

帕斯特纳克停下来，从一家开着的饭店门道往里望，里面灯火通明，烟雾缭绕，桌子边有几个人和着手风琴高低不一地哼哼。“*La Vache Heureuse*，”他说，“‘幸福的母牛’，我曾经在这儿吃过一次特别好吃的牛排，我猜杀了一头很不幸福的母牛。想吃牛排吗？”

“你想吃就吃吧。”

正要进门的时候帕斯特纳克却突然站住了。“不用了，我看见李·布鲁姆那小子了，不要让他知道我们来巴黎了。”他眯起眼睛看看烟雾缭绕的里面，“跟他在一起的那个红头发女人很漂亮。我想我认识她。”

“萨姆，我想多半女人你都认识。”

“哪有，那个女人我在加利福尼亚碰到过。嗯，就是她没错，康纳斯，伊泽贝尔·康纳斯，一个女演员，那时候她是金发女子啊，没错，就是她。好了，咱们还是走吧。”

七八个年轻人喧哗着从山上下来，一边大笑一边喊叫着德语。两个以色列人却默不作声，与那群人擦肩而过，往山上爬去。巴拉克问：“那么，结果呢？”

“对峙。英国方面想要我们投入部队来一次真正的战争行动，而本-古里安只想针对阿拉伯游击队进行一次袭击，并且要求他们两国在我们开始行动之后的第二天就对埃及机场进行轰炸。英国方面不同意，说那样的话给人看起来就像是我们共谋好了似的。”

“那我们早晨就回去？”

“暂时先不回。达扬临时做出了一项折中计划，他们明天讨论这项计划。啊，我们到了，Les Rieurs Amants，‘喜悦情人’，很棒的餐馆，我曾经在这里见过海明威，当时我正在吃饭，从门口跳进来一头狮子，海明威干掉了它。这里的酒焖仔鸡很不错。”

“他随身带着步枪？”

“在蒙马特带步枪？你疯了吗？没有，他用一块方格桌布扼死了那头狮子。”

“行吧，我们就吃酒焖仔鸡。你真的在这里看见了海明威？”

“嗯，一个看起来像是海明威的人。”

“‘卡代什行动’，达扬在哪些方面做了改动？”

“我们进去吧，要个酒焖仔鸡。不过，要花将近一个小时才能做好呢。”

“萨姆，要份乳酪三明治就行了。”

“他们要有的话当然好了。”

上了三明治和一瓶上等红葡萄酒，帕斯特纳克压低嗓音，用希伯来语的军事术语陈述达扬的方案。其他桌子上的几名食客基本上听不见他们说话，而且没有一个人看起来像是懂希伯来语的，也没有一个人看起来像海明威。“达扬整个心思都放在‘卡代什行动’上了，不是吗？他一直在渴望他的西奈战争。”巴拉克摇着头说道。

帕斯特纳克语气突然严肃起来：“他是对的。摩西对事务轻重缓急的判断力无人能比。如果我们迟早都要跟纳赛尔打一仗的话——我看没得选择——那么和英法两国一起打比我们单独打要好得多。如果这起事件是把英国人拉进来的唯一方式，那就挺好啊。”

“让以色列做他们喜剧表演的陪衬，蒙受联合国的所有责难。”

“兹夫，我们没有多少选择余地了。”

重逢

第二天一早，巴拉克坐在乔治五世酒店雅致而热闹的大堂里等候艾米莉·坎宁安。大厅里人来人往，都是一些成功人士，凭他们的穿着和说话可以判断出大部分都是美国人。巴拉克脑子里盘算着达扬的方案。今天早晨，大使馆的武官，他以前在哈格纳服役时的老排长，打电话叫醒他，告之本-古里安要他在十点半之前赶到别墅去，这样一来，和艾米莉的早餐时间将不得不缩短。巴拉克不知道这个小丫头想干什么，也没多大兴趣想知道，他之所以没有取消这次约会，是因为他一直没能联系上她。

巴拉克称之为“广岛”的那名诗人穿过酒店面向大街的门走进来，他穿一件风衣，没戴帽子，抽着烟斗，面团般的五短身材，大约二十五岁的样子，头顶露出头皮，四周则留着长发。两个人的眼神一接触，那诗人便眼睛一闭，满脸皱纹地对巴拉克一笑，从衣袋里抽出份报纸坐在大堂另一边的扶手椅上看起来。很快，艾米莉·坎宁安也从电梯中跳出来，直接站到巴拉克面前，她穿一身美国大学生常穿的那种裙子加毛衣的统一着装，裙子是格子呢，颜色有些过分鲜艳，毛衣是宝蓝色，宽松、毛糙。“哦！天哪，”还没等巴拉克站起来她就一下子坐到他旁边的长沙发上，“我迟到太久，没时间吃早餐了。安德烈和我必须去听课，我给忘得一干二净。对不起，我该死。妈妈和爸爸今天下午就要走了，我刚和他们在楼上喝了点咖啡。你喝咖啡了吗？哦！天哪，安德烈来了。”

“艾米莉，我也没有时间吃早餐了，所以正好……”

“哦！天哪，你当真了吗？谢谢。”她瘦长的手指抓起巴拉克的手，冰冷而柔软，“为什么我要像个中学女生一样不停地说‘哦！天哪’呢？我一直承认我自己是个白痴。你太让我激动了。我们能喝一杯吗？大概五点，在这里的酒吧，好吗？”

“哎，艾米莉，这个不重要，我是很想跟你交流一下的，但是……”

“不重要？这非常非常重要。你要在巴黎停留多长时间？”她透过大眼镜片紧盯住他，灰色眼睛里，漆黑的眸子大大的，就像暗室里的猫。

“没多长时间，一天左右吧，我非常忙，所以……”

她抓着的手更紧了，声音也低下来，柔柔地说：“我会在五点钟到这个酒吧，如果你不能及时赶到我也完全理解，我会等到五点半再走。我就不相信我们再次相遇是完全偶然的，不可能。你看起来老多了。还记得萤火虫吗？你有几个孩子，‘闪电狼’？”

“两个，艾米莉。”

“哦！天哪，安德烈过来了。哦！天哪，这是我第四次说‘哦！天哪’了。兹夫，安德烈是在世的人中了解拉马丁（Lamartine，法国著名浪漫主义诗人、作家和政治家）最多的人了，我现在正以拉马丁为题写我的硕士毕业论文。你一定认为安德烈是个很讨厌的人吧。”她迅速站起来，巴拉克也站了起来。

“我根本不了解他。”

“老实说，他是个超级讨厌的人，不过，又相当有趣。如果他是一个嘴唇上镶有木片的乌班吉人的话，我的朋友们会更喜欢他——安德烈，chéri（亲爱的）！”她亲吻了下“广岛”，两人飞快地说着法语。安德烈闭起眼睛对巴拉克笑了下，然后两人匆匆忙忙离开了，边走边喋喋不休地说着话。

一两分钟内这个行为怪诞的女孩就这么怪诞地出现又消失，还有些时间，兹夫·巴拉克向后靠到长沙发上陷入了沉思。艾米莉·坎宁安只能算是一种说得过去的漂亮，兴奋的双眼中的大黑瞳仁像是猫眼睛般，脸上多骨多棱角，跟她父亲的脸一样，优美的少女身材在松松垮垮的外套下只显现个大概，神情还流露出高度的紧张和某种焦虑，但给他的感觉却相当好，他也说不清是怎么回事。

“巴拉克先生！”李·布鲁姆站在跟前，手里拎着个小旅行包和一个公文包，两个包都柔柔地泛出皮革的亮光，“我们又见面了！”

第十五章　法国妓女

意乱情迷

秋日上午，艳阳高照，温暖宜人，约西和耶尔两人爬上埃菲尔铁塔，随着他们爬过一根根令人生畏的巨大钢梁，巴黎的全景和横跨座座桥梁的塞纳河风景一步步拓宽，灰褐色的建筑物和蛛网般的道路构成的城区四处蔓延，直到地平线尽头，蔚为壮观，其中点缀着片片公园与花园，闪耀出金秋十月的颜色。他们在下层平台看见有咖啡馆，但耶尔想一鼓作气先爬上去，于是他们便一直爬到了顶端。

“这就是跳伞时地面的模样，耶尔。”在呼啸着穿过钢铁支柱和栏杆的风中，堂吉诃德大声喊道。

耶尔一只手紧紧抓住栏杆，朝下看令人眩晕的风景。“啊！难受死了。”她手掌按在自己两只大腿中间，“我以前考虑过申请伞兵训练，我相信以后再也不会申请了。”

“哈，你这状况比较严重。从栏杆上面往下望，会看到从塔身到塔底都是弯曲的，让你有种想跳下去自杀的感觉，天知道这是怎么回事。”约西说。

“对，我就是这种感觉。”

“嗯，你要是背着降落伞往下飘的话就完全不同了，那感觉让人兴奋死了，特别棒。”

“我相信你说的，堂吉诃德。我想去吃早餐。”耶尔颤抖着说。堂吉诃德抱住她。

“冷吗？”

“不是很冷。”

“是你提出来要到这上面来的。”

“我不应该错过这个地方。如果你要爬一座塔的话，就一定要爬到顶上去。我们下去吧。”

咖啡店里几乎空无一人，侍者为他们端上来的美式咖啡味道新鲜而浓郁，还带有一种不一样的欧洲风味，盛在大号杯子里。堂吉诃德说：“嗯，在巴黎你要喝杯好咖啡，就绝对不能去银塔餐厅，只管来爬埃菲尔铁塔就行了。”

耶尔把黄油抹到切成薄片的羊角面包上，笑着说：“那上边很让人兴奋。有些事情总要做一次的。”

他对她咧嘴一笑。“你的脸色现在正常了，刚才那会儿惨白惨白的。”

“我感觉是没血色了，真怪，以前登高的时候从没紧张过。”

“别管那个了。你现在看起来挺动人的。”

她不相信地扫了他一眼。她穿着一件鹿皮夹克，戴顶毛线帽，这样穿她觉得还可以，但远远没有达到动人的地步。“谢谢。我基本上一晚都没睡。你那边发现臭虫了没有？”

“什么！没有啊。你发现了？”

“也许那家宾馆有吧。我皮肤上整晚都有虫子爬的感觉，不过也没亲眼看见，没有。”

堂吉诃德用手指点着一本刚从咖啡馆里买的旅游指南说：“为什么我们不

从罗浮宫开始呢？然后再泛舟塞纳河上？这本指南上把这两处景点评为四星级呢。”

“悉听尊便。今晚我想去法兰西喜剧院，我看报纸上说他们正在演《伪君子》。”

“行啊。可是你的法语很好吗？我的不行。”

“我的法语很好。当我还是孩子的时候我就读完了我能找到的所有希伯来语版本的莫里哀作品，然后又读了法文的。”

“你现在也是个孩子。”

“嗬！你还好意思说别人……”

两人相视大笑。一大早出发，在清晨空气中艰难的攀爬，塔顶令人不安的战栗，两杯提神的咖啡，这些经历让他们此刻的兴致甚为高涨。他真的是一个孩子，她想，穿一件绿色的军用毛衣，卷曲的头发让风吹得蓬乱，双眼透过无框眼镜露出男孩般的活泼快乐，他不再是一个与巴黎格格不入的衣衫褴褛的以色列人，他是堂吉诃德。她突然想，什么夏娜啊、帕斯特纳克啊的，只要他们还身在“美好巴黎”，就应该快快乐乐的，只要不出格就行，今朝有酒今朝醉，明日愁来明日愁。

“耶尔，你正在像银塔餐厅那个领班那样打量我。”

“我？不，我没有。你把咖啡溅到毛衣上了。”她指着他身上，“如果我们打算游览所有的四星级景点，现在就走吧。”

他们匆匆地走在罗浮宫中，在蒙娜丽莎油画那里逗留了一会儿，很意外地发现它并不起眼，便到了断臂维纳斯雕塑前，他们在维纳斯周围转来转去，凝视的目光充满崇敬，起码耶尔心情是这样的，她想约西也是这样吧，哪知约西却说：“你知道吗，如果这尊雕塑有胳膊，她就不会出名了，正是这个成就了她，没胳膊。”

“堂吉诃德，别白痴了。这是世界上最美的女人身材。”

“什么？看看她那粗腿、粗腰，还有那小得不能再小的乳房！哎呀，你的乳房要美多了。她的身材跟你比，简直差远了，但是你有胳膊，所以你就没那么特别了。”

“你不仅是个白痴，你还是个粗鲁无礼的白痴。”话虽这么说，但耶尔的声音亲切柔和，她被逗得很开心，不管这家伙的话有多荒谬，但堂吉诃德善意地把她和断臂维纳斯相比较，还是很让她高兴的。

他们从罗浮宫出来，堂吉诃德说：“除了游览这些四星级的旅游景点之外我想做的就是，在布伦园林里乘一辆四轮马车，然后在树丛中的一间餐厅里吃饭。我在一本书里面读到过这类场景，后来还看了部这样的电影，电影由英格丽·褒曼主演，也是像这样的一个秋天，她在电影里扮演一个上了岁数的法国女人，和一位美国大学生热恋，非常浪漫的故事，但是当秋天的落叶飘落到他们身上时，他们放弃了彼此。”

“你都让我哭了，”耶尔说，“不过，就我们这样的打扮，我想布伦园林里不会有马车为我们停下，也不会有餐厅让我们进去。再说了，你怎么付得起那个钱呢？你不要为我花这类钱，就算你有这个钱也不要。”

他告诉了她他哥哥的慷慨馈赠。“我哥想要我们玩得尽兴些，为什么不呢？那些法郎他也不会再拿回去。”

“那么，这就不一样了。走吧。”

布伦园林里，堂吉诃德从一大把花花绿绿的法郎中抽出一张朝四轮马车的车夫摇晃，那车夫倏地勒住了马，动作是那般神速，火星都从马蹄子下飞溅而出了。随后他们到了一间掩映于绿树红花深处的餐厅，餐厅领班用和银塔餐厅领班一样的眼神审视了他们一番，才领着他们穿过众多空桌子，走到一处不引人注目的角落里。

耶尔用法语向一名侍者点了菜，主菜为烤鸭，随后走上来另一名侍者，身穿紫色天鹅绒马甲，脖子上戴着条金链子，手里拿个大皮本子问他们：“Quel vin monsieur désire–t–il？”堂吉诃德用询问的眼神着看耶尔。

“他说，先生想要什么葡萄酒？”

“不是我要葡萄酒吗——而是我要什么葡萄酒？”

“对。”

“嗯，就要那个，英格丽·褒曼和那小伙子在午餐上喝的葡萄酒，事实上，他们喝的是香槟酒。香槟酒……”堂吉诃德对侍者说，侍者把本子翻到中间一页，伸过来给他看，本子上是长长的一串香槟酒名字，“耶尔，只管告诉他，上他们最好的香槟酒。”

“你疯了吗？那价钱可能要相当于一辆汽车的。再说了，在中午喝香槟酒吗？”

“我们接下来要去拿破仑墓，还要去巴士底狱。我们需要振作起来。”

那名葡萄酒侍者对他们飞快转换过来的希伯来语做了个怪相，好像他也怀疑德雷福斯是有罪的。耶尔点了瓶价格适中的葡萄酒，好像点这瓶酒显示出了极高的行家水准，因为那侍者豁然开朗，朝他们鞠了一躬，脸上带着赞叹飞快一笑，不再想德雷福斯了。

菜肴和期望中的一样，属于最好的法国大餐，非常精美。这顿非同寻常的午宴和美酒让他们两人的心情高涨得飘飘然，他们一边吃一边笑法国人，笑以色列人，笑世界，也笑他们自己。

“可怜的夏娜，错过这些了！”耶尔说。

“耶尔，你要把这些都记下来，告诉她，告诉她所有这一切。”

“嗬，她会抓瞎我的眼睛的。你去跟她说吧。”

“如果我要再跟她说的话，”堂吉诃德说，语气突然怨恨起来，“算了吧。她一直都笃信宗教，你知道的。”

堂吉诃德招手叫过来侍者，掏出他哥哥那捆钱，低吼道：“我们去拿破仑墓。”

那天下午，他们最后一个旅游项目是在夕阳下的杜伊勒里花园散步。花园里孩子们仍然穿着鲜艳的暖色调衣服在板栗树下玩耍，闲聊的保姆奶妈们裹在厚厚的斗篷中，准备推着婴儿车回家。风力在逐渐增强，落叶打着旋儿落在草坪上、池塘中，落在和两个以色列年轻人一样在夕阳中散步的人身上。“旅游指南上说那些鲤鱼我们是应该喂还是不准喂来着，我忘了。不管怎样，我赞成喂。”约西说着从裤兜里掏出一块面包，掰成两半，给了耶尔一半，说，“中午饭那么高的费用，我觉得我为鲤鱼们拿一块面包也不为过吧。”

耶尔哈哈大笑：“你考虑得真周到，不是吗？”他们把面包扯成一小块一小块扔出去，肥壮的鱼儿马上游上水面来大口吞咽，孩子们也围过来看他们喂鱼。“堂吉诃德，巴黎美得让人难以置信！明天我们就走走吧，到处都走走。”

“没问题。哎，我哥说乔治五世酒店的前台可以帮我们订到我们想要的任何门票。你还想去法兰西喜剧院吗？”

“怎么了？你宁可再去看那些脱掉羽毛的小鸡吗？”

“不是。我以为你可能累了吧。”

“我精力充沛得不能再充沛了，像在云中漫步。”

酒店的前台是一位灰头发的矮胖男人，他像教父般庄重，穿着燕子领衬衫、燕尾服，对约西完全是一副屈尊俯就的优雅姿态。“啊，是的，布鲁姆先生关照过，要服务于先生可能会预订的任何娱乐活动。另外，布鲁姆先生还留下指示，先生你也许会去他的顶楼套房里用餐，或者是到本酒店的格里尔餐厅用餐，诸如此类的服务，本酒店都会悉心奉上。”

“我们去看看他的套房吧。他说很漂亮的。”堂吉诃德说。

“好啊，但是我不想在什么格里尔餐厅吃饭，我看上去就像个小商贩女人似的。再说，午饭之后我还没饿。”

当他们跨过装饰华丽的双扇门走进套房时，耶尔“哇”地惊叫一声。客厅呈长条形，富丽堂皇，有各式各样的古典家具和真正的油画，这些油画虽不著名，但对他们那稚嫩的判别力来说已经算是严肃艺术了。当他们慢慢欣赏到卧室时，耶尔又是“哇”的一声，只见条条赭色丝绸从天花板垂到地板，把床遮掩起来，床上面盖着黑白色调的中国风格图案床罩。

“看！”耶尔探身看着浴室，“大理石的。水龙头还是金质的。天哪，这要多少钱啊？你哥哥有多富啊？”

“非常非常富。喝一杯怎么样？”

“哦，不了，我今天喝得已经够多了，我可不想在看《伪君子》时睡着。我们去看看风景吧。”

约西只得用力拖住厚重窗帘上饰有流苏的绳子，把窗帘拉开。落地玻璃窗由顶及地，正好俯瞰凯旋门正面，由此及远可以一直看到埃菲尔铁塔。玫瑰色的晚霞漫天飞舞，整个巴黎笼罩在一片红光中，“啊，天哪。”耶尔喃喃地说。

他们两人肩并肩站在窗边，身上染满了落日的余晖，堂吉诃德轻声说：“你知道吗，耶尔？我还保留着你送我的那块手帕，就是我去吕大和拉姆拉时你送的那块。上面的血迹都黑了，我从没有洗过，就那样保存着。”

“做这么荒唐的事，为什么？为什么要保留那块破布？”

“因为我把你当成一位女神，你是我认识的第一位女兵，漂亮、坚强，而且地位身份远远在我之上！我从没有扔掉那块手帕，一直把它保存在我的行李之中。”约西感到臂弯被猛地拉了一下，把他拉得转了半圈面朝向耶尔。耶尔盯住他，眼含热切、闪闪发光，嘴唇紧闭，浅浅地微笑。

“女神，呃？有什么不同吗，再说一遍，在我和维纳斯之间？”

“你有胳膊。”约西说，他已经紧张得喉咙哽塞。

“就是。”耶尔说着把穿在皮夹克里的手臂伸向他。又是一次冲动，就像她决定自愿陪他到巴黎那一刻一样。过了好半天，约西才开始有所动作，耶尔都怀疑他是不是有点不好意思。他的动作是不容反抗的，蕴含着强烈的激情，于此刻而言，就算她刚才不明白，现在也该明白了：堂吉诃德可不是小孩。

狂野的亲吻和爱抚过后，耶尔就只剩下一身紧身短套衫了；情感的阀门一旦冲开，前一秒钟还是穿戴整齐，后一秒种就赤裸如夏娃了。

“上帝做证，我对你和维纳斯的比较绝对正确，”堂吉诃德喘着粗气说，他吃惊于眼前这个突然撩去所有遮掩而一丝不挂的美人，“丝毫没法比较，没法！特别是这对乳房。”

“我最美的地方。”耶尔说着，把胸部前挺，手臂放在身后，做出维纳斯雕像的姿势。

“是的，它们都很美。”约西边说边三下五除二脱光自己的衣服，抱住了她，他们无缘由地笑啊笑，趺趺撞撞地走进卧室，滚落到了铺有床罩的床上。

不期而遇

楼下的酒吧里，艾米莉·坎宁安坐在一张小桌子旁等巴拉克。她旁边坐着两个德国人，一个肥胖，黑头发；另一个皮肤古铜色，金发碧眼，是那种滑雪教练类型的。两人都抽着大雪茄，貌似在谈大生意。时间已经是五点二十五分了，酒吧里人群拥挤，香烟烟雾呛得她喘不过气来，她想再等那个以色列人五分钟就走。其实这时“闪电狼”已经来了，他大步穿过吧台前里三层外三层的低矮人群，四处张望寻找她。她挥挥手，他走过来坐下。

“路上堵得厉害，我开车从城外进来的。”他说。

“我得救了。五分钟，要不我的生命就倒在废墟中了。”

“你说话的方式很荒谬，艾米莉。”

“我绝对是严肃的。”一大团雪茄烟雾飘到她脸上，她咳嗽起来。

“这不是说话的地方。跟我来。”巴拉克说。

“去哪儿？”艾米莉问。两人站起来。

“我认识一位美国人，他在这里有间套房，他去城外了，曾跟我说过我可以用它，前台会给我钥匙的。至少，那里很安静。”

“听起来不错。”艾米莉说着拿起她的毛皮大衣。她穿了件粗线织就的裙子，上身是蓝色仿男式女衬衫，算是让她那几乎不存在的乳房稍稍现出点形状。往外走时她挽住他的胳膊，说道：“就差五分钟！真为我没有放弃而高兴！高兴死了。”

“别说胡话。”

李·布鲁姆的房间内，耶尔和堂吉诃德在一阵暴风骤雨般的性爱后，双双倒在床上，粗重的喘息声中，耶尔脸朝下趴在堂吉诃德的胳膊上，堂吉诃德则背靠床头板坐着，身上的肌肉因为愉悦而一条条颤动，头脑里一团混乱。这是怎么了？和大多数人一样，他是知道耶尔和帕斯特纳克的关系的。耶尔倒向了他的怀抱，是因为他随口说到的那块手帕？还是因为他哥给的法郎所支撑的这梦幻般的一天？抑或是还有其他什么原因？他并没有诱骗谁，事情就这么简简单单地发生了。

她转过头，疲倦地对他笑笑，说道：“哦，我并不爱你，堂吉诃德，你要知道。”温柔的声音低而沙哑。

“有些事情要做一次的。”他说。

“嗯，哈哈……”她咽下了没有说出口的话，两人一起大笑起来。堂吉诃德猛地抱住耶尔的双肩，把她拉向自己。就在这时，他们听见外屋的门砰的一声打开了，随之传来一男一女说话的声音。

“啊，l'Azazel（天哪）。”耶尔惊叫一声，仓皇跳下床躲进卫生间。兹夫·巴拉克走进卧室，惊愕得目瞪口呆。

“堂吉诃德！见什么鬼了！”

“睡个觉。”尽管堂吉诃德内心慌张极了，但表面显得很轻松，“你来巴黎做什么，兹夫？还来李·布鲁姆的房间？”

“别管这个。你哥哥和你一样健忘。耶尔·卢里亚哪儿去了？”

“我猜她烦我了。她离开我去购物了。”这时巴拉克朝卫生间走去。“我们取了今晚法兰西喜剧院的两张票——我不打算去了，兹夫。”

“干吗不去？”

约西原以为耶尔会脑瓜镇定地锁上卫生间的门，但显然她没有，因为巴拉克推开了门。他赶紧说：“啊，我刚用过卫生间，里面味道大得很。”

“没事。”巴拉克说着走了进去。他刚拉开裤子拉链，就听见从印有花卉图案的厚浴帘后面传来一声女性愠怒的低吼：“Monsieur，monsieur，pour l’amour de Dieu—allez-vous-en（看在上帝的分儿上，离开这里）！”

巴拉克还从来没碰到过这么邪乎的事情，他仓促地拉上裤子，跑出卫生间，砰的一声关住门。

“你这个蠢货。”他厉声喝问约西，约西此刻正光着身子坐在床上，看起来真的像个蠢货，“你他妈为什么不告诉我里面有个法国妓女？天哪，你动作可够快的啊。”

“她不是妓女。她是一位教授的女儿，那位教授在巴黎索邦大学教中世纪哲学。”约西说。

“你在哪儿认识的她？”

“在酒吧里认识的。”

“神经病。”

“你也带了个妓女在外边吗？”

“什么，你是不是疯了？那还是个孩子。”

“我刚瞥了一眼，是个很漂亮的大孩子，兹夫。”

巴拉克重重地关上卧室门，走了出去。

“我猜，有人在这里。”艾米莉说。她站在窗户旁。巴黎的灯火次第亮起来，通明的街灯一长串一长串的。

“是的，那个美国人有个以色列疯兄弟，他就在里面。”

“好漂亮的风景，‘狼’，快过来看。”

“嗯，很好看。”他是带这个女孩来这里清清静静谈话的，但那个“法国妓女”完全有可能突然跳出来到酒柜里拿酒，也许还一丝不挂，“我们到别的地方吧，艾米莉。”

“这个时间妈妈和爸爸通常会在底层楼厅喝茶。”

“你说对了，到底层楼厅喝茶，走吧。”巴拉克走出去时重重地关上了门。

耶尔轻笑着从卫生间里探出赤裸的肩膀，一块浴巾迷人地裹在她身上。“我听到他们走了，是吗？”

“走了。”

“哦！真是万幸他没听出我的声音来。”

约西学着她的声音说：“Monsieur，monsieur，pour l’amour de Dieu……你太棒了，耶尔。他把你当成个法国妓女了。”

耶尔显得有些窘迫，发出一阵沙哑的笑声，她以脱衣舞女卖弄风情般的夸张姿势把身上的浴巾扔在一边。“法国妓女！好，我告诉你，堂吉诃德，以我现在的心情，这句话基本上算是恭维我了。”她跳到床上，“你说过，一个脱光衣服的姑娘可能是世间最美妙的事物。我是个坏姑娘，我想，但是……”

“但你是这里的一个坏姑娘。”堂吉诃德说着把她拉进怀里。

“哎，这根本不是恭维。”她想反对，但堂吉诃德热烈的亲吻已经把她后半句话给堵住了。

梦想成真

酒店的酒吧又小又吵闹，而底层楼厅却又大又安静，一位蓝色头发戴着个大助听器的老妇人独自坐在里面，一边喝茶一边把蛋糕掰成小块喂给系在她身边的一条肥胖棕色卷毛小狗。巴拉克和艾米莉找了个离她稍远的地方坐下，艾米莉跟穿着浆洗过制服的侍应生点了两份thé à l’anglaise（英式茶）。她瞪着瞳仁漆黑的眼睛盯住巴拉克，说：“这里光线很暗，如果你还没猜到的话，我可以告诉你，没有眼镜我就跟一只蝙蝠一样瞎。介意我戴眼镜吗？”

“没关系。”

她边说边从随身小包中拿出一个盒子，从盒子中取出一副镜片很厚的眼镜小心地戴上，说：“因为男人很少追求戴眼镜的女孩。”看他一脸茫然，她解释道："哦，这句话本意在于幽默，是美国一首家喻户晓的两行诗，由一名通俗诗人所写。我曾试着模仿过她——她的名字叫多萝西·帕克——我也曾在一些杂志上发表过几首诗，但是我不擅长谐趣诗，或者我对诗歌还有英语法语都不擅长吧，我现在才发现，太悲哀了，不过也算解脱了，写作是件痛苦的事，我这辈子不得不做其他的事了。"她眼睛专注地盯着他，一口气说出这番话，"嗯，白头发，'狼'？"

"有几根。又长出来些。"

"你幸福吗？"

"艾米莉，你说要跟我谈话，谈什么？"

"你为什么来巴黎，'狼'？爸爸说在苏伊士运河问题上即将会有一场战争爆发，以色列也许会介入。"巴拉克没有说话，"啊，我知道最好不要问这样的问题。我只是随便说说。我太紧张了。"

"我也不知道为什么。"

"你不知道？好吧，也许我会告诉你。顺便提一句，安德烈给你的印象很深刻吧。"

"感觉不好。"

"为什么？"

"我恐怕一直都在把他形容为'穿着风衣的广岛'。"

艾米莉对他皱起眉，怒气陡升，说道："真讨厌。"

"对不起。"

"我想说，抛开诋毁既有才干又无辜的可怜的安德烈不说，这也是很低级的形容。广岛爆炸是历史上悲惨的恐怖事件，这不是开玩笑的话题。"

"的确。"

"很残酷很粗鲁，'狼'。"

"对。"

她瘪了下嘴，咬住嘴唇。

“怎么了？”

“我在憋着笑。”

侍者把茶点端上来，艾米莉很正式地为巴拉克斟满，问他要几块糖，要牛奶还是柠檬，蛋糕还是面包黄油，一本正经很讲究礼仪，可是再看她那大团凌乱的黑发以及胡乱穿着的衬衫裙子，又感觉很不协调。

“你让我太紧张了，”她突然说道，“因为我不确定这是真的，我说不出来有多奇怪，你知道白日梦吧，也许你就有很多白日梦。”

“每个人都有。”

“好了，现在开始，这可能会把你我关系里的一点点火花扑灭，但是我还是要告诉你真相。自从你来我们家的那晚——八年前那时候的萤火虫之夜，按我的说法——我的白日梦里就几乎都有你，其中的一个白日梦就有这次巴黎邂逅，当你请我到上面套房的时候，我几乎忍不住要用手掐自己，因为真的有白日梦成真了，现在就是这样。”

“听你这样说我可紧张了。”

“哦，是的，我肯定。你紧张了吗？奇怪的是，你完全是我想起你时的样子，是我一直想象中的样子。甚至，在最后几年里，我想象中你的白头发也一样。”

他们在茶盏上方无声地对视，艾米莉漆黑的瞳仁更大了，眼镜片后面的眼睛几乎完全成了黑色。如何应对这件突如其来的事情，巴拉克只知道自己心里完全没底，此外一无所知。这个古怪女孩完全打破了他的冷静自制，他现在既紧张又激动，这种感受他只在第一次认识娜哈玛时才有过。现在这是怎么了？论容貌，她没法跟娜哈玛比，这种又细又瘦的女人从来就没有吸引过他。他倒是曾经读过一本多萝西·帕克的诗集，里面充满了纽约式风趣，很老练，很出色，他认为，而这个古怪姑娘二十岁就写出且发表了那类国际化风格的诗作，并且正在以拉马丁为题写论文，这的确相当优秀，但这与性魅力有什么关系呢，与他内心中那份骚动又有什么关系呢？

“我还是个处女。”她说。

说完这句话后，远处那位蓝头发老妇人扭过头看了她一眼，然后喂了她的狗一整块奶油条酥。艾米莉看见那妇人的这个动作，问巴拉克：“我声音很大吗？”

“自从我们坐下后她就一直紧张地摆弄她那个助听器，我想她已经把每句话都听清楚了。”

艾米莉压低声音说：“哦，我希望我把她逗乐了。”

“安德烈有什么问题吗？我知道你们在轰轰烈烈地热恋。”

“哦，安德烈什么问题也没有。我受过良好的教育，这种教育一直没有离开过我。我被管得非常非常严，安德烈除了争论和发发牢骚以外什么也做不了。我还没有那个经验。在威廉玛丽学院的时候，我是一名刻苦用功的学生、联谊会会员，门门功课都得A。我加入过一个女学生联谊会，但在首次睡衣派对上看到她们把男生偷偷带进来后我就放弃了预备会员的身份。我是一个彻头彻尾的独行侠。我从来没有遇到过一个能比得上我爸爸的男人，因此我想，不如做白日梦吧。当然了，这很不健康。”她伸出一只手放到他手中，动作突然而又亲切，“如果我到了以色列，我能见你的妻子吗？我没有恶意，只是非常好奇而已。”

“娜哈玛不会讲英语。”

“啊？嗯，那也没多大关系。我想见见你的孩子们。”

“艾米莉，你不是个笨女孩。你父母亲想让我劝你离开安德烈，或者说至少要试着离开。”

“嗯，继续说。”艾米莉·坎宁安头一次对他专注地微笑。她的牙齿很漂亮，但她的微笑却是一种古怪讽刺的样子，这种笑更适合出现在一个年纪大得多的人脸上，也许更适合男人，“我很想听听你如何办到。”

“我预感没必要劝你了。”

艾米莉脸上的笑容消失了。“我很迷恋安德烈。”

“就算从你自己来说，你也应该多考虑考虑你的父母。你已经很成功了。你什么时候毕业？”

艾米莉从包里拿出一个笔记本和一支钢笔，递给巴拉克。“写下你以色列的地址，还有电话号码。”

内心越来越骚动——太乱了。以至于他想了一会儿是否要拒绝她——他写下地址电话。“我不建议你近期来以色列。”

“那我爸爸说的是对的了？”

“那是个美丽的国家，如果你真的去了，我和娜哈玛会很高兴带你四处逛逛的。”

“再来杯茶？”

“我必须要走了。”

她马上站起来。“好一个约会！我确信我的伤疗好了。”

“在安德烈方面？”

“我的事，在白日梦方面。”

好聚好散

“耶尔，”堂吉诃德猛地从筋疲力尽后的睡梦中醒来，“现在几点了？”

她看了一眼手表，胳膊动起来就好像断了或是关节脱节了一般。“差一刻七点。”

“我们还去法兰西喜剧院吗？”

“当然……哦，不，不，不要再来了，停下！”外屋紧紧关闭的双扇门嘎吱一声开了，“不要再来了！我受不了了。”

一个低沉沙哑但很兴奋的男声在房间内响起：“啊，依我看这很奢华了，你那亲爱的李·布鲁姆想法是对的。”

“老天哪。”耶尔的身体突然僵硬起来，她抓住堂吉诃德的肩膀，“这是萨姆·帕斯特纳克的声音。”

“你确定？”

“他一定是和巴拉克一起来巴黎了。”耶尔慌乱地在他耳边低喊，“肯定是军事任务，堂吉诃德！无论如何，你都要让他离开这里。无论如何。”

她猛冲进挂着她衣服的衣橱里。堂吉诃德捡起她扔在一边的浴巾围在腰上，走进客厅。客厅里萨姆·帕斯特纳克正抱着伊泽贝尔·康纳斯亲吻，伊泽贝尔从帕斯特纳克的肩头上看见堂吉诃德，惊呼一声“哎呀”，赶紧挣脱帕斯特纳克的怀抱，瞪圆眼睛惊愕地看着堂吉诃德。

“你好，伊泽贝尔。我还以为你在戛纳呢。”堂吉诃德说。

“哦，是的。噢，我今晚要飞到那里，然后……”

帕斯特纳克惊叫道：“堂吉诃德！你光着个身子干什么？他妈的耶尔哪儿去了？”

伊泽贝尔走到酒柜前倒威士忌，浑身仍然颤抖不已。“能跟你说两句吗，长官？”堂吉诃德把帕斯特纳克拉到离伊泽贝尔稍远一点的地方，“耶尔去了一家百货公司，我想名字叫什么老佛爷……”

“老佛爷百货。”

“对，就是它，事实上，我还在那里搞到了个法国zonah（妓女）。”

萨姆·帕斯特纳克凶狠的瞪视这才松懈下来，咧嘴一笑以示认可，说：“法国zonah，嗬？怎么样？”

“正在做事呢。我马上要和耶尔在法兰西喜剧院会合，如果你和伊泽贝尔愿意和我们一起……”

“哦哦哦！不了，她得飞到戛纳去，我也很忙。你还要在这儿待多久？”

“大概半个小时吧。”

“嗯，挺好。”

伊泽贝尔·康纳斯此刻也恢复了平静，她对堂吉诃德说：“哦，约西，睡了一会儿？你瞧，我今早耽误了去戛纳的航班，帕斯特纳克先生是我一个老朋友，我们刚刚在餐厅里撞见，然后……”

“好了，好了，”帕斯特纳克说，“我们就让我们年轻的朋友继续他的休息吧，他今天游览了好多地方。我请你到酒吧喝一杯去吧。”

他们一走，耶尔就从卧室里溜出来，一头金发乱蓬蓬的。“太好了。你怎么让他们走的？”

“我说你是一个法国妓女。”

“又说一次？我要开始相信我是妓女了。和他在一起的那个女的是谁，那个肮脏的下流坯？”

出于一般的道德准则，堂吉诃德回答：“我不认识。”

“可怜的鲁思。他真是一个无赖！啊，当然我没法指责他，但他要为此付出代价，我有我的办法。”耶尔的话从牙缝里挤出来。

“我得去洗澡了，就穿着我这衣服去法兰西喜剧院合适吗？”约西说。

“没关系，我们就以本来面目去。”约西看了看自己裹着浴巾的身体，耶尔笑笑，“因为我们很快就要恢复本来面目了。”一阵性的渴望涌上来，耶尔冲到站在窗户边的约西身边，抱住他边亲吻边说：“啊，看看外面，堂吉诃德。巴黎和书上说的一模一样，不是吗？它施了魔法，我一直都身处梦中，而你，是这个梦中很美好、很美好的一部分。我都要希望我爱上你了，但没有多余的空间给你了，你也已经有夏娜了。”

“去看《伪君子》吧，谁先去洗澡？”堂吉诃德说，口气冷淡得让她感觉意外，而且是在他们一起销魂之后这么短的时间里。

第十六章　米特拉隘口

联合英法（卡代什行动）

和法英两国部长们会谈的别墅是本-古里安暂住的地方，从巴黎到那里，车程大概需要半小时。帕斯特纳克和巴拉克在第二天将近中午时分到达那里，本-古里安穿着件旧毛衣、衬衣，没打领带，正坐在黄叶飘零的果树下看那本普罗科匹厄斯的著作。种种迹象：他欢快的神色、跟他们打招呼时那种平静的方式等，都在向巴拉克表明，他已经下定了战争决心。如果他打算拒绝他的东道主法国而离开这场游戏回以色列，那么根据他对抗时的一贯做法，他会脸色严肃、嘴唇紧绷，一副忧虑的神色。

他挥一挥手里的书和他们打招呼。“真是令人惊讶。我正看到这里，这个人，注意，他著述了拜占庭帝国查世丁尼一世的国史，他把自己的君主赞为一个巨人，一个天才人物。但后来他又写了部《秘史》，这本书里就包括这部分，在其中他就像我们的报纸上骂我那样骂查世丁尼一世。历史中没什么事情是一成不变的，也没什么太大改动——啊，摩西来了。”

达扬正吃着苹果走过来，后面跟着他的副官们。本-古里安从衬衣口袋中抽出一张黄色的纸展开，纸的两边都写满了字。“摩西，我整晚一直在考虑你的那个折中意见。你再跟我说一遍那个新方案。还有，英国人为什么会接受它，如果他们接受，那我为什么要接受，tartai d'satrai（互相不矛盾）吗？简练点说。”

“萨姆，你画好作战地图了吗？”达扬问。昨晚这位总参谋长和本-古里安对变更过的“卡代什行动”进行了评估，由于仓促，只在一个香烟盒子内衬纸上画了个战略草图。

“小比例图。”帕斯特纳克说着，递给达扬一张纸，那是他从大使馆里翻出来的一本历史书上扯下来的。

达扬飞快地把这张小小的地图浏览了个遍，铅笔画出的箭头标识和部队番号把上面划得一道道的，他把地图递给本-古里安。“很好。如你所见，改动主要是在时间安排上，总理。”他在地图上迅捷地边指点边对本-古里安说，“敌人在西奈半岛上的主力在北部，因此我原来打算是先进攻那里，但现在我们要改为从这条中轴线上发起首轮攻击，在米特拉隘口空降一个营的兵力，就是萨姆画了个星标的地方。那里深入埃及边界线后方一百多英里，距离苏伊士运河还不到四十英里，因此绝对能称之为是英国人想要的‘战争行动’，而我们则可以把它称为一次重大的报复性袭击，并且如果局面没有顺利开展——比如，英国人最终食言了——那我们也可以轻松地撤回部队。这绝对是一次很成功的战术奇袭，距离我们的机场那么远，而距离他们的机场却那么近。”

“假如，”本-古里安斜起眼睛看达扬，目光锐利，“纳赛尔也把这称为是一次战争行动，然后派出他的五十架‘伊留申’轰炸机来轰炸特拉维夫和海法怎么办？啊？那时怎么办？”

“先生，法国已经允诺，要在我们的机场派驻三个战斗机中队，如果他们在西奈战争打响之前还不派驻，那我们就可以解除军队戒备。可是他们是想要我们进军的，所以，先生，他们会派驻的。”

参照他手里的那张黄纸，总理向达扬提出了一连串问题。很明显他已经理解了这套计划，在听达扬总结的过程中，他也得出了为英国人准备的“简洁”解释。对于他尖锐的问题，达扬根据事实和图表，回答得干脆利落。本-古里安最后说，他不准备告诉英国人以色列实际攻打的目标，只是告诉他们以色列军队要空降到远离埃及边界的大后方，会以足够的兵力威胁运河，以一场军事行动的实质出现，他们将不得不相信本-古里安的话。

“好了，如果他们想要我帮他们把纳赛尔撵下台的话，就最好相信我的话。计划不错，摩西，少牺牲很多战士。现在我们看看英国人怎么回应吧。兹夫，跟我来。”他把手里那张写满问题的黄纸放下，从椅子中把自己撑起来，“我得为开会打扮一下。”

拥有这座别墅的古老家族财力雄厚且有极高的艺术鉴赏力，因此本-古里安所住的卧室里几乎全是博物馆品级的家具陈设，这与此刻这个老犹太人秃顶、大肚子、沙漠般黄褐色的脸以及头顶的两丛白发显得很不协调。他摆出一套黑西服、一件白衬衣和一条红领带，只穿着内衣在地上踱来踱去，对巴拉克说：“呃，注意听，兹夫。协议的备忘录在今天一定要写出来，无论何时何地都要完成，你必须要在现场，监听对话。打字可以交给助理们完成。”说完，他用力拉起肥大的裤子，“但那也是非常重要的，一个错字就可能会非常危险。假如我们达成了协议，那么所有事情将会很快进行，英国人会火速离开，一旦协议形成文件就很难再改动语句，所以要确保我们这边字字准确！这就是你的职责，明白吗？”

“明白，总理。”

经过数小时的艰难谈判之后，英国人终于相信了本-古里安，接受了达扬的这次“战争行动”。双方各让一步，本-古里安也接受了他们的条件，仅把他们的最后通牒时间和轰炸埃及机场的时间提前了几个小时（很不情愿的妥协）。随后在本-古里安那间小卧室中，会议笔记被整理成备忘录，定稿后，英国、法国和以色列国三方的助理们大声用英语一字一句地念出来，再由一个英国助理用便携式打字机打下来，巴拉克在旁边边踱步边听。当出现重要但有歧义的语句时，巴拉克便把以色列助理叫到一边进行改动，随后再往下打。他的每次改动都获得了通过。

最后，三位法国部长、两位英国外交官，还有本-古里安和达扬，一起坐在会议桌周围，听一名助理念协议文本。其间本-古里安不断插话，打断助理的表述，大声重复、强调某些语句。对他这做法，其他人明显表现出不耐烦的神情。

备忘录念完后，与会众人互相看看，点点头。本-古里安从那名助理手中拿过文件，签上自己的名字，然后把它传给法国国防部长，法国国防部长噘着嘴，扬起眉毛，签署了它。随后本-古里安又把文件从桌子上滑到一个年长的英国人那里，这是一名外交官，职位比塞尔温·劳埃德要低，劳埃德那时还没有回到会场。

“关于此事不存在什么官方的东西。为什么要签署？”那名外交官说。脸上显出极大的嘲讽。

本-古里安冷笑一声，他的俄国腔比平时更浓重。“想必我们需要一份大家都需遵守的记录，否则我们在这里达成了什么？”

“好吧，仅作为记录。”那名英国人说完也签署了文件。本-古里安把文件叠起来放进自己的前胸口袋。几分钟后，除了以色列人外所有人都走得干干净净。

“各位，我们开战。”本-古里安扫视着他们说。巴拉克发现，总理表情丰富的脸上此刻一片肃穆，和八年前他宣读《独立宣言》时一模一样。

现在，这个原本不存在的国家已经摆脱了它不存在的事实，以色列的小伙子们和从前一样，再次行军进入西奈沙漠，只不过这次走的是另外一条路。

除了地理位置和宏伟的古迹以外，纳赛尔上校时期的埃及国土和法老时代的埃及国土并不完全一样；语言上不一样，宗教上不一样，风俗上不一样，文化上不一样，在其中生活的阿拉伯人民也不一样。而犹太人，倒是仍然完全和三千年前《出埃及记》中那些好争吵的犹太人一样，有同样的上帝、同样的语言、同样的民族性，包括在优秀与混乱之间不断转变的那种难以根除的癖性也一样。米特拉隘口之战就是这类癖性的表现，一半是优秀，一半是混乱，豪壮，却又是惨败，一场倒过来的完全无意义的“温泉关战役”。

英法联军从苏伊士地区登陆，这是一件国际性的爆炸事件，而伞兵营准时降落在米特拉隘口，则是一枚引发这起爆炸事件的雷管。降落米特拉隘口，除此之外再没有其他，战略部署极其保密，伞兵旅旅长阿里尔·沙龙也不知道下一步计划，因此，他认为他的部队跳到敌人边境线后方一百多英里远的地方去作战的想法肯定是个误会。

在本–古里安把协议放进口袋的五天后，十六架运输机，每架运输机装二十五名伞兵，朝着西奈上空西沉的斜阳飞去。该营预定降落于米特拉隘口，然后坐等在那里，直到本–古里安能够掂量出埃及军队的反应和英国方面的诚意时，再开始行动。至于法国方面他并不担心，按照事前约定，三个法国战斗机中队已经部署到了以色列机场。

为了避开雷达搜索，十六架“达科塔”运输机轻轻掠过平坦的沙地，保持超低空飞行，伞兵们透过机上的小窗户向下看，有种火速赶往战场的感觉。其实，这些运输机都是老式笨重的DC–3机型，时速大约仅仅二百英里。他们到目的地的距离还不到二百英里，因此，起飞半小时后，飞机便爬升到了跳伞高度。

在嗡嗡作响中神经紧张地冲入一个陌生的地方，这半小时对堂吉诃德来说很漫长。这次夜袭不同于以往，没有明确的撤退路线，要由阻挡分队和掩护火力来保持畅通；整个营要深入多山的沙漠腹地，降落到敌人蜂巢般的装甲部队中间，并且据他们所知，他们要完全依靠降落伞来补给食物、水、燃油以及武器弹药，一直坚持到阿里克·沙龙（阿里克是阿里尔·沙龙的昵称）旅主力部队打通到他们这儿的道路，那是要经过敌人的各处据点并穿过恶劣的沙漠地带方能完成的。许多加重了的装备让约西感觉烦躁、焦虑和难受，在这难熬的几十分钟内，他一次次压抑住不舒服，回想起昨天忐忑不安地与夏娜见面的场景，同时努力调整“美好巴黎”那些荒唐行为给自己带来的情绪反应。

闪烁其词

夏娜在电话里打了个响亮的喷嚏，惊喜地喊道：“啊，你回来了？巴黎怎么样，你在哪儿？”

“巴黎很好。我在我们基地外的‘法拉费王’（法拉费是以色列一种小吃）里给你打电话。你感冒了？”

“重感冒！不过正在好转。就是你生日宴会那天晚上患上的，全身都被雨淋透了。幸好我没跟你走，要不然到了那儿发高烧躺在床上跟这里也没什么区别。你过来跟我说说巴黎吧。”从她的语气中听来，好像她对那场争吵以及他和耶尔走的事情并不在意，她依然是那个深情的夏娜。

“我走不开。”他正在他们空军基地外的一部公用电话上和夏娜讲话，身边有很多与各自妻子或是情人坐在一起的飞行员和地勤兵，他们吃着法拉费喝着啤酒，低声说一些告别话，因为听消息说马上将要有一场军事行动。他压低声音说：“紧急待命。”

“那我去你那儿吧。”

“你要是生病的话就不用了。”

“傻瓜。说吧，什么时间合适？”

“我让我的连在七点钟的时候自由活动。”

“等着我。”

还是那么含蓄，没有亲昵表示就挂上了电话，夏娜的内心真令人难以捉摸！实际上，在出发到战场之前，堂吉诃德不想见她，不想和她独处，也害怕见她。和耶尔在巴黎的那件事实在是荒唐，那事和他在卡尔内特大街公寓里偶尔的愚蠢行为有本质的区别。他怎么能撇下那件事来和夏娜谈巴黎呢？在巴黎所发生的就是那些事啊。

当他七点钟走进“法拉费王”里时，夏娜已经在柜台前候着了，她穿着件外套，冷得瑟瑟发抖。“发生什么事了？”她第一句话就问，又打了个喷嚏。

“上帝保佑。什么事也没有。”他在她旁边的椅子上坐下来。一份冷冰冰的作战指令出现在冷清的基地礼堂里，同时挂起来的还有多张西奈地图，上面密布粗重的箭头，刚刚还发出了关于米特拉守军的任务图。令人惊怵！把战事的忧虑暂且推到一旁，眼前的风花雪月令他感觉宽慰一些，他的确很爱这个姑娘，看她第一眼他就知道：巴黎的事没暴露。由于愧疚的原因，此刻看着她那变红了的鼻头他也感觉很迷人。当她对他微笑时，脸蛋弯成特有的样子，很漂亮，眼睛也因为见到他而闪闪发亮，而耶尔在巴黎就从来没有这样看过他，不过耶尔也说了，人家就不爱他。

夏娜说：“每个人都在说要打仗了，耶路撒冷的人又开始储备东西了。妈妈和其他人一样惶惶不已，我们家的橱柜全部都塞满了，商店也一天天空了下去。不过我可不是在跟你打听战事啊。”她敏锐的眼神在他脸上探查。

“现在挺好的。不会打仗。”

“真的吗？”她抓起他的手，“跟我说说巴黎吧。很好玩吗？”

这是个很单纯的问题，可果真如此吗？她脸上露出高兴的样子，一目了然，跟以前和他在一起时没区别。可是，她是不是显得有点太不拘礼节了？她捏着他的手，继续说：“好了，我们那场吵架很不好。我先说，对不起，约西。你不是跟我说过那些吓呆了而不敢跳的伞兵故事吗？就是如此，对我来说巴黎就是一次让我吓呆了的跳伞。我想我本可以和我父亲说通这件事的，但是我没有，不过这件事就这样过去吧。你去巴黎时我得了病，因此也算是结局圆满了，如果我去的话会成为累赘的。我父母亲对我决定不去巴黎那么欣慰，我不忍心走！”

“巴黎被评价得太高了。”约西说。

"喏，在哪方面？"

"嗯，也许是我不在状态吧，我想念你。"还是需要说点符合事实的。

她的脸又妩媚地弯成弧形："哦，是吗？太好了。从头开始讲吧，把你和耶尔做的每件事全都告诉我。"

全告诉你就完蛋了！约西暗暗地想。

"好吧，第一晚我哥哥请我们到牧女游乐园。"

"哇，牧女游乐园。那些女演员真的是什么也不穿地满场跳舞吗？"

"是的，要不就是穿着你曾见过的最华美的戏服跳舞。我还是更喜欢她们穿衣服的样子。"

她斜睨了他一眼，显出一种老人般的智慧，说道："那是肯定的了。然后呢？"他笑着给她讲述了银塔餐厅领班以及那家廉价宾馆等事情。她很羡慕他们爬埃菲尔铁塔——"听起来那是最有意思的"——她瞪大热切的眼睛听他讲那些优美的风景名胜以及《伪君子》的演出。"差不多就是这些。当我们回到那家差劲的宾馆时，电报就来了，命令我们坐头班飞机立马飞回来。"他说。

"乔治五世酒店怎么样？"她问。

"酒店怎么样？"他大吃一惊，"你要来个法拉费吗？"

"就是你哥哥住的那豪华套间。那里有什么事可说的吗？"

"我想我要来个法拉费。"

"嗯，那我也来一个吧。"

在服务员匆匆制作法拉费的间隙，他偷偷瞄了一眼夏娜。她坐在那里，面容镇定，并没有嫉妒、愤怒或是怀疑的迹象。她知道什么了吗？她是不是已经跟耶尔谈过了？可是耶尔是和他一起直接到的拉姆拉基地呀，在那里，萨姆·帕斯特纳克已经设立了摩西·达扬的总司令部，从一回来耶尔就一直在那儿工作，甚至晚上也要工作。他曾在走廊里碰到过耶尔一次，她看上去脸色苍白、衣服凌乱，和他擦肩而过时仅仅是礼节性地打了个招呼。无论如何，耶尔是不会吐露一个字的。又或者她说了什么？耶尔可是个厉害角色啊。眼前这个十九岁的谜一般的姑娘那笑靥之后藏的到底是什么呢？

当他拿着法拉费回来时，夏娜又问他："你没去过他的酒店吗？你哥哥在那天宴会上说起过他的套房，他说他会让你住在那里的。听起来那里很漂亮。"

"哦，我哥哥就喜欢炫耀。是的，我们上去喝了一杯。那里的风景很好，但是在我看来就像是电影场景似的，假的。"

"耶尔肯定喜欢，我敢说。"她说这话时他一言不发地看着她，"她知道了什么叫豪华，肯定的。"

"哦，那时我们都很累很累了。她就睡了一会。"

"在哪里？在那间套房里？真怪哦。为什么不回你们的宾馆里去？"

"她抱怨说那里有臭虫。"

"臭虫！哇！"

"只是短短休息了一会儿，然后我们就又去了法兰西喜剧院。"

"她睡觉时你在干什么？"

"我哥那儿有几本法国的色情杂志，我在看那些杂志。"

"想你就会那样。"她无声地望着他，眼神中已经有了很大的疑问。

"再来个法拉费，夏娜？"

"第一个我都吃不进去。"

从约西这边来说，好像很清楚，她已经明白了，或者说以某种方式理解了。为什么他说谎说得那么笨呢？L'Azazel（天哪），为什么要说耶尔睡觉？为什么要说色情杂志？

"约西，我要跟你说我越来越怀疑了。"

"什么？怎么会？"

"我觉得你肯定玩得很高兴，你只是不想让我难过才这么说的。不过别再傻了，我们有一天会一起去巴黎的。你还有多长时间？能送我去公交车站吗？再有十五分钟就到点了。"

"行，走吧。"

他想趁着黑暗亲她一下。

“不要。我会传染给你感冒的。”她说。

“没关系。”

“不要，我说真的。不要。”

他知道她什么时候是认真的什么时候又无所谓，当她穿着牛仔裤时，对亲昵表示她会有一定意愿，但很明显今晚不行。他们默默走了一会儿，她说：“听着，约西，我表姐菲格马上要结婚了，你有时间跟我一起去参加婚礼吗？”

米特拉降落的地图清晰地在他脑海里一闪而过，他说：“如果我能，我就一定去。”

夏娜在黑暗中笑着说：“我那么多朋友正在一个个结婚，我感到好恐慌啊。再过一年，我就成为一名老处女了，不过我并不担心，就在你去巴黎的时候还有人向我求婚呢，你知道吗？想想如果我走的话应该会错过这件事的！”

这句话刺痛了堂吉诃德，他问：“现在是哪一个向你求婚？”

“你什么意思？现在是哪一个？我有那么多吗？他的名字叫伯特莱姆·帕克。我病倒在床上时他一次次地来看我，其实在两年前他就跟我求过婚，现在突然又跑来向我求婚了。”

“这个人是你那些犹太神学院朋友之一吗，免除兵役的？”

“哦，不是，伯特莱姆笃信宗教，但他是‘宗教复国主义青年运动’（B’nai Akiva）的成员。他在那个社团三年了，而且他还是一名预备役炮兵。别担心，我没接受。”她拉起约西的手，“所以呀，你就别这么叫喊了。你跟那个漂亮的耶尔·卢里亚去巴黎时听到过我叫喊了吗？”

重压之下

“最后检查！”在双引擎飞机的轰鸣声中，跳伞指导厉声喝令。搭扣的咔咔声，凹背座椅的吱吱声，乌兹冲锋枪的当啷声响成一片，年轻的伞兵紧张地开着玩笑，老兵们脸色从容镇定，大家开始最后一次检查他们的背带、主伞、备伞、自动开伞索以及腿袋扣件。别再想夏娜了，最起码这一会儿不要想了！

“Dvukah Aleph（第一次挂钩）！”

约西和五名与他一组的士兵站起来侧身而行，把自动开伞索前端的挂钩挂在飞机顶棚的钢索上，左腿向前，右腿向后。飞机侧门滑开，猛烈的寒风呼啸灌入，红彤彤的落日照亮黑暗的机舱，映红了一张张年轻的脸。现在没有人开玩笑了。

“Kfotze（跳）！”

堂吉诃德排在第三位，跳伞正常有序地开始。第一名士兵，好样的，跳出去，走了！第二名，有点发呆，吊在那里没动弹。

“Kfotze！”军士在其背部猛地一推，走了！

轮到约西了。狂风肆虐，满耳的怒号声。红日已有一半西沉到黛色的青山后，不同于内盖夫地区的山，这里的山是真正的高山。也许那就是西奈山吧？谁能知道呢？摩西，十诫……

“Kfotze！”

堂吉诃德大笑一声跳了出去，身体在湍急寒冷的气流中一圈圈翻滚，短暂的直落下坠后，伞包中的异样感传来——背带猛地一震！降落伞拍打着在头顶完美撑开，缓慢飘移，飘移。四周除了降落伞的轻拂声外一片寂静。深蓝色的空中，到处都是飘浮着的降落伞。松掉腿袋，松掉备伞，让它们完全离身悬挂在下面……

在下面，往西的远处，帕克纪念碑孤零零的台柱在黄昏中非常显眼，那是米特拉隘口入口的标志。他和其他星星点点散布在空中的伞兵一样，全部没有精确落到隘口，大约向东偏移了两三英里。约西刚来得及看到这些，遍地碎石的灰黄色沙地就已经近在眼前。地面风速不是很大，很好。身体沉重结实地落地，他双脚紧紧并拢轻巧地翻了个跟斗，迄今为止最完美的一次跳伞！从现在开始要对付的是埃及军队了！在他周围，伞兵们一个个落下，有的姿势笨拙难看，有的姿势灵巧熟练，附近一个其他连的小伙子把腿扭伤了，躺在沙地上扭动身体痛得大喊。约西把自己的降落伞伞绳割断，卸下装备，跑过去帮那个小伙子。

金星出现在空中，黄昏中看起来就像一颗宝石一样，空气开始变冷，微弱的风也变得凛冽起来，紫色的暮光中，正西方向上的那座纪念碑已变成一个黑色的小圆丘，地平线上仍残存着一抹橘红色。伞兵营营长是拉斐尔·埃坦，自小在莫夏夫长大，个子矮小、性格坚毅，有时会很友好地向人微笑，有时却又异常冷酷无情，他迅速聚拢集结他的部队。这次跳伞相当成功，四百名伞兵只有十二名受了点轻伤。随后拉斐尔命令部队向西行进，三个连开始行走在骆驼小径般模糊的路上，穿过寒冷静寂的沙漠。一路上没有看见一个活着的生物或者是生长的东西，至于埃及军队，更是没有踪影。巨大昏黄的苍穹下，四百名士兵行进在空旷的沙石地面上，像一支迷路的巡逻队。

到达纪念碑区域时，最后一抹霞光也慢慢消失了，星光亮起来，借着这一点微弱的光亮，他们迅速开始挖工事，进行防御带作业，沿着骆驼小道建立拦阻阵地和埋伏地点，同时启动空军导航波束系统。到士兵们吃野战口粮的时候，令他们振奋的黑色剪影嗡嗡地在夜空下飞进来，在他们的欢呼喝彩中空投下一簇簇的降落伞，伞下系着吉普车、迫击炮、弹药、枪支、食品、淡水和医药。飞机投完装备后便隆隆消失在黑夜里，只留下伞兵营孤零零地守在这蛮荒之地，人数少，又只装备了轻武器，如果有任何装甲部队进攻的话，是根本经不住的。

“本–古里安在发高烧。”

午夜刚过，胡子刮得青溜溜的达扬，目光炯炯地大步走进司令部内帕斯特纳克的办公室里间。司令部设在拉姆拉外围原英国空军基地一间破旧棚屋里，基地里也刚刚挖了些地下指挥所，但萨姆·帕斯特纳克很讨厌钻进那些洞里面，反正迄今为止，埃及空军还没有来骚扰过，就算来了，他说他也会继续坐在这里，祈祷埃及人的轰炸技术太臭而打不着他。

“本-古里安处在巨大的压力下。”帕斯特纳克说。

“他要求我向他通报最新进展情况，他一直都在密切关注着。”

帕斯特纳克疲倦地朝墙上大幅的西奈挂图做着手势讲解。一个红色的大圆圈标明了伞兵们在米特拉的最新方位，两个短而粗的黑箭头，一个在北部，一个在中部，都在埃及边界上，显示出步兵的突袭随时可以撤出来。达扬的指关节在米特拉的位置上敲击了下，问：“阿里克·沙龙现在和他们会合了吗？”

“他半个小时前发信号说‘正在行进中’。我们许诺给他的六轮卡车他连一半都没收到。因此他把他能找得到的民用公交车和小汽车全征用了。”

“这个阿里克。你去跟踪一下那些六轮卡车，萨姆，安排一下发给他！”

“他出发的时候我就安排过了。”帕斯特纳克说着，在他的步话机上按下蜂鸣器，“耶尔，把拉斐尔的电报给我拿来……这是来自米特拉的第一份消息，摩西，真急人，他们的通信设备在降落时摔坏了，刚刚才修好……”

耶尔手里拿着电文簿，头发飞舞着匆匆走进来。达扬扫了一眼首页，签署了电文。“这么说，两辆埃及巡逻吉普跟拉斐尔他们在夜间突然碰上，然后又逃跑了。那又怎样？他们不会知道这是怎么回事，开罗也不会知道，直到他们进行空中侦察——耶尔，你需要休息一下了。”

耶尔无力地靠在地图上，眼睛充血，不断打着呵欠。“萨姆需要休息。来杯咖啡，摩西Dode（叔叔）？”

达扬摇摇头。

“给我再来杯咖啡。”萨姆说，耶尔走了出去。

“跟本-古里安汇报之后，我会飞到南部。”达扬说。

“南部哪里？”

“南部他们正在作战的地方。”

“摩西，你需要留在这里。”

“我需要见士兵们，能看见我他们会大受鼓舞的。战役现在全面打响了。保持联系，向我汇报每件事，我必须要依据它们行事。”达扬盯住墙上的一张时间表，上面列出了接下来两个星期内每天各方的行动，分为四列：以色列、法国、英国和联合国。“你对联合国方面挺乐观的嘛，不是吗？长达十天都不会有决定性投票？打一半下去吧。”

“为什么，摩西？每件事都要取决于美国人。俄国人会抗议威胁，但是你想艾森豪威尔会背弃他的盟友吗？他会叫喊‘太遗憾了，太遗憾了’。但是真正的行动，不会有。”

达扬用力摇摇头，说：“那个杜勒斯会背弃英法两国的，绝对。我们要跟那个唠唠叨叨的老家伙比赛，也许就从今天开始。”他僵硬的指头指着英法两栏中的两处“最后通牒”，说：“这一点是不错的，很好，要不然我们就要单独执行‘卡代什行动’了。我们到作战室看一下去。”

宽敞的作战室里四面墙壁上挂满了作战图表，一张大桌子放在中央，上面摊开一张巨幅地图，几名女兵在推动表示埃及和以色列营或旅的标志牌，同时不断移动表示最新前线的大头针。年轻的军官们有的在桌子边，有的在图表前，很多人都戴着连接有长导线的耳机，在嘈杂的嗡嗡声中喊话，跟踪战况，电话铃不时响起，话筒里传来大喊声，打断他们的正常程序。帕斯特纳克和达扬绕场走了一圈，询问军官们前线战况，得到的回答一个个都是诸如“没有应答”“我们联系不上”“信号混乱”“我仅能猜”……

耶尔把咖啡端给帕斯特纳克，他看也没看耶尔一眼，也没道谢，拿过来就喝。他狠狠地对达扬说：“摩西，通信实在太差了。设备有问题，训练也不足。”

“所有这些更有理由让我去前线了。”达扬在人声鼎沸的作战室内一挥手臂，“至于局面，目前还不错。我要一架飞机凌晨四点半候在这儿。”

“没问题。”

达扬离去后，耶尔走上来，手里拿着个纸盘，上面放一块肉馅三明治。他不耐烦地说：“我不饿。”

“你根本不清楚你饿不饿。”耶尔亲密地低声说，“你不清楚你在做什么。你还能站起来，这真是个奇迹。你已经四十个小时没睡过了，你没有意识到吗？”

“你一直数着？”

“我在地下室放了张行军床。”

“那儿闻起来就跟坟墓一样，我不去那洞穴里。”

“你要去。摩西跟我说：‘照顾好萨姆，他正在做一件伟大的事业，他是不可代替的。’这是他的原话，一字没变。”

“好吧，我吃。”帕斯特纳克拿过三明治。

“你要睡觉。”耶尔以近乎耳语的声音不容置疑地说道，“马上就睡。我会在一小时后叫醒你——如果有什么重要事情我会更早叫你。”

“好吧，那你去核对一下那批该派给沙龙的六轮卡车，听见了吗？然后告诉尤里，让他提醒那位负责的军官，如果那批卡车没有交到沙龙手里，他可能要准备好上军事法庭了。”

在地下掩体里，帕斯特纳克没有盖行军床上的粗毛毯，只盖着自己的军衣躺下来，扯过灯绳，拉熄了头顶上的光电灯泡。耶尔带着个手电筒顺着台阶走下来，没有理会他的嘟哝，替他脱去了靴子。她说：“闻起来的确像坟墓，美妙、安宁。阿里克会在雷霍沃特接到六轮卡车，事实上，六轮卡车会先到那里。”

“你在老佛爷百货买了什么？”半梦半醒之间他喃喃地问她。

“嗯？”耶尔自己也半梦半醒，她想了一下才明白了问题，“哦？你是说在巴黎？”好像那完全是几个月前发生的事。

“那还能在哪儿？在米特拉隘口？”

“好吧，如果你真想知道的话，就是一些让人大喊一声‘哇哦’的法国内衣。”

“哦，是吗？很希望看到啊。”当她为他掖外套时，他想摸一把她，她拉开了他的手。

“是吗，你这样想？那你只能继续希望了。”

“你要就这么犟下去吗？”

由于耶尔对自己身份的不满日益强烈，她已经两个月没有和帕斯特纳克在一起睡觉了。两个人这样的冷战以前也发生过，不过在感情的回归下一次次都融化了，而现在这种寒冰期再次来临。

“不会，我已经不再犟了，永久性的。别想那事了，萨姆，休息吧。”

临时任务

耶尔发现她哥哥本尼正等在萨姆的办公室，他戴着顶羊毛衬里的帽子，这种帽子有个很潇洒的称号：二战电影款式。跟司令部小屋里大多数军官不一样，他显得精神抖擞且喜气洋洋的。“这是摩西Dode（叔叔）要的报告，关于我的任务的。”他说。

“摩西刚来过。我们听说了你们那事，实在是太疯狂了，本尼。”

“好了，你看一下就明白了。”

她从信封内倒出一张薄薄的空军部队用信纸，上面打满了密密的字。

临时任务报告（紧急）

主题：装备故障。

1. 我们小组奉命切割西奈上空的电话线以干扰敌人的通信，防止其报告米特拉伞兵空降之事。为此四架“野马式”战斗机特别加装带钩受力钢索，以便能把电话线从电杆上扯下来。

2. 任务准时起飞执行。然而，带钩钢索反被电话线从飞机上扯了下来，有的则遗失在去往目的地的路上。这证明该装备用于此种任务太脆弱。

3. 因此我们决定尝试用飞机翅膀和螺旋桨来切断电话线，我们如此做后任务顺利完成，所有指定的电话线全部被切断。

4. 但这种方法非常冒险，因为飞机必须要在距离地面四米之内的空中飞行，且存在电线缠绕螺旋桨和损坏翅膀的可能性。建议使用强度更高的带钩钢索，或者是更有效的切割设备。

本尼·卢里亚少校

敬礼

1956年10月29日

本尼吃着帕斯特纳克剩下的半个肉馅三明治，耶尔盯着他，问："你真的飞这次任务了？"

"我和另外三个小伙子。怎么了？"

"用螺旋桨？这是谁出的馊主意？你怎么能冒那样的险？"

"啊，是这样的，耶尔，上个月基地的一个飞行学员一不小心飞进了几根电话线中间，然后就切断了它们，他和飞机都没事，所以我们知道这是可行的。也没有那么坏，只是重重地撞击那么一下和一阵震动而已。我两次都没挂上电线，第三次才切断了它们。"

"飞机都受损了吗？"

"有些凹痕和刮擦。我的飞机螺旋桨上出现了槽口。'野马'战斗机还是很皮实的。"

他们俩都像是电影里那样，飞行员一副无所谓的样子，耶尔很恼怒的样子，其实她心里对她哥哥钦佩至极。本尼自己也把自己佩服得不行，闯入电线中在以前可一直是很难应付的事情啊。

帕斯特纳克和兹夫·巴拉克两人走进来，巴拉克胡子拉碴，筋疲力尽的样子。"耶尔，我睡不着。你好，本尼——你知道这小子切电线的壮举吧？"帕斯特纳克对巴拉克说。

“大致听说了点。”

“萨姆，为什么我们不袭击埃及的机场，你知道原因吗？在拂晓之前，他们肯定会全部紧急起飞的，他们的飞机数量是我们的四倍。我们正在错过最好的时机。”

“不要问与你无关的事情。”

“跟埃及空军作战这是谁的事情？算了，那是我的报告。”

耶尔说：“两个孩子了，现在还怀着一个，他还干那样疯狂的事。”

“疯狂的家庭。”帕斯特纳克说。两兄妹笑着一起走出去了。

他们离开后，巴拉克说：“你应该告诉本尼一些大致的战略部署。”

帕斯特纳克气恼地说：“告诉他什么？告诉他这次空袭完全是战争行动，在英国佬行动之前我们必须要完全假装这仅仅是一次侵扰？你在不违反安全性的情况下来‘大致上’告诉他，如果你能的话我准许你！”

巴拉克通过计划中进军西奈的标志研究墙上的作战图表。他顺着路线移动手指，从以色列最南端的一点中枢埃拉特开始，沿东面的西奈海岸一直滑到西奈半岛的最南端沙姆沙伊赫。“沙龙的任务很艰巨，但我们旅的任务可能更艰巨，我们的车辆更破，士兵都是上了岁数的预备役军人，那边的路连六轮卡车也走不了，没法驮运充足的补给来保证我们一路走到沙姆沙伊赫。这都是明显摆在那里的事实。”

“那是你和约菲的事。”帕斯特纳克说。巴拉克此时是亚伯拉罕·约菲上校的副指挥官。“我们该次战役的全部目标就是重新打开蒂朗海峡，无论英法两国怎么做，我们都要实现这个目标，因此不要再废话了，只管想办法去解决你的补给问题。”

“哦，我跟海军请求过在宰海卜对我们进行再补给，那地方大约在去沙姆的半路上。但很遗憾，能从埃拉特运送补给的登陆艇都在海法。”

“在海法？为什么在海法？这几个月来南部有恐怖活动，而且我们也一直有战争计划，为什么他们却不在埃拉特？”

“那一直是个问题。Balagan（一团糟）。问海军吧。”

“把登陆艇经由陆地带到埃拉特。”

“我刚刚就在考虑这样做。”

“怎么样？”

“这样做的确是可行的。登陆艇可以从海法通过铁路运到贝尔谢巴，从那里再装到平板卡车上去运到埃拉特。”

“然后你的问题就解决了。”

“没有。我下大力气检查过一番铁路线。有一点很明显，就是登陆艇无法通过铁路沿线的一些建筑——车站、车棚、货仓等通常的建筑。”

“拆毁它们。”

巴拉克一直紧绷的脸笑了。“真的吗？谁准许那样的拆毁？谁来埋单？”

“会处理的，你放手去做吧。”

耶尔回来了，脸色难看，递给帕斯特纳克一份电文，说：“米特拉来的最新消息。”

帕斯特纳克签署了电文，拿给巴拉克看。电文内容：我部于拂晓果真遭敌装甲部队进攻，迫切要求空中掩护。

帕斯特纳克命令耶尔：“叫醒法国联络官。你的朋友堂吉诃德境况危急。”

“他？天上下炮弹雨他也不会当回事的。”耶尔说着跑出吵成一片的作战室。

巴拉克和帕斯特纳克互相看了一眼。“到那间昂贵的法国别墅还有很长的路要走。”帕斯特纳克说。

“到沙姆沙伊赫就有很长的路要走。”巴拉克说。

第十七章　火枪手和煎蛋卷

出征

堂吉诃德仰面朝天躺在散兵坑里，看着沙漠上空明亮的星辰，做着一个疲乏士兵胡乱的猜想——一会儿敬畏黑暗无边的宇宙，一会儿渴望把夏娜纤细的身子搂在怀里，一会儿对上次跟她见面时她表现出的怀疑感到担心，一会儿又回忆起与耶尔在巴黎时的疯狂时光……想到这里他在黑暗中大笑起来。法国妓女，还真是！她真的很厉害，尽管他不打算再跟耶尔有那样的接触了，一头母豹啊！“有些事情要做一次……”真的是那样，这个耶尔！

扑到米特拉隘口的埃及装甲纵队已被空军击退了，到目前为止一切还好，只是一整天的高强度劳作令他感到疲惫至极，他们在敌机的侵扰下用砂石堆筑起了阵位，不过敌机也仅仅是打断他们的作业而已，并没造成什么伤害。从别处传来的消息令人振奋：北线大胜，另外沙龙的换防旅也正日夜兼程向这边赶来，一路攻占或绕过敌人加强了人手的哨站，预计明天某时就会到来。在继续站岗之前先舒舒服服地躺下睡一个小时吧，高高堆在洞口的沙子可以很好地挡住猛烈的寒风。就在他正打盹的时候，一阵敏锐的紧张感让他突地醒了过来。什么东西？有模糊的隆隆声传来，地上？天上？还是夜袭？他抓起枪跳出散兵坑，周围影影绰绰的伞兵纷纷拿着武器从地上爬起来。随后就听到有人喊："阿里克！"喊声此起彼伏响起来，星光下，他辨认出，远远的东北方向上，一群缓慢爬动的黑色甲虫排成几英里长的纵队，尘土飞扬地开过来。

"阿里克！阿里克！"

当车队发出低沉的叮当声轰鸣着走近时，堂吉诃德也跟着呐喊起来，欢迎那些坐在卡车、汽车、坦克和半履带车上的士兵，很多车的散热器都开锅了，轮胎也打瘪了，咚咚地砸着地滚动。兴高采烈的伞兵们围着车队欢呼雀跃，高喊叫好。士兵们胡子拉碴，油腻腻的，满身尘土，他们从车上跳下来拥抱亲吻同样肮脏同样蓬头垢面的伞兵。这中间没有一个人能比堂吉诃德和一个红头发的矮胖士兵更兴奋，他们擂着对方的肩膀，互相在对方长满坚硬胡须的脸上疯狂亲吻，品尝油汗和沙土的味道。

堂吉诃德和阿哈伦·斯坦是很好的朋友，这是个又胖又黑的基布兹居民，因为他的一头红头发，人们给他起了个外号叫"金鸡"。要不是堂吉诃德的帮助，"金鸡"差点就没能通过伞兵课程和排长课程，因此他很感激堂吉诃德。从他们的背景来看，这两个人不大可能成为挚友，堂吉诃德是一个波兰籍塞浦路斯移民，而"金鸡"的父亲和爷爷都是德加尼亚·阿勒夫的开荒者。"金鸡"本人是一个彻头彻尾的土生以色列人，只会说口音浓重的本地希伯来语，对外面的世界和犹太教一无所知，他只知道人生观就是简单的犹太复国社会主义，生活的目的就是和德加尼亚·阿勒夫的同龄人竞争。他在一次背伞包跳跃训练时扭伤了脚踝，随后在首次飞机跳伞时又在一块岩石上摔断了两根肋骨。教官建议他试着去参加炮兵或装甲兵，但他从德加尼亚·阿勒夫来时就打算要成为一名伞兵的，否则宁愿去死，最终他通过了所有训练，不过当堂吉诃德升为连长时，他仍是一名排长。

"这行军！你会被记录在历史里的，从约旦到米特拉只要一天一晚就到！”堂吉诃德大声喊道。

“金鸡”用嘶哑的嗓门喊：“你从没见过这么大的balagan（混乱）。我们打了几场漂亮的胜仗，这一点挺好。但是计划、补给、维修和零部件——什么都没有！我快要渴死了，你能匀出一点水来吗？”堂吉诃德把自己的水壶塞给他，“轮胎破了，车出毛病，发动机也停转，我都不知道从哪儿跟你说起。我们在接到通知那么短的时间内就被动员起来，出发又那般仓促，我什么都没有安排。一路换了四次车才……”

“但是你来了。”

“我来了，你说得对，我们会被写进历史的！你们遭到空袭了，嗨？”

“没事，我们有空中掩护。他们一看见我们的飞机就仓皇逃跑了。”

“金鸡”用手肘戳了一下堂吉诃德的腰部。“看那边。”在不远处，拉斐尔·埃坦和阿里克·沙龙把一张地图铺在一辆吉普的引擎盖上，俯身向前，借着手电筒的光亮在商议战事。沙龙从屁股后面抽出把长刀，压住被风不断吹打的地图，这个体格壮硕、外表和他手下的士兵们一样污秽不堪的白皮肤以色列本地人多次策划和领导了血腥的报复行动，名声早已是血淋淋的了。“下一步怎么办？你猜得到吗？”“金鸡”问。

“我要是还了解这两位的话，”堂吉诃德说——作为一名连长，他经常要和他们接触——“我们会在拂晓时分攻取苏伊士地区，直接通过那里。”他手指用力点点那条通往米特拉的隘路。星空下，远处的米特拉呈现出一片黑沉沉的隆起。“阿里克·沙龙打算赶在所有人前面到达运河，或者说打算把我们都累死在路上。”

“山口那儿侦察过吗，约西？”

“空军侦察过，没有埃及军队。”

地图上，沙龙用刀顺着一条小径移动。“通过这两条隘路会很慢，拉斐尔，但是这块小盆地……”刀子绕着中间宽阔的一段通道画了个圈——“是路的主要部分，这儿有很大的机动空间。”他的嗓子已经哑下去了，双眼在盖满了油脂和沙尘的脸上肿胀得只剩下一条细缝，牙齿在粗鲁的大笑中露出来，布帽子折成一种俏皮的样子，“只要我们走进开阔地，我们就走完一多半的路了。”

“按你的命令行事。”埃坦说。总司令部严令禁止任何西进隘口的移动，这条命令他很清楚，但却搞不懂为什么要这样，沙龙更搞不懂。

世界政治波谲云诡，关于英法同盟的事还没有传达给任何战场指挥官。北线上一个装甲旅未听命令就抢先行动，在夜袭中越过边界，达扬因此还大发雷霆，乘飞机到了那儿，把那名旅长和北线上的指挥官都臭骂了一顿。这让他们两人都困惑不解，因为达扬本人就在吕大和拉姆拉创下过奇迹，形成了不听指挥猛打猛冲的惯例，这么多想要一展宏图的军官都是在效仿他呀。对阿里克·沙龙来说，眼下的米特拉隘口正是他的一个机会，通过率先到达运河从而盖过上次达扬在吕大和拉姆拉的风头，堂吉诃德的猜测是正确的，没有什么能阻止得了沙龙。

早晨，沙龙通过一架通信飞机向总参谋部发出请求，准许他通过隘口，被拒绝后他又请求准许他派一支“巡逻队”去侦察一下东面的隘道，这回的申请被批准了，一名总司令部的参谋乘坐一架“派珀幼兽”过来，带来了批准命令，内容明确且诸多限制。飞机一走，沙龙立刻就组织并派出了一支所谓的“巡逻队”，兵力达到一个营，这样的人数，就算碰到再大的抵抗也可以夺取整个十七英里长的隘道。正午美丽的大漠中，这支部队终于出发了，排成长长的一列纵队，由半履带车、卡车、坦克和重型汽车组成，朝荒凉小山包围着的隘道方向前进，至于拉斐尔的伞兵，仍留在原地构筑工事。

堂吉诃德坐在自己的散兵坑外，抱着冲锋枪，队伍铿锵轰鸣地从身边经过，他朝“金鸡”大喊：“我嫉妒你！”“金鸡”在一辆卡车上朝他摆摆手，咧嘴一笑，离去了。堂吉诃德也曾经多次在这样的队伍里出发，隆隆开往进行报复性袭击的跳伞点，但这次是战争，苏伊士运河才是不折不扣的目标！四周一片荒凉，遍地石砾，远处风蚀雨剥的悬崖和刀砍斧削般的群山高高隆起，好像要去迎接太阳似的。大漠风情让他感觉热血沸腾；这就是吗哪[1]的西奈，这就是金犊[2]的西奈，这就是神发出雷鸣声响的西奈，如自己小时候所想象的那般。对于更大方面的战略概念，当然他这样的级别是毫不知情的，沙龙和拉斐尔同样毫不知情。堂吉诃德也丝毫没有觉得部队大规模进入隘口是违反明确命令的；他还不知道，拉斐尔或沙龙也同样不知道，就在夜间，大批埃军特遣队已经进驻米特拉隘口，所带来的强大火力全都布置在了两边悬崖上的山洞和岩坑里。

米特拉之战

帕斯特纳克摇摆着宽阔的肩膀走来走去，像只动物园里的熊一样。刚刚勘察完到贝尔谢巴整段铁路的巴拉克一回来，他就冲巴拉克嚷道："啊，太好了，总算来了。那些登陆艇怎么样？铁路沿线的拆除工作开始了吗？"

"怎么拆？你又没给过我授权文件。"

"我真他妈想掐死耶尔。"

"她去哪儿了？"

"去接西蒙上校了，本-古里安与法国政府之间的联络官。我们马上去本-古里安家，他还发烧躺在床上呢，达扬一来我们就走。飞机早就应该到了。"帕斯特纳克瞟了一眼墙上的钟，眉头忧虑地皱起来，"本-古里安已经收到了艾森豪威尔给他的信，他很不高兴。"

电话铃响了。"喂？马上。"他挂上电话，手指着作战室对巴拉克说，"好了，达扬刚到，正在那边对米特拉破口大骂呢。"

"米特拉？米特拉怎么了？"

---

① 《圣经·出埃及记》中所述古以色列人奇迹般得到的食物。——译者注

② 古犹太人在摩西不在时崇拜的偶像。——译者注

“你没听说沙龙的事？一会儿就知道了，走吧。”

达扬钢盔下怒目圆睁的样子着实让兹夫·巴拉克吓了一跳，瞳孔外面的眼白瞪得那么大。这位总参谋长的军服上落了一层灰尘，脸上满是尘土和汗水。连珠炮般的问题愤怒地砸向帕斯特纳克：这事怎么发生的？谁批准沙龙进入隘口的？那份急件在哪儿？现在事情怎么样了？本-古里安要撤销“卡代什行动”，这他妈到底是怎么回事？

这下轮到帕斯特纳克软软地说话了，他仅仅批准阿里克派一支巡逻队进入隘道，然后整营被强大的火力困在那里，阿里克还积极突围什么的。至于本-古里安那边，英国最后通牒的时间数小时前就到期了，但是他们没有如约轰炸埃及机场，因此本-古里安担心他们会退出这次战争。美国人和俄国人又在呼吁召开联合国大会，因此他打算在大会开始之前就宣布——也有可能会通过给艾森豪威尔发电报的方式——说以色列报复性袭击已经达到目标，军队正在后撤。他叫来那名法国上校就是要警告他关于这个打算的。

“米特拉的通信记录在哪儿？”达扬怒吼道。神色惶恐的年轻军官跑上来递给他一个电文簿。达扬草草查看时，另一名军官远远地给帕斯特纳克拿过来一部电话听筒，帕斯特纳克低声哼哼了两句后挂上电话，对达扬说：“好了，耶尔找到那名法国上校了，摩西，你该到本-古里安家了。”

“行！”达扬把电文簿摔在桌子上，“战后军事法庭会很忙的。这种不遵守纪律的行为让人受不了。阿里克把自己置身于这种狼狈的境地，无论发生什么，他都要把每一位战死或受伤的士兵带出来！萨姆，你告诉他，就说我说的！”

“是，摩西。”

“兹夫，五分钟后在外面见我。我们要坐你的车去总理那儿。”

达扬走后巴拉克问帕斯特纳克：“什么事让西蒙上校耽搁这么久？”

“他在用午餐。对一个法国人来说，那意味着要花三个小时。我知道耶尔会把他接到的，她说那人的眼睛一看到她的胸就动不了了，她跟我说那人让她的胸部感觉很不舒服。”

“噢，就是被遮住了，这就是原因。他肯定经常去牧女游乐园。”巴拉克说。

巴拉克的车是一辆征用来的老式奔驰汽车，发动机发出不稳定的突突声，一路震颤着向前行进。车里，达扬问巴拉克：“如果你的旅今晚从埃拉特出发，三天之内能到沙姆吗？”

“亚伯拉罕·约菲指挥我们，长官，你可以问他。”

“我是在问他的副指挥，说来听听。”

巴拉克手指在方向盘上敲击着，慢慢回答：“我们还在动员中。我们是一支预备役旅，人们要离开他们的家，要放下手头的工作。运输卡车还没达到预算配额，补给问题没解决，像……”

“问题是，”达扬打断他，平静的语气干巴冷淡，“我们可能没有超过三天的时间了。我相信联合国可以被搪塞很长时间，即使英法两国退出——顺便提一句，我不相信他们会退出。但是我们‘卡代什行动’的目标始终都是沙姆，现在依然是。我们已经牺牲很多孩子了，沙龙那边牺牲得更多。”停顿了一下，他语调变得稍微柔和些，“所以，三天时间？行还是不行，兹夫？”

“回忆一下，长官，我参加过‘雅况行动’。”

“回忆？我还亲自给你别过一枚勋章呢。”

“是的，长官，是你给我别的。我要是对三天说行那我就是个不诚实的人。”

达扬闷闷不乐地陷入沉默中，同时，本已经遗忘掉的“雅况行动”那段痛苦的经历又在巴拉克脑海里升起。那是一年多前，他参加一个巡逻队，奉命乘坐橡皮艇远远南下，从西奈登陆，要在炙热的沙漠中步行勘察并绘制一条路线，该路线需要能从埃拉特出其不意地摩托化进军到沙姆，这次行动代号为“雅况”。巡逻队在出发之前，纳赛尔就已经在沙姆沙伊赫布置了能够封锁蒂朗海峡的重型火炮。一如巴拉克从前的行动，这次行动被抓或被打死的可能性也很大。在夏季酷热的沙漠中走了三天三夜，巡逻队艰难地穿过了西奈，但在最后一伙贝都因人无意中发现了他们的足迹，并向埃及骆驼巡逻队报了警，骆驼巡逻队随后紧跟而来。在万般无奈之下，他们发出信号求救，几架双座飞机冒险在一块小得不能再小的沙地上降落，把他们救了出去。由于脱水，巴拉克在那次行动之后大病了好长一段时间，行动中因为中暑而死的战友比被敌人打死的还要多。

过了一会儿，达扬粗声粗气地说："时间问题先放一边——还有其他大的困难吗？"

"有一个，长官。"巴拉克跟他说了运送登陆艇的麻烦。

"没希望了吗？"

"目前我还在努力，长官。"

"好的，如果拆除工作没能及时完成，兹夫——假如你的旅没有从海上进行再补给，他们还能不能继续到沙姆作战？"

"不，不行。不可能抵达沙姆。要命的地形能把人累死，车辆都受不了，有七十英里的上坡路。"

"那补给问题必须要解决。"达扬说，"因为就算本-古里安要撤销剩下的'卡代什行动'，兹夫，此时此刻我们也一定要攻到沙姆沙伊赫去。喏，关于'雅况行动'，你能告诉他的应该比我更多。"

"告诉他什么？"

"告诉他，根据'雅况行动'的经验来讲，你们旅无论怎样都可以在三天内到达沙姆。"

"你是要我说谎吗，长官？"

达扬耸耸肩，独眼狡猾地瞟了他一眼。"听着，这只是估算，任何人都有可能犯错。一旦我们开始了那就要一直不停地打下去，直到攻占沙姆，他会解决政治上的事情的，那是他的事。即使我们被迫后撤，我们也可以讨价还价，要求重新开通海峡，由美国保证自由通航——但是首先我们要拿下沙姆，兹夫。”

“十五分钟，不能再多了。”宝拉·本-古里安说，她站在卧室外面，穿着她常穿的那件已变形的黑衣服，面对着达扬和巴拉克。“那个法国人和小耶尔现在正在里面。他们刚到这儿。”

“本-古里安怎么样？”达扬问。

“高烧四十度，严重的流感。只能十五分钟啊！无论要决定什么，你们必须要在一刻钟内决断。明白了吗，摩西？”

“一刻钟，宝拉。”

本-古里安背靠在堆起来的枕头上，穿着白色长睡衣，头顶上杂乱飘摇着的两丛白发让他苍老的脸显得更加红亮。他紧闭双眼，胳膊耷拉在毛毯上。西蒙上校靠窗站着，双手背在身后，留着灰胡子，军人的身材粗壮魁梧，华美的法国军官帽边缘镶着金边，剪裁考究的制服前面佩戴着成排的各色勋章和绶带。他看起来非常紧张，耶尔在他身边站着。

“摩西来了，本-古里安。”宝拉说，总理睁开亮闪闪的眼，费力地抬起胳膊用力撑着坐起来。

“米特拉那边情况怎样？”他问，声音虚弱而沙哑。

达扬简短地把所有电文总结了下。本-古里安转向那名法国上校，用英语说：“你看到了？我们把孩子们降到离运河那么近的地方，仅仅是因为你们政府要一个‘战争行动’。”他无力的语调中带着嘲讽，“现在我的孩子们正在遭受猛烈的地面进攻，如果接下来埃及空军也进攻他们怎么办？你们政府的诚意哪儿去了？英国人在这之前老早就承诺要轰炸埃及机场，做了吗？”

当耶尔翻译的时候，本-古里安对巴拉克和达扬嘟哝道：“希伯来语我不指望他懂，但英语呢？”

没想到那法国上校用极不标准的英语打断了耶尔的话，对本-古里安说：“总理先生，对不起，由于事关重大，我的英语不太可靠。”他专心听完耶尔翻译，然后开始长篇大论地回答，间或做着大幅度的法国式挥手。巴拉克的法语很好，但在他听来这位上校似乎精神很恍惚，在那毫无目的地大谈什么煎蛋卷和火枪手，他觉得自己肯定是有些东西没理解。旁边的达扬看上去也是一头雾水。

宝拉眉头紧锁地听了一会儿，说："他一直不停地说什么煎蛋卷，他饿了吗？我该给他做个煎蛋卷吗？只能在会后做了。"她扫了一眼床边的闹钟。

"'火枪手'是他们登陆行动的代号，我知道。但这个'煎蛋卷'是怎么回事？"本-古里安说。

耶尔飞快地用希伯来语解释法国人的话，"煎蛋卷"行动是"火枪手"行动的替代版或者叫修改版，里面对登陆计划的改变很复杂，因此可能会马上对机场进行轰炸，但也有可能直到登陆那天晚上才进行轰炸。

本-古里安愤怒地用力摇着头，说："失望透了，我太失望了。在联合国和全世界面前我们已经作为一个侵略国而不断受到指责了，其实是纳赛尔首先通过封锁以及他的阿拉伯游击队向我们开战的。我们捣毁了两个阿拉伯游击队基地，已经够了。你们政府辜负了我的信任，上校。我召来了我的总参谋长，"说到这里他朝摩西·达扬挥挥手，"结束报复行动，把士兵们撤出西奈。"

当耶尔把这话用清楚的法语翻译给西蒙上校时，他的脸拉长了，显得更加紧张。这会儿巴拉克一直在盯着法国人，但他并没看到法国人瞟过耶尔傲然挺立的胸部。他想，对于你来说那是耶尔·卢里亚，对于她来说，则是世界事务在围着她的乳房打转转呢。

"他说他需要马上给他的政府打电话。"耶尔把上校紧张的回答翻译过来。

"宝拉，带他到我的办公室打电话。"

"好的。那他不要煎蛋卷了？如果他要的话我可以给他做。"

"不要煎蛋卷。"总理说。

"九分钟了啊。"宝拉说着朝法国人招手，法国人跟着她走出去。

本–古里安从乱堆在他床上的一摊纸张中拿起份电报递给达扬，说：“一个小时前从华盛顿发来的，白宫把阿巴·希勒尔·西尔弗（Abba Hillel Silver，美国犹太法学博士，美国犹太复国主义运动领导人）拉比叫了去，让他把这份电报带到我们大使馆。”达扬飞快地看完后耸耸肩，把它递给巴拉克。本–古里安说：“杜勒斯写或者口授的，这是他的风格，但艾森豪威尔在上面签了字。这一封比上一封还要糟糕。”

信件是由那位拉比亲自转交的，措辞生硬客套，意思是美国威胁要对以色列停止一切军事和经济上的援助，并禁止募集资金，批准部分禁运条例，可能包括关系到以色列民生的重要进口物资，除非以色列的“侵略行为”立即停止，军队后撤到停火线。“我们希望如此，也预料会如此，”写信的人又虚伪地在最后加上，“这些可能会引发的严重结果最终不会有一个成真，因为以色列政府在最近的事态发展上显得更加成熟。”信的末尾是对以色列表示友好云云。

“在伦敦，针对安东尼·艾登的政策，人们在特拉法加广场发生了骚乱。”本–古里安的声音更加虚弱，“联合国大会今晚要开会谴责我们，也许还会把我们赶出联合国。埃及海军正在炮击海法港，并且进入了亚喀巴湾。他们的空军也在轰炸我们所有前线上的部队。有情报显示伊拉克和约旦也正在动员部队。”他因高烧而显得通红的脸转向达扬，“你还要继续‘卡代什行动’吗？为什么？”

“因为我们各条战线上都在打胜仗，总理。”达扬的回答掷地有声，“我相信西蒙上校所说的，一旦机场轰炸开始，埃军在西奈将全线崩溃，我们正在取得一场伟大的胜利，绝对不能停。”本–古里安弓起肩膀，垂下头，摆出一个很犹太式的怀疑姿态。“我们要不惜一切代价，必须攻下沙姆沙伊赫。”

本–古里安无力地把头转向巴拉克，问：“你到沙姆沙伊赫要花多长时间？”

“一旦我们开始的话，三天。”巴拉克说。

“你们什么时候能开始？”

“如果情况很危急的话，马上。”

本-古里安看看达扬，达扬脸上平板板的，眼神呆滞，他又转回头看巴拉克，说：“沃尔夫冈，你在跟我讲bobbeh-myseh（外婆的故事），为什么要跟我讲bobbeh-myseh？”

宝拉进来了，后面跟着西蒙上校和耶尔。他飞快地说出一连串法语，脸色因为宽慰而亮了起来，他再次谈到“煎蛋卷”和“火枪手”，还几次提及让人不知何意的“望远镜”。耶尔解释说，那是对计划的最新修改，代号为“望远镜”，新计划把登陆时间提前了两天，并且指明一定要在那天黄昏时分进行大规模机场轰炸。如果需要的话，法国国防部长准备通过电话向本-古里安确认这一点。本-古里安对上校微笑着，不住地点头。

他说：“我就不跟你握手了，会把流感传染给你的。我相信你的话，在今晚之前我不会再采取更进一步的行动。把这个告诉你们国防部长。”

耶尔翻译完后，宝拉说：“时间到了。本-古里安，休息！耶尔，你问问这个法国人他是不是不要煎蛋卷了。”

“或者说不要望远镜。”巴拉克低声对达扬说。

本-古里安无意中听到了这句话，表情诙谐而狡猾地瞥了他们一眼，说：“沃尔夫冈，不要再跟我讲bobbeh-myseh了，让你的旅一切都准备好再走，那条路非常难走，没有准备好你们不要冒进。那种事我们受够了。”他瞥了眼达扬，躺下去，“我要随时听取米特拉隘口的任何消息，有必要的话，就叫醒我。”

死里逃生

除非是亲自身处米特拉，否则根本无法想象那里的恶劣状况。

隘道入口处的小山和西奈及内盖夫地区的所有山丘一样——黄褐色，荒凉，风蚀雨剥，卵石遍地，除了一簇簇干硬的低矮灌木丛外，再看不见任何生命。而当他们看见生命时，麻烦也就来了。原本一片死寂的低矮山坡上突然间万炮齐发，枪声大作，部队前进的路被压住了，弹药车被炸得飞上了半空，燃油车也被打着，火光冲天，浓烟滚滚，还有两辆坦克被击毁，部队指挥官和其下所有士兵全被包了饺子。后面，是燃烧的车辆和隐藏着的枪炮；前面，遭到包围的士兵每次想从停下的车辆中跑出去，或是从干河谷和其他藏身处往外探头时，面对的必然是山上猛烈的交叉火力。无线电中混乱疯狂的声音不断喊叫：

“尤里，尤里，停止射击，你打到我们了……”

“没有，没有，莫塔，没有，我们没有射击……”

“知道了，知道了，我们想办法回去支援你们……”这是一辆越过指挥官跑到了前面的半履带车里发出的——“我们这儿的子弹跟他妈下雨一样……”

无线电中发出诸如此类此起彼伏的刺耳呼叫，四周子弹的极速呼啸声、发动机的轰鸣声和伤员尖利的哭喊声又时不时把无线电声盖住。

沙龙派处于枪炮射程之外的两个伞兵连分乘几辆车去救援被伏击的部队，他自己留在外面，准备迎击据报告所称正从北向扑过来的敌人装甲部队。负责冲进去救援的伞兵们架起了一组重型迫击炮，但问题是，朝哪里开炮呢？在午后明晃晃的阳光下，浓烟和尘土闷在谷内，似乎各个方向都有敌人的枪炮射击，又似乎各个方向都没有。

该怎么来攻击这看不见的伏兵阵地呢？救援部队指挥官在万般无奈之下想出一个不是办法的办法，派一辆吉普车朝前面隘道开去以吸引敌人火力，同时弹着观测员用望远镜密切观察各处山坡，精确指明炮火攻击方位。这需要一名志愿者来开车，堂吉诃德和另外几个人自告奋勇要开车，拉斐尔·埃坦是在那里观察救援的，他自己也表示愿意去驾驶吉普，但最后指挥官选定了自己的司机耶胡达·坎-德洛尔。看着这位司机离开，堂吉诃德很痛心，因为他知道坎-德洛尔在独立战争时就已经失去了一位兄长。

尘土飞扬中吉普顺着崎岖小路跌跌撞撞地冲进隘道，山上瞬间倾泻下震耳欲聋的炮火声，持续了漫长的几分钟。堂吉诃德本应该是观察山头的，但他不由自主地举着望远镜跟随坎-德洛尔左右摇晃的车前进。望远镜中他可以清晰地看到黑色的弹孔打遍了车身，可以看到司机被一次次打中时避缩的钢盔。吉普在隘道转弯处停下了，发动机冒着烟。坎-德洛尔摇摇晃晃地从驾驶座上下来，蹒跚着走了几步，就一头栽进干河谷中看不见了。

"Gibor hayil（勇士）。"有人低声说，这也是所有看见这一幕的人心里想说的话。不过这勇士的勇猛被浪费了，南北两边全是宽阔平缓的坡地，上面一个个坑坑洼洼的洞穴，因此很难说清（弹着观测员这样说）铺天盖地四面八方的子弹是从哪一点射过来的。又有几个人能真正把视线从耶胡达·坎-德洛尔身上转移开来去观测弹着点？堂吉诃德很怀疑。

上面命令救援分队要不惜一切代价抢出所有的伤亡人员，这是以色列军队的规定，这个规定是帕尔马赫时期就定下的，因为那时班里的士兵都是从小玩到大的朋友。耶胡达·坎-德洛尔出发时面色苍白、表情僵硬，他知道自己前往的是一条死亡之路（堂吉诃德永远也不会忘了吉普冲出去时他那一闪而过的脸），但他也知道，如果自己受伤，他会被送到医院；如果自己被打死，他会埋葬在以色列，会有地方让父母亲来祭拜自己。总之，不管怎样他都会被抢出来，但是隘道上面就是一处处洞穴，绝对没可能在他们的枪口下把伤亡人员救出来。恐怕只有最后一招了，一种既费力又危险的办法：小分队进攻，一个一个地清除枪炮掩体。

坎-德洛尔的方式失败之后，开始用这种方式，一直进行了整个下午，到傍晚时，等敌人再开枪时，找出他们就变得容易了。小分队穿过有可能会暴露在敌人枪口下的地带，缓慢吃力地攀爬到陡峭的石壁上，避开敌人的火力线从上面、下面或旁边接近各个山洞，就这样绕着圈子一步步从下面打到山脊。暮色加深，天空中星星探出头来，现在已经看得很清楚了，南面山脊上配备了最多也最猛的火力，敌人从那边远距离扫射沿着北部山脊运动的小分队，造成了不少犹太士兵的伤亡。

堂吉诃德从他的连队中精选出六名战士，带领他们顺着南面山脊上狭窄的地表露头侧着身行走，落脚处尽是稀松不稳的碎石，两边都是幽深的沟崖，只能慢慢行走，此地很接近一处敌人掩体，该掩体正闪着火光乒乒乓乓地射击。路面变得宽阔点时，他看见前面有几个模糊的身影走来，喝问口令后，对方飞快地用希伯来语做了回答。是“金鸡”的排，他们向他指指下面的斜坡，有一条又弯又长的小径通向那个掩体。“金鸡”的排副，一位瘦瘦的连鬓胡子军人说：“他想带着我们到下面。他带头先下去了，我试图下去时，他们封锁了路面，子弹在我耳朵旁飞得嗖嗖的。”

“他还活着吗？你知道吗？”

“他趴在下面一处岩棚上，有那么一会儿他朝我们喊叫，我不知道他们再朝他射击没有，后来就没再听到他喊了。”

“你想过从另一边靠近他们没有？”

“不可能，另一边是悬崖，没有落脚点。”

“我去看看。”

下面山洞里打枪时发出一闪一闪的火光，远处有一辆车在燃烧，借着这些火光，堂吉诃德看到另一边的确是一处险峻的山崖，一块突出来的大石头正好把山洞遮住。他带着他的小队慢慢沿着山脊仔细四处查看，盯着悬崖看了会儿后，他觉得有个办法可以试试。先在几近垂直的碎石坡上滑行长长一段山坡，然后跳到离山洞较远处的一块突出的大岩棚上，如果一切顺利的话再从那里跳到山洞里。可以肯定，埃军的机枪小组主要注意力放在下面，他们可能并没有防备上面。

堂吉诃德在夜袭中冒过很多次险，但这次不一样，现在这里是正规军，不是游击队，是用强大火力武装起来的军人，而且高度戒备，带着背水一战的拼死心理，因为诱捕者正在成为被诱捕者。尽管阿里克军队清除山洞的战斗在有条不紊毫不留情地进行，但对埃军来说，在没有支援的情况下只能坚持着打下去直到战死，要不然就是碰运气趁着夜色逃跑，有的埃军士兵跑掉了，有的企图溜走被发现、打死。救援分队不断报告说发现空掩体，里面放着完好无缺的枪支和码得整整齐齐的弹药。但眼前这一个，依旧保持着极强的战斗力。

“我要试试。”堂吉诃德对其他人说。

他的军士长不无担忧地对他说：“长官，算了吧，太危险了。”

“不要说了，我们必须得把‘金鸡’从那里救出来。”

他布置好士兵们掩护自己，然后开始等待敌人下一次齐射时发出的闪光和噪音。这类冒险比不上坎–德洛尔冒的险，但也足够大了，在恐惧和兴奋中他静静等待行动的那一刻，感觉热血上涌。

枪声大作，闪光，闪光，更大的闪光！他迅速向下滑去，系在枪带上的自动步枪不断晃荡，粗糙的岩石划破了手。大岩棚到了，长腿猛地一跳，再用力一跳，乓……咯啦啦……堂吉诃德大喝一声跳入山洞！旁边有一盏昏暗的油灯，再往那边是一堆自动武器弹仓，山洞里有六七名埃及军人，看着他这个从天而降的高大带枪幽灵抖缩成一团。在这电光石火的一瞬间，他看到这些士兵和自己的小队是多么相像，也是一群穿着军服的年轻小伙子，其中一名士兵背对着他，正在警戒打倒“金鸡”的那条小径。来不及想太多了，他掉转压满子弹的自动步枪枪口，对那名士兵扣动了扳机，随后狂扫所有的敌军。眨眼间敌人横七竖八地倒下，在血泊中挣扎蠕动，哭号着听不懂的语言。怦怦心跳中，他慢慢走出掩体到了外面那条小径上，仔细搜索潜藏的敌人。没有人，除了刚被击中士兵的喊叫与呻吟外，再无其他声音。

“嘿！我是约西。目标清除，寻找‘金鸡’。”他朝小径上面大喊。

帕克纪念碑附近，用众多带罩的照明灯标示出一个临时简易机场，这是这块到处凹凸不平沟壑纵横中唯一一块平坦的地方。一架满载伤员的“达科塔”正在起飞，两个发动机排气管在跑道上射出炫目的蓝光，与此同时，另一架正在盘旋着降落。空军先前曾派一名工程师来检查过这块地区，他报告称没有地方可供“达科塔”降落，比“派珀幼兽”大的飞机都无法在米特拉隘口降落。

但阿里克·沙龙口气蛮横地要求一架“达科塔”过来，为伤兵们运载医疗补给和担架，随后，这些飞机就一架接一架地过来撤离伤亡人员。到现在，已发现有一百多名伤亡者，其中三十多阵亡。

堂吉诃德的连队负责把伤亡人员抬上飞机，并对飞机进行快速重新装置，把里面的座椅拉出来，安装上临时简易床，加上固定伤员的安全索，使它们变成医疗机。在手电筒和照明灯的亮光下士兵们闷闷地执行任务，堂吉诃德惊讶地发现耶胡达·坎-德洛尔竟然还活着，脸色由于失血过多而苍白得如同一张纸，基本没有任何意识，只是有口气在。在大家都以为他死了的时候他拼尽全力从深深的干河谷中爬出来，晕倒在一条小路上，后来前来搜救伤员的巡逻队发现他后才把他救了回来。“金鸡”也活着，他还认出了在灯光下忙碌的堂吉诃德，他的生命体征显得比坎-德洛尔要好些，头上和一条腿上缠着厚厚的绷带，一名卫生兵在给他输液。当他被抬进飞机时，他虚弱地挥挥手，喘息着对堂吉诃德说：“堂吉诃德！他们说我欠你一条命。”

“好好康复，‘金鸡’，然后咱们再清算你欠我的。”

担架兵抬着伤员把他们送进飞机里，有几副担架上的人脸被盖住了，那些士兵在被找到时就已经牺牲了。这架“达科塔”运输机和运送他的连队进入跳伞点时的飞机是同一架，在前面舱壁上，有好打趣的人在上面用模板印了个“小鹿斑比”的图像。

堂吉诃德喃喃地说：“哦，斑比，聚会之后回家并没多大意思，不是吗？”

第十八章 赛跑

捣乱的奶牛

清晨战报大量涌进作战室时，所有军官一改阴郁之气，个个看起来都兴高采烈，就连精疲力竭面无表情的帕斯特纳克在研究地图时也露出似笑非笑的表情。地图上，姑娘们把大头针和作战单位标志牌远远地推到了西奈地区，但约菲上校的旅到现在为止还分毫未动。

“卡代什行动”正如达扬所预想的那样展开，姗姗来迟的英国终于对埃军机场进行了轰炸并大获成功，敌人的空军被清除出了这场速战速决的战争中，一直不断涌入西奈地区的埃军地面部队开始仓促退回运河区。因此约菲旅终于能够顺着“雅况行动”时绘制下的路线，沿西奈地区东海岸南下了，这也是帕斯特纳克几乎要笑出来的原因，而此前，敌人空军轻轻松松就可以轰炸这条路。不过联合国大会正在讨论一个美国提出的停火方案，约菲必须要赶在联合国对此进行投票表决前飞速进军，拿下沙姆。现在同时面对的是两个敌人：第一，埃军；第二，时间。

地图边一名士兵喊道："长官，您的电话。"

"喂，我是帕斯特纳克。"

"实在是balagan（糟透了）。"兹夫·巴拉克的第一句话说，"长话短说，我想让你授权买八十七头奶牛。"

"八十七头奶牛？你是在开玩笑吗？"

"你是想听解释呢，还是立刻就给我授权？我们碰到大麻烦了。"

"说来听听。"

巴拉克从开着的农舍窗户向外扫了一眼，那边有个矮胖的白发老者正把着推土机，不让它们前进。那一溜牲口棚中传出来的气味让他这个城市中长大的鼻子感觉异常难受。"好吧，看起来是这样，有个老人，他的牛棚伸进了铁路用地里面几英尺，事实上是非常长的一段牛棚，全部沿着铁路线建造。火车能通过，因此这么多年也没人管他。牛棚里有八十七只奶牛。他是一名俄国籍老犹太人，体格健壮得就像块巨石一样，疯狂的利己主义者。他说，腐败的社会主义者基布兹体系是这一切的幕后黑手，还说他做得很成功，所有腐败的基布兹与他兴旺的私人牛奶场相比都相形见绌，因此他们想尽一切办法要打击他。"

"那又怎么样？推倒牛棚就是了。"

"他有一支乌兹冲锋枪，要对那些推土机司机开枪。"

"那这样，缴了这个老疯子的枪！很困难吗？"

"萨姆，我们后来聊了聊，我告诉他我的爷爷是在普隆斯克后，他说他其实还和我奶奶谈过恋爱。我觉得挺对不住他的。"

"兹夫，可他妈的军队要这八十七头奶牛有什么用呢？"

"我们可以吃牛肉啊，不行吗？"

"天哪，你跟他一样，你们两个都疯了。你不可能吃奶牛的，你还要为它们挤奶呢。推倒牛棚，我说，而且要快。告诉他索莱尔·玻恩（Solel Boneh）公司会给他建一个全新奶牛场的。"索莱尔·玻恩是一家特大的政府公路建设与建筑公司。

“好吧，这个我可以试试。”

“兹夫，你听起来脑子在犯晕。你的旅怎么样了？出发了吧？”

“是的，约菲已经启程南下了。我清理掉这些障碍后马上去追赶他。登陆艇也在海法装到平板列车上准备好走了。其他拆除工作都已经做完了，只剩下这个奶牛棚了。”

巴拉克确实有些脑子犯晕，为了督促部队的准备工作他一晚上都没有睡。他发现这个牛棚对峙事件很古怪很好笑，也很高兴能拿这个事来逗弄一下帕斯特纳克。另外，除了对这个老头动武以外，他还真不知道该如何是好。

帕斯特纳克气恼地说：“你觉得怎样好就怎样去做吧，买奶牛也好，一不小心在他腿上打一枪也好，我都不介意。联合国在今天或明天要就停火进行表决。要赶快！”

巴拉克走近奶农，这老头除了一脸短硬的白色络腮胡子以外，和总理倒还颇有几分相似，一样好斗的下巴，厚重的鼻子，雪白的浓眉毛下凶狠的眼睛。当巴拉克把索莱尔·玻恩公司重新给他建牛棚的建议跟他说了后，他怒气冲冲地说：“索莱尔·玻恩？我为索莱尔·玻恩公司工作过！后来我不干了！这个国家唯一比基布兹还要差的就是索莱尔·玻恩公司。就是弥赛亚给我建一个牛棚也要比索莱尔·玻恩给我建造得快。”

“那军队买下你的奶牛。”

“没有了奶牛我干什么去？再回去给索莱尔·玻恩公司打工？狗屁索莱尔·玻恩！”

巴拉克从包中取出“卡代什行动”地图，说：“看，史劳艾曼先生，实际情况是这样的。”他大致说了战争概况，尽量清楚地说明了约菲旅的任务、拆除的理由，以及跟联合国表决进行赛跑的事情，“如果不能在海上进行补给，史劳艾曼先生，孩子们就攻不下沙姆沙伊赫，因为坦克和卡车没有那么多燃油到达那里。我必须要装运登陆艇到埃拉特，你的牛棚挡住了路。Zeh mah she'yaish（这就是原因）。”

奶农听着他的讲解，眼睛盯住地图不断地点头，说：“那些开推土机的怎么没跟我说这些？”

“他们有他们的命令，他们只是司机。我们现在正跟联合国赛跑。”

“狗屁联合国。”奶农说着放下他的枪，“我把我的奶牛转移到田地里去吧。”

“我会给你出一份证明，表明政府会为你重新建一个牛棚。”

“用你那证明擦屁股去吧，我会自己建我的牛棚的。”

急取沙姆沙伊赫

亚伯拉罕·约菲上校，这位高大健壮的旅长之所以要兹夫·巴拉克做他的副旅长，是因为他从英国犹太人旅那个年代时就知道巴拉克这个人了。那时候他叫沃尔夫冈·伯科威茨，精通于对付北非沙漠中的深厚沙地和笨拙的机械设备，“雅况行动”他也参加过，因此他懂得，这支部队的挑战不仅仅是攻打沙姆沙伊赫，还有沿着西奈海岸南下的这条路。

巴拉克上任后，开出一张巨大的军需品需求清单，不眠不休地检查这些物品的送达分派情况，把约菲的人折腾得苦不堪言，而且巴拉克除了听“完成”以外，其他报告一概不听。眼下，第九旅的大队人马已经爬出内盖夫进入敌占区了，车队一路曲曲折折，宛如蛇形，长达十英里，却并不缺乏各类备用零部件和修理设备，也不缺乏水、食物、备用燃油、备胎，一支机械化部队行军在荒地中所需要的上千件小物资全部具备，就像一只满载着给养补充出航的舰队一般。

巴拉克与乘坐武装吉普的工兵连及迫击炮部队远远地走在大部队前面，他们边走边侦察上次绘制的路线，以防止伏兵和地雷。旭日初升，可以看见平坦开阔的沙地一直斜向上直到群山，地面也变得更加凹凸不平。随后他们进入沙丘地带，一望无际绵延起伏的沙丘翻滚着向天际堆上去，身后约菲的大部队也跟着走进沙丘里，步履艰难，前进速度几乎降为零。

接到总司令部紧急要求迅速行军的命令后，约菲上校横下一条心，粗暴呼喝他的部队向前猛推。漫天黄沙中，半履带车翻开沙面碾出车痕，随后卡车再沿着那些车痕前进，但不免还是有车深陷下去，自行式迫击炮也被轮子抛起的沙土掩埋得只剩下半个身子。烈日炎炎下，行军的士兵们从头到尾就没怎么在车上坐过，他们要不停地上上下下，跳出来拖拉着车前进。发动机由于过热而开锅了，嘶嘶地啸叫起来，车轮原地旋转出雨点般的沙子，打在人身上生疼生疼的，半履带车只得轰鸣着来来回回跑，套上那些陷住不能动弹的卡车往外拉。

轻巧的"派珀幼兽"作为空中通信工具，向身处总司令部里的萨姆·帕斯特纳克形象地汇报了这一场景：灰棕色的西奈沙漠中，部队陷在沙里动弹不得，跟烙饼子一样，在闪烁发光的海面映衬下，黑色机械看起来就像是一道平行于海岸的虚线。与此同时，纽约的"政治沙漏"正在逐渐流光，英法外交官的拖延策略可能最多把投票表决再拖一天左右，而他们的登陆部队还在海上，距离苏伊士还有很长一段路要走，伦敦的骚乱更有把艾登政府推下台的危险。约菲按时抵达沙姆的机会越来越渺茫。

达扬是对的，帕斯特纳克不得不承认，的确是要把敌人空军捣毁后再让约菲旅出发，但英国的轰炸行动拖延得也太长了，而且现在约翰·福斯特·杜勒斯又像个疯子般在压制苏伊士战役。尽管北方埃军正在溃败撤退，但是这场战争真正的价值所在——沙姆沙伊赫，却还是个未知数，随着时间推移，这个地方正在溜出以色列的掌控。

"你什么意思，他们找不到达扬吗？他的飞机降落了吗？我必须要跟他讲话。"帕斯特纳克几乎是在对耶尔吼叫。

总参谋长正在各个前线飞来飞去，耶尔反驳道，刚刚找到他的位置马上他就又飞走了。他飞机上的无线电要么不通要么就是通了没人回答。帕斯特纳克坐在桌子边，胡子拉碴，闷闷不乐，嘴里嚼着耶尔放到手里的三明治，但他自己也不知道自己在吃什么。他说："这场balagan（混乱）中只有一个办法。沙龙旅现在除了休养生息以外什么也不做，拉斐尔的伞兵也仍然完好无损，他们可以行动起来，不要再在米特拉隘口纠缠了，行进到另一端的西奈海岸去。他们走那段路根本不像约菲走的路，那路相当好，有的地方甚至还铺有沥青。拉斐尔可以先空投伞兵夺取一座机场，然后让空军把重型突击装备空运给他。沙龙旅到沙姆一点问题也没有，就算约菲不能及时到达那儿，他也能。我想向摩西提出这个建议，请求他立刻做出决断，可他人呢？"

"直接下命令吧。"耶尔说。

"你说什么？"

"直接下命令。萨姆。"

他盯着她，挤出个比哭还难看的笑容，说："直接下命令？我自己做主？改变我上司的战术？"

"策略是正确的吗？紧迫吗？"

"紧迫？只能这样做。也许约菲和巴拉克会渡过难关，但是看起来一时不如一时。"

"发这道命令你有啥好损失的，比得上失去沙姆沙伊赫吗？"

耶尔这种准妻子式的放肆在发作时并不避讳外人，帕斯特纳克已经习惯了。她看上去疲惫消沉，病怏怏的，但那份霸气还在。"那行吧，让尤里来一趟。把那份后备机载装甲车清单给我拿来。"

"好的。我会继续联络摩西的。"

"去吧。"说完他突然笑起来，刺耳的声音吓了耶尔一跳，"你知道最大的危险是什么吗？如果我发出这道命令，拉斐尔・埃坦就会先亚伯拉罕・约菲一步进入沙姆，到时候亚伯拉罕会把我的肝割下来串到烤肉扦上的，还会配上洋葱。"

现在出现了奇怪的三方比赛：拉斐尔·埃坦的伞兵部队沿半岛西海岸向沙姆急行军，亚伯拉罕·约菲旅则沿东海岸爬过沙丘向沙姆行军，两支部队将在西奈这个三角形地区的南部顶点会合，而在纽约，尽管艾森豪威尔的联合国代表团不大可能会与俄国人联合起来，但他们也在拼命加快速度，要求联合国大会对停火进行表决。美国对以色列劈头盖脸地痛斥，对他们的盟友法英两国，也只是程度稍轻而已。萨姆·帕斯特纳克处在这些事情的中心，他和所有人一样对整个事态看得很清楚，世界政治呈现出一种超现实主义风格，就像萨尔瓦多·达利画笔下那熔化了的钟表一样，尽管和梦魇一样怪诞，但却明白地显示出：以色列打通蒂朗海峡的时机正在逐渐逝去。

“继续前进。”帕斯特纳克向亚伯拉罕·约菲发出讯号。午夜时分，亚伯拉罕·约菲报告，部队连滚带爬终于翻过了七十英里上坡路的最高端，但是远远地拉成了一条长线，从下面的斜坡直上到最高端的分水岭，一眼都望不到边，需要稍事休整一下。“我告诉你，继续前进！政治情势正在飞速恶化。为了保险起见，如果必要的话，拉斐尔即将出发，沿西海岸南下帮助你们夺取沙姆。”

正如帕斯特纳克所估计的，这一招刺痛了这位旅长。他只给了他的部队两个小时的休息时间，车辆就在黑夜中借着星光维修保养，同时后面的半履带车和机修兵不得休息，解救仍然陷在沙里或者抛锚的卡车。两个小时后，十英里长的沉重车辆和两千疲惫的人马又继续前进了，部队在拂晓前黑暗的数小时内，嘎吱作响地一路冲撞下山穿过旱谷，地面还净是纵横交错的裂缝，震得人腰都疼。

天空开始亮起来，橘红色的太阳喷薄而出，光彩炫目，下面的山岭中，一列奇怪的铁流穿行在古老如《创世记》里写的那种骆驼小径上。眼前的问题是，登陆艇到达指定集合地点了吗？和巴拉克计算的一样，经过沙海和陡坡的艰难跋涉后，车队烧光了大部分燃油，不从海上进行补给的话，整个车队就不能再作为一个整体行进，最后会抛锚在远远没有到达沙姆的半途。巴拉克他们的侦察吉普作为前锋，当他们从陡峭干燥的棕褐色峡谷中走出来时，眼前的景象令他们不由得欢呼喝彩起来，棕榈树摇曳着枝叶，蓝色的水面反射出粼粼波光，海面上三艘舰艇向他们驶来。

但这高兴马上就消散了，远处棕榈树下寂静的小片绿洲里有几栋建筑，爆豆子般的枪声从那里传来，子弹嗖嗖地穿过身边。这是这次行军首次遇到有人居住的地方，部队的首次伤亡也从此开始。等他们组织起搜索队把狙击手赶出来并击毙时，约菲的大部队也赶到了，巴拉克带来的蛙人开始下水潜游以检查水雷和水下障碍，士兵们也跳下卡车蜂拥向水边，嗵嗵地扎入水中。巴拉克也批准了他的侦察部队士兵们到水中游泳，当登陆艇要靠岸的时候，才把他们召集回到吉普车上。

巴拉克的吉普一直没熄火，车上满载着一桶桶燃油。“我们能抢到拉斐尔前面吗？”亚伯拉罕·约菲身上的军服浸透了汗水，铁塔般杵在巴拉克身边问他。

“势均力敌。我们的难处还有瓦迪·吉迪这个地方。”

约菲凶狠地笑了声，说：“听我说，派拉斐尔是一项明智的预防措施，不必争论。但要是他夺取了沙姆，老子就干掉他。”各种车辆里三层外三层地排成队等待着加油，挤得本来荒芜畅通的峡谷隘道热闹拥挤，他多毛粗壮的手臂朝车辆一挥，喊道：“沙姆沙伊赫是老子我的！”

胜仗

和上次“雅况”勘察一样，对瓦迪·吉迪一带进行侦察的路程走得异常艰辛，在这如同《圣经》上所描述的旷野中，最危险的就是这一段通道。车辆发出的机械隆隆声在原始古老的悬崖峭壁上撞出回响，好像是一出怪诞的时代戏剧，又像是时空穿梭电影一般。巴拉克想，巴黎那短暂的几天，在塞夫勒别墅里几个老头闹剧般的会议，却在千里之外的地方掀起一场动荡风暴。英法两国还需要几天才会登陆，不知道他们的行动会以怎样的面貌出现。俄国人放出了狠话，要派出军队干涉西奈，还要对巴黎和伦敦发射火箭弹，美国虽然没有说狠话，但也在一定程度上赞同苏联的立场，只是要求双方头脑冷静些，但这并不意味着会饶恕以色列的侵略行径。

而此刻，以色列已经基本上征服了整个半岛，比起以色列那块狭长的小海岸国土来说，这块半岛的面积相当于它的三倍大小。从整体上来说，达扬正确无疑，即便“卡代什行动”里某些地方有错误。巴拉克意识到，如果有各种缺点的本-古里安是一个政治天才，那么，这位有各种毛病的莫夏夫独眼居民就算是一个军事天才。北线的部队已经一举击溃了埃军并扫平了所有通往苏伊士的道路，现在只剩下夺取沙姆了。以色列这块小得让人发笑的犹太人沙洲被伊斯兰教海洋所包围，巴拉克长期以来一直有种绝望感，这种感觉他虽然从没说过，但却一直在不停地折磨他，而现在，随着这场大胜仗的到来，他这种感觉正在逐渐消散。

从毒辣辣的日头里驶进繁星点点的黑夜，随着吉普的一路颠簸，巴黎的往事也一幕幕从脑海里浮现出来，巴拉克回忆起那个笨手笨脚多嘴的小姑娘艾米莉·坎宁安来。自从他回来后，他的脑海里就不时闪过那个怪女孩的影子。令他费解的是，在他面临这么大压力夜以继日地苦干，动员约菲旅进行补给准备出发的过程中，都没能完全忘掉她。他甚至记得一些琐碎的事情——她细长的手热切飞快地挥动，听到打动她的话后那种突然睁大眼睛的样子，她乱作一团的棕色头发，还有那便宜的大尺寸美国手表——这一切都在激起他的欲望，这是一种青春的欲望，已被他深深地埋在幸福婚姻和父亲身份下十几年了。这个姑娘在外表和魅力上没法和娜哈玛比：她干瘪的地方娜哈玛是性感的，她尖刻的地方娜哈玛是温柔的，她粗鲁无礼的地方娜哈玛是温和并很有女人味的，且无论她有多累，无论她心情有多不好。可不得不承认，这女孩很聪明很伶俐，她的生活圈子完全在犹太人之外，战争打起来人根本顾不上考虑她所处的那个世界，但这个女孩还是顽强地闯入他脑海中且挥之不去，甚至在这里，在西奈的悬崖峭壁和沙丘之间他也常常想起她。看来，也许一个男人无论活到多大岁数都不会不犯蠢，至少他没那定力。

和他先前所担心的一样，在瓦迪·吉迪，深谷的两壁极其狭窄，中间的隘道除了骆驼，军车是无法通过的。他冒着碰到地雷和伏兵的危险，带了一个小队在夜中徒步穿过瓶颈地带进行巡逻后，决定炸开这个地方，因为没时间也没燃油允许他再返回去重新勘察一条去沙姆沙伊赫的路。这次还不是拆毁奶牛棚那样的事，不过那种事他也不得不做。

接到他的紧急报告后，约菲上校火速派出工程兵携带高爆炸药前来爆破。人员来了后迅速作业，随后滚雷般骇人的爆炸声响起来，腾起的火焰照亮夜空，这让巴拉克产生了一种更为荒诞的感觉，好像他生活在《圣经》上所记载的场景中。深红色的光焰闪烁下，可以看见后面主力的大队人马正蜿蜒穿过旱谷，在不断“轰隆……轰隆”的回响中，伴随着哗啦啦的倒塌，浓烟火焰腾起刺鼻呛人的气味，炸飞的石砾堆满了隘道。

大部队赶过来后，他动员所有士兵直接用双手清理碎石，把路铺平，修成一条临时行车道。约菲焦急地走来走去，每一分钟都在吼叫催促。四千只手的力量是巨大的，一眨眼的工夫就已完成。由一辆半履带车和一辆油罐车试行后大部队再次开始前进，巴拉克依然带着他的侦察小队走在前面。在大约走出隘道一英里处，巴拉克的吉普触碰到一颗地雷，火焰爆起，吼叫声中，他和司机被抛了出去，紧接着猛烈的交叉火力在黑暗中胡乱向他们扫射过来。昏迷醒来后，他顾不上包扎伤口，赶紧把自己的人员和车辆重新归拢，然后撤退到后方等待天亮。他寻找的事物出现了：需要空军打击的伏兵，需要工兵排除的地雷。

相比之下，拉斐尔的伞兵营却一路走得很轻松，他们从沙漠中远远绕开了米特拉隘口南下。在一个攻占的机场上，长长的一溜车队正停在那里领取空投下的重武器和弹药。一条路况良好的柏油大马路紧邻深蓝色的苏伊士湾，部队要沿着这条公路南下，像开车兜风一般，起码，堂吉诃德是有车坐的，而且是最前锋部队的最前面一辆吉普，他绝对应受到如此礼遇，他勇救“金鸡”的事迹为他赢得了巨大的赞誉，一向不苟言笑的拉斐尔·埃坦也拍打着他的肩膀表扬他。

车队在深夜拐过西奈最南端，折头向北，朝沙姆进军，到漆黑的凌晨时分，他们在要塞前的峡谷处遭遇了战斗。堂吉诃德的吉普紧挨着拉斐尔·埃坦的指挥车，他听到拉斐尔告诉约菲上校他已经进入无线电覆盖范围，准备开战，一直要打到沙姆沙伊赫。

“不行，不行！我正在进攻北边，”约菲刺耳的声音传来，有些混乱，但要点很明确，“进入敌人南边炮位一英里范围内就不要再前进了！我再说一遍，不准前进！我们不要再像刚刚北部那样再来一场balagan（混战）！”他指的是北部以色列军队发生的一件倒霉的事情，两支装甲旅同时靠近一个目标，结果双方都把对方当成了敌人而互相大打出手。

约菲上校是这场战役里的高级指挥官、旅长，而拉斐尔·埃坦是一名营长，从无线电里传来这样的严厉吼叫，照理他一定要服从的，而且约菲还派一架“派珀幼兽”过来再次重申命令。那架飞机轻飘飘地降落在营部周围一块平坦的沙地上，飞行员跳出机舱，朝拉斐尔的吉普跑来，手里的急件上下翻飞。晨曦中，不远处清晰可见的炮火闪光迅捷猛烈，此起彼伏。堂吉诃德无意中听到拉斐尔和他的副指挥说那份急件，副指挥络腮胡大个子，和拉斐尔一样激进，他说：“哦，以书面形式命令，‘停止前进，最后一遍，不允许前进。’那我们还走吗？”

“当然走了！立刻就走！我们怎么知道在他发出这份急件之后战况又是怎么变化的？”拉斐尔指着远处随着隆隆作响绽出的炮火烈焰，“听起来他打得很艰难。他也许会很高兴见到我们的。”

两人互相看着咧嘴大笑，满是尘土的黄褐色脸上露出森森的白牙。随后整个旅开始朝沙姆沙伊赫发起进攻。

就这样，沙姆的埃军指挥官突然发现他的南北两边都有敌人。经过数小时的激战后，他派出一名使者向火力更猛的约菲方投降。当堂吉诃德的吉普跟着拉斐尔的指挥车开入沙姆沙伊赫时，首先映入眼帘的是约菲的士兵正在一座堡垒顶上插一面蓝白色大卫星旗。摩西·达扬坐在拉斐尔的车上，为了庆贺沙姆沙伊赫的攻陷，他先坐飞机到半路，再坐指挥车冒险沿着西海岸飞奔过来，途中还穿过一帮帮疯狂逃跑但很轻易就会干掉他的埃军士兵。

“哦，我们又见面了。”堂吉诃德对巴拉克说，他在堡垒的废墟中清除狙击手时意外碰上了巴拉克。地面进攻开始之前，空军就已经把那些堡垒都炸成一堆碎石瓦砾了。埃军士兵的尸体横七竖八地四处躺着，有的毫无遮掩地躺在阳光下，有的半埋在乱石堆里，身上仍在慢慢地往外淌血，硝烟还在上空弥漫，一副惨淡的景象，远处，是蓝色大海和红色石头景象的荒凉海港。

“世界真小。”巴拉克说。他的头上和右臂上缠着的绷带，浸出血来。

“你没事吧？”

“还好，碰到颗地雷，没什么大碍。”

“这里的风景可比乔治五世酒店的风景强多了。”堂吉诃德放眼向远处望去，蒂朗海峡中怪石嶙峋的大小岛屿呈现出一片红棕色，像是隆起的紫色海洋。

“品位问题。”

“谁赢了，兹夫？”

“什么谁赢了，战争？这问题问的！去问埃及人吧！”

堂吉诃德指着猎猎作响的旗帜，说：“不是，我是说沙姆比赛——约菲还是拉斐尔？”

巴拉克没有回答。他环视四周，残骸一地，尸体成堆，远处是美丽的风景。早晨两点的时候他吃了一场败仗，面对敌人雨点般的火炮和机关枪攻击，他撤退到了后方，但不管怎样，约菲这边已经努力抢在拉斐尔前面进入了沙姆，但巴拉克认为，没必要那么急迫地去争抢，最重要的是如何用最小的伤亡代价来取得目标。不过，当埃及指挥车上竖起白旗后，他的半履带车开进战场同时又没看到拉斐尔的影子时，他还是很兴奋。娜哈玛经常批评他喜欢军事演习和打斗，总是说："你在那儿游览'月神公园'呢。"这个牙尖嘴利的女人。

他说："嗯，堂吉诃德，这要看写这事的人怎么写了。作为一个最诚实的历史学家，我会说双方平局。作为约菲的副指挥，我要坚持说，我们不费吹灰之力就打了大胜仗。"

堂吉诃德大笑，眼睛里闪耀出胜利的欣喜光芒跑开了。巴拉克看到不远处拉斐尔、达扬和约菲三人正在热切地交谈，他们脸上也同样露出那种征服者无情的笑容。

但他感觉到，在埃军尸体的景象和气味下，那种打了胜仗的兴奋和激动正在一点点消减。他以前也碰到过这样的景象和气味，在北非和以色列本土战役里都有过，但这次不一样，它们出现的方式很残酷，包含着以死殉国的灵魂飞升和完成任务的崇高意义。这种泄气感那三人没有感受到，或者他们也感受到了，只是在努力压制。也许还因为他们都是以色列本地人吧，他们自长大以来就一直在驱赶阿拉伯人。这让兹夫·巴拉克很困惑，他究竟是一个具有成为未来以色列将军素质的人，还是从本质上来说就是一个错位了的维也纳犹太人。

第十九章　外交部部长

卓越嘉奖令

作战室外面幽暗的走廊里，一扇小门上用图钉钉着一个手绘标志，上面写着“Hayalot”（女兵）。耶尔打开门后，发现以色列外交部部长站在跟前，她赶紧关上门。外交部部长身上的黑裙子斜着撩到一边，露出里面肥大的粉红色羊毛齐膝衬裤。“你带别针了吗？”部长问。她的嗓子由于抽烟而变得粗哑。

耶尔还没从懵懂中反应过来，她刚刚从拉马特甘总部那边给帕斯特纳克取来几份机密文件，帕斯特纳克要和本-古里安及其他内阁成员研究作战地图。

“啊，我可以帮你找一枚，部长夫人。”

“多谢。”果尔达·迈尔森笨拙地摆弄着她衬裤上的松紧带，“老是有毛病。”

耶尔飞奔出去，跑到她存放私人物品的小杂物间。她对大人物已经习惯了，但还从没有如此近距离地接触这位“美国人”，她常听到人们这样称呼迈尔森夫人，也听到过一些其他称呼。最近，在一次政治改组中，本-古里安把迈尔森夫人从劳工部长提拔为外交部部长。在本-古里安的坚持下，她把她的名字改为希伯来语名字，现在人们更习惯于叫她果尔达·梅厄。耶尔·卢里亚对果尔达的印象是：周旋于那些政坛上（谣言说还在床上）同等地位最有权势的男人之间，和他们一样在以色列事务中扮演着厉害角色。

“你长得真标致。”果尔达·梅厄一边用别针别着衬裤一边对她说，眼光热切地打量着她。她把长裙放下、抻直，对着胶合板墙上钉着的小方镜子轻抚几下黑发。“你是内厄姆·卢里亚家的闺女，不是吗？萨姆·帕斯特纳克的助手吧？”果尔达是从以色列工党一步步走上来的，熟知每个基布兹和莫夏夫领导人。

“是的，我叫耶尔·卢里亚。”也许果尔达知道帕斯特纳克和自己的事，如果知道，那也不意外。

“上次我见你的时候，你还是个小姑娘。我刚刚听说了你哥哥的传闻，那个飞行员。”果尔达严肃焦虑的脸浅笑了下，点燃一支香烟，猛吸一口，像卡车司机那样，“萨姆看起来好像自从开战后就没有睡过。”

“嗯，真没睡过。”

“那他现在可以睡了——我们希望。”

事实上，在地图前讲解的萨姆·帕斯特纳克感觉他自己好极了。尽管他的眼窝又黑又深，眼神呆滞迟钝，耶尔甚至都担心他站着就会一头滚翻在地睡去，但在听说本-古里安要带一群高层部长前来时，他提前冲了个淋浴，精神恢复了些，又刮了胡子，换了套军服。这段时间他几度疲乏到了极点，又几度强打精神振作，现在，胜利的兴奋又给他注入了一丝活力，让他得以坚持下去。

“一英寸都不行！”本-古里安说。帕斯特纳克示意耶尔到地图前来。“不允许后退一英寸！”总理手指粗鲁地指着果尔达这些部长和他们的随行官员。他下巴扬起，嘴唇用力紧闭，眼里闪耀着愤怒的火焰，有可能是真的，也有可能是假装的。他的脸色显示他休息过来了，健康状况极佳，气色相当好。帕斯特纳克对耶尔悄悄耳语，说法国联络官正在赶来，她要待命在这里，做翻译。

一位长着浓密灰白头发的部长壮起胆子轻轻说："本-古里安，到一点钟，让我们停火和撤军的决议就过去八十五个小时了。措辞很严厉，说要把我们驱逐出联合国。"

"措辞！"本-古里安的大手朝形势图一摆，语气突然变成一种欢快亲切的口吻，"你们为什么就那么发愁呢？他们谈是在纽约谈，而我们是在西奈列席会议啊，事情没有那么糟糕的。"

"那布尔加宁（Bulganin，苏联部长会议主席）那封信呢？那封信怎么办？"果尔达插进来说，语气近乎挑衅。

"果尔达，我不是一个软骨头的犹太人。这一点我想你知道。他同样也给英法两国写了信，可他们还不是继续正常登陆吗？他们也没有被吓倒啊。"

"可他在给他们的信里没有用同样的措辞'……对以色列是否能继续作为一个国家表示怀疑……'这话很严重。"果尔达摆动着香烟做出诚挚劝诫的手势，"这是军事威胁。"

那名头发浓密的部长插进来说道："还有从莫斯科来的情报怎么说？'如果以色列不撤军，兴许苏联准备在二十四小时后出兵'？"

"你必须学会看地图，平夏斯。"本-古里安指着墙上的欧洲地图和中东地图，"这仅仅是恫吓，编造谣言而已。二十四小时！不具有现实可能性。俄国人还在匈牙利拼命掩盖他们的屠杀行为呢，他们只是在制止苏伊士战役上捞取声誉，免得真让艾森豪威尔给抢先了。"

"总理，西蒙上校来了。"帕斯特纳克说，他看到远处桌子边的执勤官在打手势。

"好啦，战况介绍到此为止。果尔达，你留下。"他告知他们晚上再碰面。人们离开后他转过头说："喏，果尔达，现在你会听到所有关于'煎蛋卷’和‘望远镜’的情况。”看到她那困惑不解的神情，他轻笑了一声。

法国官员昂首阔步走进来，尽管挺着大肚子，但他尽量让自己显得笔直，挂满勋章的军服极其干净整洁，与战况室内的以色列军官相比，他这军人身材算是相当威武了，这里的军人们头发凌乱，且大多数都没刮胡子，有的还穿着旧运动衣。

他没有废话，直接说道：“Monsieur le Ministre，vous nous avez faites tous des dindons。”

耶尔翻译说：“总理先生，你让我们所有人都变成了装模作样的人。”本-古里安扬起粗重的眉毛看着她。她耸耸肩又用希伯来语说道：“一点没错，他是在说Dindons，总理。这个法语的意思就是说hodim（装模作样的人）。”

“装模作样的人？”本-古里安直接对西蒙说，“怎么个装模作样的人，上校先生？”

西蒙上校继续以愤愤不平的口气声称，以色列失信于它的盟友们，接受了联合国的停火决议，而此时，英法的登陆才刚刚开始。他们进攻埃及的借口是“恢复和平”，可现在他们还有什么理由再打下去？Malheureusement（可惜），可惜……上校一边大力挥手一边把这个词重复了好几遍，说可惜在联合国大会上没有否决权。登陆行动进行得“非常出色”，但是他们却不得不中止，坏蛋纳赛尔将会挺过这一关，除非以色列重新考虑，然后继续作战。

“但是再打下去还打什么，上校？”本-古里安指着桌子，“你们政府通知我们到距离运河区十英里的地方停止，好的没问题，我们到了那儿了，全都停那儿了。南部我们已经到了沙姆沙伊赫，还要再怎么打，打到开罗？”

当耶尔翻译给上校听时，他脸上带着牵强的微笑，说：“Monsieur le Premier（总理先生），当然，我很钦佩您的成功，但我现在正在向您汇报的是我国政府的严重困境。”

“但也请考虑一下我的困境好不好，”本-古里安说，语气带着一丝凄惨，“美国威胁我们要用毁灭性的经济制裁，俄国人竟然威胁说要毁灭我们整个国家！他们不是这样说的吗，果尔达？”

“上校，我们已经收到了布尔加宁一封措辞强硬的信，非常吓人。”她说。

“你明白了，上校？我们的国家非常非常小，超级大国们可以随便捏挤我们。很感谢勇敢的法兰西，我们也只感谢你们，因为你们，我们的士兵才能清除西奈的恐怖分子，解放我们的出海通道。这一点我们将永远记得。”

“我会向我国政府汇报这令人高兴的话。不过，Monsieur le Ministre（总理先生）……”

“上校，英国坚持要推迟一个星期登陆，你们的困境完全是由这个愚蠢的做法造成的，因此才导致你们要保持一个全世界都在嘲笑的空洞借口，想必你也清楚这一点。如果按照法国的计划，你们在六天前就已经登陆了，你们现在也夺下运河了，纳赛尔也早就逃亡到瑞士了。”

“hélas（唉），何等大实话啊。英国人再次让法国成为装模作样的人，把1940年的事又重演了一遍，敦刻尔克的背叛！你们就不能再考虑考虑吗？”西蒙说。

本-古里安双手摊开朝上，看看果尔达，果尔达神色阴郁地摇摇头。他说：“我无能为力了，上校。”

“Monsieur le Ministre（总理先生），作为一名使者，我已经完成了我的使命。我会立刻汇报你们最令人遗憾的回应。”法国上校站得笔直，收回大肚子，“现在我作为一名个人和一名士兵和您说话。是的，法国帮助过你们，但是闪电般快速地征服西奈是你们以色列的荣耀。经过一百个小时的胜利后，你们书写了现代史，不再是一个受害者的国度，而是一个勇士的国度。我向您敬礼，向犹太人敬礼。”说完，他敬了个标准的军礼。

本-古里安也站起来，尽力收回小腹，回敬了他一个军礼。“我承诺以色列永远都感谢法国。对于你们的盟友英国，我只感到惋惜，不说其他事情，英国使犹太国家成了可能，我们犹太人永远不会忘记。”

西蒙上校耸耸肩，说：“英国，hélas（唉），我担心不列颠之狮都不想再装模作样了。C’est la guerre（这就是战争）。”他浅浅地向果尔达·梅厄鞠了一躬后朝外走去，到大门口时正好从外走进来一个人，浑身肮脏不堪，缠着绷带，让他吃了一惊。

“兹夫来了。”萨姆·帕斯特纳克说。

“很好。”本-古里安转身面向果尔达·梅厄，脸上挂上深深的皱纹，声音刺耳地问：“布尔加宁的信很不客气，也透露出很危险的信息。我们怎么办？”

“我知道这个人，在莫斯科经常碰见他。”果尔达·迈尔森以前是以色列第一任驻苏联大使，在那里，她还曾由于集会大批犹太人唱歌欢呼而让俄国人很不满，“他只不过是又一个苏联政客而已。他们都一样，他们只知道什么时候能对等地收回他们给出的好处就行了。我马上起草一封回信，和他那封信一样不客气。”

“你想怎么不客气就怎么不客气吧，我来签署，只是不要激他来打我们就行，我想我们还打不过苏联红军。”

“我明白。”她临走时对耶尔说，“谢谢那枚别针。”

“什么别针？”本-古里安问耶尔，他的好奇心永不满足，“你给了果尔达一枚别针？她要别针干什么？”

耶尔在搜寻一个恰当的回答，“别她的衬裤”这样的话说给本-古里安似乎有点不妥。这时巴拉克走上来，从头到脚油汗裹着沙土，“您的口信发到的时候‘派珀幼兽’也到了，总理，我只好这样上飞机了。很抱歉。”

“这是沙姆沙伊赫的沙土，美丽的沙土，这绷带，不要紧吧？”本-古里安问。

“不要紧，我很好。我离开的时候，我们的人正在把那些大炮的火门塞上。即使埃及人明天反攻过来，他们也要很长时间才能再次封锁海峡。”

“他们永远也回不来了，永远回不来！”本-古里安的下巴扬起来，眉毛紧皱，“沙姆沙伊赫就是蒂朗海峡上的一块由岩石组成的岬角，历史上它一直就叫‘Yotvat’，这个海峡上的大岛在古代就是一个犹太人的村庄，我们两千年前就在那儿生活了，普罗科匹厄斯的书里写得清清楚楚，我给你看过的。现在我们回去了，就待那儿不走了。这是不可改变的。”

他问了巴拉克很多问题，关于敌人防线的突破，埃军指挥官的态度，俘虏的处理，以色列军队的状况和补给水平，以及修复损毁碉堡作为防御阵地等。最后说：“兹夫，我今天早晨和摩西谈过了。亚伯拉罕·约菲推荐授予你tziyun l'shvakh（卓越嘉奖令）。”

“为什么是我？他才应该获得这份荣耀。那些一直坚持到那座炼狱的士兵里还有谁吗？”

“你在沙姆见过达扬了吗？”

“见过了，他和拉斐尔一起到的。”

“整个战争时期，他任何地方都在，就是不在这儿，是吧，萨姆？”总理微笑着问帕斯特纳克。

帕斯特纳克没有回答，涣散的眼神瞪着他。耶尔碰碰他的胳膊，他才如梦初醒，“什么？对不起。”他嘴里含含糊糊，眨着眼睛。

“萨姆，我命令你去休息！”本-古里安高声说道，“我知道你在这儿的情况，摩西·达扬亲口跟我说的：‘我们早晨在战场上搞得一团糟的事情，萨姆下午就在司令部里整顿了过来。’你干得很棒。”

“我还没听过枪响呢。”帕斯特纳克小声嘟囔。

本-古里安拽起他的胳膊，说：“跟我到车里去。”

“跟尤里说一声啊。”被总理拽出去时帕斯特纳克对耶尔说。

“我想给娜哈玛打个电话。”巴拉克对耶尔说。

“到萨姆办公室里打。”

耶尔走进办公室时巴拉克已经和他妻子通上了电话，笑声连连的，听筒里也传来他妻子喜气洋洋的讲话声，最后他“嗯”了一声挂上电话，跟耶尔说：“对我这么早回来她感到很惊喜。”

“可以猜得出。”

“顺便提一句，你的朋友堂吉诃德可是个大英雄。你听说了吧？”

“他不是我的朋友。”

这句话说得很快，语气似乎也很紧张。巴拉克好奇地打量了她一眼，说：“你的旅伴，那就是，随便你喜欢怎么叫吧。他要被考虑嘉奖，肯定的。”

“为什么，他干了什么？”

作为战场故事，那件壮举传到巴拉克耳朵里时已经经过添枝加叶的渲染，堂吉诃德的那一跳也变成了根本不是人力所能办到的山羊跳，说他单枪匹马干掉了埃军一整个排，然后——下面这就真的有点想象了——他向下一直爬到一个岩棚上，那里躺着“金鸡”，他背上“金鸡”又爬回小队所在的安全地点。巴拉克说：“大部分情节我不确定，但是我知道他救了一名士兵的命，还端掉敌人一个机枪阵地。拉斐尔这么跟我说的。”

“哦，冒这险可真够疯狂的。你觉得这很好吗？这样拼下去他还能活多久，这是什么领导呀？”耶尔说话凶巴巴冷冰冰的，让巴拉克觉得很古怪。

他站起来，说：“这样的才是领导。亚伯拉罕·约菲跟我说我有七十二个小时的假，我可以和我的妻子儿子相处三天！”

“堂吉诃德受伤了吗？你见过他了吗？”

“见过了，一点伤都没有。”

“那么我只能说：‘上帝会照看无知者。’”这句话是《圣经·诗篇》中的一句名言。

“听我说，耶尔。堂吉诃德是有一点点疯狂，不仅是他，他的朋友‘格列佛’、西奥多·赫茨尔、本-古里安，他们都有点疯狂。堂吉诃德现在只是一名士兵、一名战士，如果他能活下去的话，他会成为上层人物的。”

忙里偷闲

巴拉克走了，耶尔面对一纸杯半温的咖啡，心烦意乱。

她的例假以前一直很正常，也正因此，她现在非常非常忧虑。仅有的一次她没有按时来，是在读中学时由于考试紧张所致。那时候她还是一个处女，除了紧张没有其他可能的解释。而这次，除了在乔治五世酒店顶层套间那次狂欢作乐外，其他的解释都太简单了。她推算那次是在那个月的安全期内呀，那仅仅是为了分散注意力而一时冲动犯下的蠢事而已。总之，要么是战争紧张导致了她的这次不规律，要么就是那次“法国妓女”引来的麻烦。

真倒霉，这也太不公平了，耶尔气恼不已。她和萨姆·帕斯特纳克做爱做了好几年了，有时候由于争吵或小聚等原因疾风暴雨地进行而忘了避孕措施，但是——什么事也没有！这要是萨姆的，也算是捏到她手里的一个把柄了，起码她爱他，但是运气实在差到了极点，最近她一直对萨姆冷若冰霜，因此绝不可能是萨姆的。这种事，她甚至连假装想一下都不敢，那次要命的旅行啊！这必须是由于战争的压力所致的——当然也可能是由于战争——要不然她可就真的是怀上那个鲁莽的堂吉诃德的孩子了。堂吉诃德其他缺点先不说，人家是有女朋友的，那个笃信宗教的耶路撒冷女孩。这个令人恐惧的事情可能也许真的与堂吉诃德有关！先不要想了，静等下次例假吧。

整个“卡代什行动”期间，耶尔日夜都在司令部里。胜仗一次次地迎来，例假却一天天地不来，她的信心也在一点点丧失。如果事情真的坏到无以复加的地步，那证明她还是有生育能力的，这也算是晦暗中的一丝光亮吧。耶尔有过很多次性关系，不仅和帕斯特纳克，在他以前也有过，但从未怀上过孩子。还有，巴拉克刚刚也给她晦暗的心境带来一丝光亮，即使约西比不上萨姆·帕斯特纳克，但约西也正在从普通人群中突显出来，毕竟，他在“卡代什行动”

中立下了大功。“如果他能活下去的话，他会成为上层人物的！”

但最好还是由于紧张的缘故吧，作为她生命中的男人，如果是堂吉诃德这种逗趣的莽夫角色，她觉得不合适。

“你受伤了！”娜哈玛打开门看到巴拉克时惊叫。

“我全身都是土。”他把妻子推开一点，亲吻她，但她还是用力挤进他的胳膊抱住他热烈亲吻。她摸摸他的绷带，问：“兹夫，怎么回事？”

“擦破点皮，还有一处扭伤，其他再没什么。万幸，我的吉普碰到颗地雷。我得洗个澡，你也要换身衣服了。”

诺亚穿着一身童军制服出现了，这个瘦瘦的褐色眼睛小男孩拿着张报纸，他快十二岁了，也有了自己的自尊，在他的军人父亲进门时，他完全不是过去那种活蹦乱跳的样子了。“看，爸爸！”

他手中的*Ha'aretz*（《国土报》）上刊载了一幅跨越三栏的大图片：埃军指挥车上飘动着一面白旗，后面背景是巴拉克驾驶一辆吉普，副驾驶上有一位操纵机关枪的戴钢盔士兵。

迈克尔·伯科威茨一瘸一拐地从一个卧室里出来，他戴着帽子，穿着外套，胳膊底下夹着个厚厚的公事包。“沃尔夫冈，欢迎回家！你没事吧？”他伸出一只胳膊搂住巴拉克的肩膀，亲吻他满是尘土的脸颊，然后指着*Ha'aretz*，“你可成了大学里谈论的话题了。”

“课程不是暂停了吗？”

“星期一恢复。我正在备课，夏娜帮助我做。”

“太好了，你告诉她，她的伞兵没事。我在沙姆沙伊赫见过他了，他这回可是战功卓著啊。”

“哈，她一定会很高兴的！她虽然没说什么，但一直很担忧。我们今晚好好聊一聊。”

但是那晚兄弟俩没有聊，娜哈玛早早地做出了晚餐，然后把他们的小女儿葛利亚抱到床上，诺亚犹豫着不走，缠着非要听部队进军沙姆沙伊赫的全部故事。他爸爸给他讲到登陆艇到达绿洲搜索打死他好几名士兵的狙击手时，娜哈玛打断了他。“你爸累了，睡吧，诺亚。他在家里要住三天呢，你会听个够的。”丈夫长期不在家，因此家里就是她说了算，传统的摩洛哥式母亲。

巴拉克滚落到床上，铺着的几张床单刚洗干净，这种舒适而全身洁净的感觉让他陶醉，刚刚还是战争摧残下的沙姆沙伊赫美丽远景，现在就是公寓狭窄的四壁、温暖安静又动听的家常聊天，还有他妻子做出来的香辣食物气味以及她身上的香味，这猛然的转变让他有些分不清东南西北。他赤身裸体地坐在卫生间里让她帮他换绷带时，她态度严肃且一丝不苟。她已经习惯了家常琐事，依然和平时一样，随着黄昏来临，一扇窗户上出现紫色，娜哈玛拉下窗帘，把收音机拿进卧室。“你肯定很累了，听完六点钟的新闻就睡觉，不要这样，”她推开他伸向她的手，“我们听新闻吧，我说。”

娜哈玛坐在床上，与丈夫十指紧扣，收听一条条新闻快报，首先播报的是国际新闻。英法两国的登陆部队正在沿着运河区向南挺进，沿途只遭到埃军微弱的抵抗，但在政治上，形势却是灾难性的转变。在伦敦，街头骚乱不断蔓延，议会里的吵闹也在不断扩大，艾登政府已近崩溃的边缘。在联合国，美国导演和激起的旨在针对英国、法国和以色列的怒吼在不断升高。而苏联则公然准备在埃及登陆部队，并邀请美国参加他们“粉碎侵略者”的远征。布尔加宁给本-古里安的信正在成为全世界的头条新闻，播音员还引用其中的话：“苏联将粉碎以色列——布尔加宁”“苏联最终要根除犹太复国主义！”

听着这些报道，娜哈玛的手紧紧攥住她丈夫的手，低喊道：“兹夫……”

“什么事也不会发生的。美国会出来阻止登陆行动的，他们很可能会这样做。俄国人只是在制造噪音。”

“恐怖的噪音！”

“嗯，苏联噪音。”

轮到以色列时，内容完全跟上述报道相反，新闻里洋溢着兴高采烈的欢庆，评述每场胜仗的具体情况、英勇事迹，然后是悲伤的语调低沉地报道伤亡数字：将近两百人阵亡和失踪，据埃及承认，他们的伤亡人员多达数千。报道还包括一段记者在沙姆沙伊赫采访约菲上校的录音，约菲在其中提到他的副指挥官巴拉克少校的“巨大”成就，听到这里，娜哈玛转过身抱住巴拉克，巴拉克顺势把她压倒在床上。

“啊！不要，听着。你必须得休息。做那事的时间有的是。不要。”抵挡失败了，挣扎是无力的，她慌乱地喘息着说，“看，枕头都湿了，那是血，我跟你说过的。”

“伤痂崩开了，没事。”

“得了吧，我给你包扎一下，再换条枕套。”她扭亮幽暗的床头灯，“天哪，现在才七点半。多大的丑事啊。要是迈克尔回来看见我们两个这样怎么办？赶紧。”她重新把他头上的伤口包扎好，然后坚定地让他躺到床上，弯下腰亲吻他。“欢迎回家，英雄。睡个好觉。”

第二天早上，巴拉克身穿睡衣眨巴着眼睛走进阳光耀眼的厨房时，他妻子正在收拾盘子。饭桌上放着一封信，信封显示是从大卫王饭店寄来的。“这是什么？”

“不好意思，我都给忘了。昨天下午一个姑娘带来的，美国考古学家的女儿，她爸爸写来的信。”

“考古学家？”他说着撕开信封。

“我想是的。我们说的是法语，没有聊太多。”

“闪电狼”：

你好！

我正在大卫王酒店里就着茶和蛋糕草草给你写这封信，我父亲在巴黎交给我一封封口的信，指示我飞到这里亲手交给帕斯特纳克中校。星期三大部分时间我都会在拉马特拉海尔的考古发掘现场，那个发掘地是我爸爸帮助出资的。我在等候星期四返回巴黎的航班通知。帕斯特纳克说你在西奈，但是无论如何，我都想见见你的妻子和孩子们。以色列的胜利令人惊叹，但是我父亲对此态度非常消极。没能见到你非常遗憾，不过每件事情的发生都是出于好意，我妈妈喜欢这样说，也许吧。

艾米莉·C.

1956年11月6日

娜哈玛正在噼啪作响地煎鸡蛋，她说："萨姆·帕斯特纳克打过来电话，告诉我让你睡觉，但是等你醒了后要给他去个电话。"

"我先吃饭吧。"

"那姑娘和诺亚说了几句话，还说他的英语非常的merveilleux（出色）。很漂亮的姑娘。她也是一个考古学家吗？"

"我不知道，我和她父亲在美国见过。"

在沙姆沙伊赫战斗期间，巴拉克对艾米莉·坎宁安的那种反常的思念已经很淡了。坎宁安的一封信要从巴黎亲自带过来！这很令人不安。短信言语冒失，结构拙劣，这让他很不解自己前两天的行为，在西奈那般艰苦的长途跋涉中还那般思念这个姑娘。许是无聊疲惫外加紧张的产物吧，他想，一种毫无意义的醒时做梦。娜哈玛在他前面吃完了早餐，容光焕发的样子，以前战役后或是长期离家后返回时，她也是这种欣喜的神色。她穿一件宝蓝色的女便服，浓密的长发随意地别在头上。他说："你看起来美极了。"

她亲吻着他绷带下面的额头，说："吃吧，吃完给萨姆去电话。他听起来很焦虑，我不知道为什么。新闻里都是好消息，只是英法联军停火了，联合国可能会进驻运河区。人们都说这回彻底结束了。"

第二十章　隔离

美国盾牌

果尔达·梅厄续上一根烟，默不作声地看着坎宁安的来信，不时瞥一眼桌子对面的帕斯特纳克和巴拉克。巴拉克以前从没来过外交部部长办公室，这个小小的办公室里空荡荡的，墙上也基本没什么东西，只挂着两张画像，一张是本-古里安，另一张是满脸憔悴的总统本-兹维，两人都穿着衬衫没打领带，再下来就是一张已让以色列占领的西奈大幅地图，上面红墨水的标线一道道的。烟雾从半开的小窗户中飘散出去，一只烟灰缸里堆满了烟头，散发出霉旧的气味。“跟我详细说一下这个人。”她摘下眼镜，把信放在桌子上。

“一个朋友，美国中央情报局高级官员。”帕斯特纳克说。

“中央情报局？重要人物？那这没有专业水准乱七八糟（果尔达用到这个英语词汇）的事情到底是怎么回事？通过外交邮袋给他巴黎的女儿发一封私人信件，再让她在战争期间乘飞机带到这儿来？”

“我猜他是不信任电报或电话吧，部长夫人，邮袋也有可能是直发到特拉维夫的。”帕斯特纳克耸耸肩，“坎宁安先生在安全问题上有点过分。情报部门的人都这样。”

“对苏联人也很过分。”果尔达说，对那封信不屑一顾地摆摆手，“我本人就在基辅出生，你们知道。我可以负责任地告诉你们，苏联人也是人，跟我们大家都差不多。苏联人也没有十英尺那么高，你们在莫斯科大街上走一走，会看见有很多矮个子。有些美国人对苏联人看法很古怪。”她盯着巴拉克，巴拉克坐在那里不动声色，帕斯特纳克带他一起来就是预防部长问问题的，到时可以给出他自己对坎宁安和那封信的看法。“你了解这个人吗，巴拉克？”

“没有萨姆那么熟。”

“你怎么看他？”

“人很古怪，头脑敏锐，社会关系很广。”

果尔达的大鼻子皱了皱，拾起那封信，用讥讽的语调大声念。

亲爱的萨姆：

今夜无眠，给你写这封信。我非常忧虑，你们的胜利在军事上是令人钦佩的，但在政治上可能证明是在自取灭亡。美国盾牌放下了，以色列所有的政治决策必须要根据这个现实来转变。关于美国的背后支持，你们的外交部部长应该很清楚。来自苏联的情报令人惊惧，我们这边断定是非常非常严重的……

果尔达几乎是哼着鼻子说：“美国盾牌？什么美国盾牌？这起事件里美国除了制造麻烦还为我们做过什么？”巴拉克和帕斯特纳克两人互相看看，果尔达把信抛在桌上，“说说，萨姆，给我解释一下这个‘美国盾牌’。”

帕斯特纳克朝巴拉克做了个手势，半是邀请半是命令。“实际上就在不久前克里斯汀·坎宁安为兹夫详述过这个问题。”

果尔达沉着的脸上泛着冷冷的怀疑，眯起眼睛看巴拉克。

“一两句话说不清楚，部长夫人。”巴拉克说。

“但是这个人所说是合情合理的？”

“是的。”

“那说来听听，不着急。”

萨姆干吗要他强担这个责任？在这里，巴拉克没有类似跟本-古里安那样的关系，对本-古里安，他几乎可以像跟家人那般说话，可这里行吗？他不得不在毫无准备之下讨论地缘政治了，而对象是一位制定对外政策且不能容忍傻瓜（除了本-古里安外，任何人和她讨论这个都是傻瓜）的蜚声海内外的女人。要谈她不知道的，他能谈什么呢？就算是本-古里安也得深入调查过后才行啊。

他鼓起勇气开始解释。他说，“盾牌”显而易见是指大国的友谊。按照坎宁安的思维来说，犹太复国主义“悄悄进入了历史”——果尔达·梅厄的黑眉毛颤动着听他讲——在1917年“贝尔福宣言”期间，我们是在英国的盾牌之后，那面盾牌一直持续到阿拉伯民族暴动和联合国分治决议之时，随后我们就到了美国盾牌之后，要不是杜鲁门总统的干预，以色列就不存在了。对以色列生存威胁最大的还不是阿拉伯民族，而是悄然渗入阿拉伯世界的大国政策，这些政策通过某种不友好方式，有时候是以对犹太复国主义的威胁立场进入。苏联还在玩过去“大博弈”里的策略，美国盾牌一直在独力对抗他们。但是随着艾森豪威尔对以色列震怒，本来就一直不稳定的以色列政治境况会在一夜之间变得极度严峻。巴拉克说，这就是坎宁安在这封信后面要表达的意思。

“说得好，兹夫。克里斯汀在这封信中说了两个重点。”帕斯特纳克伸出两根手指指着那封信补充道，“第一，杜勒斯患了癌症已经住进了医院，因此艾森豪威尔亲自掌控政策，他不是一名外交家，而是一个习惯于冷酷无情快速行动的军人；第二，苏联如果要进攻英法两国，那么美国将会反击，美国国务院已经将这个态度通过广播传了出去。”帕斯特纳克停顿了下继续说：“克里斯汀着重强调，美国的这个警告里不包括以色列，部长夫人。”

“嗯，‘没谈到以色列，不再重申’，我看到这句话了。”果尔达·梅厄把那封信从桌子上滑给帕斯特纳克。“好了，现在我了解你们两个说的了，但我委实不敢苟同。你们的中央情报局朋友的意思是说我们应该在苏联的威胁下颤抖，要服从联合国，立即从西奈撤军。这绝无可能。蹩脚的建议。”她转向巴拉克，“盾牌，盾牌！你有什么毛病？这就是合情合理？什么盾牌？我们犹太复国主义者自己做了盾牌！这块土地是我们一点一点发展起来，是我们为它战斗而后赢得的，这才是以色列存在的原因！当一个大国像朋友般来帮助你的时候，它是要获得它自己在这块地方上的利益，仅此而已。对英国而言，在阿拉伯人逼他们离开这儿之前，我们就是一个抵御法国人的缓冲器。至于美国，他们是什么样的盾牌，是当苏联在武装埃及时他们对我们进行武器禁运的盾牌？若不是法国人有兴趣赶纳赛尔下台，纳赛尔可能已经站在我们的土地上了，而不是现在这个恰恰相反的结果。这样还要撤军吗？啊，萨姆？”

“不太可能，部长夫人。”

“不对，是绝不可能，只有这样才能让埃及人表示出和平意愿，开始跟我们谈判！如果我们撤出西奈，吓得发抖，他们就会来谈和平？开玩笑！至于苏联，哼，他们距离这儿很远，而且此刻正忙着用坦克在匈牙利碾轧妇女和孩子呢。”她站起来，抚平裙子，瞟了一眼手表，“一个小时后，本-古里安会在广播里讲话，我建议你们听听他的演讲。我现在要去见他。”

走到外面，时间已是下午，天空中浓云密布，下着毛毛细雨，巴拉克问帕斯特纳克：“跟你预估的有什么不同吗？”

“基本没有，但克里斯汀的信是在给我警告，我原以为她应该明白这一点。她已经下定决心了，所以就这样吧。或者我应该说是本-古里安下定了决心。没什么改变了，我们可能要遭受一场灾难了。”

一吻定情

巴拉克去过银行之后路过大卫王饭店，记起艾米莉·坎宁安今天要走，也许已经走了吧。进去看看？为什么要去找麻烦呢？还是赶时间回家听本-古里安的广播讲话吧。但是一阵不理性的冲动涌上来，他真的走进了饭店，一进门，正好看见艾米莉在前台递交钥匙，她穿着一件松鼠毛皮大衣，围着一条灰色围巾，脚边放一个蓝色皮包。巴拉克感到一阵欣喜瞬间涌上来。当艾米莉看见他时，眼睛瞪得有点滑稽，嘴巴大张开，喘息声都能听得见。“你！你应该在沙姆沙伊赫呀！我在报纸上看见你的照片了！”

“你现在走？”

“还有几个小时，但我不喜欢那种所有东西都收拾好了等在房间里的感觉。”

“你房间里有收音机吗？”

“有的。”

“取回你的钥匙吧。”他拿起她的包，“总理马上要讲话，我想听听。到时候说希伯来语，我会给你讲讲梗概，怎么样？”

“哎呀，真想不到。”

两人顺着宽阔的楼梯往上走到二楼，她无声地瞪着又圆又大的眼睛偷偷瞄他。走进狭窄的房内，她朝窗户一挥手，说：“这景象太让人压抑了，那一边的旧城到处都是铁丝网。太阳照在城墙上时就更没劲了，老耶路撒冷城看起来就跟失乐园似的。”

他打开小收音机，收音机发出或尖利或短暂的电波噪音，最后，飞快的希伯来语传出来。“几分钟后他就开始了。”他说。

她把大衣和围巾扔到椅子上。“你知道我去过你家吗？”

“知道。”

“你的伤不严重，是吧？”

“一个星期后就可以拆绷带了。”

她摆出一副笨拙的姿势，一只胳膊僵硬，手肘微微弯曲。“你动胳膊还是那种滑稽的姿势，你意识到了吗？我在巴黎就注意到了。”

“谁也不会注意这个，至少没人会评论它。”

她笑起来，少女脸庞上是一种长大了的微笑，笑靥中夹带着一丝讽刺，他明白他为什么感觉她辛辣尖刻了。“真不懂礼貌。”巴拉克心想。

“安德烈怎么样？”

“哦，还行。”她收敛笑容，“哎，你能告诉我我父亲那封信上说的是什么内容吗？给我个暗示就成。怪事！这里的情况有那么严重吗？”

“我们不会轻易就被吓倒，绝对不能，我们无疑打了一场大胜仗。坐下来，不要像只笼子里的猫一样四处蹦跶。”他指着收音机，“如果希伯来语让你厌烦的话不好意思，这是政论，我也烦。”

她扑通一声坐到床上，双肘撑住身体。“天哪，你妻子可真美，孩子们也很了不起。那女孩很可爱，那男孩以后会是一个领袖人物。”

“娜哈玛说你是个很不错的姑娘。”

“哈！”她大喊一声，“她说了吗？我们沟通起来很费劲。这是她的名字——娜卡玛？听起来像是美国的印第安人，‘月亮的女儿’或者类似什么的，跟‘闪电狼’一样。也许印第安人真的是‘失踪的以色列十支派’呢。”

“你说得不准确，艾米莉，是娜哈玛。”

“这是指什么意思，娜哈玛？”她用笨拙的喉音勉强拼出这个名字。

“慰藉。”

姑娘的脸黑下来。“我最好还是告诉你，或者警告你，我可是有超自然能力的。不准笑，我很少使用它们，但是当我使用它们时，它们起作用的方式让我都大吃一惊。就在刚才，我希望你通过饭店的旋转门出现，然后我就用了这种能力！我对自己说：‘我知道他现在在沙姆沙伊赫，尽管如此我还是希望他立刻走进饭店大堂。’结果你就来了。你相信我说的吗？我对着《圣经》起誓，那个抽屉里就有一本《基甸圣经》，我是一名信徒。”

“听着，我们的银行就在街的那一端，娜哈玛需要点现金。你这样‘希望’过吗？”

“别奚落我，我告诉你，我以前就这样做过。有一次在大学里的时候，我实在穷得不行了，急需二十美元，很丢脸的事。然后我就希望找到二十美元的钞票，结果我在一个我一直打算扔掉的旧钱包里发现了。另外，我还做过好几次呢。”

“假设我没进来呢？你的超自然力量怎么说？”

“啊，但你进来了呀！”

收音机里传来一阵听起来刺耳的不同寻常的希伯来语。“是他。”巴拉克转动调台器使声音清晰。

“你是不是认为我疯了？”

“没疯。”

“有趣吗？”她踢着腿问。她的腿很瘦，但很好看。

“住口，我要听他讲话。”

“我主在上，‘闪电狼’，你穿过那扇旋转门我太高兴了。”

“那好啊。”

“要知道，如果你和我在一起没有一家人的感觉的话，你是不会跟我说‘住口’这种词的。有意思。”

本-古里安刚刚才开始，但巴拉克不想错过一个字。他跑过去用手按住她的嘴。她用尖利的牙齿咬了下他的手，说：“对不起，我不说话了。”

巴拉克对这个小马驹般的姑娘摇摇头，把她的松鼠毛皮大衣推到一旁，坐在扶手椅上。艾米莉走到窗户边，抱起胳膊眺望窗外的旧城，身上依然是在巴黎时穿的那件毛衣和裙子。本-古里安声音高亢，尖利有力，收音机都震得吱吱响，巴拉克向后靠在椅背上，一阵重压感和疲乏感涌上来。

这是一段胜利演说，刚硬坚定，生气勃勃，和果尔达·梅厄见他们时的那种调子一致。老停火协议不再有效，是埃及的战争行为抹杀了它们的效力，以前的停火线不再存在。至于提议的联合国部队进驻争议地区，以色列是不会允许外国军队踏进自己的土地的，就连以色列刚刚打下的任何地区也不允许！

（巴拉克听到这种挑衅般的演讲时，他佝偻起身子，手放到脑门上。艾米莉悄声问："什么？他刚刚说什么？对我来说这完全是中国话。"巴拉克竖起指头挡在她唇边。）如果埃及和其他周边国家想要讨论和平，以色列高举双手赞成。同时，像以色列所详述过的那样，以色列也有能力依靠它的士兵来击退所有的入侵者。以色列在西奈所揭露的正在建造的大量防御工事和贮藏武器，就证明了以色列这次自卫作战打得正是时候。

他关掉收音机，艾米莉问："你不喜欢这个演讲吗？"

"你父亲不会喜欢的，简单说来，本-古里安是这样说的。"他把讲话内容给艾米莉总结了一遍，尽管这位姑娘的仪态很迷人很有吸引力，但他依然感觉沮丧得很。

"也许你说得对，克里斯汀听了后会感到很惊惧的。不过我对政治一窍不通。"

"你那论文在拉马特做得怎么样，艾米莉？"

"好像我们不是在讨论这个话题。"

"知道了。"一阵尴尬的沉默后，他说，"好了，我想我要走了。谢谢你的收音机。"

"我这时还不着急走。"

"我还有事。"

"那好吧。"她穿上大衣，把围巾系在头上，"你是对的，如果我吻你一下，我会精神错乱的，所以我们还是离开这儿吧。"

两人面对面，隔得很开，一个是穿着松鼠毛皮大衣的二十岁美国姑娘，另一个是缠着绷带三十出头的以色列军官，巴拉克不合时宜地想到了一个宗教规定，一个他和迈克尔在十几岁时经常争论的规定——issur yikhud（隔离）。严格的《塔木德经》犹太法典规定，禁止没有亲戚关系的一名男性和一名女性在封闭的屋子里独处（年龄荒谬地下至很小的儿童）。兹夫过去一直坚持，现代社会里"隔离"是毫无意义且无法执行的，而严肃的犹太神学院学生迈克尔则回击说，通过自制力“隔离”是可以实施的，至于意义，也不是完全没有。这么多年来巴拉克从没有把“隔离”当回事过，当然，他在男女方面还是很谨慎的。现在这个问题又出现了。

“愚蠢。”他说着伸出手臂抱起她，在她唇上浅而快地吻了一下。“好了吗？很重要吗？”

“从萤火虫那一晚起这事就一定会发生。你吻我，不是我吻你，记住这个。有朝一日你会不得不吻我的。”她说。

她抓起包冲出门。他跟在后面说：“我来拿包吧。”

“哦，拜托，该死的不要这么礼貌。真可笑。”在走廊里她转回头面向他，脸上流着泪。

“搞什么鬼？怎么马上就不高兴了？”

“我的上帝，你知道什么不高兴。我都快高兴得要死了。”

巴拉克喉咙紧了紧，说：“等下一次我们见面，如果我们真能见面的话，也许你已经结婚了，像娜哈玛一样有两个孩子了，正是高兴的时候。”

“这我很怀疑，但如果我真的那样，我也不会有半点改变的。”她用一张纸巾擦拭着眼睛，“都在谈论幻想！哇！那演讲真的很吓人吗？机场的出租车司机收取法郎，这儿的司机收法郎吗？”

“我帮你叫车。”

“哦！对了，你刚从银行出来，很有钱，谢谢。”

他们俩往楼下走，艾米莉说：“我和安德烈分开了。这肯定让你大吃一惊吧！哈！你在看到他的那一刻你就知道我终究要和他分手的。天知道为什么我父母那么不高兴。可怜的安德烈！我不打算在巴黎完成我的硕士论文了，既然你问到这个问题，我要回家，在那儿完成论文，兴许在乔治敦。”

“你想教书？”

“对，在一所女子学校。华盛顿周边就有几所，都在偏远的乡村。我喜欢女孩子们，她们既理性又坚强，男孩子们几乎个个都是自负软弱的笨蛋。”

“性别都让你给颠倒了，不是吗？”

“不，这是事实，那些陈词滥调才是颠倒的东西。”她挽住他的胳膊，在快要走进大堂时，她说：“听我说，如果我能变成你的宠物狗，仅仅是你的小狗，我就能找到办法在耶路撒冷住下来。但很明显这是不可能的，所以就帮我叫车，然后跟我说再见吧，直到我们下次见面。”

他表现出轻松的样子说：“我猜，你会运用你的超自然能力来确保我们将来见面。”

“不一定会。”她突然笑了，不同寻常的盈满爱意的微笑，漂亮宽阔的红唇在嘴角处奇特地弯起，露出贝壳一般的牙齿，“‘穿着风衣的广岛’，这话太粗鲁，太野蛮了。不过从某种程度上来说的确是这样。”

他把她脚边的包放进出租车里。

“我爱你。”她说。

“我相信你现在是这样想的，等你遇到他，那个你要嫁的男人就不会这样了。那时你会知道什么是爱。”尽管他不想赶走艾米莉·坎宁安，但他还是打开了车门。

“我完全知道什么是爱，它意味着一切。我知道你和娜哈玛相爱并且非常幸福。她非常非常漂亮，又温柔体贴，我想也很聪明。我们在任何时候、任何情况下都不能联系是吧？好了，关上门，说再见吧。说这些没有用。”

“我想你是疯了。要么就是yotzet dofan了。”

出租车司机肤色黝黑，头上戴顶圆锥形毛线帽，正专注地听他们两人说话。

“yotzet dofan什么意思？”

“‘从侧面出现’。英语里是指剖腹产的意思。希伯来语里也有这意思，但同时也指‘不正常’。”

她脸上又现出那种嘲讽的笑容，伸出柔弱无骨的手抓住他。“不错，老兄。巧了，我就是通过剖腹产出生的，从我母亲的子宫里不足月剖出来。”

他被她念戏剧般的口吻逗笑了，说：“‘来吧，麦克德夫（莎士比亚悲剧

《麦克白》中的人物）！’下一句不是那一句吗？就是——谁先喊‘住手，够了’的，让他永远在地狱里沉沦。’”

“不是！不错嘛，不过下一句应该是‘愿那告诉我这样话的舌头永受诅咒’。你必须要温习一下莎士比亚戏剧，老侦察兵。也许哪天我可以帮你。”她闪闪发亮的眼睛看住他，“暂时再见了，‘闪电狼’。”

翘首以待

“隔离”戒律对夏娜影响甚重，她表姐菲格的婚礼刚刚结束，她正坐在表姐家紧闭的卧室门外。客厅里婚礼庆典欢乐的吵闹声——唱歌、玩笑、欢笑、跳舞、争论，还有两支萨克斯管和一把低音提琴演奏出来的传统东欧犹太音乐——如火如荼，喧嚣震天。此时，她正和另外一个站在走廊里的犹太神学院女孩一起承担“见证”的责任，也就是见证菲格和她的新郎法伊费尔两个人单独待在里面，直到完成那件事，当然是从理论上“完成”。新婚夫妇这段短暂的相处纯粹是一种形式，但在夏娜他们这种人的生活圈子里要严格遵守这一项活动，她已经把这视为理所当然，丝毫没有感到任何古怪或不平常的地方。菲格和法伊费尔要在房间里面待上十来分钟，在里面喝茶吃蛋糕——新郎新娘这时的胃口往往很好，因为他们一整天都在不停忙碌——然后再出来，当然，跟他们进去时一样，出来时也都是处女处男。夏娜知道，门后面的法伊费尔肯定很不好意思，他甚至可能连吻都不敢吻一下菲格。不过，这项单独相处的活动是婚礼真正的确认，差不多与华盖下典礼和摔破玻璃酒杯一样重要。

门开了，幸福的一对新人走出来，菲格面色绯红，笑盈盈的，乳白色的面纱和婚纱上的蕾丝一起飞扬，一脸细薄络腮胡的法伊费尔穿着基特尔白袍，脸色苍白，不知所措地四处张望，好像有人当头给了他一闷棍把他打蒙了似的，见此夏娜猜测，他们到底还是接吻了。好兆头，菲格的做法也无可非议。她可以这样了。

坐公交车回家的路上，夏娜一直在考虑一个重要的决定，这个决定她在卧室门外守护的那几分钟内就做出了。尽管欢庆活动还要持续几个钟头，但单独相处的仪式一完，夏娜便离开了婚礼。因为约西的部队在西奈满满忙了六星期后，要回来轮休。他刚好错过了这次婚礼，唉，但她期望他会来电话，也许就在今晚。战争时间尽管短暂，但夏娜备受煎熬，她知道她患上了相思病，由于思念那位叫堂吉诃德的伞兵而让她痛楚不堪。是时候做些事情了，早该行动了。

在“法拉费王”里，尽管她当时很难受，不仅感冒，还要忍受嫉妒与猜疑带来的内心啃噬，但她还是尽力控制住不和他吵架。尽管夏娜在这类复杂纠缠的事情上没有任何经验，但她很聪明地意识到，要让自己显得轻松愉快，与此同时查明所有她能查到的“美好巴黎事件”，与她上次笨手笨脚搞糟事情的方法相比，这种做法是最明智的。当时对她所提的问题，约西的回答很笨拙，因此她内心的疑虑并没有打消。也许她永远也不会知道发生过些什么事，但有一件事她明确知道，那就是她异常憎恨那个耶尔·卢里亚，并且今后必须得把她当作一个威胁者。关于耶尔和帕斯特纳克的传闻她倒没听过，军队和她那个小圈子很难有交集。她只知道耶尔漂亮、固执、思想解放（如果不是天性放纵的话），而且还是一个令人不安的竞争者。

当夏娜还是小女孩时，她那时刚刚认识堂吉诃德，就故意激怒他、冷落他，也许从那时起，她在内心深处就喜欢上他了。她还记得第一次见他穿着开裂裤子的可笑场面，还记得当他把她的一桶水都浇了淋浴时，她用拳头打他的情景，那个时候，她就朦朦胧胧对他有种感觉。她知道自己爱上他是在他来大学做报告那会儿，就是他讲到“格列佛”而声音哑下去，讲到他们袭击小队回营地时汽车上空座位的时候。过去耶路撒冷围城期的皮包骨移民小子，现在成了高大健壮的士兵，报纸上刊登着他在米特拉隘口的英雄事迹，这就是她而非其他人的约西。决不能让那个耶尔·卢里亚抢走！一句话，夏娜要结婚。

这件事还有点小小的麻烦，因为堂吉诃德还没有向她求婚。他很了解她，她自己也摆得很明白（她现在想也许明白得有点过分了），说她还没有做好结婚的准备，再就是她对他还不是很放心，因为她是信教人士，意味着要一直保持自己的宗教信仰，而他却是无拘无束的。尽管他的宗教知识很丰富，但还远远谈不上严守教规。实际上在夏娜的行事方式里，她一直让自己保持着“隔离”，对其他年轻男人是理所当然的，对堂吉诃德，也是从一开始就规定了律法的。“B’seder（行），隔离，没问题。”他说。有些亲昵的表示她只能接受在夜晚散步或在他的吉普里出现，而且相对来说也都是很平常的举止，但对夏娜来说，那算是新奇且令人震颤的美妙了。以夏娜的宗教背景来说，她可以算是一个吊儿郎当游走在教规边缘的冒失鬼，但她自己的头脑和道德心还是很清醒的，爱情允许有一定甜蜜的放肆，但“隔离”是绝不能逾越的底线。

乘车回家的一路上，夏娜反复思考这个麻烦事，最后她想，如果她能让自己和约西单独在一个封闭的房间内相处，就等于向他提出暗示：她想要他求婚，但这个暗示方式是相当冒失的，因为这样就触碰了“隔离”这条底线。的确如此，这是一个正派宗教女孩所能做到的最大限度了。当然，不会发生什么事，仅仅比菲格和法伊费尔多一点点而已，但是，堂吉诃德肯定会明白。夏娜是个决定了什么事就马上干的人，当电话铃响起时，她赶紧接起来，是堂吉诃德从卡尔内特大街上那座公寓楼里打来的，在问候加一些温言软语后，她就说她想去他那儿看他。

“来这里？干吗来这里？”他问，很是吃惊。迄今为止她还从没来过他这处用来干坏事的场所，“还是我去耶路撒冷吧。”

“不用，你一定很累了，你也没有太多时间。我大概七点钟到那儿。不要争论了，我马上就去公交车站。”

约西挂上电话，对他的两位伞兵室友塞缪尔和阿米尔说：“哎，一个新人，夏娜要来了。”

塞缪尔是土耳其犹太人，个头高大，长着一脸浓重的黑络腮胡，此刻正与他女友抱着坐在一张破沙发上。他女友的身材也很健壮，是一名陆军信号兵中士，名叫米里亚姆。另外一个室友阿米尔则在小厨房里煎鸡蛋和意大利腊肠，大量的油烟随着喷香味一起飘出来，他问："那我们怎么办，躲出去吗？"

"不，不，正好相反，你们必须要待在这里，全部都要留下。"

他简单地向他们解释了一下"隔离"的意思。塞缪尔少年时期在土耳其度过，笃信宗教，他以前曾听说过这个。而对于统一工人党的基布兹人阿米尔来说，这是个新鲜事物，第一次听说，他认为这和所有那些宗教愚行一样纯属瞎胡闹。米里亚姆则表示她很高兴了解这个，以后一定会记着，当那些放肆的军人想要对她不规矩时，她就可以把"隔离"作为一个借口了。她很想见见这位严谨的小姑娘，但她不得不回兵营，因此很遗憾。米里亚姆在思想自由的海法市长大，那里的汽车在星期六也照样跑，所以无从知道这些。"隔离"是个很好的借口，比用例假做借口更好，而且不用尴尬。

告别时，塞缪尔抱着米里亚姆边亲吻边说："只要你不对我隔离就行。"

"对你？什么对你有效？菜刀都没用。"

"嗯，到时候你说'隔离'我就知道你仅仅是在故作忸怩了。"

"土耳其人就是土耳其人。"她离去了。

当夏娜到达卡尔内特大街他们那座罪孽之屋时，发现这里不仅有她那位戴眼镜的英雄，还有共用房间的另外两个穿军服和红靴子的伞兵。现在又出现了新的麻烦，这另外两人似乎出奇地愚钝，肩并肩坐在一张破烂不堪的沙发上一动不动，根本没有要走的意思，这样一来，她也就没有了机会来实现脑中想的故事发展情节：单独相处、引发激情。但仅限于此，再开始谈严肃的事情。她恨起了约西，这是他们第一次在这所公寓里幽会，他就不能安排一下让两人单独相处吗？他很得体地吻了下她，算作是问候，然后也像那两个傻子一样坐在一把扶手椅里，露出晒得发黑的肤色，很得意的样子，实则愚蠢至极。

他们的交谈结结巴巴，很拘束。那个大黑胡子家伙问她是否去过土耳其。

"没有，我从没有去过以色列以外的地方。"

“我从土耳其来，土耳其是个很美丽的国家，尽管那里没有犹太人生存的空间。”

夏娜知道这些从前线回来的士兵不喜欢谈论战斗，因此不能把战斗作为聊天的话题，再说她也没心思去聊天。她不作声地环顾这个又小又脏、他们几个男人专用来干坏事的地方，同时等着那两个人的离开。可是，他们俩是有什么毛病吗？他们明知道她是约西的女友啊！

“你想来点意大利腊肠炒鸡蛋吗？”阿米尔问。

她说她不要。

“我要做我自己的意大利腊肠三明治。”约西说着，跳起来。他不知道夏娜来这儿有何意图，但很渴望能把这个可爱苗条的身体揽在怀里，只是不知该如何进行。当他在厨房里瞎忙活时，夏娜实在忍不下去了，她对那两个人做了个明白无误的手势，让他俩离开。那个大黑胡子的屁股稍稍从椅子上挪起来一点，轻声问：“那‘隔离’的教规怎么办？”

夏娜惊了一下，轻声问：“在土耳其你们遵守它吗？”

“嗯，我们有的人遵守。”塞缪尔轻声说。

“那完全就是盲目的信仰。”阿米尔用正常的声调说。

“什么‘完全是盲目信仰’？”堂吉诃德从厨房里喊道。

夏娜又向他们做了个明显的让其消失的手势，塞缪尔说：“没什么。”他拉起阿米尔，“我们这就走了。”

“为什么？”堂吉诃德从厨房里探出头来，“不要走！拜托！”

但他们已跑出去并随手在身后关上了门，随即，夏娜跑过来，双臂环住堂吉诃德的脖子热烈亲吻。她想，菲格也不可能像这样亲吻法伊费尔吧。但法伊费尔不是堂吉诃德，她也不是菲格。约西以战场速度般猛烈回应这一切，虽然他还不知道这是怎么一回事。耶尔在乔治五世酒店扑到他怀里时，他是很愕然，但那时他除了觉得她是一位上校的女朋友外再也没什么太新奇的。可这次完全不同，这是夏娜，要更加温柔甜蜜不知多少倍，对他来说，就像看到天堂之光般温暖。长长的一段亲吻过后，夏娜温柔而有力地把他推开，说：“好了，够了！我担心你都快担心死了你知道吗？我太为你自豪了！你那么帅，那么棒。你毫发无损地回来了！神圣的主实现了我的许愿。”

这句话可能又产生了错误的暗示，堂吉诃德问：“我要不要打开门？”

“哦，天哪，约西！给我做个意大利腊肠三明治吧。我要跟你谈一件事情，很认真的。”

塞缪尔和阿米尔走进拉姆拉空军基地的大门，迎面撞见了正往出走的耶尔·卢里亚。“你们好！”她说，“哦，你们营回来了？堂吉诃德呢？”

这俩人互相看看，塞缪尔说：“我根本不知道他在哪儿。”而阿米尔却说：“我们刚和他在卡尔内特大街分开。”他们同时开口说出来的话却完全不一样。

耶尔咧嘴一笑看着他俩，她早已习惯了男人们这种自我保护的伎俩。“卡尔内特大街，是吧？他今晚上回基地吗？”

这回俩人谁也不说话了。昏暗的大门口仅有岗哨的灯光，土耳其人的手肘重重撞击了下阿米尔，他虽然不知道耶尔想知道堂吉诃德什么，但是从不把另一个男人的真事告诉一个女人，或者从不把任何事情实实在在地告诉一个女人，这是他们奥斯曼土耳其人从小就学来的智慧。

“好吧，多谢。”她说，“你们打得好，光荣属于你们。”她转身快步回到总司令部。到现在两个多月过去了，耶尔必须要和约西说两句话了。由于战后回撤士兵们的通话，特拉维夫老旧的电信系统负载过于沉重，整个地区线路都很繁忙，她花了半个小时才打通卡尔内特的那个号码。

“喂，是约西吗？我是耶尔。欢迎回来！祝贺你！总司令部这边的人说你在战场上创造了奇迹。”

“哦，你好。很高兴听到你的电话。”约西语气干巴巴不带一点感情，因为夏娜正在电话旁边坐着，脸上还带着好奇的表情。

“约西，我必须要见你，我们必须得谈一谈。事情很紧迫。”

毫无疑问，约西一下子蒙了，但耶尔打这个电话的可能原因他还是没有想到。基本上每个人都知道，耶尔是帕斯特纳克上校的女朋友，是一个捉摸不定、意气用事的人，因此他只能猜测，她想感受一下他战场奇迹的荣耀，或者是和他调调情，再不就是谁可能说了些什么？

“啊，没问题。我这几天跟你联系。”

“是谁？”夏娜问。她清晰地听到话筒里传来的是女人的声音。

“这几天？不行！”耶尔大喊，话筒中她的声音嗡嗡响，“明天早上！来基地，还是去你那儿？”

“我说，那边是谁？”

夏娜和约西的单独相处已经根据计划开始，她已经消除了他的疑虑并成功劝诱了他。他们的确是没有订婚，因为她说过，她首先要得到父母以及塞缪尔先生的同意，但现在她不那样认为了，她觉得这是她私人的事情，刚才也趁机果断地把这一点和他说了。至于约西，他爱她至深，知道除非是结婚，否则无法和她铺床睡，他非常非常想要她——此刻确实如此！而且他也很想要个孩子，既然如此那就随夏娜吧。她迈出了前所未有的一步，原本结婚后才准备给他的贞操，她已经全部给了他，因此只要太阳还升起，他们的婚事就是板上钉钉的事了。他用手盖住话筒，说：“哦，你知道，就是那些姑娘，不好意思。”

夏娜眉头紧皱，用力摇头。

“约西，你还在吗？你挂我电话了吗？你敢！”

“我在呢，在呢，对不起，我今晚要回基地。”

“那我们明天早上七点钟在‘法拉费王’里见面。听见了吗？到那里啊。”

夏娜说：“这脏女人一直说什么呀？快点挂了。你已经和她说完了。”

“好的。”他这句话是同时对两个女人说的，然后挂上了电话。夏娜又变得温情脉脉起来，过一会儿，她说必须得回家了。他们俩步行在特拉维夫老城区弯曲的街道上，都由于提早的亲密行为而沉浸在欢愉中，身体都兴奋得发抖。到了公交车站，互相亲吻后她才上了汽车。

她咬着他的耳朵说："不要再有脏女人了。我是你的，你是我的，就是这样。"

"不再有脏女人了。"堂吉诃德说。他原路返回卡尔内特大街，激动的幸福感让他如堕五里雾中。正派的夏娜打破了"隔离"教规，他还从来没有在一个女孩子身上感受过那样汹涌而来的浓情蜜意，嗯，应该是打破了一半教规。胜仗，或许还有勋章，还有夏娜，生活才刚刚开始！

第二十一章　脏女人

仓促的约定

“法拉费王”露天咖啡馆里的咖啡还是不错的，不过蛋糕就差很多了，不新鲜，而且多少都沾点拉姆拉终年飘浮着的灰尘。约西在七点打钟时准点到达那里，军人的习惯已深入他的骨髓。尽管太阳刚刚升起来，但光线很强烈，气温很快升高。他都吃了两块蛋糕了耶尔还没来，不过她迟到他一点也不意外，一位女军官，而且是一位被宠坏的女军官，又是上校的至爱，迟到算得了什么呢？几架飞机在练习着陆，呼啸着冲进基地，又呼啸着起飞，满载士兵的军车从岗哨门口进进出出，这个小小的咖啡馆也逐渐拥挤起来，堂吉诃德坐在那儿，边喝咖啡边吃蛋糕，满脑子想的根本不是耶尔，而是夏娜。

迅速拿下了夏娜，干得漂亮！数月前他们相爱，感情一路迅猛发展，也没有吵过架，只是以他乐天派的性格，他认为她的冷淡会将他们的婚事无限期搁置起来。但仅仅一瞬，她就改变到如此程度。好了，顺其自然吧。“跳伞”时间到了，这件事迟早都会到来的，kfotze（跳），堂吉诃德！在他认识的女孩中，她算不上最漂亮的，甚至没有他胡乱交往的那些女孩漂亮，绝比不上耶尔·卢里亚那样吸引人。人又瘦又黑的，脸有点棱角分明，不是很柔和，可是，她洋溢着青春活力的皮肤很光滑，只不过可能由于年龄稍小的原因吧，不是很白皙。不过至少对他来说，她有一头秀发，漆黑的眸子里闪烁着无限的激情，头脑敏锐，浑身都散放出魅力的光芒。她会成为一位性格像岩石一样伟大的母亲的，他们曾经讨论过孩子，他也不反对她那沉闷的规定：孩子们要受到严格的宗教教育。堂吉诃德喜欢宗教，认为孩子们应该懂宗教。但在他看来，以后孩子们要怎么做，那是他们自己的事情。但他没把这点小小的意见告诉夏娜。

"对不起，对不起，对不起！太忙了，太乱了。"耶尔风风火火地闯进咖啡馆，每根金发都梳理得整整齐齐，军服挺括，面色轻松红润。"也不能逗留了。"

"不能？起码喝杯咖啡吧。"

"那……"她走到柜台前，一个浑身油脂麻花的肥胖男人系着条围裙，戴着硬纸板帽，把那些先前等待的人晾在一边，先给她端了一杯咖啡。"你身上一点伤都没有。"她坐到他身边，"怎么说你也是经历过战争的呀！"

"耶尔，发生了什么事？我能帮上什么忙吗？"

她扫了一眼能听见他们说话的几张桌子，全是闲聊的年轻士兵们。她怪怪地笑了一下，问："你觉得我看起来怎么样？"

"跟平时一样，很迷人。"

"是吗？谢谢。我感觉……嗯，准确说来我从没有过这样的感觉，有点不寻常，有点吓人。"她喝了一小口咖啡，又朝四周扫了一眼，"哦，也可能是一个误会吧。不过没时间说了。你们营是值勤、后备，还是什么？"

"放三天假，然后回去作为后备。"

"那我能去卡尔内特大街那间公寓见你吗？比如说今天下午？三点钟怎么样？"

“为什么？到底是怎么回事？”

“嗯，hamood（亲爱的）……”她把手放到他的手上。

嘟嘟嘟！帕斯特纳克坐在一辆军车的驾驶座上，狠命按着喇叭，朝她喊道：“图表呢？你在这里搞什么鬼东西？你好，堂吉诃德。”

“一切都大致准备好了，长官。只是最后一份地图，尤里正在看，并且……”她大喊着回答。

“大致准备好？你过来！一个小时后我要去见总理。”

“卡尔内特大街三点钟。”她低声说，“不要失约。”说完匆匆跑向军车。

这时的约西很可能已经猜到有什么不对劲的事情发生了，他不再满脑子想夏娜了。但也可能什么事都没有吧，对他来说，耶尔就是耶尔，是本尼·卢里亚那有雄心抱负的妹妹，普通得不能再普通了。他们在巴黎有过欢笑，有过一次匆匆性事，短短地折腾了一次。在经历了米特拉隘口和沙姆沙伊赫战役之后，乔治五世酒店的事情已经渐渐淡忘，没什么意思了。现在的问题是，卡尔内特大街那里下个月的房租怎么办？如果他不交他那一份，阿米尔和塞缪尔是保不住那套房子的，可是夏娜已给他规定了律法：跟卡尔内特大街说拜拜！很严肃的。

西奈撤军决议

帕斯特纳克看见的是一个完全不同的本-古里安：轻松自信还有胜利的微笑都不见了。达扬的脸，果尔达·梅厄的脸，以及桌子周边他们所有的助理的脸上全是本-古里安那样的表情：严峻。耶尔把图表往一个架子上安装时，帕斯特纳克想到了在特拉维夫博物馆那个星期五的下午，本-古里安向群集的一排排犹太复国主义领导们宣读《建国宣言》，那时他所看到的本-古里安的表情是：决绝，桀骜，庄重。

当时国家虽然建立了，但还是一片混乱！本-古里安把《建国宣言》都念完了，乐师们却没注意到提示，也不演奏《希望之歌》（以色列国歌），于是本-古里安便一个人开始独唱，观众中的大多数人慢慢加入进来和他一起唱，随后乐队才七零八落地跟上来，犹太国家的成立庆祝在一片巨大的吵吵嚷嚷声中开始。事后萨姆虽然和年轻人一起跑到街上跳舞，但心里想的一直是本-古里安那种严肃的表情。现在又是这种情况，从某种程度上来说，不管本-古里安是身体好的时候还是病的时候，整个计划都是他在独唱，身边七零八落的合唱努力一起跟着他。

"怎么是四份图表？我们决定的撤退提案是三份呀。"本-古里安问，他是事无巨细都要关心的。

以色列驻华盛顿大使阿巴·埃班想尽办法拖延了几个星期后，以色列政府的路已走到尽头，在美国毫不妥协的强压下，他们不得不制订几份地图，写出几份阶段性西奈撤军暂定方案。

果尔达·梅厄说："摩西·达扬要求的，我又做了一份。"

"我们今天早上刚刚完成这份，不是很细。"帕斯特纳克说。

"目的是什么？"本-古里安问果尔达。

她看了眼达扬。"撤退时间更长一些，总理。"达扬也不像往日那样强势了，他说，"撤军开始前的间隔时间更长一些。"

本-古里安叹口气，说："瞎浪费精力。"

"谁知道呢？每天都会发生新情况，我们坚守的时间越长，也许就会有越多的选择。"达扬说。

"如果还有一丝公平的话，就不应该在没有看到和平的前提下讨论撤军。"果尔达·梅厄说。

"Yoisher（公平）？"带着犹太居民区里长大的人的那种智慧、悲怆和讥讽的语调，本-古里安说出这个老意第绪语，"想要公平？从联合国那里？那，萨姆，给我们说说这份计划。"

帕斯特纳克拿起教鞭开始讲解这份最保守的提案。该提案主要以协商为目的，通过的可能性微乎其微，但可以测试出压力大小。机动的空间已经很小，就在本-古里安致胜利的演讲后第二天，他就彻底地屈服于美国了。艾森豪威尔愤怒地威胁说他重选的内阁准备支持联合国针对以色列的制裁，要封锁以色列，还威胁说如果本-古里安继续坚持他不切实际的想法不妥协的话，那么当苏联对以色列采取军事行动时，美国不会介入！

帕斯特纳克想，克里斯汀·坎宁安言中了，美国盾牌倒下了；本-古里安也很快不无遗憾地承认了这一点。联合国维和部队可能会进驻的安排一出，他的内阁成员们就立刻公开接受从西奈完全撤军的原则，同理，英法两国也正夹着尾巴灰溜溜地从苏伊士撤出。

如此所留下的也就是在时间上做做文章，以确保阿拉伯游击队不会回来，尤其是要保证蒂朗海峡开通，让以色列船只可以通航。帕斯特纳克这段时间一直忙于制订从西奈撤军的各种地图、步骤以及时限等，这就像把手从一个布满钓钩的篮筐里抽出来一样，处处得小心。最后一个钩子就是沙姆沙伊赫，所有的计划都要以在那里停留到最后一刻为中心。

在耶尔换架子上的图表时，果尔达·梅厄说："美国的犹太人忘了我们了。他们哪儿去了？他可是每次都凭着最大的票数赢得纽约州选举的！"

达扬说："他们对我们的战略现实没有概念。他们中大多数人都不知道西奈在哪儿。我们要接受并忍受这个事实。"

几个小时后，帕斯特纳克讲解完了与四份计划相关的各种问题，空气中弥漫着厚厚的香烟烟雾，本-古里安双手摩擦了几下脸，发红的眼睛看看四周，疲惫地说："总有一天，我们这次充满诚意的撤军会得到巨大回报的。我知道这很痛苦，和我们经历过的其他事情一样让人难过。但我们向世人证明了我们拥有最优秀的士兵，任何人都不能忽略这一点。"

摩西·达扬插进来说："我昨天看到一篇英国专家李德·哈特评论我们这次战役的文章，他称之为'一次经典的军事艺术'。"

总理忧郁地微笑了下，点点头说："那很好，也很真实。但是这个小小的国家无法拒绝两个超级大国。请注意，法国和英国也拒绝不了。"他手掌向上做了个无可奈何的手势，"现在事实就是这样。谁来送这些提案到纽约？"

"萨姆应该去，再没别人。"果尔达说。

"我这边需要萨姆。"摩西·达扬赶紧说。

"那就派兹夫·巴拉克去执行这趟任务吧，我推荐。我会把最新情况告诉他。"帕斯特纳克说。

本-古里安看看摩西·达扬，达扬点点头，他又看看果尔达，果尔达耸一耸肩说："我不是很了解巴拉克中校。既然摩西说了，那就这样吧。"

"沃尔夫冈可以的，我了解他。那么，萨姆，你派他带那份文件去纽约，也许我还有一些私人口信要他带给华盛顿。"总理说。

由耶尔开车而不是帕斯特纳克平日的司机送他回拉姆拉基地，因为路上他们必须要讨论简令。开车出来，两人闷闷不乐的，默默开了好长一段路后耶尔看着前方说："这么说'卡代什行动'完全是徒劳无功的！一百多个小时的战争，哈？经典的战争艺术，哈？在西奈走了一个来回，进去然后再出来。"

"别胡说八道。纳赛尔在封锁蒂朗海峡的时候就打破了停战协定的条款，但是联合国不声张，美国也不声张，他们认为我们无所谓，地图上以色列根本不在那儿，什么问题也不会有！但是现在，一支联合国部队马上会进驻苏伊士、西奈和加沙地带，这样就可以防范阿拉伯游击队的袭击，而且美国保证蒂朗海峡会一直开通。"

"开通多久？"

"谁能知道呢？重要的是，"他的话从牙缝里挤出来，"以色列现在在那块地图上。"

"你在尽力把损失减到最小。"

"对。"

"今天下午你能不能抽出两个小时给我？"

“今天？在我们这么忙乱的时候？不行。”

她转过头直视他的眼睛。“你应该说行。”

“干什么？”

“有事。”

他没有回答。她又盯住他，他勉强点了点头。

摊牌

约西早早到了卡尔内特大街那套公寓，交了欠下的房租，把垃圾倒掉，耶尔·卢里亚找他到底能干什么，他百思不得其解。他想了解夏娜那边的进展，给她往耶路撒冷拨电话，但没打通。此刻，耶尔就快要来了，真正的原因其实也在他脑子里闪过，但那似乎根本没有道理。首先，在巴黎那次现在已记不大清楚的匆匆性事里，当他们跌落到床上时，耶尔亲口向他保证过不会有事的。他当时用神情和姿态表达这一疑问，她笑着耳语：“Zeh b'seder（没事）。”但如果她真的是为这个事烦忧，那么，从自然条件和平均定律来看，萨姆·帕斯特纳克必定是那个幸运者或是倒霉鬼（取决于从哪个角度看问题）。不是吗？她和他都知道，这事扯到他身上也太牵强了，她应该不会这样。那她一会儿来是要干什么呢？不管了，等着看吧，同时再给夏娜拨电话。

耶尔洗过澡并仔细地化了妆，然后换下军装，穿了一条粉色的裙子，这是为去卡尔内特大街准备的。要应对堂吉诃德，这很重要，要看起来很迷人才对。Les jeux sont faits（生米已煮成熟饭），就像法国人说的那样。现在关键时刻到了。耶尔曾仔细考虑过她所有的选择，有三种，或者是四种。几天前的晚上，她睡不着，凌晨两点钟爬起来，把她的选择列了张表，在系统地评估后把表撕成了碎片。

1. 流产。绝对排除，我要生下这个孩子！

2. 嫁给堂吉诃德。这是最好的选择。优秀士兵，非常聪明，尽管有些疯狂特质，但那随着他的军人生涯和成熟正在逐渐消退。绝不是我爱的类型，但是至少他有前途。况且，他是这个孩子的父亲！

3. 把事情强推给萨姆。没希望，我会输。带着另一个男人的孩子，我的身份地位会很差很差，我会遇到很多麻烦。事实就是这样。拜拜了，破萨姆！这个局面也是因为他拖了太长时间才导致的。爱你的鲁思吧，萨姆！

4. 其他人？雅各布？阿里尔？罗恩？很冒险，只有当其他所有人都不行的情况下再考虑。

这是耶尔对自己这个麻烦的客观评估，然而，她忽略的，恰好是她完全没预见到的。在医生办公室里，当一切真相明了时，一阵幸福的战栗感冲散了她的忧虑和煎熬，我是一个女人！这句话她虽然没有喊出来，但在她心灵深处不断回荡，就像一首美妙的曲子。

很久以前，在莫夏夫的一次婚礼上，巡回拉比谈论起一个《圣经》中的人物，不知道是罗德还是拉麦，说他娶了两个妻子，一个是为了愉悦，另一个是为了生孩子。那时她正是十六七岁什么都不当回事的年龄，她想她以后会是那种愉悦丈夫的妻子，但现在，她却强烈地渴望成为另一种。堂吉诃德已经为她打开了这扇生命之门，她要用这件事把他与她拉在一起，利诱也好，威逼也好，都要做到。

他还是和平时那样咧开嘴嬉笑着和她打招呼，同时把眼镜往鼻梁上推一推。“你好，你看起来真美，耶尔。不一样。”

“你是说，不穿军装的样子。”

“嗯，你穿军装看起来也很精神，但这条裙子实在是好看。进来吧，欢迎来到这个旧猪圈。”

她原来设想的情节是，她走进房间后，风情万种地站在他面前，然后他会用胳膊抱住她，可现在他们面对面站着什么事也没发生。“要我给你弄点喝的吗？冷饮？有橘子汽水。”

“不用，谢谢。”

“喝茶？”

“嗯……来杯茶吧，有什么不行呢？”

他走进厨房开始乒乒乓乓翻箱倒柜。这跟设想中的步骤不一样，她想，完全不一样。他说：“我从来都不知道那两个家伙往哪儿放东西。我们真的有茶叶，我发誓，我亲自买的……”

“哦，别管茶叶了。”她走到厨房门口。

“你要茶，你会喝到茶的。看，这是脆饼干，天哪，都发霉了。那些家伙……”

“约西，我怀孕了。”

忙乱和唠叨瞬间停下，堂吉诃德怔在那里，盯着她，把眼镜往上推了推。

“你？”

“嗯。”

“好啊！恭喜。”

“谢谢。也要恭喜你，你是孩子的父亲。”

他们互相盯住对方，一个站在厨房门里，一个站在厨房门外。这是他抱她的第二次机会了，可他还是没有动。耶尔很怀疑，她穿这条裙子究竟穿对了没有，是不是这条裙子提醒了他从而让他防范戒备？他过去习惯于她穿军装了吧。堂吉诃德走出厨房，扶着她的胳膊，领着她走到沙发前。啊，这回也许要抱她了吧——但，依然没有动，他只是说：“坐下，耶尔。”轻轻地把她按在沙发上，然后离她远远地坐下。

“嘿，不用这么小心。”她笑着说，“我状态很好。才两个月。”

他好半天才反应过来，目不转睛地盯着她。“你怎么知道的，耶尔？”

“我怎么知道什么？”她不由自主恼恨起来，“知道我怀孕？加百列天使在我梦里出现，向我宣布了这个消息，然后还告诉我让我向他呼喊‘以马内利’！”顿了一下，她声音稍柔和了些，鼓了鼓劲，“笨蛋，亲爱的，我两个月没来例假了，我去做了测试，就是这样，我怀孕了。”

“不要生气，耶尔。”

“我一点都不生气。”

“我的意思是你刚刚说过不生气的啊，你怎么知道是我的？”

她咬住嘴唇，希望不要咬破，但已感觉到尖锐的疼痛感，有血的味道。“你什么意思？我知道。”

“喏，你说你不生气的。”

“我没有，我不生气，约西，看在上帝的分儿上，继续问！把你想问的全问出来。我们必须要开诚布公谈一谈。”

“你指的是乔治五世酒店。”

“还能有哪一次？”她轻笑一声，就像喝醉酒一样，（放松，耶尔！）“法国妓女，还记得吗？”

“当然记得，我还记得你说过‘Zeh b'seder（没事）’。”

“我说过吗？”她大眼睛眨一眨，很无辜的样子。

“说过。”

“Zeh b'seder？”

“是你说过的。”

“嗯，好吧，我想我是那样认为过，那时我说错了。”她笑了笑，“但是对这个宝宝我很高兴，堂吉诃德，木已成舟了。”

“你真的不生气，耶尔？”

“我为什么要生气？”

堂吉诃德犹豫了下，但很显然再没有其他办法，他只能实话实说。“那么请告诉我，萨姆·帕斯特纳克呢？”她冷冷地瞪着他。他结结巴巴地又说：“我的意思是，你怎么能那么确定？”

耶尔一下子跳起来。“这都什么乱七八糟的！我不会哭，我不会！”她在屋内噔噔地走来走去，臀部左右扭摆，以一种对堂吉诃德极具诱惑力的方式，尽管她根本没有想要达到这种特殊效果，“你是孩子的父亲，我打算要这个孩子，我们接下来怎么办吧？”

她走到约西面前，约西站起来，他们又一次面对面，她的声音软下来。“至于萨姆，我们已经分手好几个月了，不要问我为什么，已经分手了。我没必要撒谎，你一定要清楚这一点。我绝对肯定，堂吉诃德，是你的。”她抬起头，竭力用眼神和声音打动他，“你当时说我是一名女神，这句话让事情发生了。那现在呢？我就那么令你憎恶吗？”

“憎恶？天哪，耶尔……”他搂住她，现在没办法不抱了。电话铃响了，话机就在他们旁边的一张小桌子上，他操起话筒。“喂？”

“约西，一切都妥了！”夏娜的声音兴高采烈地嗡嗡响着，“妈妈和爸爸很高兴，塞缪尔先生说我们的孩子会成为全以色列的大人物的！约西？喂？约西？”

耶尔做了个夸张的表情，从他身边走开。她虽然听不到他们说了什么话，但她能听到声音，因此不难猜出打电话的是谁。堂吉诃德朝她做了个手势，无力软弱，仅仅是含含糊糊地摆了一下手。

“怎么了，发生什么事了？”夏娜问。

“没事。那太好了，真的很好。”他说。

“你的声音听上去很怪，约西。不是很高兴，要么就是我不对劲了？”

“我当然高兴了。为什么不高兴呢？那太好了。”

“约西。”夏娜说，她的语气加重了，她的直觉向来很准，“你那边有脏女人跟你在一起，是不是？你好大的胆子！”

“什么让你这样猜疑的？这儿没人。”

“那就好。那我什么时候能见你？你现在能来耶路撒冷吗？”

“去耶路撒冷？现在？”

耶尔在地上踱来踱去，臀部柔软地扭摆。她低声喊道：“不行，我们还有话说。”听起来是耳语，但声音却很高，就像舞台上演员演戏一样。

这声音有点大，而夏娜又很警觉。“这是谁？约西，我听到那个脏女人说话了！你把她赶走，听见没有？马上把那个脏女人赶走！我不挂电话，我等着。”

重复了两遍的“脏女人”三个字在话筒的嗡嗡声中传来，耶尔说：“她说谁是脏女人！说你孩子的母亲？我来跟她说！”尽管她仍是轻声说话，但已明显含有怒气。

约西说：“亲爱的，是门口有人。我得一会儿给你打过去了。”

“门口没有人，是你房间里有个脏女人，如果你还想再见我的话，就让她离开！”

约西朝墙上擂了一拳。“这一定是房东。我们的房租到期了。他正在擂门呢，夏娜！我发誓我很快就给你打过去。”

“约西……”

他挂上电话，看着耶尔·卢里亚不满的怒视，现在她的确是一尊光彩照人又愤怒的女神。“这还差不多，在我们把所有问题都谈完之前你不能给她回电话，也许谈完了也不行。”

此时的约西已经受够了。“你不爱我，耶尔。你们俩目前究竟是怎么回事，你爱萨姆·帕斯特纳克，你是他的女人。”

“我曾经是，我不否认这一点。”

“我爱夏娜·马特斯道夫。她是我的女人，我的意思就是说她是要给我做老婆的。”

“夏娜不愿跟你去巴黎，堂吉诃德，而我去了。”

出使归来

飞机降落，曼哈顿的高楼大厦穿过肮脏的雾霾，如钉子般戳上来，这让巴拉克回想起他上次来纽约时的情景，这一刻他决定，要去马库斯的墓地拜祭。他共有三天时间，办这次讨厌的联合国差事是足够了。拜祭马库斯至少算是件善事，一件好事，但同时也是件悲伤的事。

飞机上漫长的几个小时一点一点地挨过，到了凌晨三点钟就好像时间被无限拉长一般。麻团一般的思绪中，他仔细看了几份撤退计划和图表，将之牢牢地记在脑子里。他旁边坐的是一位五十来岁的老妇人，矮胖，浑身散发出浓郁的香水味，除了吃饭睡觉就是浏览各类时尚杂志，不可能偷看他这字迹潦草的希伯来语文件。撤军、撤军、撤军；那般辉煌的胜利，第九旅那般出色的沙姆进军，这些到现在还一直在他脑海里回荡，和他1948年在那条罗马公路上行军时的感受一样，爆发出的一瞬间的荣耀让他觉得军人常年的乏味岁月值得了，证明了这些年的吃苦是有意义的，可现在却要再从里面爬出来！“拴狗链”又一次出现，这次是带着“抽紧项圈”的，不服从，就勒死你。

接下来的两天里，是与以色列联合国的代表团开工作会，感觉实在是难受，就像是一场宿醉后的头痛，以色列短暂的胜利就是这场宿醉的原因。变化令人沮丧，巴拉克离开了他的部队的战地生活，又开始干这该死的信使工作，他似乎总也摆脱不了这样的命运。因此第二天能溜出来他很高兴。裹在车流里，沿着壮美的哈德逊河快而稳地穿行在雾气朦胧的风景中，只见秋色满城，一片棕黄。西点墓园里，受到精心照料的草坪和一片片的冷杉树林，此时仍然显得绿意盎然。他走过一排排墓碑时，看见远离马库斯墓的地方有一个瘦瘦的军官低着头，抱臂而立，此外，墓园里空空荡荡，再无一人。来到马库斯的石碑前，他背诵起Ayl molay（为亡者所做的祈祷），时间久远，他已忘掉了很多，说得并不流畅，情绪一激动，他低声和马库斯说起话来，双眼也随之湿润：“作战报告，斯通上校。我们现在比你走时要好多了。我们打下了内盖夫地区，还有耶路撒冷中心及周边很多战略要地。你会惊讶于这个国家的发展状况，人口已经是以前的两倍多。我们一直没能攻克拉特伦，因此公路绕开它修建。但是我们刚刚打了一场大大的胜仗，我们征服了整个西奈地区，只是出于政治原因我们没法保住它，但无论如何，‘滩头’是守住了。所以你就好好休息吧，米奇，还有……”

砾石路上传来脚步声，他闭上嘴，用手抹了把眼泪。脚步声停下后，又往前走了几步，然后又停下。巴拉克站着低头默哀，过了许久后他抬起头。走上来的那名军官是一名少校，黑头发，外形健壮，圆脸上闪现着友善。“马库斯上校，嗯？你认识他？”

“很熟。”

“你从以色列来？”

为了不引人注目，巴拉克此次旅途穿着平民服装。他伸出手说：“兹夫·巴拉克，以色列国防军。”

“约翰·史密斯。”这名军官淡淡一笑和他握手，“这是我的真名。”

“为什么说是真名呢？”

“哦，这里的人太能拿这个名字开玩笑了。”他朝远处停着的一辆轿车指了指，“我看见你是坐出租车来的，你可以搭我的便车。我不是专门来纽约的，我去华盛顿。”

“华盛顿，我正要去那儿，不过我计划着坐飞机去。”

“一起走吧。”他们俩肩并肩一起往外走，“很想跟你讨论一下你们的西奈战役，我们的战争是朝鲜战争，这两者非常相似，都是军事上光彩，政治上惨败。”

“车程有多长？”

“五六个小时。等你到达机场，再赶你的飞机，还在这样的天气里飞行，你也快不到哪儿去。”

朝鲜战争和西奈战役两者的相似点巴拉克还没有想到，这让他也产生了兴趣，而且史密斯少校这种直截了当的态度也令人感觉很舒适。“嗯，好吧。多谢。”

巴拉克对马库斯的追忆引起了这名美国人极大的兴趣，尤其是“滇缅公路”的描述。他从没听过这条路的故事，对这个命名他微笑了下点点头。此后，车程就在朝鲜战争和西奈战役的类比探求中度过。在朝鲜战争中，就连美国这么强大的国家都由于“政治拴狗链”而突然停止，史密斯少校这样声称，麦克阿瑟本来是能够打赢这场战争的，但联合国和大后方的政治阻止了他，最后还解除了他的职务。史密斯边说边技术娴熟地驾驶着汽车向前疾驰。他介绍说他在装甲部队里服役，并且除了装甲部队以外他不想去其他任何部队，说如今在国际上动用武力就意味着动用装甲部队，西奈战争就又一次证明了这一点。在他的要求下，巴拉克为他详细讲述了第九旅的军事行动。

“厉害，就跟日本人顺着马来半岛南下到新加坡一样，通过一条被认为是根本不可逾越的陆地线路，很令人惊奇。”他说。

“嗯，不过这是在三天之内，而不是七十天。”

“你们行动的舞台很小。就像你们那条‘滇缅公路’，只有几英里，而不是七百英里，不过想法是一样的，战争的原则不会改变。”这时他们已走过巴尔的摩，正朝华盛顿驶去，“嘿，巴拉克，我能问你一个直率的问题吗？”

“当然可以了。”

史密斯的语气变了，变得干巴巴且很小心，几乎有些不友好。“你们犹太人说你们回到了你们的家园，你们声称你们要比阿拉伯人先住在那里，那么假如说美国印第安人也提出这个要求，说他们是首先住在这里的，并要完全把这里收回，这怎么办？”

这类话巴拉克不是第一次听到，他也改变了语气，不慌不忙冷冷地说：“如果他们有实力夺回去，那他们一定会的，全世界可能会感到惊奇，但随后也会认可。不过这个答案跟你的问题一样，也是基于假设性的，算不上真正的答案。我们的人民在经历了那些事之后，我们需要一个属于我们自己的国家，这个国家要足够强大，要能确保那类事情不会再发生，因此我们回到了当初我们出来的地方，要不还能去哪儿呢？”

“有八千万阿拉伯人，八千万穆斯林。他们不想让你们留在那里，不相信你们属于那里。从长远来看你们认为能回去吗？”

“我们在努力。现在是我们的一次机会，‘别无选择’是最大的推动力。”

史密斯点点头，脸上没有表情。之后，他们一路无语。史密斯的目的地是麦克莱恩市的一处住宅，那是他已婚哥哥的家，距离坎宁安住的地方不远，他哥哥在军队情报部门供职，他暂时先住在那里，同时在华盛顿寻找单身公寓。此前他刚刚从德国执行完任务回来，先在西点军校做了关于苏联装甲部队的讲座，第二天即去拜祭他在朝鲜战场上阵亡的大学室友。

帕斯特纳克曾指示巴拉克给坎宁安去电话，如果可能的话还要见一见他，因此这位中央情报局官员此刻正在等着他。电话联系时坎宁安没有提到艾米莉，巴拉克也没问，尽管他在飞机上还私下里好笑地想，是不是这个姑娘用她那奇特的超自然力量来驱使他做这次旅行的。但现在结果是，她不在这里，还在巴黎，到一月份才会回来，她母亲陪她在一起。门厅处挂着一幅艾米莉的巨幅油画，巴拉克看得又惊又好笑。

“这是谁？”史密斯少校在出来时问，坎宁安刚邀请他进去喝了一杯。

“我女儿。一点都不像，她的大学女友帮她画的。”

“看起来像是我从西点军校毕业时一位拒绝过我的姑娘，苏·芬斯顿。”

“没什么关联。”坎宁安说。史密斯走后，坎宁安问巴拉克对此人的印象。

“很好，来这儿的路上我们谈了很多。一名思维敏锐的职业军人。问这个干吗？”

“我认识他。他现在在军内发展得很不错。”

“嗯，我得说，他对以色列并不支持。”

“是军方不支持，或者我应该说军方从来都没支持过。这种状况也许以后会改变。”克里斯汀·坎宁安没有再详述，他喜欢讲这种高深莫测的话，巴拉克也就此打住。坎宁安脸上带着难得的笑容，手在那幅画像上轻轻地不断叩击，说：“巴拉克，她母亲相信是你把艾米莉从那个又矮又胖的法国小子那里救回来的，我们欠你的人情。”

门廊用玻璃幕墙围起来，四周摆满了盆栽花草，他们坐在里面喝着鸡尾酒，坎宁安喝马提尼酒，一大口一大口的，巴拉克则小口啜饮着雪利酒。坎宁安说：“战争结束得很疯狂。你们的本-古里安从他那飘飘然的胜利演说中清醒了过来，这很好。你们已经到了彻底覆灭的边缘了，巴拉克，你意识到了吗？艾森豪威尔气坏了，苏联人用火箭导弹威胁欺骗他，而且苏联人还贪婪地想独占阻止战争的声誉，而阻止战争无疑是他和杜勒斯两人的功劳。苏联人压制住法国和英国，迫使你们撤军，就保住了纳赛尔的政权。”

“嗯，克里斯汀，苏联人的确威胁说如果我们不停止的话，他们会在二十四小时之内踏平我们。很凶恶。”

“吵吵，现在他们对你们撤军又在吵吵。但你们撤军实际上是因为艾克在威胁真的要制裁你们。”他一口喝干酒站起来，“我们随便吃点东西吧。不过我可以肯定地告诉你，艾克有他另外的一面，如果这算是安慰的话。他是一名战士，他正在逼迫你们牺牲一场你们光明正大打下的胜仗，日后他会认识到这一点的，大概还会给予补救的。”

巴拉克在临回国之前再次见到阿巴·埃班时——埃班身兼两项职责，既是常驻华盛顿的以色列大使，也是以色列驻联合国代表——他大胆引用了“那位精明且友好的中央情报局官员”的观点来叙述当前状况。对于联合国的职位，巴拉克想，个子高大又智商极高的阿巴·埃班尽管和众人关系不好，但作为以色列外交官，他是相当优秀的；说一口比英国代表还要纯正的英语，用悦耳圆润且无懈可击的措辞发表自己犀利的观点，属于美国人所称的典型的蛋壳脑袋（学问家），刚好媲美他几乎完美的椭圆头型。埃班脸上带着雍容的微笑听他讲述，评论道：“当然，我们会一步一步撤军。别无选择！是出于美国的压制，而不是苏联人的，这是实话。但是在我负责进行的谈判之后，我们会带着巨大的斩获退出来的，我相信，在很长一段时期内，我们都不会再受到来自加沙地带和西奈地区的阿拉伯游击队的袭击了。我们会得到美国的保证，在蒂朗海峡自由通航，这是我们主要的交战理由。还有，阿拉伯军队对我们联合进攻的威胁也会消除，这个时期长达几年，有可能会有十年那么久。在这种我们被压制的状况下，我要说这也算是胜利吧，甚至还是大胜利。”

1957年3月，战争结束后的第四个月。在沙姆沙伊赫，约菲旅在烈日炎炎下的操场上整队集合，这是最后一批离开据点的部队。他们对面，是正开进来的埃及军队，几乎就像一面大镜子映像似的一模一样。双方部队在军乐声中，呼喝着口令。

“为什么，爸爸？为什么我们必须得撤退？我们打赢了啊。”诺亚气得话音哽住。

巴拉克不负责仪式，这个沮丧的工作由一名营长担当。他只是作为第九旅一名高级军官来参与仪式的，经过约菲准许后，他顺便带来了他的儿子诺亚以及诺亚的童子军队友们。尽管这群少年明白他们即将见证的事，但当他们眼睁睁看着大卫星旗落下、埃军士兵雀跃着升起他们白色月牙和星星的绿色旗帜时，一张张脸还是显得非常震惊。巴拉克看看他的儿子，儿子脸上露出成人那种凝重的表情。

“为什么，爸爸？为什么，在我们打败他们的时候？”他又问。

“为了和平，诺亚。”

“但他们非常仇恨我们。你看他们。”

不可否认，埃军士兵的脸上都带着胜利后敌意的笑。

“这迟早会改变的。”

一名士兵双手捧着折叠起来的蓝白相间的旗帜从他们身旁走过。

“我们一定会把它夺回来的，走着瞧。”诺亚咬着小下巴，抬起头，看了看四周的据点、悬崖以及闪烁着光芒的蓝色海水，“我一定会把它夺回来的。”